尉官正年轻

刘静 著

山西出版传媒集团 北岳文艺出版社
BEIYUE LITERATURE & ART PUBLISHING HOUSE
·太原·

图书在版编目(CIP)数据

尉官正年轻 / 刘静著. — 太原:北岳文艺出版社,
2019.1
ISBN 978-7-5378-5781-9

Ⅰ.①尉… Ⅱ.①刘… Ⅲ.①长篇小说 – 中国 – 当代
Ⅳ.①I247.5

中国版本图书馆 CIP 数据核字(2018)第 285192 号

尉官正年轻

刘静◎著

//

出品人
续小强

选题策划
刘文飞

责任编辑
刘文飞
李向丽

印装监制
巩璠

出版发行:山西出版传媒集团·北岳文艺出版社
地址:山西省太原市并州南路 57 号　邮编:030012
电话:0351-5628696(发行部)　0351-5628688(总编办)
传真:0351-5628680
网址:http://www.bywy.com　E-mail:bywycbs@163.com
经销商:新华书店
印刷装订:山西人民印刷有限责任公司.

开本:787mm × 1092mm　1/32
字数:262 千字
印张:11.25
版次:2019 年 1 月第 1 版
印次:2025 年 1 月山西第 2 次印刷
书号:ISBN 978-7-5378-5781-9
定价:49.80 元

引子

通信二团一连是个男女混编连，全连编制一百四十人，男女比例三比一。按道理，这应该是个阳盛阴衰的连队，但道理有时候是不灵的，是帮不了任何忙的。

一连是个由七个通信要素组成的加强连，要素之多、技术之全、任务之重，堪称全团之最。在这个门面似的重要岗位上，团里却放心大胆地任命了一位女连长。

女连长姓许名兵，芳龄二十七，身高一米六八，身材苗条，容貌秀丽，是团里公认的美女连长。

一分队的分队长孟勇敢，提起许连长来，那气就不打一处来。他自然不敢当着连长的面发，他把这一肚子的气都发在了连长的丈夫徐技师身上。徐技师是他的手下，虽然级别比他高，也是个正连职干部，但毕竟是个技术干部，还要归他这个行政干部管理。因此，孟勇敢就把在连长那儿受的气，理所当然地撒到徐技师身上。好在徐技师是个南方男人，古都南京出来的男人，不但温文尔雅，还虚怀若谷。一般徐技师都是一笑了之，因为他实在太理解孟分队长了，一个堂堂的山东男人，成天被一个女人吆过来喝过去的，你说他能痛快得了吗？能不感到窝囊吗？这要是换到了古代，他孟勇敢早就跑到水泊梁山上去揭竿而起了，还能在一个女人手下受这等鸟气？

孟勇敢有一次语重心长地对徐技师说：“徐技师呀，你怎么就这么怕你那个操蛋的老婆呢？你就不能有血性点，把她按到床上揍一顿？”

徐技师笑了，说：“爱还爱不过来呢，哪舍得动手呀。”

孟勇敢恨铁不成钢地说：“中国男人的脸，都是被你这样的男人给丢尽的。”停了一会儿又说：“我真的搞不懂，你到底怕她什么呢？”

徐技师反问他：“那你到底怕她什么呢？”

孟勇敢叹了口气说：“唉！奶奶的！谁让她是连长，我是分队长呢？你说我怎么这么倒霉呀？怎么就摊上了个女上司呢？还这么厉害，这么操蛋！我真是倒了他娘的八辈子血霉了！”

有一天，孟勇敢豁然开窍，拍着徐技师的肩膀痛心疾首：“徐晓斌哪徐晓斌，我算是知道原因了。当初你要是把名字改了就好了。把你中间这个‘晓’字去掉，你叫徐斌，让她还叫许小兵！如果这样的话，你看看你还会是今天这孙子样儿吗？哎呀哎呀！真是一念之差、一字之别呀。在你们家里，你永远都是个小兵了，永远都别想翻身了！”

徐晓斌和许兵是同批兵，分兵那天，被两辆大卡车从不同的新兵营拉到了一个连。连长拿着军务参谋交接的花名册开始点名，当喊到徐晓斌的名字时，队伍中一男一女两个声音同时答“到”。连长吃了一惊，赶紧抬起头来看，哪里看得出刚才是哪两个人喊的到？于是，连长就下了个口令：“徐晓斌，向前一步走！”果然，一男一女两个新兵蛋子同时出了列，引起一阵笑声。连长也笑了，说：“这下麻烦了，以后点名可要热闹了。”

下连后第一次点名时，连长怕麻烦，怕引起不必要的热闹，就在他俩的名字前，画蛇添足地加上了男和女。连长喊完“男徐晓斌”时，下边的笑声还能忍住，等他再喊“女许小兵”时，队伍就笑得有点儿乱了。连长自己也笑了，笑着说：“乖乖，你俩都成了乱源了。”

女许小兵在路上堵住了男徐晓斌，大声同他商量：“哎！你能不能把名字改了？”

男徐晓斌在这突发事件面前，没有任何准备地慌乱起来。他望着面前眉清目秀、横眉冷目的女战友，心跳突然加速了，脸也发起烧来了。他很害怕自己的红脸被对方发现，就赶紧蹲下来，假装系鞋带。谁知，女许小兵竟然逼到了他的跟前，各自脚上的军用胶鞋几乎要正面交火了。男徐晓斌抬起头来，仰望着眼前顶天立地的女许小兵。

女许小兵又大声地问："你到底改不改？"

男徐晓斌小声地回答："那行吧，我打电话回去问问我家里。"

女许小兵一声冷笑，不屑地说："改个破名，还要问家里，至于吗？用得着吗？行了！不用你改了，我改！"

"一失足成千古恨哪！"孟勇敢拍着徐晓斌的后背，经常这样感叹。

第一章

咣当一声响，来了分队长孟勇敢。

在这么大的动静下被吵醒是正常的，不醒是不正常的。值了前夜正在补觉的技师徐晓斌正常地被吵醒了。当然，他的气愤也是正常的。

一肚子气的徐晓斌从被窝里探出头来，头上竟然热气腾腾地冒着汗，不像是从被窝里出来的，而像是从篮球场上下来的。这是大热天蒙头睡大觉的必然结果，捂的。通信部队许多人都是这样蒙着头睡觉的，成年累月地三班倒甚至是两班倒，夜班和白班一样多。白天补觉，连队哪有那么好的遮阳窗帘？许多人毛病多，见光还睡不踏实，自然而然地，军被就成了最好的遮阳窗帘。只是这军被不够长，经常顾头顾不了脚的。脚丫子替脑袋在被窝外出气，出的还都是些比二氧化碳还要糟糕的气。因此，贸然闯进正在补觉的男兵宿舍里，是件挺不好受的事儿。

徐晓斌气愤地探起半个身子，看见了比他还生气的孟勇敢。孟勇敢周正的国字脸似乎都被气歪了，有些狰狞可怕。徐晓斌知道自己算是小巫碰上大巫了，三十六计，还是不招惹他为上。

徐晓斌一声不响地躺下，用被子将自己严严实实地裹上。他准备两耳不闻窗外事，专心睡自己的回笼觉。谁知，连这么简单的愿望都不能实现。被子被腾空掀开，他半裸的身体一览无余。这下徐晓斌真火了，小巫也不怕大巫了，他一个鲤鱼打挺坐了起来，几乎是怒吼了："你想干什么?”

大巫显然没被他的气势吓住，因为大巫的嗓门比他还大。大巫也是吼：“我想干什么？你还有脸问我想干什么？你怎么不问问你那混账老婆想干什么?!”

一听又是自己老婆的事，徐晓斌没了脾气。他半裸着，叹了口气，手无寸铁的一点儿办法也没有的样子。

孟勇敢就见不得他这副窝囊相，认为有什么样的丈夫，就有什么样的妻子。同时也认定，老婆像弹簧，你软她就狂。孟勇敢用手指点着徐晓斌，恨铁不成钢地摇着头：“徐晓斌哪徐晓斌，你算是倒了八辈子血霉了，怎么摊上这么个老婆?”

徐晓斌打了个哈欠，揉了揉眼睛，有气无力地问：“她又怎么惹你了?”

孟勇敢将手里的硬皮笔记本像投手榴弹那样投到了桌子上，没想到命中率很高，把徐晓斌最喜欢的玻璃杯碰到水泥地上。漂亮的玻璃杯绝望地叫了一声，马上就粉身碎骨了。

徐晓斌探头看了一眼地上的碎玻璃，又抬头去看戳在那儿的孟勇敢，什么话也没说，却比千言万语都管用。大巫的眉眼立马往下掉了几分，不再那么横眉立目张牙舞爪了。同时，大巫还知错就改地转身从门后拿出笤帚，上来弯下虎背熊腰，很认真地清理着。

徐晓斌像地主老财一样指手画脚：“这儿，还有这儿!”孟勇敢抬头看了他一眼，眼神不善。

徐晓斌笑了：“让你扫干净点儿有什么不对？万一扎了我的脚，你赔得起吗?”

孟勇敢撇着胶东普通话说：“你的杯子我赔不起，你的脚包在我身上了。”

徐晓斌不明白：“我的脚难道不如杯子值钱吗?”

孟勇敢笑了，占了便宜一般：“买杯子要花钱，治脚一个大子也不用花。”

徐晓斌用脚去踹他：“什么时候也脱不了你的农民本色。”

孟勇敢跳着躲开了：“这是我们的光荣传统，我们要代代传下去。”

孟勇敢收拾完，一屁股坐到自己床上，伸了个懒腰，看了看手表，对坐在床上揉眼睛的徐晓斌说：“要不，我陪你再睡一觉？”

徐晓斌笑了：“去你的吧，让你折腾的，老子早就不困了。”

孟勇敢说：“那咱们杀一盘？”

徐晓斌伸了个懒腰，拧着脖子说：“杀一盘就杀一盘，你以为我怕你？”

孟勇敢边开抽屉拿象棋边说：“你还能怕我？你把你的怕都献给你老婆了，你还能怕谁呀！”

徐晓斌来了精神，拉过被子围住半裸的身子，让出一半床来。徐晓斌问：“哎，快说说，你又受什么委屈了？”

孟勇敢坐到对面，哗啦一下把棋子倒到床上，有些不耐烦：“我这刚好了点，你又提她。一提她我心就堵得慌。好好下棋，不许提她！”

徐晓斌笑了，摆着棋子连连点头：“好好好，听你的，不提就不提。”

徐晓斌不提了，孟勇敢又来劲了。孟勇敢手里的一匹马重重地跳了一步，嘴也没闲着：“说实在的，我要有你这样的老婆，愁都愁死了，还有心思下棋？”

徐晓斌抬起头来：“不是不让提她吗？”

孟勇敢不讲理，牛眼一瞪：“她是谁呀？她是天王老子吗？还不能提了！”

徐晓斌叹了口气，说：“老孟啊，我看你是让她治得有神经病了。”孟勇敢也叹了口气：“差不多了，我的精神快崩溃了。”

徐晓斌颇有兴致：“说说，她又怎么着你了？”

孟勇敢盯着他的眼睛：“哎，听你的口气，你小子很兴奋哪！”

徐晓斌不避嫌疑地咧开了大嘴，都有点儿喜笑颜开了："我就是有点儿纳闷，她怎么把你气得五官都变了形呢?"

孟勇敢手里的卒子重重地蹦到了棋盘上，像个撑竿跳的运动健将，重重地落到海绵垫子上，在上边来回弹着。棋子有点儿乱了，孟勇敢趁机乱挪棋子，被徐晓斌当场摁住，好一通数落。

连长许兵放下电话，愁得自说自话："哎呀，哪还有人哪!"许兵站了起来，新式军装被她高挑的身材衬得格外好看。许兵五官端庄，皮肤又白皙，走到哪儿，身上都挤满了眼球，男女眼球都有，而且女眼球一点儿也不比男眼球少。对这点，她的丈夫比她还要得意，经常在路上拍着她的后背，沾沾自喜地说："你行啊，男女通吃!"许兵拉开门，见文书军容严整地匆匆往外走。许兵问："哎，你干什么去?"文书站住了，脸上却是十分着急的样子。文书说："我要到被服仓库去出公差。""谁派的?""副连长派的。仓库要六个公差，咱们只去了四个。仓库的人特别不要脸，就向上边打小报告。副连长让军需股长给说了一通，气得声都变了，打电话让我跑步去凑人数。"许兵笑了："那还少一个呀。"文书也龇着白牙笑了，她人不怎么好看，但笑起来却挺好看的。她大概也知道自己的这个长处，所以特别愿扬长避短，特别爱笑。文书笑着说："副连长亲自上阵，他亲自去仓库出公差了。"许兵挥了挥手："快点去吧，晚了，副连长该吃了你了。"

文书一溜烟跑了，许兵望着她的背影，愁得叹了口气。每年都是这样，越是老兵退伍走了、新兵还没补上的青黄不接的时候，公差勤务就越多，而且哪方的神仙都不能得罪，得罪了就没你的好果子吃。比如这被服仓库，如果你硬顶着不给他们出公差，那好吧，等发军装的时候，你就知道他们的厉害了。发到你们连的时候，衣服不是肥了就是瘦了，鞋子不是大了就是小了，总之净是事。搞得那几天连里的兵天天请假往仓库跑，跑得腿都瘦了，衣服还不一定能换合适了。唉，这大概也是军营文化的一种吧！许兵心想。其实也挺有意思的，这样整天两眼一睁忙到天黑，日子过得挺充实，也挺有意思的。其实许多事，只要你把它想清楚想明白了，也就不会生那么多的闲气了。比如眼下军务股要的这两个公差，按道理完全可以不理他们，不给他们出。什么整理实力统计，什么上边要得急，这完全是他们分内的工作，平时不抓紧，上边要得急了就抓瞎，就到下边要公差。平时你们都干什么去了？天天跑出去纠察军容风纪？纠察得自己像洪水猛兽似的，兵们见了他们，老远就停下脚步，先自己上下左右地自察自纠一番，免得落到他们手里被当街又纠又察的，又是记名字，又是记单位的，还不能多嘴申辩解释，说多了就会被扣下，以态度不好为由，让单位领导来领人。许兵就是跑了若干趟去领人，才领教了军务部门的厉害。因此，他们也是万万开罪不得的。得罪了被服仓库，顶多是穿身不合体的军装；若是得罪了军务部门，穿着合体的军装，也会被他们以军容不整的理由纠察的。

许兵往楼上走，她知道现在楼上除了前后夜值班补觉的，不可能有闲人，但她还是抱着侥幸的心理上楼。万一有那精力充沛、睡不着觉、早早爬起来的倒霉蛋呢？哪怕碰上一个，也好跟自己凑成一双，到军务股去交差。到了二楼，许兵站在楼梯口观望。她的心情挺矛盾的，即盼着有人出现，又不希望有人落网。等了一会儿，楼道里安安静静，空无一人。许兵长出了一口气，这口气也是个矛盾的混合体，好像有点儿失望，又好像有点儿如释重负。许兵上三楼的时候，突然想到了一个问题。如果碰上一个出来上厕所的怎么办？是拉他去出公差呢，还是放他回去继续睡觉？想到这里，许兵笑了，脚下的步子也轻盈起来。许兵上了三楼，就听到啪的一声，在这寂静的楼道里，显得格外清晰，格外响亮。听到这声音，许兵不出声地笑了。这下妥了，出公差的人有了。清脆而响亮的声音是从丈夫徐晓斌的宿舍里传出来的。许兵知道徐晓斌昨天值前夜班，半夜一点儿下班，等吃了夜餐回来洗漱完上床，怎么也得两点多钟了。这时候本来应该是睡得正香的时候，他却精力充沛地下起了象棋。看来他就是那个不走运的倒霉蛋了，这也就怪不得为妻心肠的软和硬了。真是太走运了，本来指望撞大运碰上个把人，自己再学习副连长，亲自上阵去出公差，哪里想到会撞到一双。丈夫房间里肯定有两个醒着的人，他总不能自己跟自己下象棋吧？还走得山响。

“将军!”徐晓斌喊出这一嗓子后，兴奋得身子都不成体统了，遮羞的被子也得瑟掉了，露出了很一般根本不值得炫耀的身子。这样还不算，他因为不会盘腿坐，单人床又小，他的大长腿又伸不出去，只好采用半跪半坐的姿势，姿态不雅，动作难看。但他却浑然不觉，手舞足蹈地喊着“将军”，一副气死人不偿命的样子。被将了军的孟勇敢倒有着临危不惧的大将风范，他正襟盘腿坐在床上，像一尊坐了千年的佛一样好看。徐晓斌就很佩服他会盘着腿坐，而且坐得还非常庄重，非常令人肃然起敬。这令徐晓斌百思不得其解。他问：“哎，真是怪事，你这虎背熊腰的，平时怎么坐怎么不好看，怎么单单上床盘腿坐着的时候，就变得比较好看了呢？”受到表扬的孟勇敢谦虚地一笑，有点儿不谦虚地说：“没法子，这是从小练就的硬功夫。这叫童子功，明白吗？”此刻，有着童子功的孟勇敢真是被跪在他面前的徐晓斌逼得山穷水尽了，手里握着几颗被他吃掉的徐晓斌的车马炮，像和尚敲木鱼那样敲着，只是敲得毫无章法，暴露了他内心的慌乱。“快投降吧！抵抗是没有用处的，早投降早解脱，晚投降多遭罪!”徐晓斌身子是跪着的，嘴上却是嚣张的。“你快住嘴吧!”敲着木鱼的败将终于忍不住怒吼了。他的吼声刚住，门就被推开了。自然是面朝房门、半裸着身子、半跪在那儿的徐晓斌先看到来人的。徐晓斌脸上是吃惊的表情，一副“你怎么来了”见了鬼的样子。孟勇敢很奇怪他的样子，也赶紧回过头去看是何方神仙驾到。等他看见了来人，手里的棋子稀里哗啦地掉到了地上，欢快地在地上打滚撒欢。

许连长笑了。她不进来，而是倚在门口，像不方便进来。“你来干什么？”徐晓斌用被子将自己重新裹起来，像个谦谦君子。“我来自然是有事。”许兵不笑了。“有什么事?”徐晓斌这口气不是部属的，而是丈夫的。“有什么事用向你汇报吗?”许连长一语双关地提醒他在连里的身份。徐晓斌这下想起自己是什么人了，似乎有些泄气，一屁股坐了下来，带毛的长腿横冲出去，将端坐在对面的孟分队长踹了个趔趄。“干什么你?”分队长低吼着。“人家是找你的，你起来，我要睡觉!”徐晓斌大声说。“你别睡了，起来吧，起来去出公差。”许连长说。内容是命令的，语气却是家常的。“我值夜班了，我在补觉!”徐晓斌虽然是在公然抗命，但却理直气壮。许连长有气度地笑了笑，并不计较他的态度。也是，虽然他是自己的丈夫，但自己却没有剥夺人家补觉的权力，妻子不行，领导更不行。许连长用少有的商量的语气，似乎是对徐技师说的，其实也包括了背对着她的孟分队长：“军务股要两个公差，连里实在没人了。副连长都带队去被服仓库出公差了。如果你不去，那只有我和你们分队长一起去了。孟分队长，咱们走吧?”孟分队长的国字脸又有点儿歪了，但他却一点儿脾气也没有。人家连长、副连长都能亲自去出公差，你一个分队长，有什么天大的理由拒绝呢？但是，让他去出公差是可以的，让他同她一起去出公差，那是万万不可能的。孟勇敢端坐的身子动了动，盘得严丝合缝的双腿松开了，一条腿似乎抽了筋。他按着那条不争气的腿开始龇牙咧嘴。徐技师关切地问：“你怎么了?”孟分队长不耐烦地说：“你快起来洗漱去，咱俩去。”许兵笑了。这灿烂的笑容，孟勇敢自然是看不到的，他正背对着许连长的笑脸痛苦地对付他那条抽筋的腿。徐技师是这笑容的受益者，他不仅全程享受了那灿若桃花的笑容，还额外收获了一个飞来的媚眼。许连长冲徐技师飞了一个媚的飞眼，风一样摇摆着苗条的身子，婀娜而去。在这一软一硬的挟持下，徐技师就是有天大的本事，他还能躺下补他的大觉吗？不可能嘛!

孟勇敢和徐晓斌匆匆地往团里走，孟勇敢自然不会放过说他老婆坏话的机会。孟勇敢说：“你当时瞎了眼吧？怎么看上她了?”徐晓斌笑了笑，根本不接他的话茬儿，可见这样的话题在他俩之间是老生常谈，老到徐晓斌都懒得搭理他了。孟勇敢也用不着徐晓斌的搭理，在这种话题上，他完全有能力自说自话。他告诉徐晓斌："这样的老婆，在我们山东老家，腿早被打断了！还能让她爬上三楼来找咱们的麻烦？不但把腿打断了，连舌头也早割掉了！还让她这么能说，谁也说不过她。"徐晓斌听了，不但不生气，反而笑了。他善解人意地拍了拍孟勇敢的后背，虚怀若谷地说："老孟啊，你就别在这儿给嘴过年了。"老孟停住了脚，很不满意他这种"身在苦中不知苦"的二百五劲头。老孟眯起了牛眼，像是不忍卒睹。老孟眯着眼睛说："徐晓斌，我要是你，早都死八百回了！"徐晓斌不知愁地笑了，学着他的口气反唇相讥："老孟，你这话都说了八百遍了。"老孟更没好气了："说八百遍都不管用，你真是死猪不怕开水烫。"徐晓斌笑了一下，一副大人不计小人过的神态。老孟更生气了，忍不住上前捣了他一拳。这一拳来得太突然，令徐晓斌猝不及防，身子向后晃了晃，一副不经打的样子。老孟又笑了，赶忙上前拉了他一把，又安抚地拍了拍他，无比同情地说："你这么不经打，怎么就经得住你那操蛋老婆的折腾呢？"徐晓斌捂着被捣痛的胸口，没了好气："你给我住嘴！"老孟笑了，但老孟并不住嘴。这次老孟有点儿认真了。他望着捂着胸口的徐晓斌，有点儿百思不得其解："哎，你能不能告诉我，你那操蛋的老婆，到底哪好？"这真诚的问话，让徐晓斌马上想起老婆那灿若桃花的笑脸，还有那羽毛一样轻盈的媚眼，徐晓斌情不自禁地笑了。"你笑什么？"老孟更奇怪了。徐晓斌哪能告诉他笑什么呢？一来说了也是对牛弹琴，你对一个从未近过女色的光棍说女人桃花般的笑脸和醉人的媚眼，那还不是浪费吐沫星子吗？二来说了他也未必能信，你现在就是打死他，他也不相信许兵会对男人飞媚眼。在他孟勇敢眼里，许兵压根就不是个女人！当然她肯定也不是个男人，但她是个什么人呢？这就是让孟勇敢烦她的地方。在山东男人的眼里，不像女人的女人，那还能要吗？

孟分队长和徐技师一进军务股，一说明来意，吓得坐在椅子上的少尉参谋一下子弹了起来。少尉参谋都有些语无伦次了：“你看看，这事闹的，怎么二位首长亲自来了呢？怎么敢劳您二位的大驾呢？”中尉分队长和上尉技师在少尉参谋的惶恐中感觉良好，他们宽宏大量地笑着。孟分队长挥了挥大手，梁山好汉一般大着嗓门说：“你就别啰唆了，有什么活儿尽管说吧。”少尉哪敢给他二位派活儿呀，摆着双手一个劲地摇头：“不用了，不用了，二位领导请回吧。给二位领导添麻烦了，二位领导请多原谅。”这厢正热闹着，隔壁屋的股长王军听到动静，跑了过来。王股长一见他俩，也是一脸的吃惊，当听说他俩是来出公差的，更是吃惊得都有点儿尴尬了。王股长扭头就训少尉：“你是怎么搞的？团里三令五申，不准随便向下边派公差，你记不住哇？”少尉参谋说记住了不好，说记不住也不好，万分难受地立正在那儿挨训。徐技师看不下去了，出面替他解围。徐晓斌说：“算了股长，你别训他了。我们来都来了，总不能让我们白跑一趟吧？”孟勇敢也笑着说：“就是，来了就干呗。你也别过意不去了，大不了干完活儿，请我俩喝杯啤酒。”王军跟孟勇敢是胶东老乡，两人熟得很，孟勇敢的酒量就是王军给开发出来的。王股长依然是气呼呼的，说出来的话自然不太好听：“你说说你，你这是抓来的公差呀，还是请来的大爷？中午的客你请，不让你出点血，你就长不了记性！”少尉点头如捣蒜：“行行行，是是是，我请，我请。中午我请客，请大家喝啤酒！”

四个人鱼贯进了团里的服务中心餐厅，小桌子都坐满了，唯有一张十几人的大桌空着。王股长说：“就它吧，将就吧。”孟勇敢自告奋勇地抢过菜单，他如饥似渴的样子，令王股长很是担心。王股长提醒他：“哎，你少点点儿，人家小吕请客。”孟勇敢眼睛并不离开菜单，头都不抬地说：“还能让部属请客，你是这不讲究的人吗？我不信。”吕参谋忙说：“今天我请客，我埋单，孟分队长您就尽管点吧，在这里请客，我还是请得起的。”孟勇敢的眼睛终于离开了菜单，他盯着吕参谋说：“你请客？你凭什么请客？我们三个，哪个不比你挣钱多？哪就轮到你了？”孟勇敢开始点菜，菜名报得行云流水。他那胶东味的普通话报起菜名来，还挺好听的，有滋有味的，让人食欲大开。四个凉，四个热，一个汤，另加四瓶啤酒。王股长笑着说他：“你的刀倒挺快，四个盘子八个碗的，咱们能吃完吗？”孟勇敢说：“怎么吃不完？我早饿了，徐技师昨晚值夜班又没吃早饭，更是一个顶俩，你就别担心会剩下了。”凉菜上来了，啤酒也上来了。四瓶啤酒，一人一瓶，各自手把一瓶。吕参谋倒满一杯酒，站了起来，说：“各位领导，我在这里先自罚一杯，一切都在酒中，一切尽在不言中。”吕参谋一仰脖子，咕咚咕咚地喝干了，放下杯子，又自觉地给自己倒了一满杯。孟勇敢点着他说：“你坐下！你坐下！我告诉你，你悠着点儿喝，咱们一人就一瓶酒，谁也别想多喝。”大家都笑了，共同举杯，碰了一下，客气了一下，就不客气地各自吃开了。王股长放下筷子，把自己的杯子倒满，举到徐晓斌面前，说：“来，徐技师，我敬你一杯！”徐技师被动地端起了酒杯，发现自己的杯子不够满，又赶紧加满了。徐技师举着杯子说：“股长你客气了，应该是我敬你的。”王股长说：“咱俩别管谁敬谁了，喝了这杯再说。”王股长率先放下了杯子，不讲究地用手抹了把嘴，盯着徐晓斌实话实说了：“徐技师，我是个山东人，肚子里藏不住话，我说一句话，你可别生气。”徐技师放下酒杯客气道：“你说，你说。”王股长说：“你那个老婆，可不是个一般的人，厉害呀！”孟勇敢听到这话，高兴地站了起来，杯子都快杵到王股长的嘴边了：“哎呀，我今天算是遇到知音了，真是英雄所见略同呀。来，我敬你一杯。喝了接着说。”又一杯酒下肚的王股长更要畅所欲言了，他拍着徐技师的肩膀叮嘱道：“我的话你可不要回去传达呀。”但那神情和语气，分明是希望他回家传达的。王股长叹了口气说：“这个许连长可不简单哪！团里所有的女干部，数她脑子好使，一般人还真不是她的对手。”见桌上的人都眼巴巴地望着自己，分明是想听下边的话，王股长接着说：“就拿今天这件事来说吧，小吕打电话向她要公差，她是完全可以拒绝的。别说小吕了，就是我，她拒绝我，我能拿她有办法吗？她不，她不拒绝小吕，还满口答应下来。但答应下来又不好好地派公差，而是打发你二位来，你说，她什么意思?”徐技师还真问：“她什么意思?”王股长也真说：“她这是一箭双雕。既给我们交了差，又给了我们一个下马威，让我们接了两个烫手山药，吃不下、拿不住地难受。哎呀，高！高！实在是高哇！这个女人不简单，狡猾狡猾的呀!”徐晓斌难受了：王股长这是夸自己的老婆吗？分明不是嘛！分明是在损她嘛！可自己能怎么办呢？迎合吗？不妥吧，那毕竟是睡在自己身边的老婆呀！反驳吗？也不妥吧。别说吃了人家的嘴短，就是没吃人家、没喝人家的，人家这样笑里藏刀地说咱几句，咱还能跟人家翻脸不成？徐晓斌正难受着，意想不到的事情发生了。那边孟勇敢挺身而出了。孟勇敢站了起来，握着自己的啤酒瓶给自己咕咚咕咚倒上，倒了半杯，酒没了，他又不客气地抓起了徐晓斌的酒，给自己续满，剩下的又倒给了王股长，把空酒瓶还给了徐晓斌。孟勇敢举着冒着白沫的啤酒，像个正义之神，一脸的庄重和认真，说出来的话，令徐晓斌大吃一惊，几乎不敢相信自己的耳朵。

孟勇敢说：“老乡，我可要说句公道话了。他那个操蛋的老婆厉害那是不假，但你要说她狡猾，那就大错特错了。你还是不了解她。那个女人，虽然厉害，但人不坏，也不奸，没有什么坏心眼。就拿今天这事来说吧，我们连确实没人了，派不出公差了。有口气的，除了在机上值班，就是在床上睡觉，剩下的都去出公差了，连我们副连长都去被服仓库倒腾服装了。连里就剩下我和他老婆了，他老婆还说要和我一起给你们出公差。这小子一听他老婆要和我单独出公差，吓得觉也不睡了，脸都没洗干净就跟我一起跑来了。人家两口子对你们军务股够意思了，你还在这里说人家老婆狡猾什么的，你说你够意思吗？这么不厚道，你还是我们山东人吗?”王股长马上端着酒杯站了起来，他不去跟等在那儿的孟勇敢碰杯，而是弯下腰来找徐晓斌的杯子，徐晓斌急忙站了起来。王股长把自己的酒倒给了徐晓斌一半，又命令看得有点儿发呆的吕参谋："把你的酒拿来，给我们满上！"王股长举着溢得满手都是啤酒的杯子，气得拿眼直瞪倒酒的吕参谋。孟勇敢笑着说："有什么话你就快说吧，我的手脖子都快断了。"王股长说："徐技师，刚才我说的话收回，算我没说，改日我请你们两口子喝酒。咱们好好喝一场大酒。我知道许连长很能喝，我是喝不过她！"孟勇敢又一次挺身而出："没事，到时候有我哪，咱俩喝不死她！"话音刚落，身后就响起了许连长的声音："你俩要喝死谁呀？"孟勇敢吃了一惊，手一抖，酒撒了一身。许兵又惊又喜地站在空了一半的圆桌旁，像要发大财似的笑得合不拢嘴。徐晓斌将空杯子重重地放到桌子上，像个当家主事的男人似的，劈头就问："你怎么来了？"许兵哪里将他的"花拳绣腿"放在眼里？她眉毛一挑，眼睛一瞪，反问他："这是你家开的店吗？你能来，我就不能来？"此话一出，大家都笑了。她身后像尾巴一样跟着的小文书多嘴多舌："连长你真逗！徐技师家不就是你家吗？你俩不是一家吗？"许兵装着恍然大悟："噢，闹了半天，咱俩是一家呀？哎，当家的，我们能坐下来吗？"徐晓斌说："你们另外找地坐去，别跟我们掺和！"许兵说："哟，咱们一家人不在一张桌子上吃饭，还分开吃，让外人看了该怎么想？"王股长忙说："坐这儿！坐这儿！坐这儿一起吃！一起吃更热闹！"许兵乐得眼都成月牙了："股长啊，还是给机关出公差好呀！你们多善解人意，多以人为本呀！哪像给被服仓库出公差，把我们副连长的腰都给累拧了，听说连口水都没捞到喝。"王股长问："副连长呢？"许兵说："在后边呢，两个人架着，走得慢。"徐晓斌问："你们怎么不到食堂吃？"许兵故作内疚地叹了口气，说："唉，这不是工作不细吗？做事丢三落四吗？忘了让食堂给他们留饭了，只好请他们下馆子了。唉，教训哪！以后凡是后勤的公差，一律不给出！凡是司令部的公差，尤其是军务部门的公差，要多少，有多少！"少尉吕参谋毕竟见识有限，哪里见过一个连队主官对他们军务股如此赤裸裸地表达忠心过？尤其这个主官还是如此的明眸皓齿，笑得还如此的阳光灿烂。小吕参谋印堂发亮，两眼放光，放光的两眼频频地去烧烤自己的长官。王股长虽然比吕参谋见多识广，但见多识广的王股长这时候也不好再装聋作哑了，他再不表态就更被动了。王股长拍了下桌子，当场表态："就冲许连长这句话，这顿饭，我们军务股请了！"徐晓斌马上去看孟勇敢的表情，不出他所料，孟勇敢的大嘴又快撇到耳朵根去了。孟勇敢的歪嘴也没逃过许兵那明亮的大眼睛。许兵一声惊叫，吓了大家一跳。许兵叫道："哎哟孟勇敢，你的嘴歪了。你是不是面瘫了？"

第二章

不到六点，徐晓斌就醒了。这对好不容易逮着个星期天可以睡懒觉的军人来说，简直是一种极大的浪费。可这也赖不着人家徐技师，谁让许连长这么可爱，像小猫一样蜷在徐技师怀里睡得这么香呢？徐晓斌望着自己怀里这个笑眯眯的似乎正做着什么美梦的老婆，哪里还能睡得着觉呢？别说现在天都亮了，就是昨天一晚上，自己都火烧火燎地没睡踏实。你说这叫什么事呀？这么漂亮的老婆近在咫尺，自己却不能碰她，更别说干点什么了。此时此刻的徐晓斌，心里像长了痱子一般，恨不能让百爪来帮他挠心呢。昨天晚上，徐晓斌早早地洗完澡上了床，拿着本杂志满心欢喜地跷着二郎腿守株待兔。别看俩人在一个连里，整天抬头不见低头见的，但能踏踏实实地搂在一起睡个安稳觉，一个星期不过也就周末这两天。就是这两天还不能雷打不动，不是她值周，就是他值班，锣齐鼓不齐地什么也干不成。人家都说小别胜新婚，好像都盼着有个小别的机会，好尝尝胜新婚的滋味。徐晓斌对这样的陈词滥调最深恶痛绝了。有一次他搂着小别一周的许连长，恨恨地说：“别听他们胡说八道！谁敢在老子面前说这话，老子就抽他！让他来尝尝这一周一别的熊滋味？”许连长一身香气地站在床边，像查铺查哨那样说他：“哟，你怎么光着大膀子？”徐技师低头看了看自己整装待发的身子，有点儿嬉皮笑脸：“这样省事，省得一会儿还得脱。”谁知许连长却公事公办地通知他："今晚不行！"徐技师一听就急了，将手里的杂志一合，声都有点儿变了："怎么不行？"许连长笑了，像小猫那样眯缝着眼："我说不行就不行。"徐技师一拍床铺，有点儿震怒："不行也得行！"许连长一点儿也不怕他，反而笑得更欢了。她弯下身子，像小妹妹那样求饶："我今天实在是太累了，求求你先让我睡一觉，我醒了再来，行吗？"徐技师像兄长一样体贴她："你只管躺着享受，我来劳动。你别动，我动。"许连长的脸像大海一样，说变就变，刚才还风和日丽，转眼间就暴风骤雨了："真不要脸！这么流氓的话你也说得出口？"徐技师一脸的无辜："两口子说话，什么话不能说？"许连长一身正气："这种流氓话就不能说！让开！我要上床！"在这样的氛围下，徐晓斌再去死皮赖脸地碰人家，连他都觉得自己像个流氓了。许兵大概是真累了，头一挨枕头，眼睛就睁不开了。既然困成这样，你就赶紧睡吧。她不，她又像只小猫一样偎了过来，闭着眼到处找他的胳膊。她缎子一样的身子一碰到他的身子，他的身子就不争气地呼呼着了起来，火烧火燎地别提有多难受了。真是谁难受谁知道哇！但难受又能怎么办呢？你能趁着人家昏昏欲睡的时候强暴人家吗？那样的话，自己不光是个流氓了，还是个强盗了，成了双料的坏蛋了。

许兵醒了，眨巴眨巴眼睛，看见了徐晓斌如饥似渴的眼睛。她又眨巴眨巴眼睛，想起了昨天晚上给人家的承诺。许兵是个重承诺、守信用的人，她说过的话从来都不赖账。这也是徐晓斌这么信任地眼巴巴地望着她的原因。许兵想到即将发生的事情，有些害羞。她有点儿羞涩地轻声问："你醒了？"徐晓斌知道门户在启动，高兴得声都有点儿抖了："我早醒了。"许兵倒打一耙："早醒了干吗不叫我？"徐晓斌实话实说："我哪敢呢。"许兵笑了，张开嘴就咬了他一口。那不是假咬，那是真咬哇！徐晓斌被她枕得有些发麻的肩膀马上由麻转痛了。徐晓斌啊地叫了一声，这一声像战斗的号角，徐晓斌如威武雄壮的勇士，一跃而起，投入到如火如荼的战斗中去了……

苦大仇深的孟勇敢在斗地主。孟勇敢早早地醒了，在连队里是很难睡成懒觉的。当过兵的人都知道，能在连里不管不顾地睡懒觉，那是一件相当困难的事。星期天也不行，休息时间也不行。孟勇敢牙不刷、脸不洗地积极投入笔记本电脑里的“土改运动”中。他给自己起了个“苦大仇深”的网名，斗起地主来一点儿也不含糊，真像个遭过大罪的农民。但这个农民的立场非常有问题，这山望着那山高地特别不守本分，总是抢着去当那个地主。别人不当的地主，不管他手里的牌有多烂——用他的话说：“奶奶的，我是儿童团长吗？怎么没有一张大牌！”——他都会毫不犹豫地要下那最后的三张底牌，指望着那三张底牌帮他峰回路转。徐晓斌说他天生就长了颗赌徒的心，孟勇敢听了一拍大腿，说：“你别说，还真是这么回事呢。上次查体说我心电图有早搏，我还一直搞不懂这早搏是怎么回事，这下我可懂了。”“怎么回事？”徐晓斌问他。他说：“早搏早搏，顾名思义嘛，就是让我早点去赌博呗！”又是一手烂牌，又是不知死活地往火坑里跳，手里的“儿童团员”们又高的高、矮的矮地排不成队。可想而知，他这个苦大仇深的地主，让人家斗成了什么孙子相。好在在这个虚拟的世界里，大家谁也不认识谁，更别说谁能看见谁了。孟勇敢这个死猪不怕开水烫的老地主，胡乱地往外打发他那些敢死队似的“儿童团员”们，跑一个算一个，跑一双赚一对也挺高兴的。这时候手机响了，是徐晓斌。孟勇敢觉得有点儿奇怪，他又看了一眼桌上的电子表，还不到七点，这个时候，这个在家度蜜月的家伙能有什么事呢？“喂？”孟勇敢应了一声。哪里有徐晓斌的动静？不过，还是有动静的，只是不知是什么动静。好像是喘气的声音，那气喘得又重又粗，好像是全副武装五公里越野到终点后，按着大腿大口喘气的声音。这是谁在喘气呢？孟勇敢又看眼手机，“徐晓斌”三个字清清楚楚的。徐晓斌在干什么？怎么喘成这样？哎呀，坏了，莫不是徐晓斌出了什么事，遇到什么危险了，危难中给他拨了这个报警电话？孟勇敢觉得自己头皮都有点儿麻了，他喂喂喂地大叫，又扯着嗓子喊：“徐晓斌！徐晓斌！你怎么了？你没事吧？”孟勇敢觉得自己的心脏又开始早搏了，他甩掉脚下的拖鞋，准备穿上胶鞋，以刘翔一半的速度，跑到他家去救死扶伤。刚穿上一只鞋，手机里终于出现声音了，不过不是徐晓斌的声音，而是一个女人的声音。那女音哎呀了一声，像是刚从很深的水里潜上来。“哎呀。”许兵像不堪重负地呻吟了一声。大汗淋漓的徐晓斌滚了下来，四仰八叉地在那儿拉风箱。终于，他起伏的胸膛安静下来，他扭过头去，见许兵正望着天花板愣神。他又看了眼房顶，白花花的有什么看头？他捅了她一下：“哎。”“干什么？”“你好吗？”“好什么？”“你舒服吗？”“你舒服吗？”“我舒服，我太舒服了！”“怎么个舒服法？”“就像，就像卸下了千斤重担那么舒服。”“你平时都挑着千斤重担吗？”“起码昨晚上挑了一夜。”“是吗？真可怜，早知道还不如让你早点卸下来呢。”“是呀，害得我难受了一晚上。”“怎么会难受呢？哪难受？”“哪都难受，哪都不舒服。”“现在不难受了吧？舒服了吧？”问这话的时候，许兵像美女蛇似的探了过来，脸几乎贴到了徐晓斌的脸上。徐晓斌幸福地笑了，刚要伸手搂她，哪承想，被她又狠狠地咬了一口。“啊！”徐晓斌大叫一声。突然没声音了，孟勇敢一看，屏幕上显示通话结束。奶奶的，怎么就结束了呢？孟勇敢的气不打一处来，手里的“诺基亚”一下子就栽到了床上。“什么玩意儿，简直是在毒害青少年嘛！”孟勇敢甩掉穿了一只的胶鞋，又满地找他的另一只拖鞋，终于在床底下找到了。孟勇敢跪在地上，望着那只拖鞋百思不得其解。奶奶的，徐晓斌怎么了？他叫什么呀？

徐晓斌从卫生间出来，见许兵军容严整的一副整装待发的样子。他问她：“你这是要干什么？”许兵说：“闲着也是闲着，我到机房去转一圈。”徐晓斌替她叹了口气，她不领情地训他：“你叹什么气呀？我最烦男的叹气了，像个无依无靠的女人。”徐晓斌摇着头笑了，说：“你可真不知好歹呀，我是替你愁得慌！官不大，责任心倒不小，星期天也过不踏实。”许兵说：“你可真没良心哪，你难道看不出来？我这

是牺牲休息时间，陪你去值班！跟你一起过星期天。”徐晓斌又摇着头笑了，还没等他说话，许兵又看他不顺眼了：“我说你动不动摇什么头哇？像个怨妇似的。”徐晓斌在短短的几分钟内，由像女人堕落到像怨妇，他的脾气再好也好不到会无动于衷。他盯着许兵看了一会儿，眼神自然是不友善的。许兵反而笑了，继续痛打落水狗：“你看看，你看看！女人才动不动就生气呢。”

徐技师真的生气了，拉开门，头也不回地走了。徐技师大步流星地在前边走，许连长一溜小跑地追了上来。她一把扯住他的衣袖，高音大嗓地问：“哎，你还真生气呀？”路上的行人都在看他们。徐晓斌是个脸皮薄的人，他可不想让别人看热闹。他用力甩着胳膊，试图摆脱她的拉扯，但结果是一如既往的徒劳。徐晓斌只好停下脚步，小声地训她：“你松手！拉拉扯扯的，像什么样子？”挨了训的许兵高兴地松了手，夸奖他说：“哎，这才像个男人的样子嘛！”徐晓斌整理着被拉扯的军装，气呼呼地说：“我要真像个男人，你就更不像女人啦！”许兵笑了，点头同意：“嗯，有道理，你这话说得有点儿水平，有些哲理。”

这条马路很好，好得很有些风情。马路两旁是高高大大的梧桐树，遮天蔽日地如同天然的凉棚，再有微风吹过，头上漂亮的叶子们在窃窃私语，像恋人般美好。两个军容整洁的年轻军官，步伐一致地走在梧桐树下，迎面走过的路人没有不看他们的，眼神是欣赏的，当然也有羡慕的。小两口自然很享受这些目光，脚下的步伐愈发有力量了，脚底下像生了鼓点一般，又欢快，又有节奏。许兵忍不住笑了，而且笑得咯咯的，徐晓斌奇怪地扭头看她，问她：“无缘无故的，你笑什么？”许兵笑着说：“真有意思，我觉得咱俩像是在搞分列式，像是在搞表演。”徐晓斌问：“你觉得你是在表演吗？”许兵说：“开始不是，后来有点儿是了。你呢？”“我嘛，自始至终都……”说了一半，徐晓斌卖关子不说了。许兵替他说：“都不是。”“错！是‘都是’！我是自始至终都是！我觉得咱俩像分列式的两个领队的，举世瞩目，盖世无双！”“讨厌!”许兵笑了，悄悄地拧了他一下。“哎哟!”徐晓斌大叫一声，吓得树上的一只喜鹊都飞走了。许兵皱着眉头不满：“你叫什么呀？有那么痛吗?”徐晓斌的眉头也拧着：“你到底是属什么的？是属狗的吗?”许兵开始嬉皮笑脸：“亲爱的，你忘了我是属羊的了吗?”“羊咬人吗?”“我这是爱你，别身在福中不知福!”“我能也这么爱你吗?”“那不行!这是我的专利，你就独享吧!”两人正含情脉脉着，对面走来一分队接班的队伍。分队长孟勇敢带队，肯定是故意的，他突然扯起嗓门喊起了口令：“一二一！一二一！一、二、三、四!”队伍里的士兵们心领神会，一个个扯着嗓门，把一二三四喊得震天响。许连长和徐技师都笑了。许连长给徐技师下达口令：“跑步入列!”徐技师不满地望着连长，连长笑了，小声地：“快去呀。”徐技师飞奔入列，迎接他的是一阵笑声。“不准笑!”孟分队长大叫。队伍笑得更欢了，脚下有些乱七八糟了。许连长先一步立正站在通信大楼前，神情肃穆地等着这支嘻嘻哈哈的队伍。孟勇敢心里一惊，赶紧调整自己的队伍，他压着声音吼：“注意脚下，调整步伐!”其实队伍早就看见连长在那肃立着，早就自觉地开始调整步伐了。等队伍走到连长跟前，已经步调一致，无可挑剔了。“立定!”孟勇敢下达口令。接班的队伍在连长身边停下，从她身边鱼贯入楼。孟勇敢目不转睛地走过，刚脱离她的注视，嘴里就吐出了一口长气。这口气被走在前边的三班长感觉到了，他回过头来，同情地看了一眼分队长。分队长眼一瞪，张口就训：“你看什么看!”

徐技师走在最后，他故意跟队伍拉开距离，从老婆身边走过时，冲她笑了笑，还挤了下眼睛。谁知这操蛋的老婆不但不回个笑容，反而板着面孔训他：“严肃点！笑什么笑?”

徐晓斌在领班台上看值班日志，孟勇敢笑眯眯地凑了过来。孟勇敢眯缝着牛眼笑着，都有点儿皮笑肉不笑了，徐晓斌不可能不对这笑容保持警惕了。“你笑什么?”“见了你高兴呗。”“你这是高兴的笑吗?”“我这不是高兴的笑吗?”“我看你这是皮笑肉不笑!”“是吗？我这样

笑了吗？不可能吧？我没这么笨吧？”“你少给我来这套！说吧，什么事？”孟勇敢拖过一把椅子，坐到了徐晓斌对面，目不转睛地盯着他看，不怀好意的样子。徐晓斌不得不保持高度警惕了，他先下手为强地抬脚踢了过去，正中孟勇敢的小腿。孟勇敢做痛苦状地抱着小腿直叫，叫够了，又笑开了，还是那种有内容的坏笑。徐晓斌真奇怪了，认真地问他：“你吃错药了吗？”孟勇敢不笑了，也认真地问：“你舒服了吗？”见徐晓斌莫名其妙，孟勇敢又补充道：“你踢了我一脚，你舒服了吧？”见徐晓斌不以为然的样子，他又加重了语气：“像卸下千斤重担那么舒服？”徐晓斌见了鬼似的望着他，嘴都张开了。孟勇敢见状，嘎嘎地笑开了，像一只欢快的鸭子，坐在椅子上前后摇摆起来。笑着笑着他不笑了，他觉得有些不对头，因为机房里的弟兄们都在同情地注视着他。他坐正了身子，马上感觉到身后的阵阵凉意。他回头一看，奶奶的，她什么时候来的？许兵冷着脸盯着孟勇敢，孟勇敢在她的注视下，不情愿地站了起来。许兵又去盯坐在对面不动的徐技师，徐技师本来是应该站起来的，但他在机房那么多目光的注视下，硬着头皮硬是不起来。连长笑了一下，是冷笑。连长冷笑地问：“说什么呢，这么有意思？说出来让我也听听。”孟勇敢去看徐晓斌，徐晓斌正好也在看他，目光里的疑云似乎还没散干净。这下孟勇敢又忍不住了，他撒腿就往机房外边跑，怕喷薄的笑声再给自己惹什么麻烦。许兵真的奇怪了，她问徐晓斌：“他怎么了？他老笑什么？”徐晓斌看了看四周，压着嗓子说：“这小子好像听到咱们早晨说的话了。”许兵纳闷：“他听到什么话了？”徐晓斌说：“他听到我说舒服了，还听到我说像卸下千斤重担那么舒服。”这下轮到许兵的嘴合不上了，她瞪着两眼，也如同见了鬼一样。

第三章

指导员从容休假回来了，连长许兵长出了一口气，觉得肩上的担子，噢不，不是担子，不是肩上的担子，而是，是……是什么来着？自从被那该死的孟勇敢听到了床上的私房话，“肩上的担子”这样很阳光的语言，一下子变得难以启齿了，像沾上了黄色，基本上从许兵和徐晓斌嘴上绝版了。不但是“千斤重担”这类的豪言壮语，连“舒服”这样很平常的话，两口子也不敢轻易出口了，尤其是不能当着孟勇敢的面说出口。这个千刀万剐的孟勇敢，不但剥夺了他们说这些话的自由，还强迫他们破费了一笔，噢不，不是一笔，而是两笔。一笔是请客请他说出他是怎么听见的；一笔是徐晓斌换手机，换了个翻盖手机。就这样，那该死的孟勇敢还没完没了的，动不动就说自己损失惨重。徐晓斌问他损失什么了。他振振有词地说：“你想啊，你们让我听了次现场直播，那是什么现场直播呀？说白了，相当于让我看了次毛片！毛片，你知道什么是毛片吗？”徐晓斌扑上去，将他摁到床上，一通乱拳。孟勇敢在下边还大喊大叫：“我还是个处男哪！是个纯洁的处男！”徐晓斌在上边抡着拳头，学着他的口气：“奶奶的！打的就是你这个处男！老处男！”

从指导员大包小包地带了许多东西回来，许连长问他：“你干什么？你搬家呀？”从指导员诡异地一笑，令许兵觉得这大包小包里肯定有什么秘密。果真是颗大炸弹，是裹着糖衣的重型炸弹。从容从包里拿出了一包包的喜糖和喜烟，让文书到各分队去分发，让全连的人分享他新婚的喜悦。在场的人几乎是异口同声地惊叫：“你结婚了？”从容像新郎那样幸福地笑着，点着小平头，用合肥话说：“是呀是呀，不好意思，不好意思。”副连长高金义不好去踢幸福的新郎官，而是踢了一脚装糖的提包。高金义是河南开封人，吃惊的时候总要拖上长腔“咦”上一嗓子：“咦，咋回事？没听说你有对象呀？咋一下子就发昏了呢？”是呀是呀，连里有谁知道指导员有对象了？谁知道他谈恋爱了？前几天高副连长还说要把自己的表妹介绍给他，这下也泡汤了吧。许兵嘴里含着喜糖，对新郎官一点儿也不客气：“你至于吗？结个婚还偷偷摸摸的？就冲这一点儿，份子钱免了！”在场的各位齐声响应，像真能“减租减息”那样喜笑颜开。从容大叫：“那可不行！我都送出那么多了，好不容易结了婚了，能不收回来点儿吗？”高金义又“咦”道：“咦！你小子莫不是为了收份子钱敛财，骗我们说你结婚了吧？”大家都笑了。许兵说：“把新娘的照片拿出来让我们检阅一下。”新郎好像早就在等这句话了，他痛快地说了句“好嘞”，就蹲到地上去开他的皮箱。箱子一打开，大家又是一阵惊叫。高金义说：“奶奶的！你咋不把照相馆背来呢？”怪不得他大包小包呢，原来他把婚纱照都扛来了，整整四大本，每本都比砖头沉，真难为他了。新娘太漂亮了，漂亮得大伙都倒抽了一口冷气。从容这小子神不知、鬼不觉，一声不吭地把这个美若天仙的新娘娶到手，真该对他刮目相看了。仔细看看照片上的从容，的确让人认不出来了。高副连长抬起头来，看看真人，再看看照片，摇着脑袋又“咦”开了：“咦！这是你吗？”从容有些不好意思，他拨拉拨拉自己的小平头，解释说：“的确是我，不过化了化妆。”高副连长又叫：“咦！怪不得呢，化了妆的，化得都不像你了。”许兵笑了，用河南话说他：“咦！高金义你弄啥嘞？你咋恁不会说话哩！”高金义说：“实话实说嘛，小崔说事嘛！”小文书不知轻重：“副连长，你是不是嫉妒呀？”高金义又叫：“咦！……”许兵抢在他头里叫：“咦！文书，你咋说得这么对哩!”孟勇敢值班回来，桌上只剩下喜糖了。孟勇敢说：“奶奶的，怎么光有喜糖没有喜烟呢?”徐晓斌说：“有喜烟，可惜早被抽光了。”孟勇敢扒拉着桌上的喜糖，挑肥拣瘦，没有一块中意的。他拍打了一下双手，像喜糖弄脏了他的手似的。

徐晓斌笑了，说：“孟勇敢，你知道你刚才拍手的动作说明了什么吗?”

孟勇敢问：“我拍手了吗？我拍手干什么?”

徐晓斌说：“响声还在耳边回荡，你能不承认?”

孟勇敢说：“就算我拍了，能说明什么呢?”

“说明潜意识里，对别人结婚这件事很反感。”徐晓斌分析道。

孟勇敢来了兴趣：“我反感别人结婚？我为什么要反感别人结婚呢?”

“这就要问你自己了。”徐晓斌把球踢了过去。

孟勇敢一屁股坐到桌子上，花花绿绿的喜糖硌着了他的屁股。他欠起半个腚来，将腚下的喜糖扒拉出来。

徐晓斌笑出声来：“你看看，你看看，你看你对别人的喜糖这个仇视劲儿!”

孟勇敢又从腚下抓出一颗漏网的喜糖，当作子弹射向了徐晓斌：“让你这么一说，我都变态得见不得别人办喜事了！我是这么没出息吗?”

徐晓斌说：“你是不是这样，我说了不算。”

“那谁说了算呢?”

“弗洛伊德说了算。”

“弗洛伊德是什么鸟人呢?”

“弗洛伊德是你大爷!”

两人正说笑着，一班长抱着一摞影集进来了。孟勇敢一看，吓了一跳：“娘啊！这是什么?”

一班长龇着虎牙笑了，说："娘啊！这是婚纱照。"

孟勇敢的脑子一时没转过来："这是谁的婚纱照?"

一班长笑得更欢了："这是指导员的婚纱照。你白吃人家的喜糖了?"

孟勇敢说："我压根儿就没吃，喜烟都不给我留一根，还好意思说!"

一班长放下砖头似的影集，急忙从裤子口袋里掏烟，掏出一盒"中南海"烟。

"这是指导员的喜烟?"孟勇敢问。

"你就权当是指导员的喜烟吧!"一班长说。

孟勇敢伸手挡了回去："你小子别拿假烟糊弄我！哎，我正要找你呢，你带两个人到宣传股去一趟。"

"干什么?"

"出公差呗！还能让你去干什么？能让你去当股长?"

一班长走了，孟勇敢坐在桌子上翻着指导员的婚纱照。"哎!"孟勇敢叫正在上网的徐晓斌。

徐晓斌抬起头来望着他："干什么？不好好参观学习，你干什么?"

孟勇敢说："我给你犯点儿自由主义，你可别回去跟你老婆汇报。"

徐晓斌说："我肯定汇报！你不是说我是早请示晚汇报的标兵吗?"

孟勇敢说："汇报就汇报吧，没准儿你家领导跟我有同感呢。"

"什么事呀?"徐晓斌有兴趣了。

"我怎么觉得指导员这个人，好像哪儿缺根筋呢?"徐晓斌马上去看虚掩的房门，孟勇敢跳下桌子跑去关上了房门。

孟勇敢又跳上桌子，说徐晓斌："就你讲政治，讲得胆小如鼠。"

徐晓斌不服："指导员又不是政治，讲他跟讲政治有什么关系?"

孟勇敢笑着说："他是政治指导员，讲他就是讲政治。"

徐晓斌说："那你就别讲他了，我还懒得听呢!"

孟勇敢说："你不愧是领导干部的家属，这么讲政治！那我就不跟你讲了，免得你担惊受怕。"

徐晓斌说："你少废话，你快说！"

孟勇敢又拿一把："我还不说了呢，我急死你！"

徐晓斌说："行，你不说就不说吧，我这就告诉指导员，你说他缺根筋。"徐晓斌要去拿电话，电话被孟勇敢按住了。

孟勇敢说："行，还是你厉害。这可是你逼我说的呀！"孟勇敢用指头点着影集里一身大红唐装的指导员说："你看他，先不说他一声不吭结婚这件事，单说他千里迢迢扛回来的这些婚纱照，是不是有点儿那个……那个缺心眼呀？你带回来一两张、两三张，哪怕是三四十来张，先让大家看看你的新娘子，再留着自己慢慢欣赏，是不是就足够了？用得着他一股脑儿都扛回来吗？扛回来就扛回来吧，说明他太得意这些照得像明星似的假照片了，但你至于像传阅文件似的，挨个分队传阅吗？让战士们看他这搂搂抱抱的结婚照干什么？有意思吗？一个领导干部平易近人到这种程度，是不是有点儿过了？这事除了说明他哪儿缺根筋，还真不好有别的解释呢。"

徐晓斌笑了，点着头赞同，不但赞同，还补充证据："从容这个人是有点儿死脑筋，他不但扛回了这些影集，连喜糖都是从合肥带来的呢。"

孟勇敢恍然大悟："我说怎么没一块好吃的呢！"话说到这份上，孟勇敢索性把自由主义犯到底了。孟勇敢问："你说这新娘子人怎么样？"

徐晓斌认真地："不错，很漂亮！"

孟勇敢指着新娘子问："这叫漂亮吗？"

徐晓斌不得不站出来主持公道了："孟勇敢同志，你这样不好，你这样不对。你得正视现实，你得实事求是！"

外边有人敲门，还没等他俩出声，门就开了，进来了长机分队的技师王惠和一个比她还胖的女兵。王技师一见坐在桌子上的孟勇敢就笑了，还笑得咯咯的，把孟勇敢都笑糊涂了。

孟勇敢问："王技师，你笑什么？"

王技师笑着说："我笑你看人家的结婚照看得还挺来劲。"

孟勇敢有点儿奇怪了，他问徐晓斌："我来劲了吗？"

徐晓斌点头，说："嗯，你是有点儿来劲。"

孟勇敢一下子从桌子上蹦下来，大叫："我冤枉啊！我没来劲啊！"

王技师拍着带窝的胖手大笑，她身后的胖丫头也跟着大笑。笑着笑着，胖丫头的眼睛亮了，她看见了桌子上的喜糖。

"哎呀，你们还剩这么多喜糖？"胖丫头说。

"就是。你们怎么没吃完呢？正好，我们下边还不够吃呢，给我们吧！"王技师说。

孟勇敢大方地说："拿去吧！都拿去吧！"

胖丫头扑了过去，大把大把地往口袋里塞喜糖。孟勇敢说她："你慢点，不用着急，没人跟你抢！"

胖丫头笑了，说："孟分队长，我们也不白吃你的喜糖，我们用喜烟换。"

孟勇敢又叫："你可别搞错了，这可不是我的喜糖。"

胖丫头更笑了，说："我知道这不是你的喜糖，但愿我们能早点儿吃上你跟我们分队长的喜糖。"

孟勇敢没想到一个小女兵敢开他这样的玩笑，一时窘在那儿，不知说什么好了。

王技师又大笑起来，还拍着巴掌笑，胖丫头在王技师的掌声中，抱着那一摞影集跑走了。王技师笑够了，一屁股坐到孟勇敢的床上，一副有话要说的样子。

王技师是连里年龄最大的人，自然也是职务最高的人。她是技术十级，是正营职少校。这样的年龄和这样的资历，使她在连里的地位很特殊。按道理她得服从连长指导员的管理，但连长指导员那样的连职尉官，好意思管理她这个营职校官吗？所以说，一切都要靠她的觉悟，靠她自我管理的能力。毕竟是老同志了，觉悟是不缺的，能力也是有的。因此，这个心宽体胖的王大姐在连里是相当有人缘儿的。她像个大姐大似的，特别愿管闲事，尤其是别人的个人问题。

“孟勇敢，我问你，我上次跟你说的事，你考虑得怎么样了？”王技师开门见山，一点儿弯路也不走。

孟勇敢也是直来直去，一句废话也没有：“不是都跟你老人家说了吗？这事没什么考虑的，不考虑。”

王技师耐着性子：“你跟我说说看，人家哪不好？哪配不上你孟勇敢？”

孟勇敢倒不耐烦了：“我上次不都跟你说了吗？我对她没感觉，一点儿感觉也没有。”

王技师不太高兴了，说他：“什么没感觉呀，你不就是嫌人家不漂亮吗？”

孟勇敢点头，一点儿也不回避：“是呀，我是嫌她长得不怎么好看，怎么？不行吗？”

王技师嗓门更大了：“人家怎么长得不好看？人家浓眉大眼的，长得不挺周正的吗？再说了，你孟勇敢也不是什么美男子，你凭什么挑人家的长相呢？”

孟勇敢被说笑了，他又坐到桌子上，晃着两条大长腿，摸着自己刮得铁青的下巴说：“就凭这个，我就更要挑长相了。我都长得不怎么样了，再找个长得也不怎么样的，那生出来的孩子还能看吗？”

王技师站了起来，用眼白着他，没好气地说：“你少跟我犯贫！我告诉你孟勇敢，过了这个村，可没这个店了！我是过来人，最知道结婚该找什么样的对象了。像我们分队长那样的条件，现在可不多了，给她介绍对象的可多了。你错过这个机会，有你后悔的时候！”

孟勇敢蹦下来，一副送王技师走的样子。他继续跟她犯贫：“我尽量吧，我尽量控制自己别后悔。”

孟勇敢绅士般地跑到门口去开门，门一拉开，发现门外站着那个胖丫头，屋里的人都吃了一惊。胖丫头也吓了一跳，赶忙解释：“我是来送喜烟的。”王技师问她：“你都听见了？”胖丫头装糊涂：“我听见什么了？”

孟勇敢赶忙说：“不管你听到了什么，都不准往外说，否则一切后果由你负责！”

哪想到这个胖胖的上等兵一点儿也没被他唬住，她恨恨地上下打量了他一下，气呼呼地说：“你以为你不喜欢我们分队长就能有什么好结果了？哼！别自我感觉良好了。你看不上我们分队长，我们分队长能不能看上你还不一定呢。”胖丫头气呼呼地跑了，喜烟也不给了。

刚碰了一鼻子灰的王技师乐了，她解气地说：“看见了吧？群众的眼睛是雪亮的。”

王技师早没影了，孟勇敢还站在门口不动，一直不出声的徐晓斌出声了：“哎呀，你这是吓的？还是内疚的？”

孟勇敢一脚将门撞上，返回身来扑通一下躺了下来。看不见他的表情，但徐晓斌能理解他的心情。

徐晓斌说：“想不到这个倪双影的群众基础还挺好，挺得民心的。”

孟勇敢说：“是我选老婆，又不是群众选人大代表。”

徐晓斌说：“有群众为你把关，不是更好吗？我看你还是顺应民意，跟那个倪双影先谈谈，不行再说。”孟勇敢呼隆一声坐了起来，说：“我还没跟她谈呢，群众就把我恨上了。我要是谈了再吹了，还有我的活路吗？”

徐晓斌笑了，说：“你的担心不是没有道理，那你就好自为之吧。”

孟勇敢叹了口气说：“唉，她的确长得太一般了，不是一般的一般，而是太一般了！想凑合都没法凑合，你说是吧？”

徐晓斌看了孟勇敢一眼，见他真在那儿犯愁，不由得扑哧一声笑出声来。孟勇敢问他笑什么，他说他想起了倪双影刚来连里报到时的情形。孟勇敢也笑了，两人越笑越厉害，好半天都停不下来。

倪双影是半年前从西安通信学院毕业的，人还没到，她的情况就先到了。不但是她个人的情况，连她父亲是武警的将军，大家都了解得一清二楚。

孟勇敢说："奶奶的，这简直是个大家闺秀嘛！"

徐晓斌说："那就把她搞到手呗。"徐晓斌那时刚把许兵搞到手，被胜利冲昏了头脑，觉得天下的女人都是小菜一碟，只要肯下筷子，就没有吃不到的美味。

孟勇敢的底气不太足，他问："你看我行吗？"

徐晓斌给他打气，说："世上无难事，只要肯下手！"

孟勇敢开始摩拳擦掌，跃跃欲试："那就试试？"

徐晓斌鼓励他："值得一试！"又煽风点火道："兄弟，祝你马到成功！"孟勇敢还是有畏难情绪："万一人家有对象了呢？"徐晓斌耐着性子，几乎是在教唆了："只要生米还没做成熟饭，最后谁能吃到肚子里，算谁有本事！"

倪双影终于来了。

那天孟勇敢他们分队正在楼前草坪里拔草，一辆挂着武警牌子的"丰田 4700"越野车神气十足地停到连队门口。傻子都知道，这是大家闺秀倪双影驾到了。

倪双影从副驾驶座上下来了。也是傻子都知道，穿着一身陆军服装，扛着学员牌子，不是倪双影是谁呀？只是，只是这是大家闺秀吗？这大家闺秀的身材也太差了！从后边看，这无论如何都不是个黄花姑娘的身材，她的胯骨也太宽大了，整个就是个生过几个孩子的已婚妇女。

徐晓斌赶紧去看孟勇敢，只见他手里抓着把青草，像个遭了天灾的农民，别提有多失望了。徐晓斌笑得跪在了草地上，孟勇敢跳过去，把手里的杂草塞进他的领口里，边塞边说："我让你笑，我让你再笑！"

第四章

倪双影在写日记。

倪双影的日记本里记了许多“他”的事。什么今天又跟“他”走了个对面，“他”冲我笑了笑，笑得很阳光，也很男人；什么“他”今天又挨连长的训了，气得在下边咬牙切齿的，从侧面看“他”，“他”脸上的肌肉上下直动，真有意思。等等。倪双影简直不是在替自己记日记，整个是在给“他”写日记。像那些充满爱心又极具耐心的新妈妈，记录下宝宝的一举一动，乐在其中，乐此不疲。

天啊，“他”又在外边吹口哨了！倪双影丢掉手里的钢笔，跑到窗子前，探头向下张望。果然是孟勇敢，吹着口哨在下边铁丝旁晾床单。这是南斯拉夫电影《桥》里边的主题曲，好像是在跟朋友再见。可口哨里哪有跟朋友分别的忧伤呢？简直就是重逢的喜悦。孟勇敢把一首分别的曲子吹得如此轻盈欢快，把倪双影的心都吹痒了。

倪双影趴在窗台上笑了，因为她看见孟勇敢像个孩子似的跪在草地上，蒲扇似的大手拢成了伞状，举在半空中，慢慢地、悄悄地对准了一只在草地上蹦跳的蚂蚱。第一下没有成功，蚂蚱一下子蹦走了。孟勇敢也像蚂蚱那样，蹦着一下一下地往草地上罩他的大网。终于他成功了，可怜的蚂蚱成了他手中的猎物。他小心翼翼地从手掌心里掏出那只倒霉的蚂蚱，举到眼前，嘴一张一合地对着蚂蚱说什么。

他在说什么呢？倪双影又笑了。许连长推门进来了，倪双影都没有发觉。她太专注了，每次她偷偷地看着孟勇敢，都是这么投入，很难被什么分心。

许兵不知倪双影在看什么，悄悄地凑了过去，往下一看，正好看见孟勇敢咧着大嘴正对一只蚂蚱傻笑。许兵心想："这样对蚂蚱都能笑的傻男人，到底哪里值得女人爱呢？让身边这个傻丫头爱得这么如痴如醉。""哎。"许兵叫了她一声，又拍了她一下。

倪双影着着实实吓了一跳，她身子一抖，吓得叫出声来。待她看到连长不知何时站到身边了，吐出一口长气笑了。她拍着胸口说："哎呀连长啊，你吓死我了！"

连长明知故问："你在看什么？看得这么专心？"

倪双影有点儿不好意思："没看什么。"

连长分明不信："没看什么，你站在这儿干吗？"

倪双影是个实在孩子，不知再说什么好了，只好望着连长不好意思地笑。

面对着这个真单纯也真不好玩的女孩子，许兵都不忍心再逗她了。许兵转变了话题，指着桌子上漂亮的日记本表扬她："你是在写日记吧？这个习惯好。"倪双影又慌张起来，赶紧去合上日记本。

许兵忍不住又逗她："你怕什么？难道写我的坏话了？"

倪双影急得又想打开日记本，连声说："没有，没有，真的没有！连长不信你看吧！"

连长笑了，摆着手说："我才不看呢，看别人的隐私犯法。你继续写吧，我不打扰了。我走了。"

许兵往外走，倪双影在她身后说："连长，你走好。"

许兵扑哧一声笑了，她转过身来，又忍不住逗她了："好，我慢点走！"

许兵是打心眼里喜欢这个情窦初开的倪双影。这个将军的女儿，也不知是怎么养大的，怎么干净得像天上的花朵，纤尘不染，幽香四溢呢？虽然长得不漂亮，身材也不好，但她是那种需要长处的人，越处越让人喜欢，越喜欢就越顺眼。被看顺眼的倪双影，在连长那里格外受重视，也格外受优待。别人不能犯的错，她犯了就没事。也不是一点儿事没有，起码不像别人犯事那样，被连长没完没了地批。

孟勇敢对此就很有看法，他逮住一次机会质问许兵："为什么不一碗水端平?"许兵又老生常谈："她又不是故意的。"孟勇敢的嗓门更大了："谁犯错误是故意的？谁会故意犯错?"

许兵斜着眼看他，拖着长腔反问他："就没有人明知故犯吗？比如你。你忘了你的脚是怎么烫伤的了?"

孟勇敢怎么可能忘了？那次他偷着用电炉子煮方便面，面条刚端下来，许兵就推门进来了。孟勇敢眼急脚快地一脚将烧得通红的电炉子踢到床底下。谁知那么不走运，大脚指头碰到了电炉丝上，被生生地烫掉了一层皮，屋里顿时弥漫着一股烧猪毛的味道。许兵当时看在他痛得单脚直蹦高的分上，没批他，事后却很纳闷地追着他问："孟勇敢你说说，人被烫了，怎么会跑出猪的味道呢?"

星期五晚饭后，许兵和徐晓斌从食堂里出来，两人肩并肩地慢悠悠地走在林荫小道上，周末的味道已经出来了。

许兵说："哎，明天咱们包饺子吃吧?"

徐晓斌说："行啊，包就包吧，这次你可别忘了放酱油哇。"

许兵抬手打了他一下，批评道："不要老揭别人的短，这样不好。"

徐晓斌幸福地笑了，情不自禁地伸出胳膊去搂她。许兵跳着躲开了，又批评他："不要在外边搂搂抱抱的，这样也不好。"

身后响起一阵笑声，像鸽子带着鸽哨飞上了天空。许兵回头一看，是倪双影和一群吃完饭的女兵。

许连长故作生气："你们笑什么?"

别人都不敢吭声，唯独胖上等兵胆大，她掩着笑口说："连长，今天是周末，你就让人家徐技师搂搂你呗。”

女兵们又是一阵冲天的大笑，笑得徐技师都有些难为情了。他越是这样，女兵们笑得越欢。

许兵忍着笑，问她们：“有什么可笑的，看把你们乐的。”胖上等兵说：“看把徐技师可怜的，太好玩了。”

“他可怜吗？”许兵问。

“对！他够可怜了。”“他太可怜了。”女兵们七嘴八舌。

许兵问：“那怎么办呢？”胖上等兵说：“那你就让人家搂着呗。大家说对不对呀？”

“对！”大家齐声高呼，呼完又是一阵大笑。

许兵笑着对徐技师说：“那行吧，少数服从多数，你就搂吧。”

徐技师臊得直摆手：“算了算了，还是回家搂吧。”

女兵们笑得更厉害了，有的还笑得蹲在地上直“哎哟”。许兵训她们：“你们笑够了没有？没笑够回去笑！我还要跟你们分队长说事呢。”

女兵们笑着跑了，倪双影问：“连长，什么事？”

许兵说：“你明天没事吧？到我们家吃饺子吧？我包的饺子可好吃了，希望你来夸夸我。”

倪双影笑了，说：“行，明天我没事，我去！”刚要走，又停下来问：“连长，是明天中午还是明天晚上？”

许兵说：“中午吧，晚上吃了长肉。”

倪双影高兴地追她的手下去了。徐晓斌在这边叫上了：“怎么回事？怎么回事？”

许兵说：“什么怎么回事？难道我没权利请客吗？”

徐晓斌说：“你当然有权利了。你是谁呀？你想干什么不行呀？我是纳闷你怎么想起请她来吃饺子了？”

许兵说：“我不但要请她，我还要请那个孟勇敢！”

徐晓斌马上说：“你快拉倒吧。你就别动这个脑子了。这事不可能。你这是‘瞎子点灯白费蜡’！”

许兵说：“这用不着你操心。我有的是蜡，我乐意费！你要做的就是把孟勇敢给我请来，剩下就没你什么事了。”

徐晓斌摇头：“为这事，我可请不动他。”

许兵说：“你怎么这么死心眼呀？你非说倪双影也来呀？我就不信，你请他来吃饺子，他能不蹦着高来？”

徐晓斌说：“嗯！等他看到了倪双影，他再回分队跟我蹦着高没完。我这是何苦呢？”

许兵问：“你就那么怕他？”

徐晓斌说：“对！我就这么怕他。”

许兵又问：“难道你就不怕我？”

徐晓斌说：“我也怕你。但内外有别，咱俩是人民内部矛盾，我跟他是敌我矛盾。我何必没事去招惹敌人，让敌人跟我暴跳如雷、没完没了呢？”

许兵说：“那好吧，今晚你离我远点儿，不许碰我！”

徐晓斌说：“你看看你看看，你这人多没劲。动不动就拿这种事来要挟我，你就不能换个着儿？”

许兵说：“这着儿就管用，就百试不爽。我为什么要换？不换了，就它了，看你怎么办！”

徐晓斌咬着牙说：“行，今晚上我不碰你。”

许兵说：“行，有本事你以后也别碰我，永远也别想碰我！”

徐晓斌笑了，说：“咱先说今天晚上，以后的事以后再说。”

许兵点头：“行！今儿晚上就今儿晚上。我倒要看看你徐晓斌多有本事！”

徐晓斌又讲条件：“咱可先说好了，上了床不许你挑逗我！”

许兵不干：“那你就管不着了。我的丈夫，我愿怎么挑逗怎么挑逗。怎么？不行吗？犯法吗？”

晚上上了床，还没等许兵合法地挑逗，徐晓斌自己就蠢蠢欲动了。

许兵及时地提醒他："徐技师，你忘了你自己说过的话了？"徐技师大言不惭地说："我说过的话多了，哪能都算数？"

徐技师饿狼一样扑上去，许连长手脚并用地抵抗着，坚决不让他近身。几个回合下来，徐技师愣是没有得手。徐技师先撤出战场，他跪在床上喘着粗气，彬彬有礼地问许连长："你想干什么？你想造反吗？"

许连长也是上气不接下气地说："我的要求很简单，你先给孟勇敢打电话。"

徐技师盯着眼前迷人的身子，先是深深地叹了口气，又痛心疾首地问："许兵同志，你这不是赤裸裸的性交易吗？"

许兵同志忍着笑，无所谓地说："徐晓斌同志，随便你怎么说，你打还是不打？"

徐晓斌同志欲望战胜了理智，无可奈何地点头说："那就打吧，把电话递给我。"

徐晓斌拨通了电话。"孟勇敢吗？明天中午过来吃饺子吧。"

"明天的太阳要从西边出来吗？"

"你少废话！你来不来吧？"

"来来来，当然来了！不会是你俩谁过生日吧？我还要带生日礼物吗？"

"谁的生日也不是，不过你要带礼物我也不反对。"

"那我就别那么见外了。我早上可不吃饭了，多包点儿，别不够吃。哎，是什么馅的？"

"包什么你吃什么，哪这么多废话？"徐晓斌重重地扣了电话。

徐技师低下头来盯着许连长："你交代的任务完成了，我可以行动了吗？"

许连长笑逐颜开，张开了双臂："亲爱的，还等什么？快来吧！"

孟勇敢对许兵来说，不过是手下的一个分队长。要说有什么特殊的话，那就是他同丈夫徐晓斌的关系。他俩是铁哥们儿，是死党，用别人的话说，穿一条裤子还嫌肥。愈是这样，他在许兵那里愈没什么好果子吃。这也是他自找的，连里那么多的干部战士，谁让你偏偏跟连长的家属这么铁呢？偏偏连长又是个认死理的人，认为愈是自己的人，愈要严格要求。因此，在严格要求自己丈夫的时候，捎带把他也给严格上了。对此，孟勇敢真是比窦娥还冤。他到处诉苦，到处散布事实真相："老子跟她家徐晓斌好的时候，哪有她什么事呀？我要是知道徐晓斌日后会娶她，我早离徐晓斌八丈远了！"也是，人家孟勇敢跟徐晓斌友谊刚开始的时候，两人还都是战士呢。

那年，连里为了给徐晓斌这个地方大学的漏网分子创造好一点儿的复习环境，把他打发到了五里沟哨所。哨所就俩人，按一般规律，这俩人日后不是朋友就是敌人。孟勇敢和徐晓斌日后成了铁杆朋友，说明他俩前世是有缘分的。孟勇敢大概是前世欠了徐晓斌什么，今世做牛做马地偿还。他为了徐晓斌能专心复习功课，自己把每天一趟的巡线任务全包了。每天来来回回地走二十几里崎岖山路，没点儿毅力和体力，那是肯定不行的。再加上那时候徐晓斌是一门心思地只知道复习，好像人家孟勇敢是他爹妈似的，天经地义地该帮他。本来说好的孟勇敢出去巡线，他在家里烧水做饭，可经常是孟勇敢累了个半死回来，却连口热水也喝不上，更别说吃上热饭热菜了。孟勇敢气得暴跳如雷，破口大骂，徐晓斌被骂得大气都不敢喘一口。奶奶的！人家孟勇敢好歹也是个初中生，也就比你徐晓斌少念了三年书，凭什么你徐晓斌就成了什么也不干的劳心者，而人家孟勇敢却成了什么都要干的倒霉的劳力者了呢？这不公平嘛！太不公平了！因此也可以这样说，徐、孟之间的友谊，是经过不公平的考验的。日后徐晓斌如愿以偿地考上了南京通信学院，展翅高飞了。还在五里沟每天巡线的孟勇敢，仰望着天上想象中的鲲鹏一般的徐晓斌，心里沉甸甸地难受。他倒不是因为想念徐晓斌难受，而是反思自己的过去，担忧自己的未来。这在孟勇敢过去是无论如何都不可能有的事。

孟勇敢暗下决心，也要到天上去飞飞看。孟勇敢生气地说：“自己不缺胳膊不缺腿的，凭什么别人在天上飞，自己就要在地上爬呢？”孟勇敢捡起徐晓斌丢在哨所里的课本，“癞蛤蟆想吃天鹅肉”了。这是来接徐晓斌的那个战友说的，他的冷嘲热讽不但没有打消孟勇敢吃天鹅肉的念头，反而刺激得他把嘴巴张得更大了。那真是血盆大口哇！孟勇敢最困难的时候，徐晓斌来拉兄弟一把了。他不但给他邮寄各种复习资料，还开通了手机热线，用口述和短信的方式给他答疑解惑，甚至连着两个假期，跑到五里沟哨所来给他面授辅导。那真是严寒酷暑哇！徐晓斌不跟自己家人团聚，却自己花钱跑到哨所来帮他复习功课，甚至替他去山里巡线。人家这是什么精神啊？这是国际主义精神！这是共产主义精神！这是一生一世都不能忘的大恩大德呀！初中生孟勇敢接到宣化通信学校的录取通知书时，全连一片哗然。当连队黑板报用整版的篇幅热烈祝贺孟勇敢同志考上大学的时候，不但别人不相信自己的眼睛，连孟勇敢同志自己都觉得是在梦中呢。虽然只是个大专，但对孟勇敢来说，他已经使出吃奶的劲了。

倪双影懂事地早早就来了，她是来帮忙打下手的，哪想到最后她却反客为主地成了主厨，而主妇许兵倒成了客人，倚在厨房门口陪她聊天说话，间或指点她什么东西放在什么地方。

“连长，五香粉在哪儿？”

“包饺子还用五香粉吗？”

“最好用，不然不香。”

“哎呀，我家好像没有五香粉。”

倪双影笑了，说：“我猜你家就不会有。连长，你家很少做饭吧？”

许兵点头，说：“嗯，不错，我家是很少开火。我嫌做饭麻烦，再说我也不怎么会做。”

倪双影说：“做饭有什么麻烦的？做饭多有意思呀，自己做的饭多香呀。”

许兵说：“做饭有什么意思？我可没觉得。又麻烦，又浪费时间。你看，你要把菜买回来吧？买回来你还要择菜，洗菜，切菜吧？然后你又要点火倒油吧？油热了，冒烟了，你还要把菜倒到锅里炒吧？在油熏火烤中好不容易做好一顿，搞不好还不落好，弄出一肚子气来。你想啊，吃饭的人如果不知好歹，这个菜咸了，那个菜淡了的，烦得你哪还有什么食欲？这还不算完，最后还要刷锅刷碗地收拾。哎呀，说说都嫌烦，别说干了。”

倪双影抿着嘴还是笑出声来，她说：“连长，听你这么一说是挺烦人的。但我怎么就特别喜欢做饭呢？我就喜欢做饭给别人吃，听别人说我做的饭好吃。”

许兵想起嘴馋的孟勇敢，心里想：“这真是天生的一对呀，天造地设这个成语就是说他俩这样的吧？”正想着，门外传来咚咚的敲门声。许兵喊：“徐技师，开门去。”谁知徐技师却在客厅里说：“我有事，你去开。”倪双影问：“连长，还有客人吗？”许兵神秘地一笑，说：“是冰山上的来客。”许兵喊着“来了来了”，把门打开，见孟勇敢雄赳赳、气昂昂地站在门口，肩上还扛了一箱“青岛”啤酒。

许兵说：“哎呀孟勇敢，你越来越懂事了，知道上人家家里吃饭不空手了。”

孟勇敢说：“我是给自己喝的。你家的酒老是不管够，刚喝出点儿滋味来酒就没有了，也不知你们是会过还是抠门。”

许兵说：“我们是会过加抠门。不行吗？快进来吧。你像董存瑞似的，站在这儿要炸碉堡哇？”

孟勇敢说：“你像门神似的堵在门口，我怎么进来？”

孟勇敢终于进门了，倪双影从厨房里探出头来，打招呼：“分队长，你也来了?”

孟勇敢吃了一惊，外加吓了一跳，他扛着一箱啤酒傻站在那儿，真像扛着一个炸药包，在那儿犹豫拉不拉导火索。

“人家跟你打招呼呢!”许兵在身后推了他一把，又说，“还不快把东西放下?”

孟勇敢卸下啤酒，转着脑袋到处找人：“徐技师呢?”

许兵指着客厅：“在里边装大爷呢。”又提醒他：“还不快跟人家小倪打个招呼。”

小倪站在厨房门口，用围裙擦着湿手，更像这个家里的小保姆了，更让孟勇敢没法看了。孟勇敢敷衍了事地“啊啊”了两声，像个聋哑的残疾人。

假哑巴见了伪大爷，像是见了仇人似的分外眼红。他扑过去，一副要跟他拼了的架势。徐晓斌高举双手做投降状，压着声音说：“哎哎哎，请你来是吃饭的，不是请你来打架的!”

孟勇敢压着声音：“你什么意思?”

徐晓斌的声音更小：“哪是我的意思呀，是我那操蛋老婆的意思。”

孟勇敢小声地：“她不知道我的态度，你不知道哇?”

徐晓斌也小声地说：“她怎么不知道你的态度呢？我能不给她传达吗？她就是不信你那邪，‘明知山有虎，偏向虎山行’!”

孟勇敢一屁股坐到沙发上，说：“奶奶的！满心欢喜地空着肚子来，一口饭没吃，老子的胃就满了。”

徐晓斌点头如捣蒜：“对对对，很可能，很有可能！我对此深表同情，但我也的确是无能为力。不过说实话，这个倪双影人虽然一般了点，但确实能干，确实是个当老婆的料。你闻闻这饺子馅调得这个香，没包就能馋死人了。”

孟勇敢说：“我找的是老婆，不是厨子，更不是保姆。”

徐晓斌摇头，显然不同意他的观点：“哎呀，小孟呀，不是我说你，你这个观点是错误的，是纸上谈兵的！将来会吃大亏的，家里又有厨子又有保姆的，你说那会是啥日子？”

孟勇敢问：“那日子你怎么不过？你怎么不找个像厨子又像保姆的老婆？”

徐晓斌笑了，说：“那时我不是没经验吗？现在不是总结出经验教训了吗？你不是不用再走弯路了吗？”

孟勇敢说：“我他娘的还是爱走点儿弯路，这样生活才丰富多彩。”

徐晓斌点头同意，说：“你说得对，走弯路有走弯路的乐趣，起码还刺激点儿。你也别垂头丧气了，振作起来，准备一会儿多吃点儿。”

孟勇敢指着自己的胃说：“老兄，真的不骗你，我这里真的堵得满满的。”

徐晓斌捂着嘴笑了起来，笑了半天才止住。徐晓斌放下手说：“你呀，就是山东人的脾气，不会拐拐弯儿？你就不能把这顿饭当成磨炼自己意志的机会，当成一次糖衣炮弹的考验？把糖衣吃进去，把炮弹吐出来！”

当孟勇敢被请到饭桌上，那冒着热气、薄皮大馅的韭菜馅饺子的香味，一下子就打通了他的食道。他先客气了几句，然后甩开了膀子，一口气干掉了整整两大盘！吃得倪双影都替他担心了，劝阻他：“分队长，你别吃了，你都吃了八十三个了！”

许兵笑着说她：“小倪，你还替他数着呢？你可真关心他！”

倪双影有点儿不好意思，但还是要表达自己的爱心：“韭菜不好消化，吃多了该难受了。”

许兵马上说：“你听听！你听听！孟勇敢，你听听人家小倪这肺腑之言！”

孟勇敢马上像被顶住了似的，一下一下地打起饱嗝来。桌上的人都笑了起来，大家笑的内容不同，笑声有高有低。

许兵两口子站在窗前，望着楼下两个被强扭的瓜，猜他俩在说什么。徐晓斌说："孟勇敢问她要去哪儿。"许兵问："然后呢?"徐晓斌说："然后孟勇敢就会这样：倪双影往东，他偏要往西！总之，就是不跟倪双影一起走。既不让倪双影有半点儿幻想，又不给外人任何口实。"

果不其然，孟勇敢和倪双影在楼前分了手，孟勇敢大步流星地往东走了，倪双影则一步三回头地往西去了。

许兵哼了一声，骂道："你这个乌鸦嘴!"好像徐晓斌是提木偶的人，是他让他俩分道扬镳的。

许兵的思维历来是跳跃式的，徐晓斌说她应该去当电影导演，电影艺术需要蒙太奇。此刻，徐晓斌的思维还在二环上呢，许兵的思维已经跑到六环上了。许兵问徐晓斌："哎，你说孟勇敢会不会是个同性恋呢?"

第五章

“什么?”孟勇敢一个鱼打挺从床上坐起来，牛眼瞪得老大，眼珠子都快流出来了。孟勇敢不相信自己耳朵似的又问了一遍：“说我是同性恋？”

徐晓斌坐在自己的床上，身子倚在墙上，肯定地点头。

“为什么？为什么说我是同性恋?”

“大概……大概是怀疑你为什么不近女色吧。”

“我不近女色？我什么时候不近女色了?”

“说实话孟勇敢，你对女色是不太感兴趣。”

“我对倪双影那样的女色也要感兴趣吗?”

“除了倪双影，好像也没见你对哪个女人有兴趣过。”

“不是我的女人，我能有兴趣吗？哎呀我的娘啊！这世道做个男人怎么这么难呢？对女人感兴趣骂你是流氓，对女人不感兴趣又诬蔑你是同性恋。这还让男人们有法活吗?”

徐晓斌笑容满面地点着头，表示赞同。孟勇敢对他的赞同一点儿都不稀罕，继续谴责他：“你现在点头有什么用？你怎么不对你那混账老婆点头呢?”

徐晓斌糊涂了：“我怎么会对她点头呢？那不成了我赞成她的说法了？认为你是同性恋了吗?”

孟勇敢倒点头了，点着头说：“嗯，对，我都气糊涂了。”又问：

“那你是怎么跟她说的？”

徐晓斌提高了嗓门：“我跟她大吵了一顿！”

孟勇敢分明不信：“你会跟她大吵一顿？”

徐晓斌理直气壮地说：“我怎么不会跟她大吵一顿？这也关系到我的清白和声誉，我能无动于衷吗？”

孟勇敢听不懂了，问：“她说我同性恋，怎么就关系到你的清白和声誉了？”

徐晓斌点着他说：“你傻呀！说你是同性恋，你会跟谁同性恋呢？咱俩成天形影不离的，我跟你待在一起的时间，比我老婆都多。你说你要是个同性恋，我能脱了干系吗？”

孟勇敢哈哈大笑起来，忘了自己的同性恋嫌疑，笑话起别人的嫌疑了。徐晓斌像女人那样咂着嘴，说没心没肺的孟勇敢：“哎呀！你别笑了，真不知愁得慌！你快找个对象吧，免得这么拖累我！”

孟勇敢说：“我怎么就拖累你了？难道我真的纠缠你，让你跟我同性恋了？”

徐晓斌说：“你哪有那个本事呀，但你老嫉妒我回家过周末，一到周末，你就对我冷嘲热讽！”

孟勇敢虚心接受：“好好好，以后周末我不讽刺你了，我保证一句废话都不说，让你高高兴兴地走，恋恋不舍地回。”

徐晓斌又不干了：“看看！看看！又讽刺上了不是？什么是恋恋不舍地回呀？”

孟勇敢笑着回答：“恋恋不舍地回，说明你们夫妻恩爱感情好。怎么，这也不行啊？难道不是吗？”

徐晓斌说：“是也不用你来说。哎，说真的，你赶紧谈恋爱吧，赶紧结婚吧。我不骗你，谈恋爱的滋味很好，结婚的滋味比谈恋爱还好！”

孟勇敢从床上爬起来，边满地找拖鞋边说：“哼！我还不知道谈恋爱的滋味好？我还用你告诉我？”

徐晓斌说他：“你谈过恋爱？你知道什么？”

孟勇敢站在地上做扩胸运动，边扩边不屑地说：“没吃过猪肉，还没见过猪跑吗？哼！”

许兵在下班的路上叫住了王惠，埋怨她：“王技师，你成天给这个介绍对象，给那个做媒的，怎么就不管管自己人呢？”

王技师马上就听明白了，受了冤枉似的嗓门都高了：“谁说我不管自己人了？我想管我管得了吗？”

许兵说她：“碰了一次钉子，你就退下阵来了？”

王惠不满地说：“你家徐晓斌怎么什么都给你汇报呀？”

许兵笑了，安慰她说：“你也别觉着没面子，不光你碰了一鼻子灰，我鼻子上也都是灰呢。”

王惠来了兴趣：“怎么，你也碰钉子了？”

许兵点头：“你只是动了动嘴皮子，我还搭上了一顿饺子呢。”

王惠笑了，问：“这小子吃了饺子也不答应？”

许兵又点头，恨道：“这小子最不是东西了，吃了人家的嘴也不软。”

王惠哈哈大笑起来，笑得路人纷纷往这边看，她也不管，笑够了才说：“这个孟勇敢，没想到眼光还挺高。倪双影这么好的条件，他愣是看不上，一点儿也不动心，也不知他是真傻呀，还是真有志气。”

许兵问：“这跟志气有什么关系？”

王惠说：“怎么没关系？倪双影家里条件那么好，别人上赶着还赶不上呢。”

许兵忘了初衷，替孟勇敢说起话来：“你这么说就没劲了，找对象又不是找家庭条件。”

王技师皱起眉头来：“许兵，你好歹也是过来人了，怎么还说这么单纯的话呢？找对象不看家庭条件吗？你找徐技师，没看人家家的条件吗？谁找对象结婚不讲条件呢？他孟勇敢不讲吗？他孟勇敢也讲！只不过他讲的不是女方的家庭，而是女方的长相。过分追求对方的家庭条件固然不好，但过分追求对方的长相就好吗？就高尚吗？”

望着咄咄逼人的王技师，许兵笑了：“王技师，你有没有搞错？我又不是孟勇敢，这些话你应该留着教育孟勇敢。”

王技师也笑了，说：“谁让你替那小子说话了？”

许兵说：“我怎么会替他说话呢？我要是替他说话，我就不会找你了。”

王技师问：“你找我干什么？你找我管什么用啊？”

许兵说：“三个臭皮匠，还顶一个诸葛亮呢，更何况咱不比臭皮匠强多了？”

王技师问：“不就咱俩人吗？哪来的三个臭皮匠？”

许兵笑了，笑着说：“不是还有徐晓斌吗？他更厉害，他是卧底。”

王技师一听连卧底都配备了，不禁信心大增，马上都有些摩拳擦掌了，一副准备大干一场的架势。王技师还恨恨地说：“孟勇敢哪孟勇敢，这次看你还往哪里跑？”

高副连长进进出出，一上午好像都没闲着，在会议室里正跟指导员说事的许兵喊住他，很体贴地问：“高副，你不累吗？进来歇歇吧。”高金义抱着一床黄军被，站在会议室的门口，笑容满面地说：“不累。老婆、孩子要来了，我都忘了累是咋回事了。”许兵看着他怀里的黄军被，说他：“你可真没情调。你知不知道久别胜新婚呢？你就让你的新娘子盖黄军被？”高金义的大嘴都咧到极限了，说：“啥新娘子呀，都孩儿她娘了，盖啥不中啊。”

许兵摇头，说：“我要是她，我就不高兴。”

高金义说：“我老婆没你那么讲究，只要不冻着，盖什么都中。”

高金义风一样刮走了，一直没插上话的丛容开口了，他不说话则已，一说就令许兵吃了一惊。丛容说：“不好意思，我家属也要来了。”

许兵真的吃了一惊，因为从容刚从家里回来还不到一个月，按惯例家属是不大可能来部队探亲的。再说又是刚结婚，男的前脚刚回部队，女的后脚就追来了，虽然在情理之中，但毕竟不太好看，惹人笑话，让人说闲话。

许兵虽然心里边吃惊，脸上还不能暴露出来。她假装从容两口子也是老夫老妻了，见惯不怪地问："是吗，什么时候？"

从容说："快了，过几天她就可以来报到了。"

许兵这次不用假装不吃惊了，她大吃一惊地问："报到？她到哪儿报到？"

从容笑了起来，美滋滋地说："她要来北京工作了，是中关村的一家公司。"

许兵说："是吗？这么说你不用两地分居了？"

从容高兴地点头，高兴地说："不用了，可熬出头了。"

许兵听眼前这个新丈夫说出老丈夫们才该说的话，而且还说得如此真诚，如此发自肺腑，一点儿都没有调侃开玩笑的意思，禁不住咯咯笑出声来。

从容敏感地问："你笑什么？"

许兵说他："你才结婚几天哪？还敢说熬出头这种话。"

从容认真地解释："这跟结婚多久没关系，这是一种感觉，备受煎熬的感觉。"

许兵笑着说他："想不到你一直生活在水深火热中。"

从容听不出这是玩笑话，还认真地点着头，表示她说得很对。跟从容这种特别不好玩的人开玩笑，说到底，是开玩笑的人不识时务，自讨没趣。

许兵赶紧给自己找台阶："哎，房子找好了吗？"

从容的好心情马上受了影响，他叹了口气说："还没着落呢。平时看团里有那么多的空房子，怎么一到我要住了，就变紧张了呢？"

许兵说："我家楼上政治处的袁干事刚搬走，好像还没分出去呢。"

从容摇着脑袋说："连长你别逗了，那种营职房，我可没敢想。我们又不是双军人，怎么能一下住进单元楼呢？"

许兵给他鼓劲："事在人为嘛。你不奋斗试试，怎么知道结果呢？"

从容的脑袋还摇着："我不用奋斗就知道结果，我不瞎费那个工夫。"

许兵敲开后勤尹处长办公室的门，尹处长见了她格外高兴。尹处长甚至站起身来，一迭声地说："稀客！稀客！我说早上怎么有喜鹊在我头顶上叫呢，闹了半天是美女登门了。"

许兵笑得合不拢嘴，好像很喜欢尹处长叫她美女。美女也不跟领导见外，不等让座，就自己坐到领导对面，冲着领导微笑，笑得如山花烂漫，分外好看。

"说吧，又想要什么了？"在这样的笑容面前，领导变得格外没有架子，分外好说话。

在这样没有架子、好说话的领导面前，有什么要求最好是开门见山，不用绕圈子。这样的道理许兵懂，也不是没有经验。许兵开门见山，直奔主题："我是来跟处长大人要我家楼上刚腾出的那套房子。"

"你要那房子干什么？"领导这不是装的，也不是跟她打官腔，耍花招，而是领导真搞不清楚她要那房子干什么用。

许兵莞尔一笑："要房子自然是住喽。"

领导被她调动起来，有些好奇了："你家来客人了？要借着住一阵？"

许兵在对面摇头，摇得领导愈发来情绪了，愈发要问个究竟了："你要那房子做什么用？你不说，我怎么能借给你呢？"

许兵头一歪，问道："我说了领导就会借吗？"

领导的胖身子向椅背上一靠，很有气势地说："你说了我就借给你！"

"此话当真？"

"当真！"

“不是逗我?”

“不是!”

“痛快!”许兵拍了一下尹处长的办公桌，像她是这张桌子的主人。拍完尹处长的桌子，她又夸尹处长的为人：“怪不得下边都说处长办事痛快，有魄力，有当主官的风范!”

尹处长笑了，摆着胖手说：“你就别再给我灌迷魂汤了，我真有点儿晕头了。”

晕了头的尹处长果真就把那套房子“借”给了从容。送许兵出门的时候，尹处长一遍又一遍地叮嘱她，对外一定要说这房子是借的，是暂住的。

许兵站在门口向他小声保证：“放心吧处长，我会提着我们指导员的耳朵嘱咐他的。”

幸福的周末，幸福的许连长和徐技师幸福地进了单元门。到了家门口，许兵像治水的大禹，过家门而不入，脚步铿锵地继续往四楼走。

身后的徐技师喊她：“哎！你是不是吃饱了撑的，想消消食啊?”

许兵转回身来，也不说话，先用食指勾他，又用媚眼引他，显然是想让他跟上来。徐晓斌疑疑惑惑、嘟嘟囔囔地上来了。“你搞什么鬼呀?”徐晓斌不满地问。

许兵神秘地一笑，伸出食指压到唇边，真像有什么秘密似的。她站在那儿东翻西找，终于从裤子口袋里掏出一把钥匙。许兵用那把钥匙开了人家的门，虽然人家刚刚搬走，但这毕竟不是自己家呀，她哪来的钥匙呢?

门被打开了，许兵一下子蹦进去。她扭头叫门外的丈夫：“你在那儿发什么呆呀？还不快进来。”

徐晓斌探头探脑地进来了，好像自己是个不速之客。他四下打量着空荡荡的房子，问：“怎么回事？你怎么会有这房子的钥匙?”

许兵扑过来搂着他的脖子，吓得徐晓斌直往后躲：“你干什么？这又不是自己家。”

许兵搂着他的脖子不放，笑眯眯地说：“老公，我把这房子给要下来了。”

徐晓斌边往门外看，边去扒拉她缠着自己的胳膊，边扒拉边叫：“快放手！快松开！小心别人看见！”

许兵说：“你是我丈夫，我还怕别人看见？”

徐晓斌说：“在家里我要搂搂你看费那个事，怎么出来了，你倒这么大方了？”

许兵笑了，松开了手，说：“你可真没劲，真是辜负了我一片好心。我本来想在这套房子里给你娶个二房，我好当个作威作福的大老婆。谁知你这么不知好歹，算了吧，二房就免了吧！”

徐晓斌让她给逗笑了，说：“还是算了的好，如果真把二房娶进门，不用一个月，你保证把人家逼得不是上吊就是投河。”许兵笑得咯咯的，很解气地说：“你知道就行。你还是小心点为好，免得将来闹出人命来，你吃不了兜着！”

徐晓斌说：“快别说这没用的了，说说这房子是怎么回事吧。”

许兵就很得意地给他说了这房子的来龙去脉，还没等她说尽兴，徐晓斌就听得不耐烦了，皱着眉头不高兴地打断了她。徐晓斌是真不高兴，这从他冷嘲热讽的口气中就能听出来。徐晓斌问许兵：“许兵，你知道你这是什么行为吗？”

许兵真不知道自己这是什么行为，这从她莫名其妙的神态中也能看出来。许兵问徐晓斌：“徐晓斌，你说我这叫什么行为？”

徐晓斌为了慎重起见，考虑了一会儿，似乎是在斟词酌句。他有点儿小心地问：“你知道办公室里有性骚扰这一说吗？”

许兵的脸色马上就不好看了，口气很不好地说：“我知道！你的意思是我性骚扰了人家处长，才拿到这房门钥匙的？”

徐晓斌赶紧摇头否认："我不是这个意思。你搞错了。性骚扰不是说的女人，而是说的男人。一般情况下，都是男人骚扰女人，上级骚扰下级。"

许兵的口气更不好了："那我就属于二般情况呗，是特殊情况呗。我是女的骚扰男的！下级骚扰上级！"

"你看看你这个人。"徐晓斌叫了起来，"怎么这么愿往自己脸上抹黑呢？你怎么可能去骚扰别的男人呢？别人不了解你，我还不了解你吗？再说了，这房子又不是你自己住，你可能下那么大的本钱吗？"

许兵冷冷地问："你的意思是说，如果这房子是我自己住，我就有可能去性骚扰？"

徐晓斌赶紧摇头否认："不可能。这是根本不可能的事。你不是那种人，干不出那种事！"

许兵认真地问："我是哪种人？你到底想说我是哪种人？我好心好意替人家指导员要了套房子，怎么就成了个不三不四的坏女人了呢？"

让许兵这么一通搅和，徐晓斌也有点儿二乎了，他都忘了自己刚开始想要表达的意思了，肯定不是指责老婆有性骚扰行为。不是性骚扰，那是什么呢？噢，想起来了！想起来了！徐晓斌赔着小心说："老婆，咱能不能回家去说呢？在这儿开展批评与自我批评，恐怕不大合适吧？"

"有什么不合适的？"许兵说，"就在这儿说。矛盾是这房子引起的，就在这房子里解决！"

"那好吧，那就在这儿说吧。咱可有言在先，咱这是批评与自我批评。我呢，尽量做到知无不言，言无不尽；你呢，最好能做到有则改之，无则加勉。你说行吗？"

"你哪那么多废话呀？你快点说吧！"

徐技师的意见是："许兵同志，你想过没有？现在团里的住房这么紧张，别人要不来的房子，怎么你一张嘴，就轻轻松松地到手了呢？你知道你利用了什么吗？你利用了男人的弱点，用自己姣好的容貌，到领导那儿，用你锐利的矛，去刺领导薄弱的盾！你说你这样做像话吗？作为你的丈夫，我对你轻而易举就拿到这套房子的钥匙感到不舒服！非常不舒服！”许连长的态度是：“呸！你不舒服你活该！你不舒服说明你心胸狭隘，说明你是个小肚鸡肠的男人。你们男人好色，该我们女人什么事？我们长得好一点儿的女人，是不是都应该一事无成才对？但凡我们干成点儿什么事，都是靠色相引诱的，勾引的？你也是我用姣好的容貌引诱来的吧？是我勾引的你吧？这么说你舒服点儿了没有？”

许兵将钥匙交给从容时，从指导员激动得都语无伦次了。如果他仅仅是语无伦次倒还罢了，问题是他还激动得口无遮拦了。从容激动地说：“哎呀，哎呀，还是你们女人好办事啊！这几天我的腿都跑细了，嘴也磨破了，好不容易让人家答应考虑考虑了，哪想到喜从天降啊！连长啊，许兵啊，你让我说什么好哇？还是你行啊，人长得漂亮，干什么都行啊！”许兵生气地想：“奶奶的！还是人家刘晓庆说得对。做女人难，做漂亮女人更难！”

第六章

最近，孟勇敢明显地感到来自连长许兵和技师王惠的压力。他暂时还没觉察到他身边卧有更阴险的敌人，他还傻了吧唧地把敌人视为知己，对敌人大骂他的同伙。

孟勇敢说："你老婆和王技师那两个老娘儿们真让人讨厌！最近她俩像蚂蟥似的，老是缠着我。她们是不是干这种事特上瘾哪？她俩还不如转业，脱下军装去专职当媒婆呢。"

徐晓斌不爱听了，说他："你说王技师是老娘儿们还比较靠谱，说我老婆是老娘儿们靠谱吗？"

孟勇敢笑了，说："现在不是，将来不是吗？这不是早晚的事吗？看把你急的，好像你老婆真成了老娘儿们似的。"

徐晓斌说："不但你烦，我也烦哪。那两人不但缠着你，还把我也给缠上了，天天逼着我做你的工作。我看你一天不答应，我是一天不得安生。我看你还是答应了算了，免得她俩这么没完没了地纠缠。"

孟勇敢说："我是不会向她俩屈服的！我还没尝过初恋的滋味呢，我不能白来这世上一趟。一场惊心动魄的恋爱都没谈过，那不冤死我了？"

徐晓斌笑了，说："你还敢向往惊心动魄的爱情？你可真是不知死活呀！那种爱情你以为是好玩的？不死也要脱层皮的！"

孟勇敢认真地说："别说脱一层皮了，就是脱两层皮也值啊！能把惊心动魄的女人娶回家，那该是什么滋味啊？”

徐晓斌说：“你呀，你就别做美梦了。这年头，哪还有什么惊心动魄的爱情呀？现在的爱情，都是量身定做的，都是些半成品，还有相当数量是些废品，甚至是垃圾。那量身定做的爱情还算是好的呢，就像咱们身上的军装，你有多大个，就要选多大尺寸的爱情。你还想着天上能掉那惊心动魄的馅饼？你等着吧！”

孟勇敢坚定地点着头，坚定地说：“我等着，我当然要等着了！”

正说着，门开了。连门也不敲就进来的，是一连之长许兵。

徐晓斌批评她：“你怎么连门也不敲？”

孟勇敢也跟着给她提意见：“就是。这毕竟是男宿舍，我们要是正不方便呢，怎么办？”

许连长问：“正课时间，你们会怎么不方便呢？军营里的正课时间，只有照章办事，没有什么方便不方便！”

徐、孟二人你看看我、我看看你，都无话可说了。徐晓斌仗着自己特殊的身份，嘴还有点儿硬：“你有事吗？”

许兵说：“我当然有事了！”

“有什么事？”徐晓斌问。

“有什么事也不该你问哪！”许兵刺他。

孟勇敢只好开口问了：“连长，您有什么指示？”

连长指示说：“孟分队长，你带着徐技师到指导员的新房去帮忙安窗帘去。”

孟勇敢叫了起来：“什么？让我俩去安窗帘？为什么非我俩去？派俩战士不就行了？”

连长说：“因那新房是借的，知道的人越少越好。”

孟勇敢不屑地说：“借的？借两天不就成分的了吗？搞得这么神神秘秘干吗呀？好像谁不知道这里边的猫腻似的！”

许连长说：“正因为里边有猫腻，才更不能派战士去呢。你俩去！

徐技师有经验，徐技师主干，你打下手，也算是观摩见学了。”说完，许兵转身就走，走到门口又回过头来：“你俩快点，别磨蹭！”

许兵走了，孟勇敢望着她的背影，咬牙切齿地对徐晓斌说：“这小娘儿们，真是欠收拾！”

徐晓斌也不在意他对自己老婆的称谓了，点头表示赞同：“是欠收拾！”

听他这么一说，孟勇敢又来气了：“别人能收拾她吗？不都指望你了吗？”

徐晓斌笑了，不负众望地说：“好吧，等回家看我怎么收拾她！”

孟勇敢讥笑他：“等你回家？等你回家第一件事就是汇报安窗帘的事。我还不知道你？”

徐晓斌站了起来：“你知道还不快点走？”

孟勇敢假装不知道：“到哪儿去？”

徐晓斌说：“出公差呀，到新房安窗帘呀！”

孟勇敢叫唤：“我怎么这么倒霉呀！人家的新房，我去帮人家装窗帘。”

徐晓斌往外推他，边推边做工作：“你别不知好歹了，让你去新房观摩见学，那是人家的良苦用心。”

孟勇敢回过头来盯着他问：“哎，徐晓斌，你是不是她俩派来的奸细呀？”

奸细吓了一跳，赶紧说：“我是奸细？你看我像奸细吗？我脑门上写着‘奸细’两字了吗？”

孟勇敢说：“奸细的脑门上能写字吗？真是的！你连这个都不懂，还当奸细呢。”

指导员新房的门虚掩着，里边传出王技师的大嗓门。孟勇敢马上停下了脚步，像里头是个陷阱似的站在门口不动了。

孟勇敢问："那老娘儿们怎么在里头？"

徐晓斌说："许你来帮忙，就不许人家来帮忙？"

孟勇敢说："我这又不是帮忙，我这是出公差。"

徐晓斌笑着说："搞不好人家也是来出公差的呢。"

孟勇敢扭头就要走，徐晓斌一把拉住了他。"你往哪儿走？"

"肯定又是你那操蛋老婆搞的鬼！"

"她又搞什么鬼了？"

"你想啊，王技师在里边，那倪双影能不在里边吗？"

正说着，倪双影开门出来了。她有些奇怪地问："你们怎么来了？"

孟勇敢粗声大气地说："我们来出公差！"

倪双影笑了，说："哪还用什么公差呀，活都快干完了。"王技师闻声走了出来，一见孟勇敢，高兴得嗓门更大了："哟！连孟大分队长都来帮忙了，看来指导员的人缘真不赖。那我先替指导员谢谢你了！"

孟勇敢没好气地说："指导员又不是你家的，还用你替人家谢。"

王技师碰了一鼻子灰，也不生气，更不气馁，继续代表指导员讲话："指导员是我们大家的。既然是大家的，我为什么不能代表他？我不但要代表他谢谢你，我还要代表他鞭策你呢！孟勇敢，你看看这新房多漂亮呀，你也赶紧抓紧吧，让连长也给你要上这么一套。"

孟勇敢哼了一声说："我才不稀罕走后门要来的房子呢。到时候我就排队等着，光明正大地住进去，不用这么偷偷摸摸、藏着掖着的。"王技师撇着嘴夸奖他："嗯！还是你孟勇敢有志气。我服你了。我们大家都服你了。还不行吗？"

孟勇敢说她："你怎么这么爱代表别人表态呢？"见王技师又要啰嗦，赶紧抢在她前边说："别说没用的了，快干活吧！"

王技师说他："想不到你的干劲还挺大，那就快干吧！"

孟勇敢以为是让他俩来爬高，往墙上钉钉子，哪想到人家的窗帘盒都是现成的，就等着往上挂窗帘了。这活还用男的干吗？女的干不是正好嘛。奶奶的！这又是许兵挖的坑，赶着他往里跳呢！还有眼前这个王技师，她也脱不了干系。她比许兵装得更像，也比许兵更过分。

活还没开始干呢，她就对徐晓斌说："徐技师呀，渴死我了，快领我上你家喝口水吧！"

徐技师更像个奸细了，马上配合得天衣无缝，满口答应："那好，那就快请吧！"

孟勇敢眼睁睁地看着两人有说有笑地走了，没有半点儿脾气。倪双影倒不像是装的，她像是真被蒙在鼓里，抱着一块粉红色的窗帘，笑眯眯地望着他。倪双影笑眯眯地说："分队长，咱俩把窗帘挂上吧？"

孟勇敢有气无力地答应着："那就挂吧。"

孟勇敢爬到桌子上去挂窗帘，倪双影在下边仰着脸笑眯眯地望着他。孟勇敢尽量把后背对着她。虽然是这样，孟勇敢还是不自在，如芒在背。很快，孟勇敢的大脑门上就渗出了密密麻麻的汗珠子。孟勇敢从桌子上跳下来，倪双影马上就发现了他脑门上的汗珠。

倪双影吃惊地问："哎呀分队长，你怎么出汗了？你热吗？"

孟勇敢嗯了一声，不热也要说热了。他难道能跟倪双影说实话，告诉她这不是热的，而是臊的？

又去挂另一个屋的窗帘。这个窗帘是湖绿色的，上边有摇曳的竹子，倒有几分雅致。倪双影好像很喜欢，抚摸着爱不释手的样子。

倪双影问："分队长，这窗帘好看吗？"

孟勇敢敷衍着："嗯，还行。"

倪双影说："怎么是还行呢？这多好看哪。这是我选的，那屋粉色的是王技师选的。她说新房要有点儿喜庆，非选个粉红色的。那颜色是不是有点儿乡气呀？"

孟勇敢不得不附和："嗯，是有点儿。"

倪双影说："你看吧，我说王技师，她还不信。哎呀，也不知新娘子喜欢哪个？"

孟勇敢没法再附和了，他哪知道新娘子喜欢哪个呀？她爱喜欢哪个喜欢哪个，该他孟勇敢什么事呀！这个倪双影，平时也没见她话这么多，今天哪来这么多废话呢？

倪双影还在说："分队长，你知道指导员和他爱人是怎么认识的吗？"

孟勇敢不感兴趣："不知道。"

倪双影告诉他："人家俩是在网上认识的，是真正的网恋。"

"嗯？"孟勇敢有点儿好奇了，站在窗台上往下看。

倪双影又笑了，仰望着头顶高大的孟勇敢，笑得有些羞涩："人家俩是在网上聊天好上的。想不到吧？指导员那么循规蹈矩的一个人，竟然还这么浪漫！哎，你知道新娘子的网名叫什么吗？叫'沉鱼落雁'。好听吧？"

"不就是个成语吗，有什么好听的？"孟勇敢从窗台上跳下来，不以为然地说了最长的一句话。没等倪双影开口，他就拍打着双手说："没了吧？没我什么事了吧？我还有事，我先回去了。"

倪双影望着孟勇敢宽大结实的后背，深深地叹了口气。

指导员满头大汗地回来了，看到正弯着腰拖地的倪双影，非常感动。他对倪双影说："哎呀，倪分队长，这几天让你跑前跑后的，我这心里真过意不去！"

倪双影直起身子，擦着额头上的汗，似乎比指导员更过意不去。她说："指导员，我也没干什么，你太客气了。"

指导员说："你还没干什么，这个家几乎就是你布置起来的。你就像对自己家一样！"

倪双影一想，也是呀，自己对这个新房是不是太热心了点？是因为这新房是自己领导的缘故吗？这是不可能的！以倪双影的家庭背景，一个连队指导员对她来说，实在算不了什么，她实在犯不上这样全心全意地投入。那是什么原因呢？是不是自己太渴望拥有这样的新房了？哎呀哎呀，自己的事八字还没一撇呢，自己喜欢的人还躲得老远的呢，还新房呢，想什么呢？

幸福的指导员哪里知道倪双影心里的悲哀呢？他脱下军装，挽起衬衣袖口，积极请战：“我来干点什么？”

倪双影强打精神给他派活：“你把卫生间的镜子擦擦吧，好像有点儿花。”

指导员愉快地喊了声：“好嘞！”就冲进了卫生间。倪双影又叹了口气，心想：“这要是孟勇敢就好了，孟勇敢要是能这么听我的招呼该有多好。”

王技师问徐技师：“差不多了吧？咱们应该上去看看了吧？”

徐技师点头，说：“但愿能有什么收获。”

王技师信心很足地说：“孤男寡女的，只要多给他们创造单独在一起的机会，我就不相信他孟勇敢能沉得住气！他是神不是人哪？”

徐技师的信心不足，摇着头说：“我看够呛。你还不了解那小子，那家伙有些地方就是一根筋。”

王技师笑着说：“你还是我们的卧底呢，怎么老是向着他说话呢？”

徐技师害愁地说：“给你们当卧底，什么好处没有不说，还要担惊受怕！”

王技师更乐了，说：“怎么会没有好处呢？许兵能一点儿好处也不给你？”

徐技师摇头，说：“那点儿好处，少之又少哇！而且……”

“而且什么？”王技师停住脚问。

“而且，而且……”徐技师吞吞吐吐地似乎不方便说。

“而且什么呀？”王技师跺着脚追着问。

“而且，还要看她高兴不高兴！”徐技师终于说了。

“嘿！我还以为有什么大不了的呢，你不会哄她高兴吗？”

“是我当卧底，应该是她哄我高兴才对！”

“理是这么个理，但谁让她是你的领导呢？领导派你去卧底，你能讨价还价吗？”

徐技师不高兴了，说王技师：“你是‘理’他妈吧？翻来覆去都是你的理！”

两人轻手轻脚地上着楼梯，主要是王技师在前边虚张声势地蹑手蹑脚，好像怕打扰了屋子里孤男寡女的好事似的。徐晓斌在后边看她鬼子进庄似的架势，忍不住笑了起来。王技师转过身来，示意徐技师不要笑，徐技师笑得更厉害了。王技师着急地小声说他：“不许笑！有什么可笑的？”

上了四楼，听到了倪双影的笑声，这下王技师也笑了。她回过头来，望着徐技师，眼睛在问：怎么样？我说得没错吧？王技师推开虚掩的房门，见倪双影主妇似的正在擦饭桌。倪双影一看见她，就埋怨道：“王技师，你们上哪儿喝水去了？是去茶馆了吧？”

王技师笑得一朵花似的，大声地编着瞎话：“他家没开水，临时烧的水。哎，那小子呢？”

正说着，“那小子”从阳台上跑出来了。这小子不是那小子，王技师一见他愣了一下，问他：“怎么是你呢？”指导员被问得莫名其妙，说：“是我怎么了？”

“孟勇敢呢？”王技师问。

“孟勇敢？”指导员更是丈二和尚了。

倪双影赶紧解释：“他早走了，挂上窗帘人就走了。”

王技师不满地扭头去看徐技师，好像人是他给放走的似的。徐技师微微一笑，一副事前诸葛亮的样子。

“诸葛亮”在家里的饭桌上给老婆泼冷水：“我看你就到此打住吧，封建家长们做到你这种程度，也该打退堂鼓了。”

许兵重重地放下筷子，明摆着一副不撞南墙不死心的样子。果然，她抽出张纸巾揩着嘴说："我是堂堂的共产党员，不是那些没有信念的封建家长。我怎么可能轻易就打退堂鼓呢？真是的！"

徐晓斌恨铁不成钢地望着她，说她："你呀，真是不撞南墙不死心！你就撞吧，接着撞吧，等着撞得头破血流吧。"

许兵受到表扬似的乐了，赶紧表态说："头破血流就头破血流。不付出血的代价，哪来的胜利果实呢？"

徐晓斌也将筷子重重地放下，恨恨地说："你愿撞你就撞去吧，我可不陪你一起撞了。我现在声明，我退出，我不给你们当什么卧底了。"

许兵咯咯地笑了，摇头晃脑地说："徐晓斌同志，这就由不得你了。"

徐晓斌同志绝望地说："你们难道是那贼船吗？上去就不准下来了？"

许兵更乐了，脑袋晃得更欢了："你把我们当贼船也行，随便你，反正你是下不来了。"

徐晓斌试探地问："我要是非要下呢？"

许兵笑得愈发厉害了，一点儿都不像在威胁人："那就请阁下试试看！"

"你们能怎么着我呢？"徐晓斌问。

"不用我们怎么着你，孟勇敢同志就替我们收拾你了。"许兵答。

徐晓斌放心地笑了，说："原来你们就这点儿幺蛾子呀？我还以为你们要把我大卸八块呢，闹了半天就这点本事。告诉你吧，我会主动向孟勇敢同志交代的。我这是苦海无边，回头是岸。我也相信孟勇敢同志的胸怀和肚量，他会伸出双手，欢迎我这迷途的羔羊的！"

许兵不笑了，咬着牙骂他："我怎么瞎了眼，嫁给你这个叛徒？"

徐晓斌不以为耻，反而解脱似的笑了，说："当叛徒也比当卧底强。给你们当卧底，我得什么好了？"

许兵更骂他了："你真是块天生当叛徒的料，还是犹大级的叛徒。

你快去刷碗吧，我懒得再看你了。”

徐晓斌说：“哎，这星期不是该你刷碗了吗？”

许兵说：“谁让你当叛徒了？当叛徒就该多干活。”

徐晓斌站起身来，说：“不该我刷，我不刷！”

许兵挡住他，伸出拳头来，歪着脑袋说：“那咱俩猜吧？谁输了谁刷碗。”

徐晓斌站在那儿想了一会儿，他算了算账：如果不跟她猜这个拳，那这碗肯定又是自己刷；如果跟她赌一把，结果说不定自己就不用刷了。“好吧，那就猜吧！”

徐晓斌伸出了拳头，又补充道：“愿赌服输，输了别耍赖！”

许兵高兴地跃跃欲试，嘴上很痛快：“哪能呢，我是那种人吗？”

“猜丁壳！”两人同时大喊，同时出了拳。徐晓斌的拳头还是拳头，许兵的拳头变成了剪刀，自然是她输了。

“三局两胜！”许兵喊。

徐晓斌又让她：“好！三局就三局，再来！”

“等一会儿！”许兵又喊，“让我想一想。”许兵坐在那儿转着眼珠子想了一会儿，说：“好了，来吧！”

“猜丁壳！”这次许兵还是剪刀，徐晓斌还是拳头。拳头砸剪刀，许兵又输了。

许兵站了起来，显然要跑。徐晓斌一把扯住了她：“你想赖？没那么容易！”

许兵立在那儿并不挣扎，而是心平气和地告诉他：“对不起，我忘了通知你了，我来了，我不能沾凉水，我不能刷碗。”

徐晓斌自然不信，拖着长腔问她：“什么时候来的？”

许兵说：“今天下午刚来。”

徐晓斌还是不信：“哪这么巧？怎么偏偏周末来了呢？”

许兵说：“这谁知道呢？你说我该问谁去呢？”

徐晓斌一下泄了气，不光这刷碗的活跑不掉了，连晚上法定的活儿也干不了了。奶奶的！这叫他娘的什么事呀！

晚上，徐晓斌躺在床上无事可干，心里烦躁，电视和书统统看不进去。一旁的许兵倒没事人一样，看着电视还哧哧直笑。徐晓斌夺过遥控器，关了电视，理直气壮地说："别看了，陪我说说话！"徐晓斌的语气中，有明显的吃了亏要求补助的意思，许兵哪能听不出来呢？想想人家又替自己刷碗，又什么事也干不成的委屈，许兵只好听话地配合了。许兵转过身来说："说吧！"

徐晓斌说："你离我远点，别靠我这么近！"

许兵坏笑着问："靠你这么近会有什么后果呢？"徐晓斌没好气地说："有什么后果？搞不好我会闯红灯的！你让吗？"

许兵赶紧往后靠，说："我不让！我哪能让你犯这种低级错误呢？我还是陪你说说话吧。""说吧。"

"说什么呢？"

"随便。"

"那就说说孟勇敢的事吧？"

"说说就说说，你以为我害怕说他？"

"你都成了无耻的叛徒了，你还怕谁呀！"

"哎，说真的，我劝你别再管了，别再折磨人家孟勇敢了。你这么上赶着逼人家，不但是对人家孟勇敢不尊重，也是对人家倪双影的不尊重。这要是传出去，对她影响多不好。她以后还能在这院里找对象吗？"

许兵问："谁会传出去呢？孟勇敢还是你？"

徐晓斌说："你能保证王技师那张嘴吗？平时就没有把门的，我看玄！"

许兵不说话了，徐晓斌看到了希望，继续做工作："他俩也的确不是一类人，很难进一家门。我看倪双影跟指导员倒像是一家人，今天他俩在楼上收拾新房，真像两口子呢！"

许兵一听，想了想，觉得还真是这么回事。她说：“你别说，那两人还真是一类人呢，都是那种老实本分不好玩的人，他俩没准还真能过到一起呢。”

徐晓斌说：“说这些有什么用？你早干什么去了？”

许兵说：“谁往这方面想了？再说了，人家倪双影喜欢的是孟勇敢，又不是指导员。唉，都说物以类聚，人以群分，倪双影怎么就偏偏看上该死的孟勇敢了呢？你给我说说看，孟勇敢他到底哪点招女人喜欢呢？”

徐晓斌像是孟勇敢同志事迹报告团的成员，对他的情况张口就来：“他起码有三点吸引你们女人。一是他不好色，从不把女人当回事。这是你们女人最欣赏男人的地方。你们就像孔老夫子说的那样，不能给你们好脸，给你们好脸你们就着鼻子上脸。哎哟！你拧我干什么？你还让不让我说了？哎哟，我说到哪儿了？该说第二点了吧？第二点是他人很仗义，为人处事很够意思，出手大方，很有凝聚力。三是他身上有一种天生的幽默感，没办法，爹妈给的，不要都不行。”

许兵的嘴在一旁一个劲地啧啧，徐晓斌都住嘴了，她还在那儿啧个不停。

徐晓斌说她：“你有什么不同看法你就说，别在这儿像个农村妇女似的咂巴嘴。”

许兵问他：“你是不是也跟倪双影似的爱上孟勇敢了？怪不得这样不惜当叛徒也不想让人家俩成呢！”

第七章

沉鱼落雁来了。

本来人们对她这个网名还抱着极大的不信任，认为网络世界，虚假的成分太大，不足为信。谁知沉鱼落雁一来，给大家上了很好的一课，既让大家反思自己身上主观主义的毛病，又给虚拟的网络世界正了名。沉鱼落雁真是漂亮，漂亮得一点儿都没浪费古人天才的想象力。

她是四川雅安大山里一个小县城的人，王技师很少有地文绉绉地夸奖她："哎呀，真是深山出俊鸟哇!"

漂亮的沉鱼落雁，让也很漂亮的许兵觉得有点儿可疑。她跑回家去，跟自己的男人说出了心中的疑惑。许兵问："你说她这么漂亮，怎么会嫁给指导员呢?"

徐晓斌反问："你什么意思?"

许兵说："我的意思，我的意思是，哎呀，反正我的意思你知道!"

徐晓斌说："你的意思是，这么美丽的新娘，我们革命军人没资格消受?"

许兵用眼斜他："我是这个意思吗？再说，再说什么美丽的新娘啊？美丽的新娘有你什么事?"

徐晓斌笑了，说："看样子这个莫小娥让你很不服气呀。"

"莫小娥？她叫莫小娥啊？哪个莫呀?"

“‘莫让青春付水流’的莫。”

许兵的嘴都撇歪了，说：“你就说莫斯科的莫呗。还‘莫让青春付水流’呢，也不嫌费事。哎，你是侦察兵吗？连人家姓什么叫什么都侦察得一清二楚。你行啊！”

徐晓斌摇着头说：“头一次见你这么吃醋，你也行啊，有潜力！”

许兵的嘴还撇着：“我吃的哪门子醋哇！我堂堂的解放军军官，还能吃一个随军家属的醋？再说，她还没随军呢，离随军还远着呢，充其量不过是个县城来的打工妹。我还能吃一个打工妹的醋？你有没有搞错呀！”

徐晓斌说她：“你越说越不像话了，这么浅薄的话你也好意思说出口。你还军官呢，你连军嫂都不如。”

许兵不好意思地笑了，说：“我这不是在家关上门跟你说吗？我又没在外边说。哎，我发现你怎么开始胳膊肘往外拐了呢？我可警告你，对楼上那个美丽的新娘，你要做到目不斜视，不准多看！”

徐晓斌赶紧表态：“我放着堂堂的上尉军官不去看，我去看一个县城来的打工妹，我眼有毛病吧？”

许兵乐了，说：“还说我浅薄，闹了半天你也跟我一样。”

徐晓斌说：“我得跟你看齐呀，要不然我太厚，你太薄，咱俩还能过到一起吗？”

“去你的，说正经的。”

许兵收起笑，真的认真了：“我就是有那么点不放心，替指导员不放心。你想啊，他俩这闪电似的婚姻本来就有点儿玄，又是这么个沉鱼落雁般的女人，你说不玄吗？能让人放心吗？”

“有什么玄的？指导员虽然不是个美男子，但小伙儿长得也不差。虽然硬件明显不如女方，但软件比女方可强多了，是堂堂的上尉军官，又在北京工作，家里条件也不错。她莫小娥一个小县城的美女，嫁给这样的男人，也算可以了吧？而且，随着时间的推移，他俩的条件会成反比的。指导员的官会越做越大，她莫小娥会越来越年轻吗？没可能嘛！所以说，你就把你那颗被醋泡过的心放进肚子里吧，你的搭档不会吃亏的，他只会占便宜，吃不了亏。”

“哎呀，事情没这么简单。”许兵急得都要跳起来了，可见她是真的有点儿不放心，“你想啊，他俩是怎么认识的？是在网上认识的吧？指导员那种丁是丁、卯是卯的死板人，在网上就能变得有意思了？没可能吧？那他靠什么吸引的莫小娥那种沉鱼落雁似的美女呢？是你说的那些软件吗？如此说来，他们之间有感情吗？有爱情吗？指导员这边有爱情，这是傻瓜都能看出来的，莫小娥那边有吗？有爱情吗？哼，我看着玄！”

“你看人家什么都玄。哎，我说许兵，你操这么多心干什么？指导员仅仅是你的搭档，搭档值得你这么上心吗？”

“指导员不仅仅是我的搭档，还是我的战友。战友战友，亲如兄弟。我不能眼睁睁地看着战友往火坑里跳！”

“你快拉倒吧。你说人家那是火坑，你那亲如兄弟的战友可不这么看。人家觉得那是福坑，掉进温柔乡里了。没准儿人家觉得自己是世界上最幸福的男人呢，你瞎操什么心哪？”

“但愿是我瞎操心吧。”许兵叹了口气，结束了这场争论。

正如徐晓斌所言，新郎从容真的觉得自己是世界上最幸福的男人。他望着躺在自己身边这个美若天仙的女人，简直分不清这幸福是真的还是假的。他忍不住伸出手来，小心翼翼地抚摸了一下她缎子一般的肌肤，又软又滑的，一股暖流像电一样，直麻到他的心里头。直到现在，从容对这个跟自己同床共枕的新娘还有点儿陌生的感觉。昨晚在一起的时候，还跟第一次似的，既激动难捺，又有些不好意思碰她。怎么会这样呢？从容自己也很纳闷。不过，现在连这纳闷的感觉也挺好的，挺舒服的。

还睡着的莫小娥翻了个身，将后背对着自己的新丈夫。这个丈夫还以为她太累了，哪里知道她早醒了，甚至比他醒得还早，睁着一双美目已经盯着他看了好久了。此刻，虽然她背对着他，眼睛也是闭着的，但她还是能感觉到他那火辣辣的眼神。对这种眼神，她与其说是不习惯，不如说是不喜欢。

正如许兵所怀疑的，莫小娥就是冲着丛容的条件嫁给他的。至于说感情和爱情那些个东西，莫小娥眼下还真顾不上。莫小娥是个心比天高的女人，她知道自己肯定不属于那个大山里的小县城，她一定会走出大山，到大城市里去，成都、重庆都行，绵阳、广元也行。没想到方寸大的电脑屏幕帮了她大忙，在那个虚拟的舞台上，她竟然一个跟头，像孙悟空似的翻了十万八千里，一下子翻到了北京，翻进了祖国的心脏。不但成了军官太太，还成了中关村的白领。再过个一年半载，她还可以把户口迁过来，不费一枪一弹，变成一个真正的北京人。真是人生如梦，铁树开花呀！

莫小娥伸了个懒腰，身后的丈夫马上问："你醒了？"

莫小娥转过身来，伸出胳膊搂住了正深情地注视着自己的丈夫，假装刚刚睡醒的样子，慵懒娇羞地问："亲爱的，你早醒了？"

亲爱的丛容同志无比幸福地笑了，他实话实说地告诉她："我也刚醒没多久，你不再多睡一会儿了吗？"

莫小娥搂着丛容的脖子，像一条缠在他身上的美人鱼。美人鱼饿了，但美人鱼不直接说自己饿了，而是亲切地问对方："亲爱的，你不饿吗？"

"亲爱的"丛容马上就心领神会了，他马上坐起身来，拽过衣服就往身上套。美人鱼也假装要起来，被"亲爱的"一把按住。"亲爱的"关切地对她说："你躺着别动，最好再小睡一会儿。我去，我去做早饭。"

莫小娥满意地喝着牛奶，吃着烤面包和煎鸡蛋。虽然她刚刚从大山里走出来，但吃这种西式的早餐，她一点儿都不露怯。这是她梦寐以求的生活，她早就向往着能这样优雅地吃早餐了。那句话是怎么说的来着？心有多大，世界就有多大。莫小娥是个人在深山里，放眼大城市的人。大城市里的人是怎样生活的，莫小娥一点儿都不陌生。再说不是还有一句老话吗？没吃过猪肉，还没见过猪跑吗？更何况，牛奶、面包、煎鸡蛋，人家莫小娥又不是没吃过。

莫小娥优雅地抽出一张餐巾纸，轻轻地按了按秀气的嘴角，似乎是漫不经心地问："你跟那个女连长，在连里谁说了算？"

从容认真地说："谁说得对，就谁说了算。"

莫小娥微微一笑，洞察一切地说："我看不一定，那个女连长是个人物，你不一定是她的对手。"

从容更认真了："我们本来就不是对手，是搭档。"

莫小娥也有些认真了："同行都是冤家，搭档就更是了。"

从容还是很认真："那是你们地方，我们部队可不这样。"

莫小娥分明不信："你们部队是人间仙境？你们当兵的都不食人间烟火？"

从容无话可说了。部队肯定不是人间仙境，当兵的也不可能不食人间烟火。但他跟连长也确实不是冤家对手。可这些问题却说起来话长，而且肯定有说教的味道。他虽然是个政治指导员，但他毕竟不是莫小娥的指导员。一个老百姓向军人的转变是不容易的，一个老百姓向军人家属的转变也不是件轻而易举的事。唉，慢慢来吧，润物细无声吧。

莫小娥也看出了从容对这种话题的坚持，他虽不再说话了，但那不表示他同意或是认可了她的看法。别看他俩是速战速决闪电般地结婚，但莫小娥自认为对从容是了解的。别看她只是幼师毕业的，学的是小朋友的心理学，但她对大人的心理有着天才般的了解和掌握。她不但了解从容这个人，她也了解从容这一类人。这类人都是些死心眼，都是些爱认死理的人。这是最不能令莫小娥忍受的。莫小娥是个活泛而机灵的人，按说不是一类人难进一家门，但人家莫小娥想进的不一定是从容的家门，而是北京的大门，首都的大门！要奋斗就会有牺牲，想要进北京的大门，还能什么都不牺牲吗？不可能嘛！

莫小娥笑容满面地转移了话题，她歪着可爱的脑袋说："亲爱的，咱们是不是应该请请楼下那两口子？以后是邻居了，抬头不见低头见的，还是要同他们搞好关系的。"

从容很高兴地点头，似乎这个提议提到了他的心坎上："对对对，你这个提议太好了，咱们是应该好好请请人家。咱这房子就是人家连长帮着要的呢，就冲这个，也该好好请次客。"

莫小娥笑着一语双关："我说你们连长比你厉害吧？"

从容也笑着点头："嗯，这话不假，她是比我厉害。"

客是在家里请的，没想到莫小娥竟然做得一手好菜。好像四川人都会做饭，辣椒、胡椒一通猛放，连豆腐辣得都出味了，别说鸡鸭鱼肉了。莫小娥腰里扎了条蜡染的围裙，不像个家庭主妇，倒像个舞蹈演员。她亭亭玉立地站在那儿，细腰被围裙紧紧地束着，胸是胸、腚是腚的，真是风韵十足。徐技师遵照许连长的指示，对眼前这个光彩照人的女邻居尽量不多看，更不要说夸奖什么了。倒是许连长懂事地把夸奖女主人的任务全包了，从女主人腰里的围裙，到餐桌上诱人的佳肴，能夸的都夸到了，可以表扬的也尽量都表扬到了。许连长是真夸，也是真表扬，人家的确长得漂亮，也干得漂亮。大家入座，共同举杯，客套了一番，第一杯红酒都干了。几杯红酒下肚，许兵的脸就灿若桃花了。

莫小娥放下筷子，在对面拍起了巴掌，她非常像真的惊叹："哎呀！连长你好漂亮耶！好美耶！"为了证实自己的惊叹，她又拉上了自己的丈夫："小丛，你看是不是呀？"

从容很从容地看着对面的女搭档，很认真地点头："是，你喝了酒更好看了。"

莫小娥拍着巴掌叫："你看看你看看，我说的不是假话吧？"

许兵几乎没被别人这样惊呼着夸奖过，她很不习惯，也很不自在。一向伶牙俐齿的她，竟然不知该说什么好了。她看了一眼身边的丈夫，丈夫正好也在看她。两人相视一笑，一切尽在不言中了。哎呀，这个莫小娥也太能喝了，酒对她，就像水一样。那些酒精都跑到哪去了？难道都跑到许兵的脸上了吗？真是不可思议。

许兵举着一张红旗一般的脸，不服气地问莫小娥："你怎么这么能喝呢？你把酒都喝到哪儿去了？"

莫小娥咯咯地笑了起来，自豪地说："我是喝米酒长大的。我在娘胎里就开始喝！我们那儿家家都自酿米酒，我们经常喝米酒解渴呢。"

许兵服气地摇着头，说："怪不得呢，原来你是童子功，这谁能喝过你呀！"

莫小娥更得意了，她给自己又倒了一满杯，再一次举杯敬许兵。这一杯酒许兵还不得不喝，因为她是替她家小丛敬的。莫小娥站了起来，很郑重的样子，像有什么重要的事情拜托。许兵也想礼貌地站起来，无奈腿都软了，好像站不起来了。

莫小娥善解人意地示意她不用站起来，她说："连长你不用起来，你就坐着喝。这杯酒，我是替我家小丛敬的，希望你以后多多关照他！"

这是哪的话？而且，这种话又是从何说起呢？如果她喝多了瞎客气，那倒也罢了。她分明头脑清楚，一点儿都不糊涂哇！许兵又去看她身边的丛容，想看看这个被托付的男人是什么表情。

丛容果然有些难为情，他仰望着举着酒杯站在那儿的老婆，劝她说："你别喝了，能喝你也别这样喝。"

莫小娥说："你别管！我替你敬人家许连长，许连长不喝我不坐下。"

许连长一听，赶紧举起酒杯，赶紧将半杯红酒喝下去。她不想在这么不靠谱的拜托上纠缠下去，她受不了这个。

连长两口子互相搀扶着、扶着墙回家了，幸亏就住楼下，要是住得再远点，这两口子恐怕自己是回不了家的。许连长一进自己家门，就搂住了徐技师的脖子，学着莫小娥的口气说："小徐呀，麻烦你把我背到床上去。"

小徐哈哈大笑起来，马上双腿马步地下蹲，豪迈地说："来吧！上来吧！"

许连长高兴地往徐技师的背上爬，还没怎么用力，徐技师就跟个纸马似的一屁股坐到了地上，害得许连长也摔到了地板上。

许连长踢了徐技师一脚，不高兴地说："看你喝点酒就喝成这德行！连个女人都喝不过，真是个笨蛋！"

徐技师坐在地上捶着闪了的后腰，心服口服地说："这个女人不简单哪！"

许兵又踢了他一脚，说："我早就说她不简单，你还不信。这下你信了吧？"

徐晓斌连连点头，连声说："我信了，我信了，还是你们女人厉害，自己人逃不过自己人的眼！"

第八章

孟勇敢从窗户上看见许兵抱着高副连长的女儿出去了，扭过头来，对正在抄政治笔记的徐晓斌说：“我怎么看着你老婆抱小孩那么别扭呢?”

徐晓斌头也不抬地问：“别扭什么？有什么别扭的?”

孟勇敢摸着下巴说：“好像你老婆就不该抱小孩。”

这下徐晓斌抬起头了，认真地问：“为什么？为什么我老婆就不该抱小孩?”

孟勇敢笑了，说：“可能是我打心眼里觉得她不是个女人吧？看她抱孩子，就跟看男人打毛衣似的不顺眼。”

徐晓斌不爱听了，骂他：“你快闭上你那乌鸦嘴吧，我老婆好不容易有点儿喜欢小孩了，别再让你给说没了!”

孟勇敢一下子坐到桌子上，很感兴趣地问：“怎么，想要孩子了?”

徐晓斌把钢笔往桌上一丢，说：“我早就想要了，可光我想要管屁用啊!”

孟勇敢点着头，表示赞同：“对，你这话有道理，简直就是真理。可谁让你找这样男人婆似的老婆呢？想要个孩子自己都说了不算，你这种男人还活个什么劲呀!”

徐晓斌抬头盯着他看，说他：“你别在这幸灾乐祸了。你这五十步，还有脸笑话我一百步?”

孟勇敢吹牛：“别看我只是五十步，但只要我愿意，加快点儿步伐，随时都可以追上你，走到你前头去，比你早当爹!”

徐晓斌哼了一声，说：“你就在这儿吹牛吧，能给你生孩子的那一半，还不知在哪刮旋风呢。”

孟勇敢更敢吹了：“你别管她躲在哪里刮什么风，只要我一个口哨，她就要百米冲刺地往我这儿赶，晚一步都不行！看我怎么收拾她!”俩人都笑了起来，气氛很好。

孟勇敢语气非常好地对徐晓斌说：“徐技师，跟你商量个事?”

“什么事?”徐技师的警惕性很高。

孟勇敢从桌子上跳下来，上身匍匐在桌子上，几乎是对徐技师顶礼膜拜了。他请求道：“徐技师，行行好，你就顺手帮我把笔记一起做了呗?”

“想好事!”徐技师一口回绝。

“唉!”孟勇敢可怜巴巴地叹了口气。

好心的徐技师就多余地给他解释：“咱俩的笔迹不一样，你想找着挨剋呀?”

孟勇敢还不死心，还教人家方法呢：“你咋那么笨呢？你就不会模仿我的笔迹吗?”

自从高副连长家属来队探亲，许兵就像大地震前的老鼠一样，频繁地往人家家里跑。这对许兵来说，是非常非常罕见的。一般家属来队，她都是象征性地去那么一到两趟。刚来时那一趟是一定要去的，至于送行的那一趟，她就可去可不去了。

许兵的确跟一般的女人不同，女人许多共同的爱好她都没有。比如串个门，比如聊聊家长里短什么的，她都不喜欢。不但不喜欢，还非常讨厌。不但自己不爱这么做，还讨厌别人这么做。因此，她这次这么反常地、勤快地往人家高副连长家跑，就格外引人注目，惹人猜测。

有人说，平时也没见连长跟副连长的关系多么好哇？言外之意是她没理由这么个跑法。还有人猜测：莫不是连长跟副连长的家属格外投缘？马上就有人站出来反驳：她俩会有什么缘？副连长家属闷得比哑巴也强不了多少，跟她说话，还不得把连长急死？最后还是王惠王技师权威似的一锤定音。

王技师像个百事通似的，她的语气是不容置疑的："你们知道什么呀？连长那是开窍了，喜欢孩子了，想要孩子了。我看高副那小丫头跟连长有缘，好像有母女缘似的。是那小丫头把连长的魂儿勾去的。"

大家都觉得有道理的时候，徐技师对此却嗤之以鼻。真正的权威历来是不在人前张扬的，徐技师也有这样的品性。他私下里对孟勇敢嗤之以鼻，笑话王技师瞎掰。徐技师说："她知道什么呀！还许兵开了窍，好像许兵是个白痴似的，连喜欢个小孩子都要开窍。许兵往高副家里这么勤快地跑，那是因为许兵喜欢高副的老婆。唉，不对，用'喜欢'这个词好像不够准确。那用什么词形容呢？用'崇拜'？用'尊重'？似乎都不太妥当，那用什么词好呢？"

连孟勇敢都被调动起来了，他也开动脑筋，帮徐技师想词。他大叫一声，想起来了，抢答似的说："敬重！用'敬重'这个词！"

徐技师一拍大腿，二话不说："对，没错，就是这个词！"

其实，孟勇敢能很快地想到"敬重"这个词，倒不是他的语文有多么好，词汇储备有多丰富，而是有感而发。说的好像是许兵，其实也包括他自己，甚至是全连官兵。

高副连长的老婆叫国春梅，河北唐山人，是个不怎么爱说话的孤儿。刚知道她是个孤儿的时候，孟勇敢还掰着手指头算了算，说："哎，不对呀？一九七六年大地震的时候还没有她呀？"许兵用眼白他，还训他："你什么意思？你以为只有大地震才会有孤儿？你这是什么混账逻辑呀！"

国春梅是被父母遗弃的，是在孤儿院里长大的。据说她们孤儿院的孩子都姓国，国家的国，是国家孩子的意思。国春梅是个性格内向、不太爱讲话的人。但谁也没有想到，她会那么大胆地追求高副连长，他俩浪漫的爱情一直令人们津津乐道。

那年春节前夕，单位派她到河南出差，而且就派了她一个人去。这也不难理解，因为临近春节，有家有口的人都不愿这时候出差。她是个无牵无挂的孤儿，她不去谁去呢？好在事不大，她一个人去也能办了。年前的火车上拥挤成什么样，那是可想而知的。好在单位给她买到了卧铺，她也没遭什么罪。但她坐的这节卧铺车厢正好跟硬座车厢挨着，那些没有座位的旅客，都跑到他们车厢来，或席地而坐，或席地而卧。

她在中铺，下铺是个跟她年龄相仿的军人。那军人是开车就睡，睡得呼噜声震天响，烦得国春梅够呛。对面中铺上是个中年妇女，话多，知道的也多，她告诉国春梅：这小伙子是个通信兵，昨晚值了一夜班，白天也没捞着睡，这是困极了。

晚上九点多钟，下边的呼噜声停止了，那个通信兵醒了。他穿上三接头军用皮鞋，大概上厕所去了。他再回来的时候，身后多了三个人，一看就是娘仨。一个三十多岁黑不溜秋的农村妇女，带着一男一女俩孩子，女孩四五岁的样子，男孩还在怀里抱着。

国春梅以为通信兵碰到熟人了，甚至是亲戚什么的，等那女人坐到下铺上千恩万谢的时候，国春梅才明白他们压根谁都不认识谁。这娘仨大概是通信兵在过道上“捡”来的，很可能是通信兵打这娘仨身边路过，不忍心看他们相拥着睡在过道有穿堂风的地上，就把他们领到了自己的卧铺上。

这可怜又幸运的娘仨大概也是困惨了，也像那通信兵一样，倒头就睡。那母亲也打起了呼噜，打得一点儿也不比通信兵打得小。国春梅这才知道，女人也能打呼噜，而且一点儿也不比男人差。国春梅被吵得一点儿也睡不着，在上边翻来覆去地烙烧饼。

夜已经很深了，想睡又睡不着的滋味确实不好受，国春梅烦得下来想透透气。这一透气可不要紧，一段浪漫美好的爱情佳话开始了。

在昏暗的车厢夜灯下，那通信兵席地而坐，头深深地勾在胸前，身子随着列车的晃动，一下一下地摇摆着，很难受很不舒服的样子。国春梅望着眼前这个行为高尚的人，再回头看看那睡得正香的幸福的母子仨，那一刻，国春梅从未向任何人打开的心扉慢慢地打开了。国春梅对自己说：我一定要认识这个人！我一定要跟这个人交朋友！

火车马上就要到终点站了，国春梅还没认识这个自己想要认识的人。其实想认识一个人有这么难吗？尤其是在火车上，还在一起待了将近二十个小时。换了别的女孩，别说认识一个人了，只要她愿意，早就可以打得火热了！但国春梅是个什么性格的人？跟熟人她的话都不太多，更何况是个陌生人，还是个陌生的男人呢？

正当国春梅急得要命的时候，苍天有眼，老天爷出面帮她了。那个爱说话的中年妇女，收拾她自己的行李，好像是没事可干了，又好像是也想认识这个好心的通信兵，就很主动、很冒昧地打听人家姓什么，叫什么，在哪儿当兵，多大了，有对象了没有，等等，正好都是国春梅特别想知道的。通信兵有问必答，一是一、二是二的很诚实，也很实在。国春梅听在耳朵里，记在心坎上。她在心里想：老天都这么帮我，没准儿真能行呢。

高金义无精打采地回来了，不用问，这次回去见的那个对象肯定又没成。这是典型的失恋了的样子，别人同情都来不及，许兵却人事不懂地把人家好一通损。许兵那时还是副连长，看不惯他一天到晚无精打采的鬼样子，有一次在食堂门口叫住了他。

“高金义，你站住，我有话问你！”

“什么话？”

“高金义，都说你失恋了，你能告诉我什么是失恋吗？”

高金义那时还是话机分队的分队长，虽然是许兵的部下，但却比许兵年长三岁还要多。高金义不高兴地望着这个连男朋友都没有的女上司，没好气地问：“你问这干啥?”

许兵也没好气：“你问这么多干吗？你只管回答我的问题。”

高金义当然不可能回答她的问题了，这个问题该你问吗？再说，你问得着吗？

高金义不回答，许兵也不逼他，而是像过来人似的，大言不惭地给人家解释什么才是失恋。解释完什么是失恋，许兵好像又来气了，皱着眉头问人家：“我问你，高金义，你刚见了人家两面，你就爱上人家了？还没爱上人家，你失的哪门子恋哪?”

高金义实在听不下去了，他不能让一个连恋爱还没谈过的丫头片子在这里指导自己什么是失恋。奶奶的！明明是你们看走了眼，错把失意当失恋，还有脸在这儿给我当老师上课!

高金义说：“许副连长，你连对象都还没有呢，你知道哪门子失恋呢？你还在这儿给我当老师，你先谈个对象，再来教我也不晚!”

许兵自然不爱听，但又一时没话可说，愣了半天，才气愤地说：“高金义，你真是狗咬吕洞宾，不识好人心。算我瞎了眼！算我什么也没说!”

高金义哪能就这么算了呢？眼前这个吕洞宾虽然是个外行，但她的确是好心。高金义又不是那不知好歹的人，哪能把别人的好心当成驴肝肺呢！高金义现在的心情好多了，他跟在许兵身后又进了食堂。他要继续逗逗她。高金义坐到许兵对面，假装继续烦恼：“许副连长，我实话跟你说吧，我这真的不是失恋。”

许副连长端着米饭反问他：“你这不是失恋又是什么?”

高金义又认真起来：“我这是生气。”

许兵也认真地问：“你生谁的气呢?”

高金义说：“我生那个女人的气。”

许兵又问：“你生人家什么气呢？就因为人家不同意?”

高金义更认真了："你不知道，我跟那女的总共见了两次面，连她的手都没捞着拉一下，光吃饭就花了我三百多块钱！"

"你活该！"许兵一点儿也不同情他，"谁让你刚见面就请吃饭的？"

高金义说："都到了饭点了，你说我不请行吗？"

"怎么不行？"许兵将勺子往碗里一扔，又拍了一下桌子。"你这个笨蛋，你不知道什么是不见兔子不撒鹰啊？！"

没过几天，值班员拿来了一封信，写着高军毅收。值班员拿给正好路过值班室的许副连长看："副连长，咱连哪有这个人哪？"

许副连长看了一眼，随手丢到桌子上，说："寄错了，退回收发室。"刚刚说完，她又想起什么，重新拿起那封信来，又仔细地看了看，说："地址对呀，这会不会是寄给高金义分队长的？你看这音同字不同，没准儿还真是他的。"

正说着，高金义恰巧从外边回来了，许兵招手叫住他，把信交给了他。高金义看着唐山这个地址，莫名其妙："唐山我没认识的人呀？"

许兵倒来了兴趣，似乎比高金义还想看这封信，她说："哎呀！你就别想了，别费那个脑子了，拆开看看不就得了？不就一切都明白了？"

"万一拆错了呢？"高金义还是不敢拆，他怕担责任。

许兵一把把信夺过来，二话不说把信拆了，边往外抽信边说："错了再退回去呗，能死人哪？"

许兵打开了这封折叠得很艺术的信，比高金义还早地看到了国春梅的求爱信。

国春梅的文笔很好，将那天在火车上的情形再现得又生动又感人，直截了当地表达了对高金义的敬佩之情，又委婉含蓄地透露出对他的爱慕之情，用商量的口吻问能不能同他交个朋友。最后是"此致，敬礼，盼回信"。

许兵看完信，激动得什么似的，跟自己接到求爱信似的兴奋无比。她扯着高金义的袖子，一迭声地说："快写信，快给人家写回信，就说你愿意！非常愿意!”

那时的指导员是个女的，比他俩都大，人家才是真正的过来人。指导员读完这封真挚感人的信后，让高金义仔细回忆火车上的情形，对这个叫国春梅的年轻女子是否有印象。

高金义马上摇头说：“没印象，一点儿印象都没有。”

许兵不信，说他：“高金义你就别装了。一个睡在你上铺的美丽女子，你能一点儿印象也没有?”

指导员听不下去了，问她：“许兵，你怎么就认定这个国春梅是个美丽的女子呢?”

许兵的脖子一梗，短发飞扬：“起码她的心灵美，是个追求真善美的人!”

指导员笑了，说：“这还差不多。这个国春梅看样子是个正派、有上进心的好姑娘，字写得这么好，文笔也这么好。我看你先给人家回封信，交往交往看。”

高金义紧张得直摆手：“不行，不行，不行！人家的字写得这么好，我的字像毛毛虫，我咋好意思给人家写信呢?”

“你用微机打。”许兵在一旁出谋划策。

指导员不同意：“那不行，那显得多没诚意！还是手写的好，人家喜欢的是你这个人，喜欢的是你美丽的心灵，字写得好不好，不那么重要。”

高金义还是直往后缩：“人家的信写得也这么好，我哪比得了呀！我不会写，我怎么写呀？我给人家写什么呀?”

许兵在一旁急得直跳脚：“哎呀！哎呀！招兵怎么招了你这么个笨蛋？指导员，怎么办呢？煮熟的鸭子还能让人家飞了吗?”

指导员都笑出声了，说：“这鸭子哪熟了?”

许兵还蹦高：“不煮怎么熟哇?”

指导员说：“那你帮他煮，你帮他写回信。”

“写就写！”许兵马上就撸胳膊挽袖子，招呼高金义，“给我拿纸和笔来，咱们现在就写！”

许兵跟国春梅的缘分应该追溯到彼此的第一封情书。许兵的文笔也是相当了得的，高金义在抄写的过程中都有点儿做贼心虚了。他一而再、再而三地担惊受怕：“副连长，这行吗？你写得这也太好了，一点儿也不像我写的，万一露馅了怎么办？”

副连长正得意着，她喝了口龙井绿茶，很像西湖边上的文人墨客。她挥了挥还沾着钢笔水的手，一副听我指挥的派头：“你快抄你的吧，哆嗦什么？一点儿都不像你写的又怎么样？她又不是千里眼，她还能看见不成？”

高金义还是不踏实：“人家要是给我回信了，我再咋办呢？”

“笨蛋，你再回信呗！”

“我再回信还能写你这么好吗？”

许兵扑哧一声笑了，差点被茶水呛着。她点着高金义说：“高金义呀高金义，你真具备农民兄弟的素质呀，小狡猾小心眼还不少。没关系，你放心吧，以后你的情书我包了。我要把你扶上马，再送一程！”

“你能把我送到哪儿？”高金义追着问。

“当然是送进洞房了！”许兵豪迈地说。

没等许兵把高金义送进洞房，高金义就背信弃义了。很快，他就甩开许兵闹革命，自己单枪匹马地单干了。

好久没写情书的许兵手又痒了，主动去找高金义：“高金义，你不写信了吗？”

高金义嘿嘿一笑，说：“我们不写信了，改通电话了！”

“为什么？”许兵还不死心。

高金义更得意了：“写信多麻烦呀，哪有打电话方便呀！再说、再说……”

“再说什么？”许兵追着问。

高金义笑着说："再说你插在中间多不方便呀！"

许兵不高兴了，骂道："好哇，你这个没良心的家伙！小心我告密！"

高金义问："你告什么密？"

许兵说："我告信不是你写的密！"

高金义嘿嘿嘿地笑出声来，笑够了才说："你告吧，欢迎告密。不过，你这是马后炮了。我已经跟人家坦白了。"

"人家说什么？"

"人家表扬我诚实，说就是冲我这诚实劲才跟我处对象的。不过、不过……"

"不过什么？"

"不过我对象直夸你的信写得好。还说，她早就看出那信不像男人写的东西。"

许兵笑了，说："想不到你对象眼还挺贼！"

其实，这还不是许兵跟国春梅走得这么近的主要理由。虽然她是把高金义扶上马的人，但她不是个爱贪天功的人。她有自知之明，她知道外因是变化的条件，内因才是变化的根据。人家高金义能骑着战马一路狂奔地冲进洞房，主要是人家的内因在起作用，跟她许兵的关系不大。令许兵对国春梅如此看重，以至到了敬重的地步，是另有原因的。

谈了九个月零七天的恋爱，高金义和国春梅幸福地结合了。他俩是在河南高金义的家乡办的喜事，国春梅是个孤儿，娘家没一个亲人。而高金义家则是个大家族，光兄弟姐妹就七个人。高金义是家里的老小，也是家里最有出息的一个，不但在北京当军官，还娶了个城市老婆回来，高家的喜悦是可想而知的。国春梅望着乌泱泱一大家人，喜悦的心情也是可想而知的。她觉得她今后可有依靠了，有身边这位善良诚实的丈夫，还有身后一大群婆家的兄弟姐妹。

天是有不测风云的。他们结婚还不到半年，高金义那守了半辈子寡、好不容易把七个儿女拉扯大的老娘突发脑血栓，躺在医院里偏瘫了。高金义带着媳妇马不停蹄地赶回老家，等待他的除了老娘的眼泪，还有睁着乌鸡眼似的眼睛的兄弟姐妹。

困难是明摆的，问题是现实的。当务之急是医药费怎么出、老娘归谁管的问题。由于意见不统一，争吵是难免的。

国春梅吃惊地望着病房里吵成一锅粥的高家兄妹，她怎么想不到，手足亲情竟然会是这样的，还不如她孤儿院一起长大的孤儿们。她悄悄地把高金义叫出了病房。

高金义的二姐对大姐说："看见了吧，金义的媳妇把金义拽走了。"

大姐气呼呼地说："走？他们能走到哪儿去？他们能飞到天上去那算他们本事！"

二姐阴乎乎地说："城里的女人精着呢，小算盘谁也打不过她们。"

大姐朝地上吐了口吐沫，说："那也没用。这次谁也别想跑，谁也别想占便宜！"

高金义进来了，身后跟着刚进高家门没多久的新媳妇。高金义大声地说："你们都别吵了，也别闹了，你们不养老娘，我们养！"

高家的兄弟姐妹都不相信自己耳朵似的望着高金义，不知他葫芦里卖的是啥药。高金义又说："娘养大我们不容易，现在我成家了，有条件了，也有能力养咱娘，就让咱娘跟上我吧！"

也当过兵的三哥马上反对："跟你？咋跟你？你现在还两地分居哩，你在部队能带着老娘？别开玩笑了，不中！不中！"

高金义说："俺俩都商量好了，让咱娘跟她上唐山，她来伺候咱娘！"

此言一出，高家的人都面面相觑，既不敢相信这是真的，同时又都有那么点内疚不自在。不过内疚归内疚，他们还是很快就办理好了老娘去唐山治病养老的事。没出一个星期，高金义小两口就带着偏瘫的老娘上路了。

此事传到连里，全连上下深受感动。指导员拍着高金义的肩膀说："高金义呀，你这媳妇算是捡着了！"

许副连长更是拍得厉害，把人家都拍得一个肩膀高、一个肩膀低了："高金义，你这老婆是打着灯笼找的吧？"

指导员赶紧提醒高金义："还不快点谢谢人家副连长，你那灯笼还是人家帮你点上的呢！"

团里知道这件事后，马上补助高金义三千块钱。国春梅知道了，很不高兴，把高金义好一顿埋怨："咱又不困难，要什么补助？心意我们领了，你把钱一分不少地退回去！"高金义说："这多不好呀，再说这也不光是补助，还带有奖励的性质，奖励你这个孝顺的好媳妇。"国春梅说："我照顾自己的婆婆，要什么奖励呀？你在部队好好干，就算是对我最好的奖励了。"

哇！这样的家属你上哪儿去找哇？团里也深受感动，当年就把国春梅树为模范军嫂典型。不过奖状是高金义代她领的，因为她实在脱不开身，来不了北京。

一晃将近三年，国春梅为了照顾偏瘫的婆婆，愣是一次都没来部队探过亲，更不要说怀孕要孩子了。苍天不负孝心人，在她的精心照料下，老太太竟然能拄着拐下地走路了，生活也能自理了。毕竟是老年人，落叶归根的念头终归是免不了的。婆婆最终还是回河南老家落叶去了，国春梅这才有空坐下来好好地喘口气了。

气还没喘匀，她就怀孕了。她又开始一个人辛苦地在唐山十月怀胎，生下了个漂亮的千斤，小名叫丫丫。

这样的好军嫂能不让人敬重吗？许兵连长有空就往她家里跑，有什么不对吗？更何况，许连长是真喜欢白胖白胖的小丫丫，还不管三七二十一地强行给丫丫起了个学名，叫高小阳。她还利用职权，在连里点名的时候，公然宣布："高副连长的女儿叫高小阳，大家记住了没有？"

全连齐声高呼："记住了！"

队伍解散后，高副连长追着许连长的屁股问："哎，我说，你为啥非让我闺女叫高小阳呢?"

许兵头也不回地说："因为我喜欢高阳公主!"

高副连长更不明白了："高阳公主是谁呀?"

许兵手一挥："回家问你老婆去!"

第九章

电话响了，徐晓斌顺手接了。徐晓斌的表情马上就诡异起来，还看了孟勇敢一眼，对电话里的人说："他在，你等着。""哎，找你的。"徐晓斌把电话递了过去。

孟勇敢有些奇怪："谁呀?"

"谁你接接看不就知道了?"徐晓斌将电话塞进孟勇敢手里。

孟勇敢接过电话问："谁呀?"

"是我呀。"倪双影在电话里细声细气地说。

孟勇敢一愣，下意识地冒出一句："怎么是你呀?"马上觉着不妥，马上接着问，问出的话更不妥了："你有什么事吗?"看不见倪双影的表情，但能想象出她的难受。

电话里好一阵沉默，以至于孟勇敢都以为她知难而退地放电话了，也正准备挂电话呢，谁知倪双影那细声细气的声音又顽强地响了起来："我这有两张今晚八一队的篮球票，你去看吗?"

孟勇敢孙猴子一般马上变了脸，高声叫起来："去去去！是今晚的决赛票吗?"

"是。"倪双影的声音也大了起来。

孟勇敢高兴得话都不讲究了："奶奶的！你从哪儿搞的票？这票可难搞了!"

倪双影在电话里笑出声来，她真是个有点儿阳光就灿烂的女孩，一点儿心计都没有，不知道藏着掖着，让别人一览无余，让自己处处被动。

孟勇敢问："你那儿有几张票?"

倪双影说："我就有两张票。"

孟勇敢看了眼正眼巴巴地望着他的徐晓斌，试探地问："能都给我吗?"

倪双影说："我还想看呢，我好不容易才搞到两张票!"

孟勇敢又问："你还能再多搞一张吗?"

倪双影肯定是生气了，声音也不细了，语气也不好听了："搞不到了！你到底去不去？不去我找别人去!"

孟勇敢大叫："去去去！我去还不行吗?"

倪双影的声音这才降下来，说："晚上七点半开始，咱们早点儿走，路上别堵车。"

孟勇敢放下电话，激动地在屋里来回转，搓着手心说："奶奶的！想什么就来什么！上午我还跟别人唠叨我要是有票就好了，下午票就自动送上门了。你说我的命咋就这么好呢?"

徐晓斌没好气地说："你又不嫌人家倪双影缠人了？你又不躲着人家了?"

孟勇敢说："这不甘蔗没有两头甜吗？我先啃那头甜的再说吧!"

徐晓斌让他给说笑了，踢了他一脚说："你小子把握点儿分寸，别啃过界了。"

孟勇敢抱着被踢痛的腿说："哪能呢，这点儿数我还是有的。"过了一会儿又补了一句："我会牢记您老人家的教导，把糖衣吃进去，把炮弹吐出来!"

倪双影穿着一身阿迪达斯运动装，焦急地等在大门口。她不时看看腕上的手表，快七点了，孟勇敢怎么还没到？打他手机他又不接，他捣什么鬼？会不会耍我玩呢？倪双影又急又气，东张西望，脸色很不好。

一辆破得连贼都不稀得偷的老“桑塔纳”开了过来，竟然停到了倪双影跟前。倪双影一看，孟勇敢正透过脏兮兮的前挡风玻璃向她招手，示意她上车。

倪双影跑过去拉前边的车门，却怎么也拉不开。孟勇敢又示意她到后边去，倪双影只好打开了后车门。

倪双影上来就探头去看前边的车门，意思很明白，她怀疑孟勇敢动了手脚，不让她坐前边。比猴还精的孟勇敢岂能看不出她这种小心眼？孟勇敢从后视镜中望着她，告诉她：“你别看了，前边的门坏了，神仙也打不开！”

倪双影有些不好意思，自己给自己找台阶：“真有意思，还没见过车门坏了的车。”

孟勇敢启动了汽车，哼了一声说：“你净坐好车了，你没见过的破车多了。”

倪双影问：“这是哪儿的车呀？怎么这么破？”

孟勇敢说：“这是干休所的车，已经报废了，还没上交呢。”

倪双影说：“我说呢，现在也只有干休所才会有这么破的车。”孟勇敢开了句玩笑：“配套嘛，干休所的设备都是这样配的！”这话要是别人听了，早就心领神会地笑了，可倪双影却没笑，她不但没笑，她还追问：“为什么？”

孟勇敢懒得回答她，假装没听见。倪双影在后边锲而不舍：“为什么？为什么干休所这么配设备？难道老干部们没意见吗？”

孟勇敢在前边烦得砸了下喇叭，喇叭竟然也是坏的，一点儿动静都没有。孟勇敢皱着眉头说：“你好好坐你的车吧，哪这么多为什么？”

正说着，前边有红灯，前边的车停了，孟勇敢也赶紧踩刹车，脚都踩到底了，车还是刹不住。孟勇敢吓得赶紧去拉手闸，好不容易把车给刹住了。

倪双影在后边长出了一口气，说：“你到底会不会开车呀？坐你的车吓死人了！”孟勇敢也长出了一口气，不过他这口气是悄悄出的，不像倪双影那么夸张。他从后视镜中不高兴地看了倪双影一眼，发现倪双影正在后视镜上盯着他看。他一抬手将后视镜捅了上去，得，谁也别看谁了。

更大的麻烦还在前边呢，正在前边那个十字路口上等着他俩呢。

前边又是个红灯，这次孟勇敢有经验也有准备了。他手脚并用，下边踩刹车，上边拉手闸，车刚停稳，孟勇敢就在心里无声地叫唤起来：坏了！坏了！奶奶的！怕什么偏偏遇上什么！

孟勇敢开车是上个星期天刚学会的，而且还是野学，野路子学来的。他跟几个朋友去密云一个农家乐玩，农家乐门前是很大的一块空地。孟勇敢说自己就是在农村长大的，这种地方早就玩够了，还不如趁这个机会学学开车呢。

学了一个多小时，孟勇敢就把车开得很溜了。他奇怪地问坐在一旁充当他师傅的哥们儿：“这车不是挺好开的吗？部队还要那么多司训队干吗？”

那哥们儿笑了，伸手打了他脑袋一下，说：“你小子以为你出师了？告诉你，早着呢！定位停车、坡道起步这些有难度的技术，师傅我还没教你呢！”

孟勇敢那天的精神头十足，再接再厉，逼着师傅又教了教他坡道起步。他也的确学得八九不离十了，自己在坡道上起了好几次，起得也还不错。三七开吧，三分失败，七分成功。连师傅都不得不夸他了：“行啊！不错，是块当司机的料！”

今天他从干休所开出这辆老爷车的时候，也想到了坡道起步这个问题，也是做了准备的。他从路边捡了两块破砖头，放进后备厢中，以防万一。这下好了，那两块砖头该派上用场了吧？

孟勇敢打开车门下了车，倪双影摇下车窗，探出头来一个劲地追问：“哎，你干什么去？干什么去呀？”

孟勇敢更烦了，扭过头没好气地说："别吵！再吵你就坐后边的公共汽车去!"

孟勇敢从后备厢里取出那两块有先见之明的破砖头，一个后轱辘下塞一块。后边开大公共的是个贫嘴的小伙子，一见这架势，马上就明白是怎么回事了。他探出大半个身子，笑得非常开心："哎，哥们儿！这手也忒潮了点儿吧?"

孟勇敢拍打着沾了土的手，好像手真潮了似的。他白了人家一眼，更没好气了："开你的车吧，哪这么多废话!"

前边的红灯早变绿了，前边的车也早开走了，再晚几步，绿灯又该变红灯了。刚才碰了一鼻子灰的大公共司机一个劲在后边按喇叭。在这样一种前后夹击的困难情况下，勇敢的孟勇敢同志手忙脚乱地、好不容易地坡道起了步，把车开走了。

倪双影问他："你为什么往车轮底下塞砖头呀?"

孟勇敢怕倪双影回连里去宣传，就真的假的一起说："你没见刚才是个上坡吗？你也知道这个车是个报废车，再加上后边那个大公共又离我们太近了，不垫块砖头肯定会溜车，撞上人家!"

倪双影被他说得都有些后怕了，由衷地表扬他说："哎呀，亏了你有先见之明，事先准备了两块砖头。"

孟勇敢不知道她说的这是真的还是假的，想从后视镜上看看她的表情，抬头一看，才想起来，后视镜早让他捅得镜面朝天了。

到了体育馆，比赛刚开始，但气氛已经很热烈了，里边欢呼不断，掌声雷动。孟勇敢不断地催促倪双影："你快点！快跑几步!"

倪双影被他催得都气喘吁吁了。谁知她越急事越多，又要上厕所了。她央求孟勇敢："你在这等我一会儿。"孟勇敢不干，说："我先进去了，你又不是找不到座位。"

不等倪双影再说话，他早窜得只剩下后背了。倪双影找到座位时，发现孟勇敢竟戴了副眼镜。她奇怪极了，她分到连里也快一年了，竟然不知道孟勇敢是个近视眼。

孟勇敢的眼睛早就近视了，只是他迟迟不去配眼镜罢了。配了以后又不愿戴，只在宿舍里看书上网时戴戴，在外边不是看非看不可的东西，他是从来不戴眼镜的。因此连里大部分人都不知道他有眼镜，而且戴上镜子还挺像个文质彬彬的知识分子。孟勇敢就是怕别人误认他是个知识分子而不愿戴眼镜的，虽然他是个大专生，大小也算个知识分子了，但他就是害怕别人把他当知识分子看，不知是看不起知识分子，还是太把知识分子当回事了，觉着自己不配。

孟勇敢还因为不戴眼镜，得罪了不少人。因为看不清楚人，他经常碰到熟人不主动打招呼。在团里，他这个分队长几乎是最小的官了，基本上是个干部，级别就比他大。他老是这样瞎乎乎地不主动跟比自己军衔高的人打招呼，别人自然就会说他官不大，架子不小。孟勇敢冤得什么似的，简直是欲哭无泪。徐晓斌趁机劝他："你还是配副眼镜吧！"孟勇敢坚决地摇头，还是不干："我才不戴那玩意儿呢！搞得自己像个文化人似的。再说，鼻子上架个天窗，多难受哇！"他最终配了眼镜，还要归功于赵政委。

有一天傍晚，天还没完全黑，孟勇敢跟赵政委走了个正对面。赵政委早早地放慢了脚步，平易近人地等着他敬礼打招呼。谁知他还大步流星地往前走，一点儿也没有停下来的意思，更别说敬礼打招呼了。

赵政委喝住了他："孟勇敢，你这是去赶火车吗？"

孟勇敢这才发现政委近在眼前了，他一个急刹车站住了。由于离政委太近了，早超过了敬礼的距离，他只好立正站好，恭恭敬敬地喊了声："政委好。"

政委说："怪不得别人反映你架子大，你小子架子果然不小！"

孟勇敢赶紧解释："不是，政委，不是我架子大，而是我眼睛近视，看不清人。"

政委问："那怎么不配眼镜呢？"孟勇敢不好说歧视知识分子的话，

只好开玩笑地说："配镜子不是还得花钱吗？"

政委说："你赶紧去配一副，回来我给你报销。"

孟勇敢的近视眼一亮，笑着问："政委，此话当真？"

政委不笑，还挺认真："此话逗你玩！"

倪双影坐到孟勇敢身边，也不去看球，而是从侧面盯着戴眼镜的孟勇敢看，感觉怪怪的。也难怪倪双影有这种感觉，孟勇敢一向以大老粗的形象示人，像梁山上那些强盗似的，成天吆三喝四的，不会好好说话。这一戴上眼镜，再这么投入地看球，真跟个文明人似的，哪还有一点儿他孟勇敢的影子呢？

孟勇敢感觉到了倪双影的目光，侧过脸来训她："你不好好看球，你看我干什么？"

倪双影吓了一跳，生怕他误会自己是看他不够，急忙解释说："想不到你还是个近视眼。"

孟勇敢说："你想不到的事多了。你还没想到我有脚气吧？真是的，快看球吧！这么贵的票，少看一眼都是损失！"

王治郅又突破进球了，八一队的球迷疯了似的欢呼着，戴着眼镜的孟勇敢也露出了土匪本色，兴奋得光拍巴掌都不行了，还跺起脚来。他个子又大，腿又长，座位实在窝屈得慌，因此他的手舞足蹈就显得很难受。难受他也手舞足蹈，像个长不大的孩子，倪双影愈发喜欢了。

可真难为倪双影了，又要正大光明地看前边精彩的比赛，还要偷偷摸摸地看一眼身边喜欢的男人。就是在这种情况下，她还是看到了她不敢相信的一幕。

在他们前三排的右前方，指导员的妻子莫小娥也在看比赛。她的头很亲昵地靠在身边一位男士的肩上，双手似乎还抱着那男士的胳膊。可是那男人竟然不是她的丈夫指导员。

倪双影大吃一惊，她几乎不敢相信自己的眼睛。她又仔细地看了看，没错，千真万确，就是指导员的老婆莫小娥；而她紧紧地依靠着的男人，也的确不是指导员。倪双影再单纯，再干净，再没有社会经验，她还不至于看不出这样不正常的男女关系。只是，只是她不敢相信，一个她认识的结婚没多久的女人，怎么可以干这种事呢？这是不道德的呀！简直，简直就是不要脸哪！

倪双影的心都跳得厉害了，“咚咚咚”地让她喘不过气来。她不想再往那边看了，可是不行，她又像小时候那样了，越是不敢看的东西，就越是要看。她控制不住地频频向那个方向扭头，逼着自己去看那丑陋的一幕。

孟勇敢感觉到了她的不正常，既不看球，也不看他，而是盯着右前方看。他哎了一声，叫醒了她，问她：“你不看球你看什么呀?”

倪双影像个孩子似的望着他，不知该不该告诉他。孟勇敢更奇怪了，也扭过头去，顺着她刚才盯着的方向看。谁知这一看，就看出了麻烦。

事情有时候就是这么鬼使神差。一直都没有往后边看的莫小娥，像有感应似的，恰巧在这时候回过头来，眼睛正好撞上了孟勇敢奇怪的眼神。再往他身边看，自然又看到了倪双影那带着蔑视和厌恶的眼神。

莫小娥吃惊不小的样子，赶紧松开了搂着别的男人的双手。即便在这样的情形下，她竟然还镇定地冲着他俩礼貌地点了点头，还笑了一下。

倪双影不知说什么好，望着孟勇敢，孟勇敢眨巴着眼睛，也是一副不尴不尬的样子，好像是怕熟人看见了他跟倪双影一起看球。

倪双影突然对孟勇敢说：“咱俩走吧?”

孟勇敢一愣，问：“为什么走?”

“你还能再看下去吗?”倪双影似乎是一语双关。

孟勇敢又看了右前方一眼，说：“是别扭，不舒服。”

倪双影说：“那还待在这儿干什么？找不自在吗?”

孟勇敢点了头：“那，那咱走?”

倪双影站了起来，说了句“走”，就率先退了场。孟勇敢没办法，只好磨磨蹭蹭地站了起来，一步三回头地离开了。

刚走出体育馆的大门，听到里边爆发出的欢呼声，孟勇敢就后悔了。他站在台阶上又不走了，骂道：“奶奶的！又不是老子做亏心事了，咱们为什么跑？”

倪双影让晚风一吹，也清醒了不少，站在那儿也笑了：“真是的，搞得咱俩像做贼心虚似的。”

孟勇敢回头看了一眼紧闭的大门，商量道：“要不，咱再回去？”

倪双影说：“行吗？人家让吗？”

孟勇敢说：“商量商量嘛，好说好商量嘛！”

于是，俩人又跑了回去。可是，大门锁着，看门的人都跑进去看球了，跟谁商量呀？

孟勇敢踢了大门一脚，叹了口气说：“算了吧，回去吧！”

上了那辆老爷车，俩人谁都不先说话，好像说话就一定要议论那件事，议论了那件事，就是犯了自由主义似的。俩人都憋着，谁也不先开口。最终还是孟勇敢没憋住，他头也不回地说：“倪双影，我警告你，回去什么也别说。”

“为什么？”倪双影在后边很认真地问。

“你不用问为什么，按我说的做就行了！”

“那不行！我凭什么要按你说的做呢？我要告诉指导员，回去马上就告诉！我一定要说，把我看见的都说出来。”

孟勇敢不认识她似的回头看了她一眼，倪双影更厉害了，竟然训他了：“好好开你的车吧！看什么看？”

孟勇敢被她训笑了，在前边点着头，好像是心悦诚服：“行！行！你去说吧，你回去告诉指导员吧，你看看你说了以后，会是什么结果！”

“会是什么结果？”倪双影问。

孟勇敢拖着长腔说：“指导员会万分感激你，感激得再也不愿见到你！”

倪双影不懂了：“为什么？他为什么不愿见我呢？我好心好意告诉

他，难道还告错了不成?”

孟勇敢耐着性子给她解释：“我说倪双影，你就是用膝盖想，也应该想明白呀！一个被戴绿帽子的男人，他脸上还能有光吗？他还有法见人吗？一般人是不去多这种嘴的，因为这种事太残忍了！这就是为什么总是当事人被蒙在鼓里，最后一个知道的原因。”

“那怎么办？难道能让指导员一直蒙在鼓里？咱们还是战友呢!”倪双影气呼呼地说。

“要说也得想办法、讲策略地说。你这样红口白牙地说，一是没有证据，二是那女人也不一定能承认，你说指导员会信谁的呢?”

“不是还有你吗？你不是也可以作证吗?”

“有我也没用。咱俩毕竟是外人，人家是老婆。即便咱们是战友情也没用。你说是战友情厉害呀，还是爱情厉害?”

倪双影不说话了，过了一会儿，在后边自己嘟囔：“指导员也太可怜了，也太倒霉了!”

孟勇敢在心里想：这就是跑到网上去找老婆的下场。到网上去斗斗地主还行，顶多上去聊聊天，解个闷，谁让你到那上边去动真格的呢？还政治指导员呢，这么不成熟的事，连倪双影都干不出来。

莫小娥这些日子过得提心吊胆的。莫小娥的心在那天晚上的体育馆里就提起来了。发现那两个当兵的中途退场，她的心更是提到了嗓子眼里。那两人为什么看了一半就不看了，是因为比赛不精彩吗？肯定不是！那是因为什么呢？这还用问吗？在体育馆里，莫小娥就对自己的第三者说：“坏了！坏了！这下麻烦了!”

那个第三者有点儿紧张了，因为他知道莫小娥是军婚，插足军人家庭是有危险的，闹不好要负法律责任。他埋怨莫小娥说：“我让你别跟我太亲密了吧？你偏不听！这种地方人多眼杂，说不定就能碰到熟人。这下你老实了吧?”

莫小娥生气了，她觉得北京这些男人真不是东西！没事的时候一个个像馋猫似的，这一有点儿风吹草动，他们马上就变成耗子了，吓得马上就要抱头鼠窜了。

两个“志同道合”的第三者不愉快地分了手，莫小娥又是气恼又是担心地回到了家。不是周末，丈夫自然不在家住。莫小娥马上用家里的电话拨通了丈夫的手机。

从容说：“我就在宿舍，打什么手机呀。”

莫小娥撒娇地说：“人家愿打什么就打什么嘛！你管人家喽！”

从容马上就笑了起来，虽然只能听到声音，莫小娥的心还是放了下来。看样子那俩人回来什么也没说，要不然丈夫也不会这么轻轻松松地笑。莫小娥刚放下来的心马上又提起来了：不对！那两人弄不好还没回来呢。两个谈恋爱的人，哪能这么早就回连呢？这样一想，莫小娥又紧张了。但莫小娥是个经过风浪的人，在这些方面颇有经验。她眉头一皱，计上心来。

莫小娥莺歌燕舞地说：“亲爱的，你猜猜，我今晚干吗去了？”

从容说：“你们公司不是加班吗？”

“早加完班了。加完班以后呢？”

“你们同事去吃消夜了吧？”

“不对，再猜。”

“那是去酒吧喝酒去了？”

“还不对！再猜！”

“那我就猜不着了。”

“你真笨。告诉你吧，我去看八一队总决赛去了，去给你们军人加油去了！我们同事搞了好几张票，去了好多人。别人都给首钢队加油，唯独我这个军嫂给你们当兵的加油。我做得对吧？亲爱的！”“亲爱的”高兴地连声说：“做得对！做得对！你做得太对了！军人家属不为军人加油，为谁加油呀？”

莫小娥放了电话，暂时松了口气。她能事先做的铺垫也就这么多了，一旦东窗事发，她也好抵抗一阵子，剩下的就只有听天由命了。

接下来的日子倒风平浪静，相安无事，莫小娥心里真是又侥幸又忐忑。侥幸的是东窗竟然没有事发，忐忑的是，她不相信世上竟然会有这等好事，还偏偏被她莫小娥给碰上了。这种事要是在她的家乡，早就满城风雨、沸沸扬扬了，她就经历过那种过街老鼠的难堪。虽然是经历过了，也有些免疫力了，但莫小娥还是害怕那样的经历重演。难堪是一个方面，重要的是她莫小娥现在还没有随军，还没有拿到北京市户口。在这种情形下，莫小娥怎么可能不担心东窗事发，所有的心血都毁于一旦、付水东流呢？这才是她最担心也最在意的。至于自己的名声和丈夫的脸面，那还都是次要的。

事情过了这么久了，还一点儿风声也没有，这不禁叫莫小娥有些不敢相信：那两个当兵的，是不敢说呀？还是不愿说？这点很重要。不敢说是暂时的，他们总会有敢说的那一天。不愿说那就另当别论了，这说明那俩人不愿多管闲事，尤其是这种要命的闲事。后来，莫小娥知道那个女干部的父亲是个将军，她反而更放心了。你想啊，一个将军的女儿，她会怕一个小小的连队指导员吗？如果不是害怕，那就只剩下一种可能了：不愿多管这种闲事。

谢天谢地！还是人家当兵的素质高哇！跟地方老百姓就是不一样。人家知道尊重别人的隐私权，而且，人家还不东家长西家短地乱讲话。感谢上帝！感谢老天爷！感谢那两个当兵的！

第十章

徐晓斌突然问孟勇敢："哎，你最近的车技有进步了没有?"

孟勇敢反问他："你问这个干什么?"

徐晓斌说："我琢磨琢磨敢不敢坐你的车。"

孟勇敢说："你要是军委领导嘛，我还真不敢拍这个胸口。要是总部以下的首长，我还真敢拉你!"

徐晓斌还是不太信任他："你坡道起步的时候，不用再往车轱辘下塞东西了吧?"

孟勇敢笑了，说："那是那辈子的事了? 八年了，别提它了。"

徐晓斌又追着问："你真行?"

孟勇敢也问他："你要干什么呀? 这么严阵以待?"

徐晓斌说："我小姨子要来了，我得去机场接她。"

孟勇敢奇怪地问："你那操蛋的老婆不是独生子女吗? 你哪来的小姨子呢?"

徐晓斌说："是我老婆的表妹，不也算是我小姨子吗?"

孟勇敢嘿了一声，说："我说嘛，闹了半天是个表小姨子。"

徐晓斌皱着眉头说他："什么话怎么一到你嘴里，就这么难听呢? 什么叫表小姨子呀?"

孟勇敢笑着解释："表小姨子就是隔一层的意思，是不能像亲小姨子那么随便的意思。”

徐晓斌的眉头还皱着：“亲小姨子就能随便了？你说的这是什么流氓话呀！”

孟勇敢更乐了：“哎，你不懂。我们老家有个说法，说小姨子是姐夫的半个腚，是可以随便闹的。”

徐晓斌不屑地说：“你们那儿是什么民风啊，这么烂！”

孟勇敢对自已山东老家那是无比珍惜的，容不得别人说半个不字，现在听徐晓斌这么说他的家乡，气得拳头都握起来了：“你再说一遍，你敢再说一遍？”

徐晓斌知道他这一点儿，马上转移话题：“你别啰唆了，赶紧去给我找车。哎，我告诉你，你可别给我找那些即将报废或已经报废的破车，我可丢不起那个人！”

下午两点，孟勇敢开着一辆崭新的奥迪 2.6 准时停到指定地点。徐晓斌拉开车门上来，由衷地佩服他：“你小子行啊，这是从哪儿搞来的？”

孟勇敢按了一下喇叭，有些招摇，又吹了一声口哨，故作谦虚地说：“这算不了什么。我本打算借辆坦克的，但担心坦克上不了二环，所以就算了，凑合着搞辆奥迪吧！”

徐晓斌高兴地说他：“说你胖，你还呼哧带喘了。走吧，还等什么？”孟勇敢问：“你老婆不去吗？放心让你一个人去？”

徐晓斌半开玩笑半认真地说：“这不有你吗？有你在，我敢轻举妄动吗？再说有你在，我老婆也放心呀！在她眼里，你是个同性恋，对女人没兴趣。你去接她表妹，她最放心了。”

孟勇敢说：“你别说这些没用的了，你老婆干什么去了？她的表妹，她不接，让别人接？”

徐晓斌解释说：“她下午到团里开会，走不开，咱俩就全权代表了。”

孟勇敢哼了一声，说：“有我什么事呀！我就是个车夫，我只管开车。”说着一脚油门，崭新的奥迪像风一样刮起来了。

到了首都机场，孟勇敢想在车里睡一会儿觉。他昨晚上值后夜，上午只睡了两个小时就跑出去借车了，压根儿就没睡好觉。他让徐晓斌自己进去接，他在车里补充能量，一会儿好精神饱满地当车夫。

徐晓斌不干，连声说：“不行不行，这可不行。你得陪我进去接。你不知道，我这个表小姨子长得特别漂亮，跟她单独在一起，我还是会有些紧张的！”

孟勇敢分明不信，讽刺他说：“你丈母娘家那筐里哪有烂杏啊！”

徐晓斌很认真地说：“我真的不骗你。她真的很漂亮。不信你一会儿自己看。”孟勇敢陪着徐晓斌站在出口的围栏边，见有人举着写着姓名的牌子接人，随口那么一问：“你小姨子叫什么名？”

“叫唱东方。”

“什么什么？叫什么？”

“叫唱东方！”

“还有叫这个名字的？怎么叫唱东方呢？为什么不叫东方红呢？”孟勇敢大惊小怪地胡说八道。

徐晓斌认真地解释：“人家姓唱，不姓东。怎么可能叫东方红呢？”

“还有姓这个姓的？”

徐晓斌说：“别说你了，连我也是头一次听说这个姓呢。”

这话孟勇敢不愿听了：“怎么听你这话这么不顺耳呢？好像我头一次听到这个姓是正常的，而你头一次听到这个姓就是不正常的呢？”

徐晓斌不虚心地说：“你得承认，就文化知识水平和博览群书方面，我是比你强一些的。”

孟勇敢更不乐意听了：“你也就是数理化比我强点儿，围棋也下得比我好一点儿，别的方面还有许多不如我的地方呢。”

徐晓斌点头同意，说：“你说得也没错，这点我同意。连孔圣人都认为，‘三人行，必有我师’，难道我比孔圣人还强吗？”

两人正贫着嘴，对面又走出来一群人。按时间推算，这些人应该是从上海飞过来的。两人停止了说笑，伸长了脖子朝人群里张望。

孟勇敢一眼就看到一个高个子的女子，有一米七五左右，走在从上海来的旅客里，显得格外高挑儿，高得都有点儿鹤立鸡群了。

如果她仅仅是个子高，倒也不至于这么显眼，关键是她还很漂亮！如果她仅仅是很漂亮，也还不至于这么醒目，关键是她的气质还特别的好，特别的与众不同。

她穿了一身白色的运动装，推着行李车，不似别的一般女人，手里稍微有点儿重量，不是装得不堪重负，就是真的不堪重负。她大步流星，非常矫健，旁若无人地往外走着。

孟勇敢同志的眼睛一刻也没有离开过这个白衣女子。他心里什么念头也没有，连大脑都是一片空白，早把那个要接的叫唱东方的表小姨子给忘得一干二净了！

没想到那白衣女子却在他面前停了下来，笑容满面地说："姐夫，我姐怎么没来呢？"

孟勇敢吃惊得嘴都张开了，他自己还不知道，像个傻瓜似的站在人家姐夫旁边，一动也不动。不知为什么，他脑袋里突然出现了《红楼梦》里的一句话，大概是情痴宝玉说的吧：天上掉下来个林妹妹。他转念又一想，不对呀，她不姓林呀？她姓唱啊！她叫唱东方啊！哎呀天哪！'东方红，太阳升，中国出了个毛泽东！'几乎是顺理成章的，孟勇敢在心里头唱起了那首响彻云霄的歌来，一直到徐晓斌推了他一把，他还没把那首歌唱完呢。

徐晓斌给他俩做介绍："这是我的战友，也是我的领导——孟勇敢分队长。今天他亲自驾车来接你，还是奥迪 2.6 呢，是政治局常委坐的车！"

唱东方笑眯眯地伸出手来，落落大方地说："谢谢你，孟分队长，谢谢你来接我。"

孟分队长的手一碰到人家的玉手，像被电了一下似的，全身都麻了，连脑子都麻了，说话的功能都麻了，说出的话老得都掉牙了："不客气，这是我应该做的。"

唱东方咯咯地笑了，开玩笑地说："这话怎么听着这么耳熟呀？像雷锋叔叔说的。"

姐夫也跟着笑了，他意味深长地看了一眼失魂落魄的雷锋叔叔，心里边想：想不到这小子的眼光竟然这么高。

到了停车场，大家上了车，车夫孟勇敢的脑子还是麻的。他在心里再三告诫自己：仔细仔细再仔细！小心小心再小心！孟勇敢系上安全带，把车挡仔细地挂好，目视着前方，深吸了一口气，一脚油门踩下去，崭新的奥迪车一家伙就撞到了屁股后边一辆连车牌还没挂上的、同样崭新的越野车。

坐在后边的唱东方一声惊叫："天哪！你挂错挡了吧？"

孟勇敢晕晕乎乎地低头去看挂的挡位，果真挂到了倒挡上！

徐晓斌的后脑勺被撞了一下，而且还撞得不轻，他抱着脑袋气急败坏地说："孟勇敢，你怎么开的车？"

孟勇敢迷迷糊糊地说："怎么回事？我明明挂的是前进挡嘛。"

大家赶紧开车门下车，唱东方看了一眼被撞的越野车，一下子用手捂住了嘴："天哪，这是一辆陆虎！"

唱东方是华东政法大学国际法系的大四学生，这次来北京，是到一家知名的律师事务所实习。这家律师事务所是许兵一个同批兵的战友的姨夫开的，战友是半央求半诱惑才让姨夫答应的。她打的是唱东方很美丽的牌，别有用心地诱惑她姨和姨夫："你们听我的没错，等她来了你们就知道了。你们不是还没有儿媳妇吗？她就是你们家的最佳人选。"唱东方来了，那姨夫才知道什么叫名不虚传了。他打电话跟自己的夫人一说，夫人马上就跑了过来。这一看不要紧，马上就喜欢得不得了，不但对小唱嘘寒问暖地好一通拉拢，还对自己的老公下指令："你可把她给我看好喽，千万别让这写字楼的单身们给拐跑了!”

唱东方开始住在表姐家里。平时还好，俩人都住在连里不回来，两室一厅的房子就她一个人住。可一到周末，姐姐姐夫一回家住，唱东方就觉得别扭不方便了。关键不是自己不方便，而是姐姐和姐夫不方便。人家两口子在自己这个外人面前，在自己家里却还要像客人似的，不能随随便便了。而且自己则像个没有开关的电灯泡，天天亮在人家头顶上，不但烤得人家难受，连自己也累得慌。

恰巧这时候事务所主任夫人以她上下班太远不方便为由，非让她住进自己家另一套闲着的公寓里去，说那里离写字楼很近，她不用跑得那么辛苦。许兵却坚决不答应，说：“你住人家家里算什么事呀？那主任老婆肯定是别有用心。你别住，年轻轻的多跑点路怕什么？腿又跑不断！如果你嫌住在这里不方便，那我就给你另外找地方住。反正你要在我眼皮子底下住，跑远了可不行!”

临时借套房子住，对许兵来说不是什么难事，给别人要套房子都可以办到，别说给自己的亲表妹借套房子临时住住了。第二天，唱东方就搬进了团里的临时来队家属楼，刚好是高副连长家属刚刚腾出来的房子，又干净又卫生，连打扫都不用了。这是套一室一厅一厨一卫的房子，正好适合单身一个人住，设施又齐全，卫生又好打扫，真是太好不过了。

这一段时间，可以算得上是孟勇敢同志人生最黑暗的时期了。无缘无故的，他的脑海里又冒出了中国另一部名著中的另一个名句来——自从在首都机场三号航站楼里，他脑子里冒出《红楼梦》中“天上掉下来个林妹妹”的名句后，他的脑子就好像变成了一个作家的脑子，经常会自动跳出来一些名言警句。就像现在这样，他脑海里又出现了《三国演义》中那著名得都上了成语词典的名句：赔了夫人又折兵。

其实想起这句话，并不是什么太离谱的事儿。他不但挨了朋友的一顿臭骂，又让人家保险公司赔了一大笔钱，弄得他心里头又感激又不安，生生又欠了人家一笔人情债。这难道不是赔了夫人又折兵吗？还有，这件事情，与其说是朋友的不幸，还不如说是他自己的倒霉。你说好好的，自己不在宿舍里补觉，跑出去借的哪门子高级车呀？借车你就借车吧，人家朋友本来就不放心你的技术，要把司机一起借给你，你却为了能过开好车的瘾，也为了在徐晓斌面前显能，偏要指天戳地地发誓，保证毫发无损地按时还车。结果怎么样呢？还毫发无损呢，把人家大姑娘似的奥迪弄破了相不说，还嫌不够地把人家那威猛的陆虎撞掉了一块皮。这些也还不算什么，也还都不是什么大不了的事情，毕竟是用钱可以解决掉的。现在，留给他孟勇敢的问题，是能要了他老命的问题。奶奶的！他无可救药地、开国际玩笑地喜欢上了人家的表妹“东方红”。

自从见到了“东方红”，孟勇敢现实中的太阳就再也没有升起来过。什么叫作暗无天日的生活，他算是领教了，他变得都有些黑白颠倒了，白天萎靡不振地老打瞌睡，晚上精力过剩地怎么也睡不着。他在床上翻来覆去地想念“东方红”的时候，对面床上的表姐夫就央求他：“老孟，你能不能轻一点儿翻身？你就是不可怜可怜我，你也得可怜可怜你身下的床板子吧？”徐晓斌之所以这样好言好语地好说好商量，是因为作为孟勇敢的好朋友、好哥们儿、好战友的他，心里明镜似的，知道这家伙掉入了万丈深渊中，要万劫不复了。按道理说，他这个孟勇敢最好的朋友、最铁的哥们儿、兄弟似的战友，理应在这种时候，伸出友谊之手，拉兄弟一把。先不说别的，毕竟他是这场灾难的始作俑者。而且，他又是孟勇敢暗恋着的人的表姐夫。但是，他徐晓斌心里再清楚不过了，他这个时候唯一能做的，就是装聋作哑，假装什么也不知道。这是他现在唯一的选择，也是他对孟勇敢最好的帮助。

孟勇敢同志日渐消瘦，徐晓斌是看在眼里，痛在心上，但什么话还都不能说。不但不能说，还要假装自己是个没心没肺的粗人，对这一切视而不见，浑然不觉。其实这让徐晓斌心里很不忍，也很难受。但不这样又能怎样呢？明知是不可能的事，自己再去帮忙添柴加火，最后只能把水熬干，把锅烧烂，不只是帮倒忙，而且是做坏事。把话说开劝劝他吧？这恐怕也不行。孟勇敢表面上大大咧咧的，什么都不在乎，什么也不往心里去的样子，其实他是个非常爱面子、自尊心特别强的人。一旦把这层窗户纸捅破了，把孟勇敢的自尊心给伤了，弄不好连他俩的友谊都要赔进去了。孟勇敢日后还能坦然地面对他、与他透透亮亮地做朋友吗？不可能嘛！

唉！这个倒霉的孟勇敢，你怎么这么倒霉呢？目不斜视地等了二十七年，等来的却是镜中花、水中月！唉，苦命的人哪！

倒霉的孟勇敢同志何尝不认为自己倒霉呢？尤其是在睡不着觉、折腾床板也折腾别人的表姐夫的时候，他一面在心里可怜自己，一面大骂自己：孟勇敢哪孟勇敢，你怎么这么不知天高地厚，不知自己几斤几两呢？“东方红”那样的女子是给你这种人预备的吗？天鹅都是给人家王子预备的，哪有癞蛤蟆什么事呀！骂完自己，孟勇敢又痛骂起作家来：那些混账王八蛋们，就会胡说八道地糊弄人！什么初恋好似甘露，什么相思胜似琼浆，全是骗人的鬼话！老子的初恋哪是什么甘露哇？简直就是他娘的毒药！还有，这该死的相思哪里是人能消受的琼浆啊？简直就是他奶奶的魔鬼！看把老子折腾得人不人、鬼不鬼的，都活了小半辈子了，竟然还失眠睡不着觉了！

连里的食堂紧挨着团里的临时来队家属楼，孟勇敢经常在这里万分痛苦地碰上实习律师“东方红”。那种想看又不敢看、看了也白看的滋味，真他娘的不是人受的！而“东方红”每次见了他，还都不放过他，总要热情地跟他打招呼，不是问他吃饭去吗，就是问他吃完了吗。搞得他像个饭桶似的，让人家见了他只会问这两句话。

这一周是孟勇敢在连里值周，晚饭他带队去食堂，半路上正好碰到下班回来的“东方红”。也没人下达“向右看”的口令，队伍就齐刷刷地都去向右看了，这让孟勇敢心里很不爽，他尤其不能忍受那么多男眼睛盯在东方红身上。他一生气，突然大喊一声：“全体都有，跑步走!”

全体一愣，但愣过之后还是听口令地跑步走了，一直跑到食堂门口，孟勇敢才又喊了“立定”的口令。

队伍一解散，三分队长就冲了过来，推了孟勇敢一把，质问他：“你发什么神经？你安的什么心？你想让大家吃完饭都肚子疼啊！”

跑在最后边的从容对许兵说：“孟分队长对大家都看你表妹有意见。”

没等许兵说话，走在前边的高金义回过头来替她说：“该他什么事呀？真是狗拿耗子多管闲事！”

许兵和从容都笑了，但笑归笑，谁也没往心里去。谁能想得到呢，狗会吃耗子们的醋？

第十一章

从容说要这个周末请许兵一家吃饭，到外边饭店去吃，而且再三嘱咐她一定要把当律师的表妹带上。许兵再三推辞，却死活都推不掉。

许兵说："这不年不节的，吃的哪门子饭呢？"

从容说："就算我们请唱律师吧，你两口子作陪。"

许兵说："请她干什么？她又不是外人。再说，她还不是什么律师呢，等她真当了律师，你们再请她也不晚。"

从容不太高兴了，说："连长，你看看你这个人，今天怎么这么不痛快呢？这不像你嘛！"

许兵本来也想说他：指导员，你看看你这个人，今天怎么这么反常呢？这也不像你嘛！但看着从容真有点儿急了的样子，这种玩笑她没好开。

虽然是玩笑话，但许兵的确是这么认为的。从容平时是个很有分寸的人，从来不强人所难地干什么事，即便是这种请客吃饭的事。这顿饭肯定不是他要请的，而是他那个眼观六路、耳听八方的太太要请的。

有一次莫小娥跟许兵聊天说，他们公司的人都很文明，都称别人的老婆为太太，而且是随着先生的姓叫的。比如，陈先生的老婆就叫陈太，赵先生的老婆就叫赵太。说这是香港人的习惯，因为她的老板是个香港人。

没等莫小娥说完，聪明好学的许兵就学会了，马上说："那我是不是应该叫你丛太呀？”莫小娥咯咯地笑了，半推半就地说：“我嘛，最好说话了，叫什么都行。当然了，说我是丛容的太太，比说我是丛容的家属或是丛容的老婆要好听多了，你说是不是？”

许兵马上点头，马上表态：“那好，那我以后可叫你丛太了。”丛太也马上商量道：“那我是不是也可以叫你徐太呀？”许兵马上摇头，马上拒绝：“可别！你可别！你还是叫我许兵吧，我可不愿当别人的太太。”

莫小娥马上叫了起来：“这可不是你愿不愿当的事。你本来就是别人的太太，你愿不愿意都是别人的太太。”

许兵皮笑肉不笑地说：“还是你当别人的太太吧，我还是当别人的老婆比较好。”

许兵回到自己家，向徐晓斌说起了丛太要请客的事。徐晓斌皱着眉头说：“她又有什么事吧？”许兵点头说：“是呀，所以我才不愿去呢！这个女人怎么这么不让人喜欢呢？干每件事都有目的，太有心计了，而且像狗皮膏药似的，不贴到你身上决不罢休！哎呀，你说指导员怎么找了这么个老婆呢？也不知他到底喜欢她哪一点儿。”

徐晓斌看着许兵烦烦的样子，心里想：亏了没告诉她那女人在外边乱搞的事，如果让她知道了，没准儿她会立刻逼着指导员马上离婚呢，这事她能干出来。

孟勇敢从体育馆回来的当天晚上，就把指导员老婆红杏出墙的事告诉徐晓斌了。孟勇敢还直后悔，说真应该把那对狗男女当场扭住，也算是捉奸捉双了。现在倒好，被动得什么也不能说了，这口恶气堵在胸口这儿，上不来下不去的，别提多难受了。

徐晓斌说他：“是呀，谁让你跑了呢？你说你们跑什么呢？”

孟勇敢叫道：“是呀，谁说不是呀，我们跑个什么劲呀？都怨那个倪双影，是她让我跑的。不过话又说回来，谁见过那种不要脸的阵势了？结婚才刚多久哇？就跟别的男人在那种场合下搂搂抱抱的。我当时的确是有点儿蒙了，不知怎么办好了，只好三十六计，走为上策了。”

徐晓斌说他：“你知道你这叫什么吗？”

孟勇敢虚心地问：“这叫什么？”

徐晓斌说：“这叫正不压邪！”

孟勇敢点头，虚心接受，说：“对，你说得对。咱们这些正人君子们，见到那些坏人坏事，第一反应是看不下去，替他们臊得慌。第二反应是气得慌，气得不知怎么办好了。等回来了，才出现第三反应了，想跟坏人坏事做斗争了，不过已经晚了。”

徐晓斌像个军师似的说：“事已至此，就到此为止吧！你告诉倪双影，让她千万别跟任何人说，尤其是别让王技师知道。”

孟勇敢说：“这个你放心，我早就布置过了。唉，只是委屈了指导员了。”

徐晓斌劝他：“你也不必内疚了。这种事，别人还真不好帮他，只好等着脓包自己破了。不过，是脓包总有破的那一天。”

孟勇敢说：“但愿吧，但愿那脓包他娘的早破！哎，你别光对别人不放心，我还对你不放心哪！你可千万别回去跟你老婆说，你老婆是个炸药包，沾火就炸，弄不好，没把坏人炸着，好人倒伤了一大片。”

徐晓斌说：“这还用你说？我老婆我还不知道？这件事到了万不得已的情况下，谁都可以告诉，唯独不能告诉我老婆，什么时候都不能告诉她！”

孟勇敢点头说：“这我就放心了。哎，想不到你对自己那操蛋的老婆评价还挺客观的。”

许兵一家三口按时赶到大门口附近一家川菜馆的时候，远远地看见孟勇敢在门口像等人。

许兵问：“哎，他们也请孟勇敢了吗？”

徐晓斌马上摇头，非常肯定地说：“这不可能！”

许兵看了他一眼，有点儿质问的口气：“这有什么不可能？这完全有可能！丛太善于干这种搂草打兔子捎带的事。”

唱东方在一旁笑了起来，插嘴说：“没准儿我们是兔子呢，没准儿人家捎的是我们呢！”

许兵点头：“嗯，这也不是没可能。”

徐晓斌在心里说：看把你能的，好像天底下的事都逃不过你的眼睛似的。你知道什么呀？她莫小娥还敢搂草打兔子捎上孟勇敢？孟勇敢哪是兔子呀，孟勇敢对她莫小娥来说，简直就是一只老虎！一只狼！她躲他还来不及呢，还敢请他？笑话！

到了门口，许兵大喊：“哎哎哎！孟勇敢，你是在等我们吗？”

正在东张西望的孟勇敢吓了一跳，回头一看，看见了他日思夜想的“东方红”，更是吓得不得了，他的嘴好像也给吓坏了，用起来都不怎么利落了：“噢……噢，是呀……是呀！哎呀，不是不是！”

许兵笑了起来，大声地训他：“你到底是还是不是？怎么还没喝酒呢，你就已经醉了？”

孟勇敢真的像喝多了，说出的话更像：“我没醉，谁醉了？你才醉了呢！还没喝呢，怎么可能醉了呢？”

唱东方咯咯地笑了起来，笑声清脆，银铃一般，笑得孟勇敢心旌摇哇摇，腿都要站不住了。

徐晓斌赶紧替他解围：“你在这里等谁呀？”

孟勇敢只有望着徐晓斌的时候，心才有点儿踏实，回话才正常：“我在这儿等军务股的王股长，今天我们几个老乡聚聚。”

许兵恍然大悟：“噢，我知道了，你们这是提前给王股长贺喜呀。王股长马上就要成王科长了，你们凑到一起集体拍马屁呀！”

孟勇敢的话又不搭调了：“没有没有，我们没有拍马屁。”

唱东方在一旁微笑着说：“孟分队长，你真跟喝了酒似的，你真逗！”

孟勇敢望着徐晓斌，好像是在跟他说话，好像是在逗着玩，但却又格外认真："我不逗，我不逗，我真的不逗！"

唱东方又笑得银铃似的，孟勇敢真的站不住了，趔趄了一下，急忙扶住了门框。

许兵在一旁一点儿门道也没看出来，净看热闹了，她对唱东方说："你不知道，这个孟分队长有时候可能闹妖了！他越是装得厉害，你就越要小心他，小心他葫芦里不一定卖的什么药呢！"

许兵搂着唱东方先进去了，孟勇敢长出了一口气，擦了一把额头上的汗，问徐晓斌："你们跟谁吃饭？"

徐晓斌说："指导员请客。"

孟勇敢也有点儿疑惑："他请什么客？"

徐晓斌像外国鬼子那样耸耸肩膀，说："那谁知道呢？谁知道他们葫芦里卖的什么药？"

徐晓斌进去了，孟勇敢望着他的背影，心不知为什么就提了起来。

许兵进了叫川江厅的包间，见丛容两口子早到了，连凉菜都点上桌了。不过，不光是他两口子，还有一个戴眼镜的陌生人。许兵扭头看了一眼徐晓斌，徐晓斌知道她是什么意思。

"哎哟！小唱律师，请你出来可真不容易呀！"莫小娥站了起来，热情地迎了过来，拉住小唱律师的手，自然而然地把她按在了自己和那个陌生男人的中间。

许兵一见这架势，心里就明白了八九分，她心里头不悦，脸上就带了出来，说的话也不怎么好听："丛太，你设的这是鸿门宴吧？"

徐晓斌吃了一惊，赶紧在身后扯她的衣服，许兵在身后抓住他的手，狠狠地掐了一下，他不得不松了手。

丛太是个临危不惧的人，这个长处在体育馆里已经充分表现出来了，可惜许兵不知道。但许兵马上就见识了她的应变能力，像阿庆嫂一样，胆大心细，遇事不慌。

莫小娥用四川话说："啥子鸿啥子宴呢！你莫说这么有文化的话，

我们老百姓咋个听得懂嘛!”大家都笑了起来，连许兵也不得不笑了。

莫小娥在桌子下踢了丈夫一脚，从容马上充当起介绍人来：“来来来，我来介绍一下，这位是小莫公司的唐经理。”

唐经理礼貌地伸出手来，补充着自我介绍：“唐强，唐朝的唐，强大的强。”

莫小娥在一旁插科打诨：“你咋个不叫唐国强？唐国强是明星，全国人民都认得他。”

唐强笑笑说：“正因为我中间比人家少了个字，所以我成不了明星。”

大家坐下。在莫小娥加强型的介绍下，大家进一步地知道，这个唐经理是他们公司管人事的部门经理。从莫小娥万分尊重的口气中，大家意识到这个部门经理似乎是个一人之下、万人之上的角色，莫小娥对他眼巴巴地特别殷勤。

许兵坚决不喝酒，说下午回去还有事。而莫小娥却坚持要喝一点儿酒，说无酒哪是席呀！这样一来，两人就各让一步，喝点儿啤酒，意思意思。

显而易见，唐经理对唱小姐是非常非常满意的，这从他对唱小姐殷勤备至的照顾中可以清楚地看出。对此，莫小娥是非常非常得意的，这点她跟许兵倒是有点儿像，都是心里藏不住、脸上关不住的主。

许兵烦得一点儿情绪也没有，喝啤酒真跟喝马尿似的难受。她越发讨厌对面这个笑得浑身乱颤的女人了。

这个女人还真是个人物，果真是大手笔，该出手时就出手，什么活儿都敢揽，而且，而且还敢一声招呼也不打，直接就把人家的表妹当礼物献给自己的领导。他奶奶的！也不知她是无知者无畏呀，还是太不把别人当回事了。什么东西!

骂完莫小娥，许兵又开始检讨自己：自己是不是哪儿少根筋呢？明知道这个女人肯定是别有用心，自己一家三口，还像呆鹅似的，顺着人家撒的米，就自投罗网来了。检讨完自己，许兵又骂莫小娥：什么玩意儿！什么东西！也不好好掂量掂量自己几斤几两。就你这种刚从大山里出来没几天的川妹子，哪有资格给唱东方这样的小姐介绍对象呀！你看看你介绍的这个人，先不说他的长相，光看他的气质，就知道锡纸里包的是地瓜！

哎呀，气死我了！我不能再待下去了，我得出去透透气，要不然真忍不住发作起来也不好，毕竟不看僧面还要看佛面呢，看在这可怜的丛先生的面子上，我先出去躲躲吧。

许兵端着一杯啤酒站起来，说："我出去敬个酒去，刚才来的时候碰上熟人了。"

莫小娥一副巴不得她离开的样子，马上挥着手说："快去吧，快去吧，你快点走吧！"

许兵很容易就找到了孟勇敢他们的包间，当她端着酒杯出现在包间门口时，已经喝得脸红脖子粗的山东男人们高兴得嗷嗷叫了起来。即将提升的军务股王股长马上招呼服务员加椅子加餐具，近水楼台地把许连长安排在自己身边坐下。

王股长高兴地说："许连长赏光，让我们这里蓬荜生辉！"

山东大汉们马上点头，马上附和，一时间吵吵嚷嚷的，热闹非凡，包间里真像是蓬荜生辉了。

技术股的蒋工撇着胶东腔说："哎呀！许连长怎么能喝啤酒呢？换白的！换白的！"

许兵到了这里，像快要死的鱼又扑腾进了大海里，马上就活了过来。她豪迈地拍了一下桌子，像水泊梁山上那个孙二娘似的说："奶奶的！换白的就换白的！谁怕谁呀！"

此言一出，这顿大酒算是进入高潮了。山东爷们儿们纷纷举杯，跟这个比爷们儿还痛快的娘儿们喝酒。这娘儿们也不含糊，敬酒就喝，碰杯就喝，一点儿也不推，一点儿也不赖，很快就把两大杯白酒喝下去了。

一杯三两三，两杯就是半斤多了。许兵喝得愈发高兴了，她愈战愈勇，又倒上一大杯，端着到处找落水狗打。很快，她就锁定目标了，那个一直闷闷不乐在喝闷酒的孟勇敢。

“孟勇敢，你怎么了？看你这垂头丧气的鬼样子！”许兵端着酒杯到了孟勇敢跟前。

王股长说：“就是。这家伙最近是有点儿反常，失魂落魄的，魂都没了，也不知被谁勾走了。”

许兵吃惊地问：“是吗？孟勇敢？你谈恋爱了？我怎么不知道？你对象是谁呀？也不带来让我们认识认识！”

孟勇敢白了她一眼，没好气地说：“我谈恋爱？我倒是想谈了，你也不给我介绍！”

许兵叫道：“我怎么没给你介绍？我介绍的你同意吗？”孟勇敢不说话了，他的一个老乡替他说：“许连长，你也不关心关心自己的部下。守着那么多的女兵，还让自己的手下打光棍，你像话吗？”

许兵连连点头：“我不像话，我是不像话，我改！我马上就改还不行吗？”

许兵坐到了孟勇敢身边，现场办公一般：“孟勇敢，你说，你告诉我，你看上谁了？只要你看上的，我一定给你介绍！”

孟勇敢又白了她一眼，心里说：说得好听，我看上你表妹了，你能给我介绍吗？孟勇敢懒得听她再啰唆，就主动端起了酒杯：“来，连长，我敬你一个。”

许兵笑着说：“行啊，喝就喝。你说怎么喝吧！”

男人们马上亢奋起来，有人给许兵鼓掌叫好，也有人给孟勇敢加油打气：“勇敢，勇敢点儿！跟她喝！跟你们连长喝个满杯！”

孟勇敢望着许兵，绅士般彬彬有礼：“连长，行吗？”

连长笑了，骂他：“奶奶的！你就别装斯文了。满上！干了！”

两人杯子一碰，一大杯五十二度的白酒，咕咚咕咚地下了肚，赢来一片掌声和欢呼声。孟勇敢还像凯旋的勇士一样，将杯口冲下，以示一滴不剩。其他的山东好汉们在他俩的精神感召下，纷纷端起酒杯，寻找对手，一对一地拼搏起来。

许兵喝了将近一斤白酒，又喝得这么快这么猛，这时候真有点儿晕晕乎乎、头重脚轻了，话也格外多了起来，像个饶舌的老娘儿们了。

许兵问孟勇敢："哎，你知道从太为什么请客吗？"

孟勇敢没听懂："从太？谁是从太？"

许兵咯咯咯地笑了起来，笑得都说不出话来了，笑够了才抬起头来说："从太就是从太太嘛！是从容先生的太太，简称从太！"

孟勇敢冷笑了一下，不屑地说："她真是狗长犄角——闹羊式！"

许兵又咯咯咯地笑了起来，孟勇敢用白眼瞅她。许兵不笑了，拿起筷子敲了下盘子，板着脸说："不许这么看我！"说完又笑了起来，又笑得咯咯的。

孟勇敢仗着酒劲说她："你老笑什么？像母鸡下蛋！"

许兵没听懂，问他："母鸡下蛋就笑吗？"

孟勇敢没好气地说："母鸡下完蛋就咯咯咯地叫。"

许兵听明白了："噢，原来你是在骂我呀！"

孟勇敢趁机训她："你别啰唆了，快说那女人为什么请客吧！"

许兵想起来了，想起自己要说什么了："噢，对了，我差点儿忘了，咱们接着说。我刚才说到哪儿了？"

孟勇敢不得不再次提醒她："你说到从太太为什么请你们的客。"

许兵点头："对了，我是说到这儿了。你知道她为什么请我们客吗？"

孟勇敢耐着性子摇头："不知道。"

许兵说他："不知道你为什么不问呢？"

孟勇敢笑了，笑着问："那好吧，我问。她为什么请你们吃饭？"

许兵不高兴了，脸也拉下来了，又拿起筷子敲了一下盘子，气呼呼地说："她可真可笑！真不自量力！竟然敢给我表妹介绍对象！"

"什么?"这下该孟勇敢不高兴了，他的脸也拉了下来，还直接用手拍了一下桌子，一只高脚杯没站住，掉到地上摔了个粉碎。

许兵好像醉了，眼神都迷离了。她看了看气愤的孟勇敢，又看了看摔得粉碎的杯子，有点儿糊涂了："你生气了？你为什么生气？你生谁的气?"

孟勇敢也喝得有点儿高了，但还没高到许兵这个程度，他还知道掩饰自己。不过掩饰也没什么用了，因为许兵都有些迷糊了，他掩不掩饰都是那么回事了。孟勇敢故作漫不经心地问："她介绍的什么人?"

许兵还能回答上来："唐国强。"

"什么?"孟勇敢叫了起来，"唐国强？就是演毛主席的那个唐国强?"

许兵更迷糊了："谁演毛主席呀？演毛主席的那个什么月不是死了吗?"

孟勇敢急得都要蹦起来了："不是古月！是唐国强！"

"唐国强怎么了?"许兵问。

孟勇敢气得声音都变了："不是把唐国强介绍给东方红了吗?"

"谁是东方红啊?"

"哎呀！我的娘啊，东方红不是你表妹吗?"

"我表妹叫唱东方啊，怎么又叫东方红了?"

孟勇敢一惊，马上改口："对对对，我喝多了，我说错了，是唱东方，是你表妹。"

"我表妹怎么了？唱东方怎么了?""不是有人把唐国强介绍给你表妹了吗？唐国强都多大了？快六十了吧？是个老头子了吧？这不是开国际玩笑吗?"

许兵又有点儿清楚了："哪是个老头子呀？哪有那么老哇？看样子也就三十出头。"

孟勇敢不信："唐国强三十出头？"

许兵更正："不是唐国强，是唐强。不是那个电影演员，是莫小娥他们公司的经理！"

孟勇敢更不愿听了："经理？经理有什么了不起的？现在的经理太多了，不值钱了。你没听人家说呀？天上掉下来一块砖头，砸死了十个人，有八个是正经理，剩下两个是副经理。"

这话许兵爱听，她又咯咯地笑了起来，马上附和："对！就是！经理有什么了不起的？看把那个莫小娥激动的！"

孟勇敢更来气了："你快别提那个女人了，提她我就想吐！"

许兵吃惊的样子，忙问："为什么？你为什么要吐？"

孟勇敢又反应过来，马上改口："我是说我喝多了，有点儿想吐。"

许兵关心地："是吗？那你赶紧上卫生间去吐吧，吐出来就好了。"

孟勇敢说："现在又好点儿了，不用去了。"

许兵噢了一声，表示放心了。

孟勇敢还不放心呢："你表妹看上那个经理了吗？"

许兵一听就笑了，反问他："你说可能吗？"

孟勇敢嘴上不敢说，却在心里说："我当然盼望着不可能了。"

许兵突然又无缘无故地疯笑起来，好像又不大清楚了。笑够了，她又突然盯着孟勇敢问："哎，你想不想去看看那个什么经理？"

"唐经理。"孟勇敢记得倒很清楚，而且好像还跟人家有什么过节似的。

"你去不去？你想不想去看看？"许兵追着问。

孟勇敢已经站了起来，并且伸手去拉许兵："去就去！你以为我会怕他？"

孟勇敢搀扶着许兵进了川江厅，川江厅里有两个人大吃一惊，一个是莫小娥，一个是徐晓斌。徐晓斌下意识地看了一眼莫小娥，见她花容失色，吓得不轻，紧张得一个劲儿去瞅自己的老公，像要大祸临头一般。徐晓斌心里有些解气：早知今日，何必当初呢？

许兵笑眯眯地靠在孟勇敢身上，一点儿也看不出醉模样，她笑眯眯地指着孟勇敢说："我来给大家介绍一下，这位是，是唱东方小姐的男朋友，是我的，我的表妹夫!"

该孟勇敢大吃一惊了，他也吓得不轻，赶紧去看唱东方小姐，生怕她误会这是他教唆她表姐说的。他避嫌似的挣脱着许兵，许兵却站不住地偏不松手。孟勇敢只好求救了："徐技师，你还不快过来!"

徐技师只好过去搞交接，谁知交接工作刚开始，许兵就哇哇地吐开了，吐了他俩一身，谁也没躲得及。

第十二章

“七〇二”演习结束了，任务完成后，照例是讲评总结，评功评奖。全连就一个三等功名额，这种僧多粥少的时候，最容易引发矛盾和争吵。

照例是开支委会最后定夺，确定这个三等功将花落谁家。全连有七个要素、六个分队，也就是说，最后报上来的候选人就有六个之多。这六个人都是各分队自己投票选出来的，最后是骡子是马地被拉到支委会上遛一遛。很快，就有两匹骏马脱颖而出，准备一决高下了。

这是一匹男骏马和一匹女骏马。男的是孟勇敢他们分队一个从地方大学毕业后入伍的战士，叫黄磊；女的是倪双影她们分队一个当了八年兵的二期士官，叫魏琴。这两位能在全连百十口子人中冲到最后时刻，说明这两人肯定都是优秀的，肯定都有各自可圈可点的事迹。

黄磊的事迹很突出，也很感人。他是放弃了大学直接保研的机会，坚决到部队当兵服兵役的。他说，考研以后有机会，但服兵役过了年龄就一辈子也没机会了。这样一个思想境界高、文化素养也高的大学生，到了部队那肯定是好样的，把孟勇敢喜欢的，含在嘴里怕化了，捧在手里怕碎了，对他比爹妈还上心。这次他在“七〇二”演习通信保障工作中更是突出。

他因为参加团里组织的“五一杯”篮球比赛，为了给连队争光，在篮球场上玩了命地拼搏，不慎小腿摔骨折了。按说这种伤筋动骨一百天的伤病，只要本人愿意、家里条件许可，是可以回家养病的，一切费用都是部队出。黄磊家里的条件也很好，爹妈甚至跑到部队来要接他回家养伤。可黄磊却不回去，选择留在部队养伤。他说，我总共只能服六百四十天的兵役，再回家待上一百天，那样我就只能在部队待五百四十天了，我这兵役服得就不圆满了。

“七〇二”演习开始后，值班的人手明显紧张了，他主动要求值班，每天拄着双拐进出通信大楼。政委在多种场合表扬过他，说他是通信大楼一道亮丽的风景。

这道亮丽的风景，最后立不上三等功，说得过去吗？跟团里能交代吗？跟那么多被这风景感动过的战友能交代吗？真是的！

女兵魏琴是个不显山、不显水的沉默寡言之人。如果不是因为她是连里唯一一个二期女士官，说实在的，还真没什么人会特别关注她。她是陕北的农村兵，因为有一个当兵的大伯，而荣幸地穿上了军装。又因为老实肯干，在连里一干就是勤勤恳恳的八年。她今年二十六了，在老家县城找了个对象。对象家在县城给她联系了一个公务员的工作，唯一的硬性指标是档案里必须有个三等功。因此，这次这个三等功，对她格外重要。甚至可以说，这个三等功，将决定她未来的命运。

她的分队长倪双影和技师王惠，这次拼了命地为她做工作，到处游说，到处拉票。据说王惠技师还到处许愿，结婚有老婆的不知许的什么愿，未婚没对象的，许的是给人家介绍对象，而且保证漂亮。

这俩人在开支委会前，把该做的工作都做到了，除了没敢到孟勇敢那儿太岁头上去动土，其他支委的工作都苦口婆心地做通了。王技师说，她舌头上都起大泡了。好在功夫没有白费，大家私下里表态都很好，毕竟人心都是肉长的，谁对魏琴这种情况不了解不同情呢？

结果可想而知，落选的黄磊的分队长孟勇敢的愤怒也是可想而知的。

孟勇敢都要气疯了，他脖子上的青筋都要炸开了。他拍着桌子大喊大叫，目标直指在座的各个支委。

孟勇敢挨个地点着他们，痛心疾首地痛斥他们：“你们拍拍你们自己的良心，看看你们的良心是不是都让狗给叼走了？这个三等功，明明是为了表彰这次演习任务的突出表现者，可你们却把这个三等功当人情送了！你说你们这样做像话吗？还有觉悟和原则吗？你们还都是些支委呢，你们是狗屁支委！连狗屁都不如！”

作为支部书记，指导员丛容实在不能坐视不管了。他好言相劝：“孟分队长，有话你就好好说嘛，干吗又拍桌子又骂人的？”

急红了眼的孟勇敢哪里听得进去呀，他不但又拍了一下桌子，还继续骂人：“跟你们这些熊人还能有话好好说？我问问你，这是开的支委会吧？是共产党的支委会吧？不是国民党的支委会吧？那怎么开得这么黑暗呢？这么混账呢?!”

啪的一声响，有人也拍桌子了。大家一看有救了，连长许兵出马了。

“骂够了没有?”许兵问。

孟勇敢还真不好回答呢，难道能说自己没够？或者说自己骂够了？孟勇敢到底还是有点儿怵她，梗着脖子不看她，也不回答她。

“像什么样子？成什么体统！这还是连队的支委会吗？这甚至还不如生产大队的社员大会！你好歹也是解放军的军官，肩上扛的是中尉的军衔，不是扛的锄头扁担！嘴上没个站岗的，什么话都敢往外说，连‘国民党的支委会’这么不靠谱的话都敢说出来！你知不知道？只有共产党才把支部建在连队上，才有支委会开！你连这点儿常识都没有，还好意思参加共产党的支委会？而且还在这儿撒野骂人？真是不知厉害，无法无天！行啦！支委会到此结束，散会!”

这就是连长的本事了，她总是能在极其不利的情况下，扭转局面，变被动为主动，转危为安。这就是能力，也是水平，是在连里说了算、当老大的本钱!

支委们都松了一口气，纷纷拿着自己的笔记本，逃也似的离开了。其实他们内心也是蛮内疚的，都知道这么做很对不起地方大学生黄磊。

但同黄磊比起来，他们还是更同情更偏向农村女兵魏琴一些。虽说手心手背都是肉，但毕竟还是手背上的肉更娇嫩一些，更值得爱护一些。再说，黄磊还有机会，不是还有年终的评功评奖吗？而人家魏琴今年马上就要退伍了，她再也没有立功受奖的机会了，孰重孰轻，一目了然啊！

不过，今天让孟勇敢这个家伙拍着桌子骂了一顿，大家反而心里好受一些了。大家坐在那儿骂不还口地任他骂，也算是扯平一点儿了吧？

哎呀！今天幸亏连长杀将出来，把本来评功评奖理亏的事情扯到了支部建在连队上这样一个党建的事情上，不但扭转了斗争大方向，还置孟勇敢于不懂党的常识，不配开党的支委会的尴尬境地。哎呀！真不愧是一连之长啊！在这个连里，不是许兵这个强龙，有谁能压得住孟勇敢这个地头蛇呢？

魏琴的分队长倪双影，万分歉意地给黄磊的分队长孟勇敢织了件毛背心。她本来希望一箭双雕，既能表达在评功评奖上的内疚之意，也能捎带着传递点自己的爱慕之情，不是件挺好的事吗？

自从魏琴如愿以偿地立了那个三等功，孟勇敢歪打正着地反而可以理直气壮地不搭理倪双影了。

孟勇敢故作沉痛地对徐晓斌说："奶奶的！这下我又欠了人家黄磊一个人情。"

徐晓斌自然听不明白，问他："为什么？"

孟勇敢忍不住笑出声来，摇头晃脑地说："真是'塞翁失马，焉知非福'哇！我要感谢黄磊，他让我可以远离倪双影！"

徐晓斌也笑出声来，说："我发现你最近文采飞扬啊，快能当作家啦！"

孟勇敢一听"作家"两个字就烦了，他收起笑容，烦了吧唧地说："快别跟我提'作家'两个字，一提他们我就烦，火就往头顶上蹿！那都是些骗子，没一句实话！"

徐晓斌奇怪地问："人家作家又怎么惹你了？让你这么烦？"

孟勇敢说："这你就别管了，你只管管好你的嘴，少在我跟前提'作家'两个字！"

徐晓斌赶紧点头，赶紧表态："行！我知道了。哎，我除了不能提'作家'这两个字，我是不是还不能提'倪双影'这三个字呀？"

孟勇敢想了想，说："那倒也没那么绝对，最好是尽量少提她，最好不提她！"徐晓斌又赶紧点头，连声说："知道了，我知道了。"

倪双影是趁着徐晓斌不在的时候，敲开孟勇敢的宿舍门的。

孟勇敢正蹲在地上擦皮鞋，不光把自己所有的皮鞋都擦了一遍，还学雷锋做好事地把徐晓斌所有的皮鞋都拖出来擦了。他吹着口哨，擦着地上布阵整齐的皮鞋，心情无比的好。

有人敲门，他喊："进来！"

门开了，进来的竟然是倪双影。孟勇敢没有思想准备，吓了一跳，没蹲好，一屁股坐到了地上。

孟勇敢坐在水泥地上问："怎么是你呀？"

倪双影笑着说："怎么不能是我呀？"

自从跟他去看了一场篮球比赛，又共同守住了那么一个天大的丑闻，倪双影在孟勇敢面前放松了许多，人也机灵了，不但话多了，还赶趟了，一句接一句的，也有点儿意思了。

孟勇敢索性就坐在地上擦了："你有什么事吗？"

倪双影站在门口说："没事就不能来吗？"

孟勇敢故意往皮鞋上吐了口吐沫，说："一般都是无事不登三宝殿。"

倪双影叫道："天哪！你怎么往鞋上吐吐沫呀？"

孟勇敢说："你懂什么，这样擦得亮，再说也省鞋油。"

倪双影打了个寒战，伸了下舌头："哎呀，真恶心！"

孟勇敢说："嫌恶心你就走，谁也没请你来犯恶心!"

倪双影不说话了，站在那儿盯着孟勇敢看。

孟勇敢仰望着她，问她："你这么恶狠狠地看着我干吗?"

倪双影还是不说话。

孟勇敢又说："评功评奖早结束了，你们还用再到处做工作吗？请问，我能帮你们什么忙吗?"

倪双影的胸脯拉起了风箱，一起一伏地还挺好看。但孟勇敢对此是视而不见的，他又往徐晓斌结婚时买的高级皮鞋上吐了口吐沫，吹着口哨，用力地擦着。

倪双影扭头就往外走，走到门口又想起了手里的纸袋子。袋子里装着她一针一线、满含深情织的毛背心。她扬起手来，用力地将纸袋子丢到孟勇敢的床上，头也不回地摔门而去。

徐晓斌差点儿同倪双影撞个正着，他一个急刹车，两人才没有撞上。倪双影的脸色非常难看，一句话不说，就跑下楼了。

徐晓斌推开房门，见到的是坐在地上的快乐的擦鞋匠。徐晓斌都有点儿糊涂了，他死活也想不明白，这门里门外怎么会反差这么大？简直就是新旧社会两重天嘛！屋外的倪双影是在万恶的旧社会里，而屋内的孟勇敢则吹着口哨，满脸放光，分明是沐浴在社会主义明媚的阳光下，这简直太奇怪了。

"怎么回事?"徐晓斌奇怪地问。

"什么怎么回事?"孟勇敢反问，一点儿都不像是装的。

"我刚才碰到倪双影了，她怎么好像很不高兴?"

"她不高兴了吗?"孟勇敢又反问，更不像是装的了。

"她来干什么?"徐晓斌只好从头开始问。

孟勇敢说："她来告诉我，不要往皮鞋上吐吐沫，说这样恶心人。"

"什么?"徐晓斌跳了起来，"奶奶的！你又往我的皮鞋上吐吐沫了?"

孟勇敢咧着大嘴乐了，说："对呀，不吐吐沫能擦得这么亮吗？老兄，你别这么紧张，我不光往你的鞋上吐了，我还往我的鞋上也吐了呢！"

徐晓斌一屁股坐到孟勇敢的床上，气愤地说："你往你自己的鞋上吐我不管，可你别往我的鞋上吐哇！都跟你说了多少次了，你怎么就是不听呢？"

孟勇敢看他气成那样，更高兴了，说："行吧，下次再听你的。"

徐晓斌没好气地说："没有下次了，下次你不用给我擦了，我拜托你，我求求你了！"

孟勇敢丢掉鞋刷子，爬了起来，说："奶奶的！这是什么世道，学个雷锋做个好事也这么难！"他走到床边，扒拉开徐晓斌，从他身后拿出了倪双影丢下的纸袋子。

徐晓斌问："这是什么？"

孟勇敢说："谁知道！这是那丫头刚才丢在这儿的。"

孟勇敢打开纸袋，拿出了那件米色的细羊毛织的鸡心领的毛背心。

孟勇敢抖着毛背心，用河南话明知故问："咦！这是件啥？"

徐晓斌笑了，也学高副连长的口音说："咦！这是件毛背心！"

孟勇敢还是用河南腔："咦！她这是弄啥嘞？"

徐晓斌不笑了，正经起来，正色道："你正经一点儿吧，再这么不正经就不对了，不厚道了！"

孟勇敢像烫手似的，把毛背心丢到床上，说："奶奶的！不对她再厉害点儿，还真不行呢！"

"你刚才怎么对她厉害了？"徐晓斌问。

"我哪对她厉害了？我这不正后悔吗？我要是真对她厉害了，她能这么明目张胆吗？她还越来越来劲了，真让人头痛！我再不跟她把话说明白，还真不行了呢！"

徐晓斌没说话，但叹了一口气。

孟勇敢问他："你叹什么气？有你什么事呀，看把你愁的。"

徐晓斌看了他一眼，又叹了一口气。这第二口气让孟勇敢警觉起来，他按着徐晓斌的肩头，望着他的眼睛，再一次问道："你到底为什么叹气?"

徐晓斌望着他，认真地说："你说这个人哪，为什么就不能将心比心呢?"

孟勇敢更警觉了，他加重了手的力量，用力按住徐晓斌，盯着他的眼睛说："你给我把话说清楚，什么是将心比心?"

徐晓斌真想就此对他把话说清楚，让他想想自己暗恋唱东方的痛苦，再体谅一下人家倪双影暗恋他的心情。可是，他觉得他还是不能说。即便是最好的朋友，分寸还是要把握的，尤其是对孟勇敢这种又爱面子又爱里子的人，这种人的自尊是万万伤不得的，尤其不能把这种事说开，否则他会无地自容的，然后会与他渐行渐远的。这是徐晓斌最担心的。孟勇敢对他来说，像亲兄弟一样，不对，不是像，而是就是亲兄弟，甚至比亲兄弟还亲！他有的时候甚至觉得，对于他来说，友谊和爱情是一样的。也就是说，在他心目中，孟勇敢同许兵，有时候就是半斤和八两，是差不多重的。

正僵持着，门开了，黄磊进来了。他腿上的石膏拆了，但走路还是有点儿拐。医生说不要紧，过一段时间自然就会好了。孟勇敢却紧张地质问医生："要是过一段时间好不了呢?"医生不高兴了，反问他："你这是什么意思?"孟勇敢说："我的意思是你负责吗?"医生火了，声音也高了："你这个人懂不懂道理？会不会说话?"徐晓斌赶紧上去解释："对不起，对不起，医生你别生气，他是有点儿紧张，也有点儿着急，请你原谅他。"医生的声音低了许多，但气还是不太顺，气呼呼地说："这是常识，石膏打了那么久，好人也会拐的!"

黄磊进来说："徐技师，下盘围棋?"

徐技师正好解脱，笑着说："你又来找死了?"

黄磊也笑着说："今天鹿死谁手还不一定呢！"

孟勇敢突然灵机一动，拎起那件毛背心，丢给黄磊说："哎！倪分队长送你一件毛背心，表达她们分队对你的歉意。"

黄磊有些不好意思，抱着毛背心说："歉意什么呀，我能理解，干吗这么客气呀！"

孟勇敢说："哎，你不懂。这叫礼多人不怪。你还不快去谢谢人家。"

黄磊答应了一声，很听话地出门谢人家去了。

徐晓斌真的不高兴了，他望着孟勇敢，气得都不知说他什么好了。孟勇敢也望着他，一副"就这么着了，你怎么办吧"的神态。

徐晓斌从他的床上站起来，点着他的鼻子说："孟勇敢哪孟勇敢，你小子真不是个东西！做事太绝了！太狠了！太不像话了！"

孟勇敢咬着牙说："无毒不丈夫！我现在不狠点儿心，以后就更麻烦了。长痛不如短痛，我这也是为她好。"见徐晓斌还不高兴，他又补充道："反正她也没说毛背心是送给我的，就往床上那么一扔，人就跑了。我也可以认为她是送给别人的吧？比如送给黄磊，又合情又合理，还说得过去，不是挺好的吗？"

徐晓斌望着他，心里说：好你个头哇！什么时候让唱东方给你也来这么一下就好了，让你也尝尝这是什么滋味。不过转念一想，这又是不可能的事。以孟勇敢的个性，他对唱东方的那份暗恋，他就是烂在心里，也不会对她吐露半个字的。唉！这就是命吧！真是什么人什么命，什么命什么运哪！唉！爱我的人和我爱的人哪，这个时候，港台不知哪个女歌星唱的那首哀怨伤感的歌，突然就在徐晓斌的耳边萦绕开了，搞得他心情很不好。他摇了摇头，一脸沧桑地出门了。

黄磊抱着毛背心敲开倪分队长的宿舍门时，倪双影正跟王技师在屋里聊天。倪双影一看见黄磊手里的毛背心，脸马上就红了。她甚至还慌张了起来，以为是孟勇敢让黄磊来还她毛背心的。

王技师却望着这个不速之客有些发愣，她想不明白，黄磊会有什么事，而且手里还拿了件毛背心。这大夏天的，谁还能穿毛背心呀？

黄磊笑容满面地说："分队长，谢谢您送我的毛背心。您太客气了，搞得我都不好意思了。"

倪双影先愣了一下，不过马上就明白过来了。她的心里犹如打翻了五味瓶，什么滋味，连她自己也说不上了。她强打笑容，将错就错，顺水推舟地说："也不知你穿着合不合适。你不要客气，你就收下吧。"

黄磊说："那我就谢谢分队长了。"

倪双影站起来送客，说："谢什么，应该是我们谢你。"

黄磊走了，王技师还是没搞明白："你这是干什么？"

倪双影只好对她说："那个三等功的事，毕竟是我们欠人家的。"

王技师说："连长和指导员不是都说了吗？等年终总结的时候给他补上，弄不好还会补个二等功呢。"

倪双影说："那是连里的事，这是我的事。"说完，倪双影叹了口气，不像是为这件事叹的，而是另外有事。

王技师说："不对！你有什么事瞒着我。"

正有一肚子委屈的倪双影，面对这个像亲姐姐一样关心她的大姐，不禁悲从心来，泪流满面了。她哽咽地叫了声"王技师"，就什么话也说不出来了。

王技师气呼呼地找到许兵，上来就质问她："你这个介绍人是怎么当的？怎么越当事越不妙了呢？"

许兵一头雾水，对她说："有什么事你好好说。看你这没头没脑的，我哪知你说的是什么呀？"

王技师还是没好气："你怎么会不知道我说的是什么呢？你是装不知道吧？你在给多少人牵线拉绳？不就给倪双影和孟勇敢吗？还拉着我跟你一起干，还派了个卧底。这么大阵势有什么用啊？那个王八蛋不还是不干吗？"

许兵笑了，问：“闹了半天，你说的是孟勇敢那个王八蛋呀?”

王技师说她：“你还笑，你还在这儿笑，你不知道人家倪双影在上边哭啊?!”

许兵吃了一惊：“她哭了？她为什么哭?”

王技师将毛背心的事说了一遍，许兵气得牙都痒了。她恨恨地说：“这个该千刀万剐的王八蛋！真是给脸不要脸!”

王技师见她气成这样，自己反而笑了。她笑着说：“看来这个王八蛋是吃了秤砣铁了心了，一百头黄牛也拉不回来了!”

许兵无可奈何地说：“奶奶的，还真拿他没办法。这要是在战争年代就好了，拿着盒子枪逼着他进洞房！看他敢不听，不听一枪崩了他!”

两个女人解气地大笑起来，王技师抹着眼泪说：“哪用战争年代呀，要是搁在‘文化大革命’那会儿，上纲上线地一吓唬，他不听也得听，不干也得干呀!”

许兵说：“那恐怕不行吧?”

王技师眼一瞪，认真地说：“怎么不行？实话跟你说吧，我爸和我妈就是这么结婚的。那时他俩都是工程兵，我妈是医生，我爸是工程师。我妈先看上我爸了，但我爸也跟孟勇敢一样，没看上我妈，因为我妈长得黑，不如我爸长得好。我妈那时给师首长搞保健，师长的家属知道了我妈的心事，就告诉了师长。那个师长姓赫，赫赫有名的赫。赫师长马上把我爸叫到他办公室，上来就问我爸为什么看不上我妈。我爸当时一点儿思想准备也没有，吓得够呛，哼哧了半天才说，她长得太黑了。师长一听就火了，拍着桌子给我爸上纲上线，说我就知道你小子是资产阶级思想在作怪！这是你们这些臭知识分子的臭毛病！又打比方说，猪还黑呢，可肉是香的，不吃就能馋死人。又问我爸，你不吃猪肉行吗？我爸只得摇头，不摇头怕师长又得说他不老实。师长又拍了下桌子，命令我爸，马上跟邱医生搞对象，一个月以后把婚给我结了！怎么样？我爸老老实实就跟我妈结了婚。”

许兵笑得眼泪也出来了，她也抹着眼泪说：“怪不得你这么黑呢，原来像你妈呀！”

王技师笑着说：“可不是嘛！我妈可真讨厌，把她身上的黑色素一股脑都生到我身上了。再生我弟的时候，黑色素都没了，我弟弟可白了，白得都可惜了！”

两人笑了一阵，又想起楼上正难受的倪双影，马上不好意思再笑了。王技师又开始催许兵想办法，许兵犯愁地说：“我能有什么办法呀？这小子油盐不进的，好像对女人压根儿就没兴趣。”

王技师可不信，她把嘴一撇，说：“你快拉倒吧，你见过这世上有不吃鱼的猫吗？”

许兵拿不准地说：“有吧？同性恋的猫可能就不吃鱼。”

王技师吃惊地问：“怎么？孟勇敢是同性恋吗？”

许兵赶紧示意她小声点，自己也压低了声音：“我这是怀疑，要不他怎么会对女人无动于衷呢？”

“他对女人无动于衷？”王技师的嘴又撇上了，“他那是对倪双影这样的女孩无动于衷，你看他对你表妹那样的女孩会不会无动于衷？”

许兵说：“他似乎也没什么感觉，也没见他有什么两样。”

王技师说：“许兵，我来跟你打个赌，你让你表妹去试一试孟勇敢，我保证一试就能试出来！”

“试出什么来？”

“试出他是不是同性恋！试出他对女人感不感兴趣！”

许兵望着王技师，半天没说话。王技师也望着她，鼓动她：“你就让你表妹试一试嘛，权当是开个玩笑嘛！”

许兵有点儿动心了：“这种玩笑能开吗？”

王技师说：“都是自己人，什么玩笑开不了？”

许兵说：“那就开开？”

王技师来劲了：“开！马上开！”

第十三章

“开玩笑!”徐晓斌脱口而出。

许兵笑了，说：“我们本来就是开玩笑嘛。”

“什么玩笑不能开，你偏开这种玩笑?”

“这种玩笑怎么了？反正都是自己人，开着玩呗。”

“我告诉你许兵，这个世界上，有些玩笑能开，有些玩笑是不能开的，是开不得的！就像小孩子玩火似的，闹不好会引起火灾的！会出人命的!”

如果徐晓斌不这么危言耸听，不这么连唬带吓的，也许许兵还能听进去。徐晓斌说得也太邪乎了，这让他的话的可信度大大地打了折扣。

许兵有时候的确像个孩子似的，越不让她干的事，她偏要干；而越要求她干的事，她又偏不干。对此，她还有伟大领袖毛主席的话做理论支持：凡是敌人反对的，我们就要拥护；凡是敌人拥护的，我们就要反对。徐晓斌作为她同床共枕的丈夫，实在不应该忽略她这个毛病。而他不但忽略了，还火上浇油了，让她越发来劲了。

许兵给唱东方打电话，唱东方惊喜地说：“姐，咱俩真是心有灵犀呀！我正准备给你打电话呢，你电话就来了。”

许兵问：“你给我打电话干吗?”

唱东方说：“你先打来的，你先说，你说你给我打电话干吗?”

许兵说："我的话一言难尽，得见面说。"

唱东方在电话里咯咯笑了起来，听起来好像她俩又不谋而合了。唱东方果然又叫："天哪！咱俩的心真是连着的，我正要约你们呢，约你们出来吃饭。"

许兵奇怪了："为什么？你准备提前过生日吗？你提前得也太多了点儿吧？离你生日还有半个月呢。"

唱东方笑话她："难道只有生日才能出去吃吗？你也太会过了吧？"

许兵说她："听你这口气，不像是个穷学生，而像是个暴发户！"

唱东方又咯咯地笑了起来。看样子她是真遇到喜事了，是真高兴了，逮着机会就笑个没完。唱东方高兴地说："又让你给说着了，我的确成暴发户了。姐，我挣钱了！我自食其力了！"

许兵问她："你怎么挣钱了？难道人家给你发工资了不成？"

唱东方大声地说："正是，一点儿不假，他们给我发钱了！我挣工资了！"

许兵愈发奇怪了："不是说好了实习不给工资吗？怎么又给了呢？地方老板不都是爱欠人家的工资不给吗？你们老板难道是慈善家？"

唱东方得意地说："老板们是爱欠农民工的工资，本人不是农民工，本人是华东政法的高才生！"

许兵高兴地笑了，说她："看把你给得意的，给了你多少钱呢？把你高兴成这样。"

"姐，你猜。"

"我不猜，你说吧。"

"你猜嘛！你猜猜嘛！"

许兵只好猜了："两千？"

"不对。"唱东方否决得很痛快。

"是说多了？还是说少了？"

"说少了。"

“那是两千五？”

“也不对。”

“三千？三千五？”

“还不对。”

“那，那是四五千？”

“还是不对。”

“难道是五六千？”

“再猜！再往上猜！”

许兵吃不住劲了，不猜了。她换了口气，审问起唱东方了：“你快说，他们到底给了你多少钱？”

“八千，整整八千！”唱东方如实招来，招得很痛快，也很得意。

许兵那边咣当一声响，唱东方忙问：“姐，什么响？”

姐在这边没好气地说：“奶奶的！电话掉了，你把我吓得电话都掉了！”

唱东方又咯咯咯咯地笑了起来，许兵想起了孟勇敢上次说她的话。那次她也是这么得意地咯咯个没完，孟勇敢就说他像母鸡下蛋，臭显摆。许兵心想：人比鸡也强不到哪儿去，一得意就出这动静。

唱东方问：“姐，你怎么不说话了？”

许兵说：“你想让我说什么？”

唱东方说：“难道你不想祝贺祝贺我吗？”

许兵说：“我哪还有心思祝贺你呢？我担心还担心不过来呢！”

唱东方问：“你担心什么？”

许兵说：“我担心，好好的，他们干吗给你发这么多钱？”

唱东方说：“这还叫多吗？我比他们拿的少多了！别人一个案子下来，有时候就是十几万呢。”

许兵说：“我不管别人，别人拿多少都跟我没关系。我只担心你。他们为什么又给你工资了，而且还给这么多？他们这是安的什么心呢？”

唱东方又笑了起来，说："哎呀，姐，你什么时候变得这么多疑了呢？还不是因为我有能力，有水平，干得好，干得出色！他们还想让我毕业就留在这里呢。既然把我当不可多得的人才，当然要舍得下本钱了！舍不得孩子套不住狼，你又不是不知道。"

许兵说："但愿是这样吧，只要不是别有用心就行。"

唱东方说："你都快赶上大姨了，婆婆妈妈的。"

许兵说："你大姨每次打电话，没有别人的事，全是你的事。你要是有个闪失，你大姨会跟我拼命的！"

唱东方笑了，笑得又幸福又得意。她说："你别担心，我在大姨面前会替你解释的。"

"你替我解释什么？"许兵问。

唱东方大声地说："我就跟大姨说，你对我很好，很负责任。"

她俩说的"大姨"，是许兵的母亲，唱东方的姨妈。许兵跟唱东方说起母亲的时候，都用"你大姨"这个称呼，听起来很像是在吃她的醋，也的确是这样。

唱东方的大姨对唱东方无比疼爱，甚至超过了自己的女儿许兵。因为唱东方从小就没有了母亲，她是跟着大姨长大的。大姨对她的偏心眼是毫不掩饰的，许兵对此一点儿脾气也没有。她能做的，只有像吃不着葡萄的狐狸那样，经常说点"你大姨怎么怎么样"之类的酸溜溜的话。

表姐妹俩在王府井的"金钱豹"大快朵颐了一顿，吃得表姐直埋怨表妹："都是你，干吗请我吃自助餐呢？看把我吃的，撑坏了你负责！"

表妹拍着胸脯说："行，没问题，撑坏了我负责。我还剩下七千多块钱呢，还怕给你看不起病？"

表姐摸着自己撑得不行了的胃，说自己是"大卫·科波菲尔"，又说："哎呀，这样下去恐怕不行，我怕我会胃穿孔。"

表妹马上说："旁边就是王府井，咱俩去那儿消消食吧！"

表姐说这是个好主意。两人结了账，抹着油嘴就去了王府井商业街。

没出一个时辰，唱东方就把钱包里刚发的工资悉数花了出去。只买了两样东西，就花了七八千块钱，许兵心痛得胃真疼开了。

唱东方本来花钱就大手大脚的，这下有了自己的工资，花起来更加理直气壮了，像高山流水，一泻千里。她还内疚地对许兵说："姐，抱歉，这次就不给你和姐夫买东西了，等下个月再发工资，我再给你俩补上。"

许兵没好气地说："你就别气我了，再气我的胃更痛了。"

唱东方笑眯眯地明知故问："你为什么生气呢？还气得胃痛？"

许兵更没好气："我参加革命快十年了，挣的工资还不如你这个实习生的一半多，我的价值何在？我的尊严何在？唉，这是什么世道哇！分配怎么如此荒唐，如此不公平？"

唱东方的自我感觉更好了，她拍着表姐的肩膀，语重心长地教育她："姐，你不要这么牢骚满腹嘛！牢骚太盛防肠断啊！你们革命军人，共产党人，就是要有这种吃亏在前、索取在后的奉献精神！你也是受党教育快十年的人了，怎么还不如古人呢？古人都知道'先天下之忧而忧，后天下之乐而乐'嘛！"

许兵说："你快给我闭嘴！真是近墨者黑呀！你们这些黑心的律师，专门能颠倒黑白，把黑的说成白的，把有罪说成无罪。"

唱东方更贫了："要不我们老板怎么能看出我有这方面的潜质，想方设法要把我留下来呢？"

许兵不跟她贫了，说她："东方，你花钱也太冲了，这样可不好。这样有今天没明天的哪行啊？"

唱东方不以为然地说："我这不是第一次领到工资吗？给大姨和大姨夫第一次花自己挣的钱买礼物，当然要倾其所有了。"

许兵摇着头说："你给他们买这么贵重的皮包和皮带，你让我们以后还怎么给他们买礼物呀?”

唱东方嬉皮笑脸地说：“那你以后就别买了，都留着让我来买。”

两人说说笑笑地逛了一大圈，许兵的大胃也消下去了许多。许兵说：“行了，我的食儿也消得差不多了，你的钱也得瑟光了，咱们打道回府吧!”

两人上了出租车，唱东方才突然想起来：“姐，你不是要找我说事吗?”

许兵一拍手说：“哎呀，可不是嘛！我光顾占便宜了，差点儿把正事给忘了。”

许兵如此这般、这般如此地把事情说了一遍，重点渲染了倪双影的痛苦和眼泪。她知道，唱东方是最见不得别人的眼泪的，她很少为自己哭，她的眼泪大部分都是为不相干的人、不相干的事流出来的。她最见不得别人受委屈，只要见到了，就恨不能多长出一双手来，好去拔刀相助，帮助别人。这点她跟她表姐很像，都来自大姨的真传。

果不其然，唱东方对倪双影动了恻隐之心，她恨恨地说：“想不到孟勇敢是这种人，真不是东西!”

许兵趁热打铁，说：“可不是嘛！对这种人，唯一的办法，就是以其人之道还治其人之身!”然后，又这样那样地面授了一番机宜。

唱东方有些迟疑，有些为难。她问：“这合适吗?”

没等许兵说话，前边的出租车司机抢着说话了。

北京的出租车司机，净是些热心人，还特别乐意不管三七二十一地掺和别人的事。这个人到中年的司机，一直在前边饶有兴趣地听着后边两位漂亮小姐的谈话，这会儿实在是忍不住了，管不住自己的嘴，开始多嘴多舌了。

出租车司机在前边喊了起来：“行！小姐，怎么不行？这太行了！我太了解这种操行的男人了，都是些属驴的，牵着不走，打着倒退。不给他们点儿颜色，他们还真他妈不知自己是男的还是女的呢!”

许兵和唱东方互相莫名其妙地看了一眼，都扑哧一声笑了起来。许兵挤挤眼睛，调侃地说："听见了吧？这是人民群众的声音，代表了广大人民的心声！"

出租车司机更来劲了，说："敢情！我比人大代表还人大代表呢。小姐，您就听我和您姐的没错，好好收拾收拾那小子去！"

到了大院门口，暴发户唱东方没钱付车费了，先下了车。许兵留在车上掏腰包。司机借着顶灯给她找零钱，还好心好意地提醒她："哎，我说，我给您友情提个醒，你们可要把握好喽。可千万别玩大发了，把自个儿给玩进去。弄到最后，偷鸡不成，再搭上一把米。"

许兵嘴上客气着，心里骂着：说什么呢，真是个乌鸦嘴。

第十四章

唱东方给孟勇敢打电话，没想到是姐夫徐晓斌接的。

唱东方说：“姐夫，孟勇敢在吗？”

姐夫问她：“你找他干吗？”

唱东方说：“我找他有点儿事。”

姐夫想问她什么事，但转念一想，自己这么追问下去，似乎也不太好，不怎么太合适。她再是自己的小姨子，这里毕竟不是孟勇敢他们家乡，姐夫跟小姨子可以随便开玩笑，随便闹。徐晓斌这个姐夫，可不敢跟唱东方这个小姨子随便开玩笑。一是他们的年龄差得不太大，二是这个小姨子长得太好了。作为表姐夫的他，如果不严格要求自己，打破砂锅问到底地纠缠下去，很容易给别人造成自己想跟人家多说几句话的坏印象。徐晓斌才不会去犯这种没水平的低级错误呢，即便他心里再好奇，再想知道底细，也只好就此打住，就此罢手了。他让她打孟勇敢的手机，并多此一举地问她：“你知道他的手机号吗？”

唱东方说：“知道。谢谢姐夫，姐夫再见！”就飞快地挂了电话。

徐晓斌知道，伸向孟勇敢同志的黑手出洞了。他不禁替自己的战友和同志捏了一把汗。

孟勇敢同志的声音出现在门口，他并没有推门进来，似乎是希望在门外讲完这个电话。只听孟勇敢一迭声地答应着："好好好，那就晚上七点。行行行，不见不散，不见不散。"

徐晓斌不由自主地叹了口气，他在心里哀叹：傻小子，你还在那里傻了吧唧地不见不散呢，你哪知道美女蛇已经向你靠近了。等你见了人家，上了人家的贼船，再让人家把你拉到一个前不着村、后不着店的地方，一脚再把你踹下去，到那时，有你小子难受的，让你也尝尝人家倪双影难受的滋味。唉，原来还真希望让这小子也尝尝难受的滋味呢，这一旦他真要去尝了，徐晓斌这心里还真有点儿不舍得不落忍呢。

傻小子的电话讲完了，但他人并没有进来。等了一会儿，还不见他进来，徐晓斌都有点儿纳闷了，心想：他是不是又走了？好像也没听见他离去的脚步声啊？徐晓斌沉不住气了，起身打开了房门。

孟勇敢就站在门口，不过他正在发呆。见到徐晓斌出来，他还跟梦游似的，睁着一双迷茫的眼睛，六神无主地望着徐晓斌。

徐晓斌一见孟勇敢这副德行，心里就暗暗叫苦：完了，完了，这小子人还没上贼船呢，魂就没有了！大概早就奔赴晚上七点那不见不散的鬼地方去了！

她约他在什么地方见面呢？见了面要干什么呢？肯定不是吃晚饭，要共进晚餐，不会约在七点钟。那要干什么去呢？看电影？去酒吧？徐晓斌十分想知道这些，好替这傻子把把关。毕竟人是不能打无准备之仗的，不管打什么仗，跟谁打，都还是准备准备的好。但徐晓斌是不会主动问他的，一问会令自己陷入被动，好像他提前早就知道了似的，不是个同谋者，也是个知情者。到那时，孟勇敢会连他一起恼的。

徐晓斌要等孟勇敢主动告诉他，他再自动升级为孟勇敢的军师，告诉他要这样要那样，指挥他朝这边走再朝那边去。这样一来，两边的力量就能均等了，起码是势均力敌了。最后谁能斗得过谁，谁能打得过谁，那还不一定呢！毕竟这边是知己知彼了，虽然还没有百战不殆的十足的把握，但起码不会输得颜面扫地吧？一个朝气蓬勃的大男人，中了两个手无寸铁的小女人的美人计，先不说自己内心的失败感和痛苦，光是传出去遭人耻笑，那也是一件相当难堪相当糟糕的事。不行，无论如何要帮帮他。在这种个人尊严到了最危险的时刻，他徐晓斌作为同志，作为战友，作为哥们儿，怎么都要发出最后的吼声，起来！同孟勇敢联起手来，击败美女蛇们的猖狂进攻。虽然她们的模样儿长得好，有足够的杀伤力，但架不住男人们早有了思想上和心理上的准备，在这里强强联手，单等着两强相遇勇者胜了！

徐晓斌假装一愣，故意问："你站在这儿干什么？"

孟勇敢也是一愣的样子，半天没明白他问的什么的鬼样子，两只死羊眼眨呀眨呀的，望着徐晓斌还在发愣呢。

徐晓斌心里这个气呀，便在心里骂他：奶奶的！跟这么个熊人联手，哪可能是强强联手哇！这简直就是一具没有灵魂的躯壳，简直就是个行尸走肉的废物。跟这样的废物联手，不但帮不了他的忙，弄不好，自己还得惹一身臊，回家没有好日子过了。

徐晓斌把门大开，没好气地说："你站这干什么？还不快进来！"

孟勇敢听话地进来了，徐晓斌飞起一脚，咣当一声将门踹上，吓了孟勇敢一个激灵，他似乎是醒过来了，回过神来了。

孟勇敢一屁股坐到自己的床上，手指头有节奏地敲打着桌面，发出很像样的响声。徐晓斌惊奇地发现，这小子的节奏感还挺好的，挺有点儿音乐天赋的。

徐晓斌坐在自己的床上，目不转睛地望着对面的孟勇敢，等着他主动开口，等着自己摇身一变，成为这场战役的指挥员。

终于，孟勇敢停止了打击乐，开口说话了。

孟勇敢问："哎，你这么直勾勾地看着我干吗？"

徐晓斌在心里骂他：奶奶的！你是属猪的吗？怎么跟猪八戒似的，还会倒打一耙了呢？徐晓斌本来想说："我怎么看你这么反常呢？"话到嘴边，他又给咽回去了。他舌头打了个弯，话又变了："我这不是没事干吗？我这不是闲的吗？屋里又没别人，我不看你，我看谁呀？”

若是平时，孟勇敢有的是俏皮话等着他，但今天孟勇敢的确反常得厉害。他只是微微一笑，并没说什么，而是抬起手腕看了看手表，又突然站起身来，走到脸盆架那儿，收拾起洗澡用的东西来，似乎是要去洗澡了。

徐晓斌故意问：“你要干什么？”

孟勇敢说：“我要去澡堂洗个澡。”

徐晓斌真的有点儿吃惊了，脱口而出：“孟勇敢，你至于吗？你……”话说了一半，他又急忙刹车，不往下说了。

好在孟勇敢这时候的脑袋瓜子还是木的，没听出徐晓斌的话中话来。他自顾自地说：“好久没去澡堂搓澡了，身上脏得要死。你去吗？”

徐晓斌马上摇头，说：“我身上又不脏，我去干吗？不过……”他又停住不往下说了。

这次孟勇敢可注意到了，他说：“你怎么了？怎么老是说一半话，吞吞吐吐的？”

徐晓斌只好说：“这不过年不过节的，你洗的哪门子澡哇？还要到洗澡堂里去洗。”

孟勇敢停下手里的动作，回过头来望着他，似乎想看出什么破绽来。

徐晓斌只好以攻为守：“你看我干吗？”

孟勇敢没好气：“我看你有点儿不对头，有点儿反常！”

徐晓斌在心里笑了起来：“这叫什么事呀，明明是他反常，我却不敢明说他；他却反倒赖我反常，还赖得这么理直气壮的。”

徐晓斌急忙解释：“我的意思是，好好的，洗什么澡哇！再说这又不是洗澡的时间，小心让我那操蛋的老婆给看见。”

孟勇敢说：“她知道我要干什么去呀？我又不脱光了去。只要你不告密，没人知道。我走了。”

孟勇敢一溜烟地跑掉了，徐晓斌的拳头砸在了桌子上。徐晓斌在心里头骂他："你小子还去澡堂子里搓澡，你就是把身上的皮都搓下来，人家也看不上你呀！人家那是在逗你玩哪，看把你激动的，还真当真了，又搓澡又扒皮的。哎呀，真是急死我了！哎呀，真是皇帝不急、太监急呀！"

吃晚饭的时候，徐晓斌见老婆一个人在连部的饭桌上吃饭，就端着饭碗凑了过去。

许兵一见他主动坐过来，有些奇怪地问："哎，稀客呀，平时怎么叫你都不过来，今天这是哪根神经发炎了？"

徐晓斌不说话，吃了几口米饭，突然出其不意地问："你的别动队出发了吗？"

许兵一愣，筷子含在嘴里不动了。

徐晓斌得意地望着她，看她怎么说。

许兵问："哎，你是怎么知道的？"

徐晓斌借用了一句成语："要想人不知，除非己莫为！"

许兵不屑地一笑，说他："你故作什么神秘呀！谁不知道，不就是孟勇敢告诉你的吗？"

徐晓斌认真地说："许连长，这次你可猜错了。我向毛主席保证，绝对不是人家孟勇敢说的。"

"难道是东方跟你说的？"许兵又猜。

"这你就别管了。"徐晓斌这次是故弄玄虚，"反正我只告诉你，这消息绝不是来自孟勇敢。至于来自何方，你自己猜吧！但看在夫妻的分上，我不得不郑重地提醒你；点火容易灭火难！开场容易收场难！到时候，阁下要是收不了场了，你可别怪我在一旁看你的笑话！"

许兵的筷子轻轻地放到碗上，像是怕把碗碰破了似的。许兵微微一笑，说："谢谢你，徐技师，你就别在这里白日做梦了！你看不到任何笑话的。所以，也不用担心你自己的嘴会笑歪的。我告诉你，本人能隆重地开场，也能圆满地收场。这个请你放一百二十个心！”

许兵站了起来，收拾自己的碗筷，又假惺惺地问：“你吃完了吗？用不用我帮你把碗一起刷了？”

徐晓斌抬起头来望着她，有点儿气急败坏：“许兵，你真是不见棺材不落泪呀！”

许兵俯视着他，兴高采烈地说：“徐晓斌，你真是鸡帮鸭子抱窝——瞎操心哪！”

紧赶慢赶，孟勇敢还是迟到了。

孟勇敢满头大汗地赶到北展剧场的时候，已经七点十一分了。也就是说，他整整迟到了十一分钟。作为一个男人，第一次赴自己那么喜欢的女人之约就迟到，是相当不走运的；作为一个军人，没有山崩地裂的特殊情况却迟到，也是相当不应该的。

当孟勇敢站在唱东方面前时，除了满头的大汗能帮他证明一点儿他的心情和诚意外，他自己却没有做任何的解释。他自己那张嘴，只是用来大口地喘着粗气，却没派上任何用场。因为孟勇敢觉得，迟到已经不对了，再给自己找理由做解释，那就更加不对了，他不能一错再错、错上加错。因此，他只对唱东方说了句：“对不起，我来晚了。”就没有任何多余的话了。

其实，孟勇敢是有足够的理由做解释的，而且这些理由跟她的表姐夫还有很大的关系。因为是徐晓斌的故意和捣乱，才使他如此被动地迟到了十一分钟。

孟勇敢从澡堂搓澡回来，徐晓斌正在宿舍里无所事事。他好像一直都在等着孟勇敢，要不然也不会见到他那么喜出望外的样子。

徐晓斌说：“哎呀，你可回来了，闷死我了，快陪我杀一盘！”

都快五点了，孟勇敢哪还有时间陪他杀一盘呢？就是有时间杀，他也没有心情杀呀！他当即拒绝：“不行，我没时间！”

徐晓斌很奇怪的样子，问他：“你怎么会没时间呢？你澡也洗了，泥也搓了，你还有什么事吗？”

孟勇敢当然有事了，有非常重大、非常重要的事情。但这事能告诉他徐晓斌吗？虽然他俩是特别铁的哥们儿，铁得都让人怀疑他俩是同性恋了，即便是这样，他还是不能跟他透露哪怕一丁点儿。谁让他是“东方红”的表姐夫呢？谁让他又那么忠于老婆，什么都跟老婆说呢？现在有一丝的春风刚要吹进玉门关，他再回家跟他老婆汇报，他那个特别愿干涉人家内政的老婆再出面阻止，那春风还能再刮下去吗？还能再沐浴到他孟勇敢身上吗？因为他知道，许兵是不可能同意“东方红”跟他谈恋爱的。虽然那次她喝多了酒胡说八道，信口向人家介绍他是“东方红”的男朋友，是她的表妹夫，但她那不是喝醉了吗？不过是说说醉话而已。即便醉成了那样，她还是人醉心不醉，还不忘拿他孟勇敢当挡箭牌用。可见，在她的内心深处，他孟勇敢跟她表妹，是完全不可能的事情。不可能得都可以信口胡说地开玩笑，因为这是常识：玩笑越大，越没可能。孟勇敢越是不肯，徐晓斌越是纠缠，纠缠得都有些死皮赖脸了。这完全不像徐晓斌的平时所为，令人生疑。

但孟勇敢因为心里头着急，一门心思要好好收拾收拾自己，哪还有心思怀疑别人呢？但有徐晓斌在，他又不好公然地翻箱倒柜地换衣服，以免徐晓斌起疑，更要没完没了地问个不停了。他跟徐晓斌周旋了一会儿，见徐晓斌一点儿也没有离开宿舍的意思，最后，他索性决定不在这里换了，到外边商场里换去。活人还能叫尿憋死？拿着建行的信用卡，还怕没好衣服换？嘁，真是的！

孟勇敢跑到最近的一家大商厦，买了一身他认为相当不错的便服。焕然一新的孟勇敢刚出商厦大门，就碰到一个战友按下车窗叫他，问他是不是要回去，让他上车一起走。

孟勇敢不客气地上了车，不客气地让战友送他到北展剧场。战友叫苦连天地不愿去，说现在路这么堵，他还要去幼儿园接孩子，要不他出车钱，让孟勇敢下去打辆出租车。

孟勇敢问他：“老兄，你知不知道什么叫请神容易送神难呢？”

战友没好气地说：“算我倒霉，碰上了你这么个瘟神！”

好不容易到了北展剧场，因为进出的车多，汽车像蚂蚁似的排着队往里爬。没等战友撵他，孟勇敢自己等不及了，拉开车门下车，跑步前进了。

唱东方似乎永远都是得体的，得体得让人见了眼前就不能不亮。她穿了一件像是外贸出口的纯棉无袖的连衣裙，是军绿色的，像俄式的军服，衬得她整个人英姿飒爽。

孟勇敢一见到她，脑海里又涌现出名人名言来了。这次更了不得了，是伟大领袖毛主席的七绝诗，就是那首为女民兵题的诗：“飒爽英姿五尺枪，曙光初照演兵场，中华儿女多奇志，不爱红装爱武装。”孟勇敢在心里赞叹：毕竟是在军人家庭长大的，身上只要沾上点绿，马上就英姿飒爽，人见人爱！因为孟勇敢敏锐地感觉到，“东方红”的回头率是如此之高，好像红太阳一样照耀着人们的眼睛，尤其是那些没有女伴管束的男人们，几乎到了一步三回头的地步了，令孟勇敢又舒服又别扭，感觉很复杂。孟勇敢心想：这是他奶奶的什么感觉呀！怎么会又好受又不好受呢？真他娘的邪门儿了！

唱东方没有一般女孩的坏毛病，对自己比男人先到，犹如吃了天大的亏，会老大不高兴的。唱东方没有半点儿不高兴的样子，当孟勇敢说“对不起，我来晚了”的时候，她笑着说：“没关系，我也是刚到，比你早了不到两分钟。”

孟勇敢心里顿时又温暖又感动，他在心里想：老天爷，这丫头简直就是德智体全面发展呀！怎么就这么好呀！继而他又怀疑开了：自己这是不是在做梦呀？怎么做到北展剧场门口了呢？这么漂亮、这么善良、这么美好的女孩子，为什么会主动约自己来看芭蕾舞呢？

而且，这还不是一般的芭蕾舞，这是世界著名的俄罗斯皇家芭蕾舞团的芭蕾舞！是世界著名《天鹅湖》！一晚上要享受两个世界著名的，让孟勇敢想起了那个很生僻的、一般人认不出来的词：饕餮！

非常可惜的是，孟勇敢却在正正中中的九排八号座位上睡着了！

孟勇敢是被自己即将流出来的口水吓醒的。他吓得赶紧把嘴合上，并且还用手挡了一下，那都到了嘴边的涎水被阻击在口腔中，没有流出来丢人现眼。孟勇敢扭过头去，想看看有没有被“东方红”察觉。令他五雷轰顶的是，“东方红”恰巧也扭过头来，冲他微微一笑。孟勇敢吓得心都跑到嗓子眼这儿来跳了，他慌乱地冲她点了点头，慌不择言地信口开河：“不错，跳得真不错。”

唱东方抿着嘴无声地笑了，她凑到孟勇敢的耳边，悄悄地对他说：“你睡得可真香！”

孟勇敢身上的汗顿时就下来了，他汗流浃背地想：奶奶的！我刚才睡着了吗？还睡得真香？还让人家看得清清楚楚、真真切切的？奶奶的！这人可是丢大了。这么著名的芭蕾舞团，这么著名的《天鹅湖》，这么死贵死贵的门票，自己竟然能睡着了！这人可真是丢大了，让人家东方红怎么看你？你不但这么没文化、没素养、没品位，你还这么不诚实。明明睡着了，还跟人家胡说什么“跳得真好”。哎呀，哎呀！这人丢的，真是丢到太平洋上了，辽阔又深远！这要是让徐晓斌那两口子知道了，我这也要成为经典了，让他们百说不厌、百笑不休的经典。

怎么就睡着了呢？自己明明很兴奋也很紧张的嘛。在这种既兴奋又紧张的状态下，人怎么可能睡着呢？真是不可思议，真是奇怪，奇怪得都快成为医学奇迹了。

孟勇敢身上的新衣服都湿透了，粘在身上非常难受。他想找东西擦擦汗，无奈上下一身新，口袋里空空荡荡什么也没有。突然间，一种担心袭上心头：自己这样大汗淋漓的，身上会不会有味呀？这样一想，他马上坐立不安起来，身子尽量往一边移，尽量离她远一点儿。这样一来，他虽然离“东方红”远了，却离他左边的一个年轻女孩近了。那年轻女孩莫名其妙地看了他一眼，把他看得又有些心惊胆战了。

孟勇敢如惊弓之鸟，坐在北展剧场的九排八号上，盼着俄罗斯的天鹅们早点儿跳完，他好早点儿结束这洋罪。孟勇敢在座位上遭罪地想：奶奶的！这一晚上，能折我十年的寿！

没想到的是，更大的尴尬还在后边等着他呢。

看完演出，两人上了出租车，孟勇敢一摸空空荡荡的口袋，才想起来，钱包在旧衣服里，而旧衣服却在战友的车里。

坏了！坏了！完了！完了！今天这人算是丢到家了。人家都请你看了这么贵的演出了，难道车费还让人家再出吗？奶奶的！这是人干的事吗？

大汗，再一次从孟勇敢身上四面八方涌了出来。这一刻，孟勇敢才意识到，自己原来是个这么爱出汗的人。

唱东方刚进楼道门，就听见房间里的电话响。她猜这一定是表姐打来的，估计她的节目该完了，打电话来了解任务的进展程度。

果然是她。许兵上来就说：“你可回来了，算上这个电话，我都打了七个了。”

唱东方笑了，说：“那我应该再晚一会儿接，让你再打几个，好凑一打。”

许兵骂她：“你这个小兔崽子，一点儿也不善良！”

唱东方说她：“你也是，干吗不打我手机？”

许兵说：“我敢吗？我敢直接打你的手机吗？让那家伙察觉了怎么办？你不知道，那小子可聪明了，比猴都精！”

唱东方说：“那是你比猪都笨！难道你平时都不打我的手机吗？难道咱俩通电话有什么值得怀疑的吗？你至于这么小心吗？这样反而不正常了。”

许兵一听有道理，咂着嘴说："你看看，你看看，这人就是不能干坏事，一干心就虚。看来我不是个干坏事的料。"

唱东方不愿意了，叫了起来："难道我是干坏事的料吗？"

许兵笑了，说："起码你比我老练，也比我狡猾，你比我更适合一些。行了行了，别说这没用的了，快汇报汇报情况吧！情况怎么样？"

"情况不怎么样。"唱东方告诉她。

许兵吃了一惊，忙问："怎么会呢？难道露什么马脚了？"

唱东方说："我怎么可能露马脚呢？问题不在我，在他。那家伙看了不到一半就睡着了。"

许兵心痛地叫了起来："哎呀，那么贵的票，他怎么就睡觉了呢？"

唱东方说："肯定是不感兴趣呗，要不会睡着了？还睡得直打呼噜。"

许兵又叫："什么什么？他都打呼噜了？在那种地方竟然能打呼噜？天哪，这多丢人哪！你没觉得难为情吗？"

唱东方说："我为什么要难为情？他跟我又没什么关系。"

许兵说："毕竟你俩是一起的嘛，人家知道你们有没有关系？"

唱东方笑着说："他那边正好也坐了个年轻女孩，他又一个劲地往人家那边靠，别人还以为他俩是一起的呢。再加上我也假装不认识似的直看他，就更没我什么事了。"

"后来呢？"

"后来演出就结束了，我们就回来了。"

"这么说，他的确是不太在乎你，要不然他也不会在你身边睡过去。人在兴奋和幸福的状态中，是不可能睡着的。"

"嗯，是这么回事。"

"哎呀！唱东方，你可真够笨的了，长得这么漂亮，竟然能让人家在自己身边睡过去，真让我没面子！"

"天哪！这跟我有什么关系？没准儿他真是个同性恋呢，真的对异性不感觉兴趣呢。别说我了，连舞台上那么多金发碧眼的外国美女他都不感兴趣，人家还穿得那么性感，他都不动声色，你让我怎么办？难道我能揪着他的耳朵，不让他睡？”

“唉，看来这小子的确是有毛病。唉，可惜我那么贵的票了！”

“是有点儿可惜，简直是一种浪费。外边那么多等票的人看不上，他却在里边睡着了，真是的！”

“再后来呢？你们是怎么分手的？”

“你说我们能怎么分手？难道你还指望他拥抱我一下再分手？人家连手都没主动伸出来，走到该分手的地方就各奔东西了。噢，对了，最后他还说了句谢谢，大概是谢我让他到北展剧场睡了一觉。”

“行了，你也洗洗睡吧！原指望能看一出好戏呢，谁知道却看了这么一出，真让我失望！”

“这能赖我吗？又不是我让他睡的。”

“我没赖你，我只是挺心疼那张票的。”

“也没什么可心疼的，你不就是要试试人家对女人有没有兴趣，是不是同性恋吗？那张票算是试金石了，不是试出来了吗？”

“难道他真是个同性恋？”许兵不安地问。

唱东方咯咯地笑了起来：“说不定呢。所以你要把姐夫看紧点！”说完，怕挨骂似的，赶紧挂了电话。

许兵放下电话，冲外屋喊：“你别在那儿偷听了，像个壁虎似的，你不难受吗？”

徐晓斌拿着牙刷，满嘴白沫地进来了。

许兵说：“有什么没听明白的？你问吧！”

徐晓斌真问了：“他真的在那儿睡着了？”

许兵说：“真的睡着了，有呼噜为证。你那哥们儿厉害吧？大气吧？你为他感到骄傲吧？”

徐晓斌咧着白嘴笑开了：“这小子是挺大气的，什么都不在乎，什么都不在话下。”

许兵说：“他能在那种地方睡着了，说明两个问题：一是他没文化，面对那么高雅的艺术，竟然能睡着了；二是他是个同性恋，面对中外那么多漂亮的女人，竟然会睡过去。”

徐晓斌摇着头不同意：“我不同意你的观点。第一，看芭蕾舞剧《天鹅湖》睡过去，不一定是没文化。人家外国人看京剧《霸王别姬》也能睡过去，难道你也能说人家没文化吗？第二，他面对那么多的中外美女还能呼呼大睡，证明他有定力不好色。同时，也证明人家对你表妹没兴趣。”

许兵说他：“你这么卖力地替他说话，不外乎有两种情况：一是你俩臭味相投，二是你也有同性恋的嫌疑！”

徐晓斌朝地上呸了一口：“什么？我有同性恋嫌疑？我要是同性恋，我还能娶你吗？”

许兵说：“那也不一定。有的人是双性恋，既喜欢女人，也喜欢男人。就像那些双重间谍似的，既能给这边当卧底，也能帮那边搞情报。”

徐晓斌又连连地呸了几口，却没有什么话可说了。

许兵架着二郎腿笑了，说：“怎么样，让我一语中的了吧？”

第十五章

孟勇敢觉得自己都要崩溃了。

他一次又一次地给自己做心理疏导，自我调适。他自己骂自己：孟勇敢，你这鸟人！你平时不是这种人嘛，行就行，不行就拉倒！你看看你现在这一会儿行、一会儿不行的熊样子。骂完自己又劝自己：要不你干脆也约人家一次。既然那么喜欢人家，那就干脆一不做，二不休，像徐晓斌说的那样，即使是个糖衣炮弹，也要把糖衣吃进去，把炮弹吐出来。哪怕吐不出来，被炸得粉身碎骨，好歹也是为自己喜欢的人送的命，也算是殉情了吧！

那就约她一次，出去找个地方坐坐，打开天窗说亮话，问问她有没有这个意思，有没有这个可能。如果实在张不开口直接问，那就拐弯抹角地试探试探她，还能一点儿也试探不出来？难道她是铁板一块？不会吧？她年轻轻的，没那本事吧？除非她是个骗子，她成心要骗你，要你玩。没这种可能吧？她吃饱了饭撑的，骗我干什么？她为什么要要我玩？我又没招她又没惹她。即便我那次开着借来的新车到机场去接她，撞了车，在机场耽搁了大半天，我没有功劳也有苦劳吧？我总不会因为那种事得罪她吧？哎呀哎呀！奶奶的，怎么又像开了倒车似的，又回来了？

孟勇敢觉得唱东方像谜一样，令他疑窦丛生。她好好的，为什么无缘无故地请他看什么芭蕾舞呢？是觉得他可靠？还是认为他是个喜欢高雅艺术的人？后一种显然是不大可能的，而且事实也证明那是错误的。他都在那儿睡得差点流哈喇子了，哪是喜欢高雅艺术的人哪。难道就是因为觉得他可靠，让他陪着做了一次伴？这似乎也有点儿勉强，在北京她表姐的地盘上，找个可靠的做伴人，那还不随便挑随便捡吗？怎么能轮到他头上呢？想来想去，也想不明白，而且越想越不明白，越想越糊涂。

唉，真伤脑筋哪！早上醒来，枕头上落满了头发。可怜的自己，比那个伍子胥也强不到哪去。人家是一夜白了头，自己这虽然没有一夜秃了头，但要照这个样子掉下去，秃头那还不是早晚的事？

可怜的孟勇敢被拉去看了场俄国人跳的《天鹅湖》，像是被那只邪恶的黑天鹅施了魔法一般，整个人陷入了混乱之中，一会儿清楚一会儿糊涂的，痛苦不堪。

其实，孟勇敢这种时候是完全可以向他的哥们儿徐晓斌倾诉的。找人倾诉，与自我调适那是不一样的。徐晓斌不但是他情同手足的战友加哥们儿，更重要的是，徐晓斌还是通往唱东方的桥梁！是天堑啊！可惜的是，孟勇敢这个时候已经糊涂得谁也不相信，谁也不信任了，徐晓斌也不能幸免。

当然，这也不能全怪人家孟勇敢犯糊涂。这中间，双料间谍徐晓斌也是难脱干系的。虽然他坚决不承认自己是间谍，更不是什么双料的，但事实上，他自觉不自觉地充当了间谍的角色，而且的确是双料的。不过，他这个间谍当得有点儿糊涂，也当得有点儿倒霉。人家职业间谍，都是当人说人话，当鬼说鬼话，他却是反着的，他是当人说鬼话，当鬼说人话，弄得自己里外不是人，两面都怀疑他，不信任他，什么话也不跟他说，什么事也不告诉他，弄得他也是相当相当的郁闷。

早上起床，徐晓斌看见了孟勇敢白枕巾上的黑头发，马上就明白是怎么回事了，而且还是相当痛心的，但说出的话来，不知怎么就有点儿变味了，有点儿馊了："哎呀，老孟，你怎么掉了这么多头发？你最近是不是有什么心事呀?”

老孟自然不肯承认自己有什么心事了:“我哪来的心事呀?你才有心事呢!”

徐晓斌都有点儿阴阳怪气了:“我有心事,我怎么不掉头发呢?”

老孟更没好气了:“掉头发就一定是有心事吗?你这是什么逻辑?”

徐晓斌几乎是幸灾乐祸了,他笑眯眯地气人家:“我这是医学逻辑,是中医的逻辑。按中医的讲法,一般就是这样的。”

老孟端着脸盆去洗漱,临出门前丢下一句:“对不起,我这是二般,不是一般!”

孟勇敢出去了,徐晓斌在屋里反醒自己,认为自己的确有些莫名其妙不正常。明明是想帮他,怎么说出的话来像是在看热闹幸灾乐祸呢?真是奇了怪了!徐晓斌的本意是想找个由头,把那件事给扯出来,好把自己知道的透露一些,让孟勇敢心里有点儿数,免得到时候真受什么伤害。

当然,徐晓斌也不可能把知道的全告诉孟勇敢,他毕竟还要顾忌自己的老婆,不想让自己的老婆受埋怨。从这点看,说人家徐晓斌有同性恋的嫌疑,实在是冤枉人家了。在哥们儿和老婆之间,他还是离老婆更近一些,对老婆更亲一些的。

本来就不是什么正经事,再加上出师又不利,搭上那么贵的一张票做了个试金石,试出了一个疑似的同性恋。这不但令许兵觉得无趣,也令她觉得有些无聊。她都准备洗手不干了,谁知唱东方却来劲了,不依不饶了。

唱东方给许兵打电话,上来就质问她:“姐,那事还干不干了?”

许兵一下子没反应过来,问她:“什么事呀?你说的什么事呀?”唱东方说她:“你看看你这个人,还是个连长呢,怎么做事这么有头没尾呢?事情是你挑起来的,怎么又假装忘了呢?你不是派我去刺探那个孟勇敢吗?怎么?又不刺探了?”

许兵笑了，说：“噢，原来这事呀！不是刺探出来了吗？他不是对美女不感兴趣吗？他不是个疑似的同性恋吗？”唱东方说：“疑似又不是确诊，不是还没确定吗？”

许兵问她：“你什么意思？难道你还想再确认一下吗？”

唱东方说：“当然了，我从来就不做半途而废的事。”

许兵又问：“如果确认了，你又准备干什么呢？”

唱东方不干了：“姐！怎么成了我准备干什么了？不是你们要干什么吗？”

许兵也不像是装傻：“是呀，当初我们要干什么来着？”

唱东方替她说：“你们要帮助你们那个倪双影，帮她报仇，让孟勇敢也尝尝受冷落的滋味。”

许兵想起来了：“对对对，是这么回事儿。但现在问题是人家不理咱这个茬儿呀，咱还能怎么办？”

唱东方说：“就试了那么一次，你怎么知道他不理咱的茬儿呢？”

许兵笑了，说：“噢，我明白了，闹了半天，是你尝到了受冷落的滋味了，你先受不了了，你准备替自己报仇哇！”

唱东方当然不承认了：“你胡说什么呀，我哪是替自己报仇，我是替你们倪分队长报仇！”

许兵还笑：“对对对，管他替谁报仇了，反正是替咱们妇女报仇。咱们妇女的冤仇多，是该好好报报了！我问你，你打算怎么报呢？”

唱东方气呼呼地说：“再约他，我就不信治不服他！”

许兵说：“要是人家确实是同性恋怎么办？你长得再漂亮，那也白搭呀！”

唱东方恶狠狠地说：“他就是个真同性恋，我也要把他治成双性恋！”

许兵哈哈大笑，笑得趴在了桌子上。

许兵给徐晓斌打电话：“哎，这个星期天我准备到你战斗过的哨所去，你想不想去故地重游哇?”

徐晓斌一迭声地说：“去去去！我当然要去了！哎，我把孟勇敢叫上行吗?”

许兵欲擒故纵地假装犹豫：“哎呀，那车里坐得下吗？我还给哨所带了好多慰问品呢，我怕车子坐不下。”

徐晓斌说：“挤一挤嘛！要是实在挤不下，就让孟勇敢借辆车去，我俩在后边跟着。”

许兵又假装关心：“哎哟，他还敢自己开车呀?”

徐晓斌替他夸海口：“现在不是以前了，他现在开赛车都没问题了。”

许兵最后假装痛快：“那好吧，就带上你俩吧！你们也别借车了，就挤一挤吧!”

徐晓斌在这边实心实意地直谢人家，人家在那边捂着嘴，半推半就地接受了。

徐晓斌马上找到孟勇敢，报功似的一说，人家孟勇敢马上就怀疑这是个骗局，里头肯定有诈。

孟勇敢敏感地问：“会不会她表妹也去呀?”

徐晓斌马上摇头，马上否认：“怎么会呢？这是去工作，又不是去游玩。再说了，连你都差点没座位呢，是我再三要求的。我威胁我老婆，说如果不让你去，就别想让我也去!”没等说完，他自己都笑了起来，笑够了又问：“你到底去不去？不去我就说一声，人家还可以给哨所多带点东西。”

孟勇敢嘴上说着“好好好，我去！我去！我去还不行吗”，心里却激动得打战了。因为他不相信唱东方不去，又是星期天，又是进山去踏青，许兵会把表妹一个人丢在家里？不可能嘛！热恋中的孟勇敢现在也顾不上那么多了，“明知山有虎，偏向虎山行”的劲头又出来了。

星期天一大早，徐晓斌就激动得睡不着了。他一会儿一趟地起来、躺下，不是去喝开水，就是去上厕所，把许兵烦得够呛，睁开眼就训他：“你这人是怎么回事？好不容易过个星期天睡会儿懒觉，你怎么就不能消停点呢？”

徐晓斌说：“咱今天不是有事吗？不是去哨所吗？咱早点起来准备准备吧？”

许兵烦叽叽地说：“准备什么？有什么可准备的？你不就是去故地重游吗？你以为你是毛主席回韶山哪？真是的！”

徐晓斌被训了一顿，老老实实又躺下来，睡不着又不敢动，在床上度时如年地熬到了许连长起床。

徐晓斌见许兵穿便衣，就问：“哎，你不穿军装去吗？”

许兵不耐烦地说：“穿什么军装啊，我这次去是微服私访，用不着穿军装！”

徐晓斌问：“那我呢？我用不用穿军装？”

许兵反问他：“你想穿吗？”

徐晓斌赶紧点头，说：“嗯，我是想穿着军装回去看看。那里毕竟是我人生腾飞的地方，一想到那里，我还真有点儿激动呢！”

许兵笑了，说他：“那你就穿呗。怪不得一大早就激动得不睡了呢，想不到你还有这种哨所情结。”

徐晓斌有点儿动情地说：“你没在哨所待过，你当然不能理解我们的心情了。”

许兵问：“你们的心情？难道孟勇敢也是你这种心情？”

徐晓斌说：“那当然了。我俩的心情是一样的。”

许兵又问：“那他也会穿军装吗？”

徐晓斌说：“那当然了！这是我俩商量好的，我俩这次去故地重游，真有点儿回老家光宗耀祖的感觉呢！”

许兵直咂嘴：“啧啧……越说还越来劲了！”

徐晓斌跟在许兵的身后下了楼，一看到那辆气派的“三凌”大吉普，心里就有一种不祥的感觉，等再看到驾驶座上的唱东方，他的头都大了。

唱东方按下车窗，探出头来，笑容满面地问候：“姐夫，早!”

姐夫的头还是大的，他懵头昏脑地说：“早早，你也早!”同时他心里还有另一种声音：“早早，早你个头哇！你怎么来了？谁让你来的？青天大老爷呀，孟勇敢哪，这下我就是跳进黄河也洗不清了!”

孟勇敢是在宿舍窗户上看见这辆越野车的。他也同徐晓斌一样，很早就睡不着了。只不过，徐晓斌的激动是单一的，而他的激动却是双重的。他既为能故地重游而激动，也为即将能见到“东方红”，甚至能同她一起过这个星期天而激动。而前一个激动较之后一个激动，那简直就是小巫见大巫了。

孟勇敢一看越野车停在了连队门口，心就狂跳起来。也就是说，他见了这辆越野车，就如同见到了“东方红”。其实他并不知道这车是来接他的，更不知道开车的就是“东方红”。但冥冥之中，似乎有一个神仙在指点他，让他该激动的时候就提前激动。

孟勇敢在窗前激动不已的时候，电话响了，徐晓斌在电话里请他下来。

徐晓斌的态度出奇好，他在电话里的腔调，简直就是奴才对主子的。他先问候他：“勇敢，你起床了吗?”得到答复后，他又请他下楼：“你下来吧？我们就在楼下等你。”

孟勇敢笑了，他心里明镜似的，知道徐晓斌为什么会是这副孙子相。他准备将计就计，让他就这样毕恭毕敬地陪伴自己一整天。

徐晓斌还是个过来人呢，亏了他还跟许兵谈了一场轰轰烈烈的恋爱呢！而且，他也是知道孟勇敢喜欢自己的小姨子的，他怎么就能忽略了一个热恋之中的男人的心情呢？虽然只是暗恋，但那也是恋得惊天地、泣鬼神了吧？头发都大把大把地恋掉了！这样暗恋一个人，难道会不敢见她甚至是不愿见她吗？不可能嘛!

这个徐晓斌真是聪明一世、糊涂一时呀！这个孙子当得也太冤了，真比窦娥还冤。

孟勇敢是在拉开前门坐到被指定的副驾驶座位上时，如有神助地镇定下来的。他一直狂跳着的心安静了下来，头重脚轻的症状也神奇地消失了。几乎连他自己都奇怪了，搞不清楚是何方神圣在帮他。

许兵并没有发现什么，她还在后边逗人家呢："孟分队长，昨晚睡得好吗？"

孟勇敢回过头去，望着她，很高兴地说："当然睡得不好了！"

许兵一愣，因为他脸上的表情和他嘴里的语言完全是两码事，完全不合拍。经验和教训都告诉许兵："这家伙又要要什么花招了，得随时提防着他点，不能掉以轻心了。"

许兵笑眯眯地问他："为什么呢？为什么睡得不好呢？"

许兵以为他顶多会说"因为要回自己曾经战斗过的地方，所以激动得没睡好"之类的话，同徐晓斌说的大同小异。但谁知道，他的回答却大相径庭。

孟勇敢再一次回过头来，依然是很高兴的样子："因为我知道今天有两个美女同行，所以很高兴，因此就没睡好！"

这次不光是许兵意外了，连开车的唱东方都别过头来看他，不知他这话是真还是假，是实话还是玩笑话。

孟勇敢又冲唱东方笑了一下，笑得大大方方、自自然然。唱东方都让他给笑糊涂了：这是那个叫孟勇敢的人吗？怎么脱胎换骨般的，像变了一个人似的？原来那个有些矜持又有些拘谨的孟勇敢哪去了？怎么换了这么个大大咧咧、油嘴滑舌的人来了？

前边一辆小车突然减速，唱东方一个猝不及防，一个急刹车，车里的人都被闪了一下。

许兵在后边大叫："唱东方！你精力集中点！"

孟勇敢马上又跟上一句："要不，让我来开？"

唱东方又看了他一眼，更不认识他了，说出的话都客气起来了："谢谢，不用，还是我来吧。"

孟勇敢笑了笑，不再说什么。他正襟危坐地坐在前边，摇身一变地成了这个车里的领军人物，连后边的一连之长都偃旗息鼓了。孟勇敢知道，他占领了制高点，现在车里的局势对他有利。但他又不能被暂时的胜利冲昏了头脑，绝不能掉以轻心。毕竟这是一场兵力和实力都很悬殊的战役，他是孤军奋战，是一个人在对付两个半人。他暂时把徐晓斌算成半个人，也就是说，他对徐晓斌还抱有希望，认为徐晓斌是可以统战和拉拢的力量，是个拉一下就过来、推一把就过去的墙头草似的中间力量。

车子路过翠微商场，许兵喊："停车！在这儿停一下，我要进去买点东西。"

唱东方找地停好了车，熄了火，拔下了车钥匙，说："我跟你一起去。"

两人跑下了车，急匆匆地进了商场。

孟勇敢目视着前方，并不回头搭理后边的徐晓斌。一直都很内疚也很压抑的徐晓斌，终于有机会做解释工作了。

徐晓斌捅了孟勇敢一下，说："哎，老弟，向毛主席保证，我事先真不知道她也去。"

孟勇敢还是不回头看他，但还不至于不理他，孟勇敢用分明不信的口气说："真的假的还不都是那么回事？"

徐晓斌有点儿急了，又捅了他一下，这次下手更重了，发的誓也更吓人了："孟勇敢，我向我故去的父亲发誓，我真不知道她会来！"

这下孟勇敢有点儿承受不起了，只好回过头来，表示对他故去父亲的尊重。孟勇敢冲他笑了笑，说："你这是何必呢？我信还不行吗？"

徐晓斌更较真了，瞪着眼睛说："你不要勉强地信，你要真信！我说的都是实话，有半句假话，不得好死！"

孟勇敢有点儿忌讳了，皱着眉头说他："越说你还越来劲了！今天我们要走山路，你少说这不吉利的废话！”

徐晓斌也觉得不太好了，马上说：“算我没说，我收回！但你一定要相信我，信任我！”

孟勇敢笑了，说他：“奶奶的！你都快变成祥林嫂了！”

徐晓斌在后边叹了口气，越发像祥林嫂了。他学着祥林嫂的话说：“唉，我只知道秋天的狼吃人，我哪里知道冬天的狼也吃人呢？”

进了翠微商场，表妹很奇怪地问表姐：“姐，我怎么觉得孟勇敢像变了个人似的？”

表姐见怪不怪地说：“我早就警告过你吧？让你不要掉以轻心，他是个长着三头六臂的人，光靠好看的脸蛋是斗不过他的！”

表妹说：“是吗？这么说，他还挺狡猾的？”

表姐看了她一眼，说：“起码他不简单。你要好自为之！”

表妹笑了，笑得很自负：“听你这么一说，我的革命斗志又高涨了好几分。”

表姐没多大把握地说：“但愿吧！但愿你这个女猎手能斗得过那只男狐狸。”

两人买好东西，回到车里，见车上两个军容严整的军人热得满头大汗。

许连长上来就训他俩：“你俩傻呀？不会开空调哇？”

徐技师大概是热昏了头了，竟然当众顶撞领导了：“就你聪明！没有车钥匙，我们开个屁空调哇！”

唱东方赶忙道歉：“对不起，对不起！忘了把钥匙给你们留下了。”

表姐夫没好气地揭露她：“什么忘了，我看你是故意的！”

没等唱东方喊冤，许兵先不干了：“她跟你俩无冤无仇的，她为什么要故意热你们？”

徐晓斌的声音小了，但还是要说：“这谁知道？只有她自己知道。”

还有孟勇敢知道。孟勇敢转过头来，看了唱东方一眼，意味深长地冲她笑了笑，一切尽在不言中的样子。

唱东方像做贼心虚似的，急于转移大家的话题，她突然问孟勇敢：“哎，你想开吗?”

孟勇敢先是眼睛一亮，然后又很低调地问：“你们放心我开吗?”

唱东方回过头去问后边的两个人：“你们放心他开吗?”

许兵说：“听说他现在开赛车都没问题，开这种普通车就更没问题了吧?”

孟勇敢从后视镜上看了徐晓斌一眼，以示感谢。

孟勇敢坐到了驾驶座上，雄赳赳气昂昂的，浑身有使不完的劲的样子。他打着了火，准备挂挡了。

唱东方调侃他：“孟师傅，看好挡位!”

孟师傅回敬她：“唱小姐，多谢提醒!”

后边的两口子互相看了一眼，女的撇了撇嘴，男的耸了耸肩。

孟勇敢大概是开过赛车了，他好像已经不能开慢车了。他把越野车开得飞快，见空就钻，见车就超，左突右插，险情不断，吓得许兵在后边叫声不断，最后不得不命令他停车了。

许兵喊：“停车！停车！你快给我停车!”

握上方向盘的孟勇敢怎么可能轻易停车轻易交权呢？他既不停车，也不放慢车速，还是撒着野往前开。

许兵见硬的不行，只好来软的了。她苦苦地哀求了：“孟勇敢，我求求你，你开慢点，行不行?”

孟勇敢摇着脑袋说：“开这样的好车，不快点开，简直丢不起那个人!”

许兵揭他的短：“你撞别人的车，就不丢人了?”

孟勇敢说：“那不是有保险吗?”

许兵说：“我还没上保险呢，你开慢点!”

孟勇敢嘿嘿一笑，说：“你不是有公费医疗吗?”

唱东方在一旁哈哈大笑起来，算是领教孟勇敢的幽默了。

五里沟哨所现在是个夫妻哨了。所谓夫妻哨，就是一对夫妻组成一个哨所，守护着过去由几个士兵守护的国防通信线路。一般都是二级以上的士官，带着自己的老婆孩子，一家三口形成一个小边远的单位。士官是领导，老婆是部属，孩子是陪伴。部属有工资，孩子有保障。这样的小单位，一般都能紧密地团结在领导周围，很少有内讧。再养点家禽养条狗，小小哨所里也是人欢狗叫，其乐融融呢。这是通信部队特有的哨所，是通信部队的一个创举。

进了五里沟，两个曾经在这里待过的男人，明显地激动起来。徐晓斌的喘气声都重了。

许兵真有点儿吃惊了，不禁侧目："哎呀徐技师，我说你至于激动成这样吗？怎么都喘成这样了？你没哮喘病吧？"

徐技师都顾不上搭理她了，脑袋探出窗外，深情地望着外边的一草一木，美丽的景致。外边温暖而清新的山风，也像是他的初恋情人，一路追着他呼呼地跑着，抚摸着他的脸颊和头发，令他如痴如醉，心旷神怡。

一排红砖青瓦的房子出现在眼前，徐晓斌孩子似的叫了起来："到了！到了！"孟勇敢更像个顽皮的孩子，按着喇叭不松手，车子一路疯叫着，迫不及待地冲了过去。

三级士官林大发带着老婆、孩子和一条叫二百五的狗，早就等候在门前了。这一家三口都是话不多的人，见了领导和战友更不知说什么好了。亏了二百五，替这一家人又蹦又跳又咬又叫的，算是尽了地主之谊。

许兵跟这一家三口都很熟的样子，连二百五好像都熟悉她。二百五在她脚下转来转去的，一点儿也不见外。

林大发的老婆叫梅芬，虽然不爱说话，但手脚却特别利索，一眨眼的工夫，葡萄架下的石桌上已经茶香四溢了。再一眨眼，她又端来一锅绿豆汤。大家的绿豆汤还没喝完，她又端上来洗得干干净净的黄瓜和西红柿，还有一个大西瓜等着动刀子。

林大发不太好意思地说："山里也没什么好东西，这都是自己种的，绝对的绿色食品。"

唱东方吃惊地问："是吗？你们还会种西瓜？"

林大发都不知道怎么回答了，只好一个劲地点头。

许兵打了唱东方一下，说她："你这个城里的傻子，少说话！"

林大发的儿子一听，马上趴在他妈的耳边说什么，他妈笑着直摇头。

许兵问："林子谦，你说什么？"

林子谦不回答，却让他妈妈替他回答。他妈开始不好意思说，但架不住儿子逼着说，只好小声地说："他问这个阿姨是傻子吗？"

大家都笑了起来，傻子阿姨笑得最欢。

许兵给梅芬捎来了她的体检表，许兵说："嫂子，你的身体太好了。卫生队的江队长说，你血里的各项指标好得要命，他让我动员你下次去献血呢！"

梅芬当真了，马上说："啥时候去？"

许兵说："啥时候献，啥时候通知你！"

梅芬急忙点头，说："行，俺等通知。"

徐晓斌急忙给人家解释："别听她胡说，她是开玩笑，你可别当真。"

梅芬笑了，林大发也笑了。林大发说："真的，连长，连里头啥时候义务献血，叫上我俩一声，我俩都能去献。"

林子谦小声地说："许阿姨，我也能去献。"

许兵将林子谦拉进怀里，一边胡噜他的头，一边问他："林子谦，你知道我给你带什么来了吗？"

林子谦摇摇头："不知道。"

许兵从身后拿出刚从翠微商场买的礼物，递给林子谦，让他打开看看。

林子谦打开第一个袋子，是一套新衣服，高兴地得抿着小嘴笑了。

又去掏第二个袋子，这次他高兴得小脸涨得通红，扭过头去冲他妈妈喊：“是滚轴鞋！最高级的滚轴鞋!”

林大发马上不安起来，连忙说：“买这么贵的东西干什么？这要花多少钱呢?”

许兵笑了，说：“这跟给你们大人的礼物比起来，实在不算什么。”

许兵一摆手，命令两个部属：“你俩去把东西搬下来。”

徐晓斌和孟勇敢从车上把 37 寸的液晶彩电搬了下来，大纸箱上贴着总政治部配发的不干胶条。这是许兵通过个人关系，从文化工作站要来的。连里已经配发过了，这是她特地为这个模范哨所要的。

林大发一家都呆了，更不会说话了，连二百五都安静下来，一时间冷了场。

许兵开口了，问他们：“哎，你们家这是嫌太大呀，还是嫌太小?怎么都不说话了?”

林大发喃喃地说：“太大了，连长，这也太贵了，太破费了!”

许兵指着箱子上的不干胶条说：“哎，同志，看清楚了！这是总政治部奖励的，奖励你们这个模范夫妻哨的！你们是我们连队的光荣，咱们全连官兵都以你们为荣！你们就舒舒服服地看大彩电吧，再接再厉再立新功吧!”

孟勇敢扯了徐晓斌一把，悄悄地对他说：“奶奶的，你老婆应该改行搞政工，应该让她当指导员。太有鼓动性了，我都让她鼓动得想再接再厉再立新功了!”

徐晓斌高兴地笑了，得意地说：“我老婆！不是我夸她，的确是块金子，搁到哪儿都闪闪发光!”

接下来的时间，大家分头行动了。

徐晓斌和孟勇敢两人进山里巡线去了，他俩要重走巡线路，体味过去的美好时光。许兵带着唱东方到附近的野葡萄沟转转，剩下林大发一家人在家里烧火做饭，准备让城里来的战友吃上一顿真正的绿色饭、环保饭。

孟勇敢穿的是胶鞋，而徐晓斌穿的却是皮鞋。孟勇敢在前边健步如飞，徐晓斌只能跟在他屁股后边，像个新兵蛋子似的，追着老兵跑。

孟勇敢说他：“你也是！不是说好了穿军装吗？”

徐晓斌没好气：“又没说好穿胶鞋！”

孟勇敢问他：“难道你没打算要再巡一次线？”

徐晓斌说：“倒是有这个想法，但没考虑这么细。”

孟勇敢批评他：“这就是你们技术干部的局限性，习惯听别人的安排，不愿动自己的脑子。”

徐晓斌更烦了，他擦了把头上的汗，更没什么好气了：“快巡你的线吧！哪这么多废话？”

孟勇敢放眼青山绿水，不禁嗓子痒痒，他征求徐晓斌的意见：“哎，我喊几声吧？”

徐晓斌说：“你喊一百声都没人管！”

“那我就喊了？”

“喊呗！”孟勇敢想了想，双手圈成喇叭，冲着大山大声地喊：“五里沟！我爱你！”

徐晓斌诧异地望着孟勇敢，对他公然地喊出“我爱你”这样的话，感到吃惊和不可思议。虽然他喊的是爱五里沟，但在徐晓斌看来，他是在借题发挥，借景抒情。

孟勇敢抒发完感情，清着喉咙，一副意犹未尽的样子。徐晓斌开始向他进攻了。

徐晓斌说：“孟勇敢，我发现你今天有点儿反常。”

孟勇敢说：“我喊了几声‘我爱你’，我就反常了？难道我不配说‘我爱你’这样的话吗？噢，只能你们说？只能你们爱？我就不能说不能爱?!”

徐晓斌说：“我还不是完全说的这个，我是说，你从今天一上车，就有些不对头。”

“我哪儿不对头了?”

“你大大咧咧地不对头了。”

“你平时不是老说我大大咧咧吗？今天怎么就不对头了呢?”

“你平时大大咧咧是正常的，你今天大大咧咧就不正常了。”

“为什么?”

“因为你今天似乎不应该大大咧咧。”

“为什么?”

“因为有唱东方小姐在。”

“为什么？为什么有她在，我就不能大大咧咧了?”

“因为，因为……哎呀！你哪来这么多为什么？没有那么多为什么！就是因为按你往常的表现，你在人家面前不应该是这个样子。”

“那我该是什么样子?”

“你平时在人家面前不是挺矜持挺拘束的吗?”

“是啊，但是结果怎么样呢?”孟勇敢突然开始反击了。

徐晓斌一时语塞，不太好直说了：“结果？结果嘛，你比较像个英国绅士，文质彬彬的。”

“那还是我吗?”孟勇敢追着问。

“这个嘛，这个……确实不怎么像你了。”徐晓斌只好说实话了。

“还是呀!”孟勇敢叫了起来，“都不像我了，我还不赶紧改回来？免得让你们这些人看笑话!”

“谁笑话你了?”

“谁笑话谁知道！你现在不正在笑话我吗?”

徐晓斌又一次语塞了，望着孟勇敢都不知道该说什么了。

孟勇敢大笑，转过身去又把手弄成大喇叭，对着远山大喊大叫：“徐晓斌！我恨你!”

徐晓斌捡起一块石头扔了过去。孟勇敢猴子似的，蹦着躲开了。他又一次哈哈大笑起来，笑得山谷里都有回声了。

孟勇敢心里很得意："奶奶的！这样多好，老子还是老子！他们倒变得不像他们了。"

许兵和唱东方走累了，坐在一块大石头上休息，听脚下的溪水在欢快地唱歌。

唱东方很陶醉，她惬意地说："姐，这里多好呀！像世外桃源一样，在这里当兵真不错！"

许兵淡淡地一笑，说："你来玩玩是不错，让你长年累月地待在这里，整个沟里只有一户人家，那时你就知道寂寞是什么滋味了。"

唱东方点点头，说："是呀，光想想就挺难受的，更别说真要在这里待上三年五载了。所以说嘛，你们军人是伟大的，是世界上最可爱的人！"

许兵说："你就别在这儿给我灌迷魂汤了，我们可不稀罕你们这种没有任何意义的甜言蜜语。以后对我们当兵的来点实际的，比说什么都强！"

唱东方说："那我以后就嫁个军人吧，给你们军人当老婆，这样的实际行动总可以吧？"

许兵点了点头："嗯，这个提议不错！以后我们的军嫂都能像你这样，那我们的后花园可就漂亮了，有看头了！"

唱东方突然说："那我就干脆嫁给你们孟勇敢吧？给他当老婆！"

许兵吓了一跳，没坐稳，从石头上滑了下去。她跳了起来，捂着摔痛的屁股直哎哟。

唱东方大笑起来，点着她说："姐，你呀，是典型的叶公好龙！"

姐妹俩回到哨所时，远远的，就看见孟勇敢在那里捕蜻蜓。他举着一把扫院子的大扫把，东一下西一下地捕得正欢。

唱东方咯咯地笑了，拽着许兵的胳膊喊："姐，你快看！"

表姐不耐烦地抽出胳膊："我又不瞎，我看见了！"

表妹欣赏地说："这家伙真的挺有意思的。"

表姐站住了，盯着她不错眼地看。

"你看我干什么？"

"小心你别弄假成真了！"

"你认为可能吗？"

"我认为不可能！"

"那你还担什么心呢？"

"我不是担心，我是提醒！"

"没有担心，就不用提醒。"

两人走到孟勇敢跟前，见他已经战果累累了。他把战果都含在嘴里，把蜻蜓的两只翅膀一合，叠到一块，含在嘴上。

许兵拖着长腔说："行啊！孟分队长，你不用人陪了，一个人就可以玩了！"

孟勇敢瞥了她一眼，想说又不能说的样子，惹得唱东方又笑了起来。

许兵往前走了，唱东方没有跟着走，而是留了下来。

唱东方说："让我也捕几下吧？"

孟勇敢停了下来，把手里的扫把递给她。

唱东方举起了扫把，东一下西一下地玩了起来。蜻蜓们在半空中轻盈地飞着，她在草地上婀娜地扑着，没几下，她还真的捕到了一只。

唱东方跪在地上，轻手轻脚地爬过去，像是怕惊动了扫把下的蜻蜓，再让它飞跑了。她小心翼翼地捉起蜻蜓，像个孩子似的，回过头来大声地报着功："看，我也捕了一只！"

孟勇敢正入神地盯着她看，连她的喊叫都没有惊醒他。孟勇敢呆呆地望着自己心中的女神"东方红"，像是在看露天电影，看得如痴如醉，忘了眼前这一切都是真的了。

唱东方跑到他跟前，推了他一把，说："哎，你愣什么神？快帮我拿着，别跟你的混了！"

孟勇敢清醒过来，像被她发现了心中的秘密，脸腾地一下就红了起来，像五里沟天边的火烧云，红得厉害，触目惊心。

唱东方心中一惊，什么地方怦然一动。

第十六章

倪双影的上一任分队长，转业手续全部办妥了，坐上午九点一刻的火车离开北京。连长和指导员亲自到火车站为她送行，她的接任者倪双影自然更要来送了。

回来的路上，许兵对倪双影说："双影，我想买双凉鞋，咱俩到王府井去转转吧。"

倪双影高兴地说："好呀，我也好久没去王府井了。"

许兵跟从容请假："哎，指导员，行吗？"

从容回过头来，笑着问："我说不行，行吗？"

许兵也笑着说："你说不行，是不行的！"

倪双影也来凑热闹："行也得行，不行也得行！是不是，连长？"

连长更高兴了，一高兴就想把指导员也拖上："哎，回去也没啥事，不如你也跟我们一起去算了。我还从没跟别的男人逛过商场呢，看看男人是不是都不愿逛商场。"

指导员说："我倒是挺愿逛商场的，但我不能跟别的女人逛。这要是让我媳妇给碰上了，我的日子还有法过吗？"

许兵笑了，说："哟，你家莫小娥还这么能吃醋？连我们的醋都吃？"

从容得意地直晃脑袋："她是不管三七二十一，统统吃！通吃！"

倪双影在后边不由自主地撇起了嘴，心里想："指导员可真倒霉呀！摊上那么个不正经的老婆，被人家骗成这样，还在这美呢！"

许兵和倪双影在王府井下了车，一个女上尉和一个女少尉，迈着整齐的步伐，走在王府井的大街上。

走着走着，倪双影突然扑哧一声笑了。

许兵奇怪地问她："你笑什么?"

倪双影还在笑，而且越笑越厉害，最后竟然蹲在地上笑得起不来了。

许兵更奇怪了，看她笑成这样，又不知她为什么笑。许兵用脚踢了她一下，吓唬她："哎，别笑了，快起来吧，纠察来了!"

谁知倪双影一听这话，本来都笑得差不多了，又开始重新笑起来，而且笑得更厉害了，捂着肚子直喊痛。

许兵没法了，只好站在那儿，等着她自己笑够了。

倪双影终于笑够了，站了起来，扶正自己的军帽，问："连长，你知道我笑什么吗?"

连长说："我不知道，谁知道你发什么神经!"

倪双影说："我听着咱俩脚下的步子咣咣的，步调一致地不像来逛大街的，而像是来搞纠察的!"

许兵不相信："你就为这个笑？还笑成那样?"

倪双影点头："对，我就是因为这个笑的。而且，越想越觉得好笑。再加上你又用纠察吓唬我，我当然觉得更好笑了！难道不好笑吗?"

许兵学老外那样耸了耸肩膀说："我没觉得有什么好笑的。"

倪双影又笑了，上前去挽着许兵的胳膊说："连长，你真挺逗的!"连长扒拉开她的手，警告她："大街上别拉拉扯扯的，小心真碰上卫戍区的纠察!"

许兵和倪双影是在新东方的地下一层碰到莫小娥的。莫小娥不是一个人来逛新东方，而是半个身子挂在一个中年男人的身上，成双作对地逛。

倪双影眼尖，先看到了她和她挂着的开着天窗的秃顶男人。倪双影的第一反应是吃惊，然后是紧张，接着是气愤。倪双影气得呼吸都重了，她身边的许兵竟然还浑然不觉。

倪双影一把拖住许兵，气愤地说："连长，你看！"

连长东张西望地乱看，就是看不到点子上。连长还问："看什么，你让我看什么？"

倪双影的口气很不好："你看，指导员的老婆！"许兵奇怪地不去找指导员的老婆，而是扭过头来看倪双影。因为倪双影太奇怪了，竟然能用这种口气，说出这么不礼貌的话来，这实在是不可思议。她看见了倪双影愤怒的表情，她更奇怪了，问她："倪双影，你怎么了？"

倪双影好像豁上了，不管那一套了，她用手一指，说："你别看我，你往那边看！"

许兵顺着倪双影的手，看见了近在咫尺的莫小娥。

莫小娥都走到她俩跟前了，还没有发现危险已经近在眼前了。要不是倪双影用手指她，沉浸在幸福之中的莫小娥还发现不了她们呢。

莫小娥看清了挡在她对面的两个横眉冷目的女兵，顿时吓得魂飞魄散。她都忘了把胳膊赶紧抽出来了，就那么挎着别的男人的胳膊，站在自己丈夫的两个女战友面前。

丈夫的两个女战友都不说话，就那么冷冷地注视着她。莫小娥没有办法了，只好硬着头皮上了。

莫小娥抽出胳膊，强打精神，强作笑脸，故作惊喜地说："哎哟，怎么这么巧？怎么在这儿碰上你们了？"许兵冷着脸问她："怎么？我们不能来这里吗？"莫小娥吓得声音都变了："我不是这个意思。"许兵追着问："那你是什么意思？"莫小娥吭哧吭哧地说："我的意思是……是，上班时间，你们怎么……"许兵说："我们是向指导员请过假的，是指导员批准的，不信你可以回去问指导员！"莫小娥蜡黄的脸似乎又充血了，她干笑了两声，说："我问这个干什么，我没事干了我。"

她身边的秃顶男人大概看出事情不妙，一个人一声不吭地走开了。

许兵的目光一直追着他看，一点儿也不顾忌莫小娥的感受。

莫小娥不得不做解释了："我在老家时的同事，来北京进修，要走了，让我陪他来买点东西。"

许兵冷笑了一下，嘴都扯歪了，目光炯炯地望着莫小娥，分明是不信，嘴上还刺她："那你还在这儿干什么？还不快去陪你过去的同事！"

莫小娥走也不是，不走也不是，愣在那儿，都有点儿可怜了。

许兵扯了倪双影一把，说："咱们赶紧走吧，回去还要向指导员销假呢！"

许兵和倪双影，两个穿着新式制服的女军人，脚下的军用皮鞋咣咣地响着，目不斜视、步调一致地扬长而去。

莫小娥望着她俩的背影，脚下一软，差点没坐到地上。

路过一个水吧，许兵和倪双影气得也没劲走了，不用商量，就拉开椅子坐了下来。

许兵用手在扇风，也不知能不能扇出风来。倒是她嘴里一股一股的气跑出来，像是烟筒在倒烟。她用手不停地赶着呛人的烟。

倪双影突然开口骂道："奶奶的！太欺负人了！太气人了！"

许兵先是一愣，然后又笑了，问她："哎，你怎么也学会骂'奶奶的'了？"

倪双影用白眼翻着她，说："就许你们骂，不许我骂？"

许兵接着笑，又加上点头："好好好！你骂吧，你骂得好！的确是太气人了，把兔子都给逼急了，连倪双影都开始骂人了！"

倪双影说："连长，你说世上怎么会有这么不要脸的女人呢？刚结婚就乱搞！而且还不只跟一个人！"

许兵吃惊地望着她，好像没听明白她的话。气得都骂开'他奶奶的'倪双影，也忘了孟勇敢的千叮咛万嘱咐了，把那天晚上体育馆里看见的一切，一股脑地全说了出来，还包括孟勇敢对她的叮咛和嘱咐。

许兵气得连孟勇敢一起骂：“这个王八蛋！平时不是挺疾恶如仇、仗义执言吗？怎么遇到这种事，倒变成缩头乌龟了呢？双影，看见了吧？这就是搞绥靖主义的后果！”

倪双影说：“连长，咱们怎么办？咱们回去说吗？跟指导员说吗？”许兵杏眼圆睁，语气坚定：“当然要说了，这还用问？”

倪双影想起了孟勇敢当初说过的话，又觉得非常有道理，就小心翼翼地提醒连长：“那……那指导员怎么办？”

“什么怎么办？”

“指导员能信吗？”

“我难道能骗他吗？这种事是闹着玩的吗？再说不是还有你吗？你不是也看见了吗？而且还不止看见一次，不止看见一个人！再说了，还有孟勇敢呢，他敢说他没看见？他要是敢说，我就敢扇他！”

倪双影笑了，说：“连长，我信，我真信你敢扇他。但问题不是你扇他就能解决的。问题是指导员怎么办？他是无辜的，他多可怜！他被人戴了绿帽子，他以后还怎么做人？他还能抬起头来吗？”

许兵不爱听了，她皱着眉头问：“倪双影，你这是哪来的混账逻辑？戴绿帽子又怎么了？摘下来不就得了？他有什么可丢人的？他丢什么人了？他不就是蒙在鼓里不知道吗？都不跟他说，都不告诉他，就让他戴着绿帽子浑然不觉，还在那儿美呢！这就不丢人了？就没人笑话他了？这是什么狗屁逻辑？简直是自欺欺人！你们还是战友呢！你们这叫战友吗？你们这叫损友，你知不知道?!”

倪双影被批得一个劲点头，点完头再问：“连长，那……那指导员肯定要离婚了？”

许兵都奇怪了：“你问的这叫什么屁话呀？他不离婚，还留着那个幺蛾子干什么？”

此言一出，两人都笑了。倪双影点着头说：“幺蛾子，嗯，这个外号起得好，起得有水平。”

许兵说：“奶奶的，人家是越气越糊涂，我是越气越聪明！”

许兵和倪双影回到连里，正好碰上徐晓斌和孟勇敢在楼前打羽毛球。徐晓斌一眼就看出了许兵的不对头，就喊她：“哎，你干什么去了？”

许兵瞅了他一眼，没好气地说：“你管我干什么去了！”说着，脚不沾地飞一般进了楼里。

徐晓斌更觉得出什么事了，他又叫倪双影：“倪分队长，你来一下。”倪双影走到徐晓斌身边，孟勇敢也凑了过来。

徐晓斌问：“你俩干什么去了？发生什么事了？”

倪双影并不回答，而是扭头去看孟勇敢。

孟勇敢用拍子拍打着手掌，有些不悦地说：“是不是怕我听呀？”

倪双影急得直摇头：“哎呀！不是不是，是，是那个什么……”

孟勇敢似乎比徐晓斌更急于知道：“是什么呀？看你这不利索劲！”

倪双影又扭头去看徐晓斌，徐晓斌更疑惑了：“难道是不能让我知道？”

倪双影更急了，急得都跺开脚了：“哎呀哎呀！都不是！是……”她又扭头去对孟勇敢说：“分队长，对不起了，我可什么都说了！”

孟勇敢也急得要跺脚了：“哎呀！你想急死人不偿命呀？你快说，到底出什么事了？”

倪双影偏要从头说：“我跟连长从火车站回来，路过王府井，我俩就去了趟王府井。”

徐晓斌问：“去王府井怎么了？”

倪双影说：“你们猜我们碰上谁了？”

孟勇敢和徐晓斌对视了一眼，都没有答案。孟勇敢不耐烦地说：“别说这么多没用的废话，直奔主题，拣主要的说！”

倪双影只好奔主题了：“我们在王府井，又碰上指导员他老婆和一个男的了。不是体育馆那个男的了，是另外一个男人，是个秃顶的男人。他们挽着胳膊拉着手，一看关系就不正常!”

孟勇敢和徐晓斌又对视了一眼，徐晓斌突然恍然大悟：“这家伙是不是找指导员告密去了?”

倪双影点头说：“嗯，连长气得要命，在路上就打指导员的手机，可不知为什么，指导员的手机一直关机。”

徐晓斌说：“奶奶的！就她多事!”丢下他俩，飞奔回连里了。

孟勇敢训倪双影：“你怎么不劝劝她呢？我给你讲过的那些利害关系，你怎么不说给她听呢?”

倪双影用眼斜他：“你快别提你那些狗屁理论了。你的那些利害关系，纯粹是在自欺欺人！你还是战友呢，你是损友！你知不知道?!”

孟勇敢吃惊得眼睛都瞪圆了：“哎，倪双影，你这是在跟谁说话呢?”

倪双影眯起了眼睛：“这里有别人吗？没有别人，就是跟你说话!”

孟勇敢说：“奶奶的！还反了你了!”

倪双影紧跟着说：“奶奶的！我就是反了，你怎么着吧!”

孟勇敢笑了，问：“奶奶的！你怎么也骂起人了?”

倪双影不笑，说：“奶奶的！我就骂了，你怎么着吧?”

孟勇敢教育她：“倪双影，女的骂人可不好?”

倪双影不接受教育：“有什么不好的？我觉得挺好的。而且……而且骂人也挺舒服的！而且，我这是特批的，是经过连长同意的。你有什么脾气吗？你敢跟连长去发吗？哼！小心她扇你！哼！奶奶的!”

倪双影说完，捂着嘴一溜烟也跑了。剩下孟勇敢站在那儿，一个人笑了起来，自言自语地说：“奶奶的！想不到这话还深入人心了。”

“奶奶的”这句话，是高副连长引进到连里来的。

那年高金义毕业分到连里，除了自己的随身行李，还把“他奶奶的”给带来了。很快，“他奶奶的”就如雨后春笋，在他们分队流行开了。人人都把别人的奶奶挂在嘴边，一时间，“他奶奶的”竟然成了时髦语言。

那时的女指导员，是个非常文雅的讲究之人。人家的父母都是外交官，家人早上见面还要互致早上好呢！这样的文明之人，对“他奶奶的”这种粗鲁之语，其厌恶的程度，那是可想而知的。

在提醒过高金义几次不见成效后，忍无可忍的指导员，小题大做地在支委会上严肃地批评了高金义，限期他改掉这农民式的粗鲁语言。

高金义事后找到指导员提意见，说她不该批他把农民兄弟也给扯上。高金义说：“指导员，‘他奶奶的’跟农民有什么关系？怎么就成了农民式的粗鲁语言呢?”指导员被他缠得没有办法，只好当着他的面，给全体农民兄弟道了歉。但道歉归道歉，限期改正的命令还是要执行的。

就像有些事不能禁，越禁扩散得越厉害。“他奶奶的”犹如“野火烧不尽，春风吹又生”的杂草，很快就势不可当地在全连蔓延开来，把指导员气得半死。

高金义还好心好意地跑去给指导员做工作。高金义说：“指导员，其实‘他奶奶的’这句话不是骂人的话，它顶多就是个口头禅。你在高兴的时候或是生气的时候说说它，挺过瘾的！不信，指导员你试一试。”

指导员也不知是高兴还是生气，张口就说：“他奶奶的！你还来教育我了!”

徐晓斌找到许兵时，她正在自己的屋里打电话：“他没来吗？怪了，那他能到哪儿去呢?”

徐晓斌一个箭步冲上来，伸手按死了电话。

许兵回头一看是他，更火大了：“你干什么？你想干什么?!”

徐晓斌马上摆手示意她：“冷静！冷静！你先给我冷静!”

许兵说：“我为什么要给你冷静？关你什么事呀?”

徐晓斌说："不关我的事，但关你的事，所以我不能坐视不管。"

许兵问："关我什么事呀？你这么紧张！"

徐晓斌跑去把门关上，又折回来，坐到了许兵的床上。

徐晓斌几乎是在跟她促膝谈心了，用的是苦口婆心的老法子。

徐晓斌掏心掏肝地说："许兵同志，作为战友，我能理解你此刻的心情；但作为男人，我更能理解指导员的心情。你说一个男人，被自己的老婆戴上绿帽子，而且还是刚结婚没多久，即使他是无辜的，是个受害者，但他这个受害者，受得窝囊啊！受得颜面扫地，抬不起头哇！你先别说话，先听我说完。我知道你会说，这又不是指导员的错。这是当然的了，但问题是别人不这么看哪，别人指责他老婆不道德的同时，是会连他一起笑话的呀！我们在处理这种事的时候，一定要冷静、冷静、再冷静！稳妥、稳妥、再稳妥！千万不能泼掉脏水，把孩子一起泼出去呀！你说是不是？"

许兵盯着他问："你说完了没有？"

徐晓斌拿不准她听进去了没有，也盯着她不错眼，既不说说完了，也不说没说完，保持着随时说话的待命状态。

许兵说："你说完了吧？该我说了吧？"

徐晓斌点头："行，你说吧，你说说看！"

许兵抬脚踢了他一下，说："你少在这儿给我装大头！这儿是连长的房间，房间的主人是我，不是你！"

徐晓斌连连点头："好好好，行行行，你是主人，你比我厉害，你快说吧！"

许兵向后靠到椅背上，突然就没了情绪，说："我懒得跟你废话了，我不想说了！"

徐晓斌说："有理不在官大官小，既然你有道理，你就说出来看看嘛！你不说，除了说明你的道理不过硬，还能说明什么呢？"

许兵说："你少给我来这套激将法，对我没用。总之就是一句话，我才不认同你们那绥靖主义的鸵鸟政策呢！孟勇敢他们要是第一次发现就告诉了指导员，还会有这第二次吗？要么是指导员离婚，要么是那幺蛾子改正！对了，顺便告诉你一声，以后不要叫她名字了，就叫她幺蛾子。她就是个幺蛾子。你记住了吗？”

徐晓斌直点头：“我记住了，你接着说。”

许兵问：“我刚才说到哪儿了？”

徐晓斌提醒她：“你刚才说到，要么是指导员离婚，要么是莫小……哦不，不对，是幺蛾子，要么是幺蛾子改正！”

许兵皱着眉头问：“你说那幺蛾子能改正吗？”

徐晓斌说：“这不是你说的吗？怎么又成了我说的了？”

许兵说：“我说的话，也有不对的时候。这话就不对。俗话说，江山易改，本性难移。这是一个人的品性问题，不是说改就能改的！”

徐晓斌说：“她改不改，那是她的品德问题；咱们怎么处理这件事情，就是咱们的水平问题了。你是一个有水平的人，你不会干那种把孩子和脏水一起泼出去的事吧？”

许兵说：“必要的时候，我会这么干的。大不了再把孩子给捡回来。”

徐晓斌拍打着桌子说：“我的姑奶奶！怕的是你捡回来的是个死孩子呀！这要是搁在孟勇敢身上，他那么皮实，你把他泼出去也就泼出去了，顶多是断根骨头破块皮。但指导员就不同了，你想想看，他那种死要面子一根筋的劲头，这事还不要他命吗？”

许兵说：“那这事就不能告诉他了？就让他蒙在鼓里，戴着绿帽子在那儿还美哩？那他的尊严呢？他作为一个男人、一个军人的尊严呢？何在？何在？何在呀？！”

许兵最后的质问，是拍着桌子喊出来的，把徐晓斌震得直往后边躲。

徐晓斌等她喊完，坐正了身子，心平气和地对她说：“许兵，你别太激动了，你听我把话说完。这件事，即便要跟指导员说，也不能你去说。”

许兵问：“为什么？为什么我不能说呢？”

徐晓斌说：“你俩毕竟是搭档，抬头不见低头见的，你让人家从容以后怎么可能从容地面对你呢？他脸皮那么薄，又那么爱面子，人家还能跟你一起共事吗？你说呢？你最好假装不知道这件事，让倪双影去说。”

许兵又拍了一下桌子，骂道：“徐晓斌，你可真不是东西！又自私又混账！人家倪双影连恋爱都没谈过呢，你让人家一个小姑娘跑去揭发通奸的事，合适吗？”

许兵的手机响了，许兵拿起来看，徐晓斌的脖子也伸得老长。

许兵说他：“你看什么？”

徐晓斌说：“我看是不是指导员的。”

许兵说：“不是！这你放心了吧？”

“那是谁呀？”

“我哪知道！”

“你还不快接，看看是谁？”

许兵按下接听键，问了句：“谁呀？”脸色马上就变了，她“嗯嗯”地嗯了一气，最后说了句：“好吧，那就见吧！”就合上了电话。

徐晓斌问：“谁呀？”

许兵说：“你猜！”

徐晓斌试探地说：“是莫小娥？”

许兵把眼一瞪，大声训他：“不是告诉你了吗？不许叫她的名字，叫她幺蛾子！”

许兵出了平时很少走的小后门，向西不到五十米，果然看见了那个叫“红格子”的咖啡屋。许兵心想：“奶奶的，嫁过来没多长时间，对周围的地形地貌了解得还挺清楚。我还不知道这里藏了个“红格子”

呢，她倒先知道了。没准儿这个幺蛾子就是在这里跟别人约会呢！”这样一想，许兵把自己想得火冒三丈：“奶奶的！真是色胆包天，竟敢在我们的地盘上欺负我们的人！真不该跑来跟这种人见面，她能说什么？狗嘴里还能吐出象牙来？真应该转身回去，一走了之。”许兵站住了，真的不想进去了。

莫小娥坐在靠窗的一张铺着红格子桌布的台子前，一直盯着许兵看。

许兵刚一露头，莫小娥的心跳就加快了。虽然早就把要说的每一句话都想仔细了，但是一看见这个气宇轩昂的女连长，她的心还是不听劝地狂跳起来。

不知为什么，她一直很怵这个住在自己楼下的女连长。也说不上来为什么，反正就是在她面前不自在，缩手缩脚地放不开自己，施展不了自己。她平时练就的那身武艺，在她面前全都白瞎，别说施展了，藏都来不及呢！真不知自己怕她干什么。按说，她跟自己的丈夫是平级，自己的丈夫比她好像还要重要一些。丈夫是连队党支部的正书记，而她则是个副书记，正比副大吧？再说，部队又讲究个党指挥枪，丈夫这个政工干部，还指挥不得她这个军事干部？而且，她好像跟丈夫的关系一直都挺好的。丈夫一直都说她好，她对丈夫也是真好，自己住的新房还是她帮忙要的呢。按理说，两家关系应该很好才对，她和她理应成为朋友才对。可惜的是，她俩不但没成为朋友，她还如此怕她。可见那句老话说得有道理：物以类聚，人以群分。自己大概跟她不是一类人。

天哪！她为什么站在那儿不走了？她在想什么？她不会是想变卦不来了吧？老天爷呀，帮帮忙吧，别让她走，让她进来，让她一定要进来呀！我今后的命运可全掌握在她手上了。我今天一定要跟她坐下来，一定要努力说服她，否则的话，我的一切的一切，可就全完了！

莫小娥从新东方出来，在明媚的阳光下，理智马上就浮出了水面，她马上就清醒了过来。她先把情人打发走，自己坐在路边的长椅上，大脑里所有的细胞，飞快地运转起来。

大事不妙了，要大祸临头了！这是莫小娥最先意识到的。

莫小娥知道，许兵是绝不会保持沉默的，她在那两个人身上的好运不可能再有了。丈夫不止一次地说许兵是个敢作敢为的人，只要她认为对的事，天王老子她都不怕。自己什么都不是，只是个还没有随军的家属，她会怕自己吗？她不但不怕自己，她还会怪自己，弄不好还会恨自己！她是不会坐视不管这件事的。还有，还有那个将军的女儿，这次也跟那次不一样了。那次她还像是有点儿害怕，都不愿跟自己对视。而这次，她不但怒视自己，竟然还伸出手来指点自己。

看来这次是凶多吉少了！但不管怎么样，总不能这样坐以待毙，哪怕是死马当作活马医呢。

莫小娥飞快地上了一辆出租车。在车里，莫小娥给从容打了个电话，说自己很不舒服，正打车往家走，让他到大门口来接她一下。

莫小娥分析，这种事，许兵是绝不可能在电话上对丈夫说的，她会赶回来当面对丈夫说，而且很可能会跟那个将军的女儿一起说。那样的话，她莫小娥别说是跳进黄河洗不清了，她跳进哪儿都没用了。除非她不想活了，跳下去不上来了。

莫小娥在出租车里看见丈夫站在大门口，一脸的焦虑，她悬了一路的心才稍微放下了点。起码她的判断是准确的，许兵果然没给丈夫打电话。

她从出租车里下来，从容一见她，就担心地说："哎呀，你的脸色怎么这么难看，你哪儿不舒服？快上门诊部看看去吧。"

莫小娥心里想："我的胆都要吓破了，我的脸色能好看吗？"她冲他一笑，楚楚可怜地说："没事，不用担心，我只是有点儿头晕，回家睡一觉就好了。"

莫小娥用刚才挽着别人的胳膊挽住了丈夫，把刚才倚靠在别人肩上的头倚在了丈夫的肩上。

回到家里，莫小娥趁丈夫去给她倒开水的空儿，偷偷地将他的手机关了。然后搂着丈夫的脖子倒在了床上，撒娇地说：“亲爱的，陪我睡一会儿吧。”

“亲爱的”很快就睡着了，还在她耳边打起了欢快的呼噜。莫小娥怎么可能睡得着？她就在丈夫欢快的呼噜声中，做出了这个大胆的决定：打电话给许兵，约她出来见面。

谋事在人，成事在天。有没有用，只有老天说了算了。莫小娥感到莫大的委屈，眼里涌出了泪水。

许兵看见了“红格子”里的莫小娥，甚至看见了她那可怜巴巴的眼神。

许兵是个吃软不吃硬的人，她的软肋就是她的心太软。许多人看不清这一点儿，是因为她平时给人以非常强势的印象，是个说一不二很霸道的人。霸道的人能是心太软的人吗？按说应该不可能。可谁知许兵就是个例外呢？可见，群众的眼睛不可能永远都是雪亮的。

但有一个群众的眼睛是雪亮的，她看清了许兵的软肋，一举就将她拿下了。

第十七章

该唱东方小姐睡不着觉了。

唱东方原本是个不知失眠是什么滋味的人，在听别人抱怨睡不着觉的痛苦时，她很不理解，信口开河地给人家支招："睡不着就看书看电视呗！一直看到犯困为止。"被失眠折磨的人，很烦她这种饱汉子不知饿汉子饥的德行，就说她："你少在这儿站着说话不腰痛，等你失眠睡不着的时候，你就知道是什么滋味了！"

奶奶的！现在唱东方知道睡不着觉是什么滋味了。牙痛在别人身上那不是痛，等痛到自己身上，就知道能要人命了！

唱东方烦躁无比地坐了起来，把手里的控制器像手榴弹那样投了出去。同时出去的，还有"他奶奶的！"这个一连的"连骂"，好像是好一点儿了。"他奶奶的"，的确还是管点用呢！

唱东方知道自己是恋爱了。而且，要命的是，自己竟然是在单相思，比那个倪双影也没强到哪儿去。更要命的是，自己恋爱的对象，竟然是自己"工作"的对象。这简直是天方夜谭、国际笑话！

令唱东方想不明白的是，自己怎么会爱上孟勇敢呢？别说外人想不通了，连她本人也想不通呀！

他俩就像是两个不同段位的棋手，被别人闹着玩地摆上了一盘棋，两人都知道是闹着玩的事，都不认真地胡走瞎走。走到最后，她这个九段，竟然被一个三段逼到角落里动弹不得了！这才是闹着玩的上乘之作呢，闹出了花样来，闹出了花边新闻来。

唱东方盘腿坐在凌晨一点三刻的单人床上，眼前又浮现出孟勇敢嘴里含着蜻蜓那可爱的样子。唱东方转念又批判自己："那有什么可爱的？那么大的人了，还跟个毛孩子似的，举着一把破扫把，嘴里叼着集体挣扎的蜻蜓，仰面朝天，一下又一下地奋力地扑腾着。这是个大男人吗？这简直就是个屁孩子！自己不是一直宣称喜欢成熟而稳健的男人吗？这个捕蜻蜓的男人，既不成熟，也不稳健，自己到底喜欢他什么呢？真是莫名其妙，有悖自己的追求和理念嘛！

噢，对了，还有他的大红脸，那张骤然涨红的周正的脸！"

唱东方这样的美女，身后从来不缺的，就是乌泱乌泱的追逐者。在这些人中间，她似乎很难见到会脸红的人。现在的人，好像很少脸红了，不知是脸皮厚了，还是心理素质好了，反正唱东方很少看见脸会红的男人。更不要说红成那样了，简直比红布还要红，红得耀眼，红得令人不得不怦然心动。

孟勇敢那张通红通红的大红脸，简直就是另一把高高举起的大扫把，唱东方就像是一只低空飞行的蜻蜓，让他毫不费力地一下就给按住了。只是，她这只被按住的蜻蜓，人家好像并没有上来取走的意思，就让她自己在那儿扑腾，挣扎，夜不能寐，烦得直骂"他奶奶的"！

唱东方终于睡着了，她在做梦。在梦里，她举了把大扫把，在什么地方捕蜻蜓。蜻蜓太多了，乌泱乌泱地挤在她周围，似乎是争着在往她的扫把里钻，急得她简直不是在捕蜻蜓，而是在赶蜻蜓了。蜻蜓越赶越多，她的胳膊举不动扫把了，她回头大声喊："孟勇敢，你在哪里？快出来帮帮我！"孟勇敢不知从哪儿钻出来了，嘴里还是含着一大把蜻蜓。她扑了过去，一下用扫把将他按住，大声喊道："看你还往哪里跑！"孟勇敢在扫把下变成了一只通红通红的红蜻蜓，害羞地用翅膀遮住大红脸，说了一句什么话。她没听清，她又大声问："你大点声，我听不见！”

唱东方醒了，她抱着毛巾被坐了起来，还在那儿想：“那家伙到底说了句什么呢？”

孟勇敢正在组织分队政治学习，他在念报纸。他的手机在兜里震动起来。按他以往的习惯，这种不方便的时候，他是不予理会的。但今天怪了，他神差鬼使地掏出了摩托罗拉，瞅了一眼来电显示。看见“太阳升”三个字的时候，他的脑袋突然间就缺血了，头一蒙，差点就把“太阳升”三个字给秃噜出去。

大伙儿都察觉到这个电话有问题，但却都不知道这是谁来的电话，谁的电话能让分队长这么失态。大伙儿还担心，别是分队长家里有什么事了？谁也没想到，这会是一个女人的电话。因为在大家的印象中，还没有哪个女人让孟分队长这么分过心呢！

唯有坐在对面的徐技师猜出了这个电话是谁打来的。现在的孟勇敢，已经不是过去那个坚如磐石的孟勇敢了。他现在已经是千疮百孔了，哪怕是一个微微震动的电话，也能让他失态地老念错别字了。

徐技师有些生气。他不是生孟勇敢的气，他知道这不是人家孟勇敢的问题，人家是个无辜的受害者。他气的是自己一意孤行的老婆，还有那个害人不眨眼的小姨子。徐技师生气地想：“这两个混蛋！玩一玩、闹一闹，也就罢了，哪能这么没完没了了呢？又不是三岁两岁的小孩子，怎么这么不知轻重，不懂好歹呢？还骂人家幺蛾子不是好东西，你俩再这么闹腾下去，跟她也差不了多少了。五十步和一百步罢了，谁也别骂谁，谁也别嫌谁！”

孟勇敢实在撑不下去了，他把报纸交给黄磊，让他接着往下念，自己起身出去了。

徐晓斌望着他的背影，恨铁不成钢地想：“看你这分出息，活该你让人家逗着玩！”

孟勇敢跑到水房里，还多此一举地关上了门。他拿出手机，掀开机盖，果然在未接电话里又一次看见了“太阳升”三个字。这还是上次“东方红”约他看《天鹅湖》时，留下了她的手机号，被孟勇敢绞尽脑汁地冠以“太阳升”的名号，存到了手机里。

他把电话打了过去，听了一会儿《我和你》的彩铃，东方终于红了，太阳出来了。

唱东方上来就质问：“刚才怎么不接我电话?”

孟勇敢急忙解释：“我们在政治学习，我正在读报纸呢。”

唱东方噢了一下，以示原谅他了。

孟勇敢小心地问：“你有什么事吗?”

唱东方不客气地反问：“没事就不能给你打电话吗?”

孟勇敢急忙点头，表示可以可以，又马上意识到她看不见，赶紧说：“可以可以，你可以随时打。”

唱东方咯咯地笑了，孟勇敢听着像风铃一样好听。唱东方笑够了，孟勇敢还没听够呢。唱东方像刚想起来：“噢，对了，我给你打电话，还真是有事呢。你们那儿有电钻吗?”

“有！有！”孟勇敢不由分说地先应承下来。

“太好了！我在宜家家居买了几块板子，想钉到墙上当书架。”

“行！你说什么时候钉吧?”

“今天晚上吧，你有空吗?”

孟勇敢又猛点头，边点边说：“有，有有！你看几点合适?”

唱东方笑了，好像是不好意思了：“我请你帮忙，要看你的方便。”

孟勇敢马上说：“那就七点半吧，看完《新闻联播》。”

唱东方唱歌一般说：“你说几点就几点，随便你。”

孟勇敢站在水房里，不确定这事是真的还是假的。他走到水池边，拧开一个水龙头，哗哗的流水声帮他证实了喜事的真实性。孟勇敢索性伸出手来洗了起来，边洗边笑话自己：“奶奶的！真他娘的贱哪，帮人家上门干活去，还高兴成这样，真是不成体统啊！”

他突然想起电钻的事，连里怎么会有那玩意儿呢？找谁去借呢？他突然想到一个老乡家正在搞装修，说不定就有电钻呢，一个电话打过去，果真就有。老乡说，我正好在呢，你来吧。

孟勇敢连蹦带跳地跑去了。老乡问他会用吗？他说看别人用过，自己没用过。老乡让装修工人教教他。工人示范地在墙上打了个孔，孟勇敢马上说，OK！可以了，会了！他接过电钻，亲自在墙上钻了一个孔，还不放心，又钻了一个。还是有点儿不踏实，还要钻。老乡不干了，说他，你是来借电钻的，还是来捣乱的？

晚上，孟勇敢踩着《新闻联播》结束的音乐，提着电钻，冲出了宿舍。怎么那么不巧，偏偏在楼梯上碰到了徐晓斌。

徐晓斌抬头望着像打了鸡血似的孟勇敢，又看到他手里的电钻，马上明白是怎么回事了。可他偏要装作不明白，偏要拿话去激他："你这是要干吗去？到哪儿去学雷锋做好事？带上我一起去呗，我好给你打个下手什么的。"

孟勇敢把电钻像手枪那样举着，像国民党兵那样朝天晃了晃，喝道："滚开！给老子让路！"

徐晓斌极其配合地贴墙站着，还假装害怕："老总，您请过。"

"老总"举着电钻，晃着膀子，从良民身边走过。还没等徐晓斌抬起脚来踹他，孟勇敢就撒丫子跑掉了。

唱东方沐浴的时候，内心在嘲笑自己："至于这样吗？把自己搞得这么隆重！接下来你要干什么呢？"

唱东方笑了起来，站在温暖舒服的花洒下，自顾自地笑了起来。她确实觉得这一切挺好笑的，越想越好笑。

以前也找借口约过孟勇敢，也跟他单独见过面。那时自己是肩负使命的，但自己的使命感似乎并不强烈，有一搭没一搭的，并没有进入角色，也没有进入工作状态。大概是自己太过自信了吧？觉得对这样一个小分队长，自己玩票一样，就能把人家搞定。再顺手牵羊一般，把他往表姐那儿一交，自己好拍拍手交差。哪承想，自己没把人家搞定，倒让人家把自己搞定了！

唱东方站在镜子前往身上喷香水的时候，又笑开了。她对着镜中的自己说："奶奶的，你这倒像是要进入角色，进入工作状态了！"

外边有人敲门，唱东方大声问："谁呀？"问完又在心里骂自己："你这是干什么？这也太小儿科了！"

孟勇敢提着电钻进来了。他从唱东方身边走过时，唱东方闻到了一股子人参洗发液的味道。唱东方抿着嘴笑了。

孟勇敢进到屋里，并不看主人，而是转着脑袋到处看，似乎在找什么东西。"你找什么？"

"我找木板，你不是要钉木板吗？"

"你不用这么积极，先坐下来歇歇吧！"

"还没干活呢，不用歇！"

"我这是客气。"

"不用客气，快干活吧！"

唱东方把木板拿了出来，告诉他钉在哪里。孟勇敢二话不说，埋头苦干起来。

这两块木板，是唱东方跟许兵逛宜家时买的。买了快一个月了，扔在那儿也没安。唱东方总是这样，净买些可用可不用的东西，买回来大部分都不用，扔在那儿占地方。这次要不是用它来做借口，这两块板子，恐怕这一辈子都爬不到墙上去。

孟勇敢三下五除二就钻好了四个孔，好像他用了一辈子电钻似的。唱东方奇怪地问他："哎，你好像很熟练嘛，你干过这个？"孟勇敢头也不抬地说："我在家干过木匠。"唱东方问："真的吗？"孟勇敢说："假的。"

也不知他是个真木匠，还是个假木匠，反正活干得很利索。十分钟不到，活就干完了。

孟勇敢拍了拍手，唱东方以为他要交差了。谁知他竟然头也不回地问：“笤帚在哪儿?”

唱东方马上叫了起来：“不用不用不用！卫生我自己打扫。”

孟勇敢很不耐烦地说：“你快别啰唆了，我就手就干了。”

孟勇敢很轻很仔细地清理着地上的尘土，光是这一个举动，唱东方就看出他是个很细心很爱干净的男人。这令唱东方有些意外，感到一种意外之喜。

唱东方坐在床上，看着孟勇敢在自己的房间里打扫卫生，恍惚间，她有一种家的感觉。他是这个家里负责任的男人，她是这个家里受宠爱的女人。这个念头一出现，她心里就像爬上了一只蚂蚁。蚂蚁在她怦怦跳动的心上，慢慢地但却坚定地爬着，令她感到心里又麻又痒的，还挺舒服挺好受的。

望着孟勇敢扫地的后背，唱东方突然有一种想扑过去，从后边拦腰拥抱他的欲望，想把自己的脸，贴在他宽大的后背上，听一听他的心脏，是不是也跟自己的一样，跳得这么厉害。

孟勇敢到卫生间去洗手，他用洗手液搓着手，反省着自己：“为什么这么紧张？一点儿也放不开！哪有一点儿当代革命军人的气质？倒像个上门给人家修理东西的修理工！这会给人家什么印象嘛！唉，上次看《天鹅湖》睡过去了，这次又是个出苦力的蓝领，哪有一样说得过去?”

孟勇敢洗完手，想找什么东西擦擦手。但他在卫生间里看了一圈，也没敢动任何东西。其实，他最想用的是唱东方的毛巾，那块淡黄色的干干净净的毛巾，他似乎都能闻到上面的香味。他多想把它按在自己的脸上，尽情地闻着上面的清香啊！可惜他不敢，借他两个胆，他也不敢！

孟勇敢甩着湿手出来了，唱东方跑过来，扯下自己的洗脸毛巾，递给他，热情地说：“你擦擦手吧!”

孟勇敢飞快地在自己的军裤上擦干了手，颇有点儿不动群众一针一线的味道，也有点儿像要拒腐蚀、永不沾的样子。

孟勇敢站在门口问：“没别的事了吧？”

这要是以前，唱东方肯定会想怎么说就怎么说，想说什么就说什么。可今天唱东方不是像变了一个人似的吗？像恋爱中的女人一样，有点儿害羞，也有点儿放不开了，她似乎只会老老实实地说实话了：“没有了。”

孟勇敢说：“那我走了。”

其实唱东方特别不想让他走，特别想让他在这儿多待一会儿。动了那么大的脑筋，绕了那么大的圈子，才把他找了来，哪能什么话也没说，就这样放他走呢？可是，不让他走又能怎么办？总不能拽住他的衣服，不让他走吧？

孟勇敢提上自己的电钻，出了这个他特别不想离开的房子。越是恋恋不舍，他越是跑得飞快。下楼的时候，楼梯都快让他震塌了！

唱东方站在门口不满地想：“你跑什么呀，我还能吃了你？”

孟勇敢跑出楼道，停下脚步，回过头来，向往地望着二楼的窗户，心里也在责怪自己：“你跑什么呀，她还能吃了你不成？上次你跟她们一家上五里沟的劲头哪去了？那次她们还是三个人呢，你却占了上风，变被动为主动。这次是一对一的两个人了，你却落荒而逃了！你说你是个什么人哪？简直就是遇强不弱、遇弱不强嘛！”

唱东方老板的儿子回国了。

那小子好像是专门回来相亲的。也不知他爹妈是怎么跟他说的，好像唱东方是他们家买来的一个物件儿放在律师事务所里，单等他回来看看满不满意。不满意也就算了，满意就直接办事了。

凡是见了唱东方的男子，哪有看了不满意的？那个被他母亲称为“东东”的大男人，一见到唱东方就满心欢喜，欢喜得嘴都合不拢了。他哪里想得到，那物件儿竟兜头泼了他一身凉水！

唱东方很严肃地对他说："你是不是搞错了？我是到你爸的律所实习的，不是来给你们家做媳妇的。再说，我也有对象了，我男朋友是个军人，是陆军中尉！"

东东不相信，他推了推眼镜说："不会吧？我妈说你没有男朋友呀！"

唱东方笑了，说："可能是你妈不知道，不知者不为过，你就原谅你妈吧。"

东东还是不相信，他可能是太相信他妈了，总觉得他妈不会骗他，别人弄不好会骗他。他有些不高兴了，沉着脸说："你是不是在骗我呀！"

唱东方问他："我为什么要骗你呢？"

东东说："你不满意我，所以找理由拒绝我。"

望着这个被阳光晒过了头的大男孩，唱东方笑了起来。她不知道，她这一笑更迷人了，东东更不会轻易放过她了。

东东说："你看，你让我说中了吧？"

唱东方更要笑了，问他："你怎么会有这种看法呢？"

东东说："你笑了嘛！这就说明你不打自招了嘛！"

唱东方都笑出声了，她真想伸出手来，去胡噜胡噜他的大脑袋。

世上还真有这么单纯的大男人，二十七八岁了，还像个高中生似的，净说些傻话。这种男孩一般都出自富裕的家庭，而且家里一定还有一个无比强大的母亲。母亲像个一直都在抱窝的老母鸡，一直咕咕地把子女护在自己的翅膀底下，让孩子白白胖胖的，一直长不大。

唱东方收住了笑，又变得很严肃了，她再一次很认真地告诉东东："真的，我不骗你，我真的有男朋友了。大学一毕业，我们就要结婚了。"

东东有些失望，又有些不死心，他试探地说："要不，要不今天晚上我请你俩吃饭吧？让我也认识认识那个陆军中尉。"

唱东方本来要一口回绝的，但一看东东那清澈又真诚的大眼睛，又有些不忍了。她想了想，缓冲地说："那好吧，我跟他商量商量吧。"

东东又不大相信了："你还用商量吗？你还能说了不算？"

唱东方又笑了，问他："你为什么会这样认为呢？"

东东说："你是女的嘛！再说，你又长得这么……这么漂亮。"

唱东方笑出了声，问："你家是你妈说了算吧？"

东东点头，并不避讳："那当然了。我家一直都是我妈妈说了算！"

唱东方假装叹气，说："唉！我可没你妈那个本事，我说了可不算！"又在心里悄悄地叹了口气，这口气可是真的。"唉！我岂止是说了不算，我好不好跟人家张口去说，还不一定呢！"

徐晓斌值了夜班正在补觉，睡得正香，就被起床的军号声吵醒了。他知道，这不是真正的军号声，而是孟勇敢的手机铃声。他不知从哪下载的军号声，搞得大家伙不得安宁。一会儿集合了，一会儿出操了，一会儿吃饭，一会儿熄灯了。这不，现在又叫人起床了！

孟勇敢人不知跑哪儿了，手机扔在桌子上。好不容易起床号不响了，徐晓斌翻了个身，刚闭上眼睛，军号又响了！这次是出操号，号声阵阵，催着你下去出操跑步。

徐晓斌呼隆一声坐了起来，探过身子，抓起了孟勇敢的摩托罗拉，刚要给他把电池卸了，眼角扫了一下，看到了"太阳升"三个字。

"太阳升"是谁呀？徐晓斌问自己。这个问题刚问完，答案就自己跑出来了：东方红，太阳升嘛！中国出了个毛泽东嘛！徐晓斌坐正了身子，端详着"太阳升"三个字，笑了起来。

"真是太有才了！"徐晓斌笑着自言自语。他想了想，爬到桌子上往窗外看，孟勇敢果然在下边打羽毛球。他冲下边喊："孟勇敢，'太阳升'来电话了！"

简直比火箭都要快，徐晓斌还没躺好，孟勇敢就冲进来了。

孟勇敢问："我的电话呢？"

徐晓斌反问："谁是'太阳升'？"

孟勇敢声音高了八度："我的电话呢？！"

徐晓斌不怕他，声音还是那么大："谁是'太阳升'？！"

孟勇敢动手了，奋不顾身地扑了上来，掀开毛巾被，很快就把手机搜走了。

孟勇敢又跑到水房里，又多此一举地关上了门。他忘了把厕所的门也关上了，水房和厕所是通着的，他有些顾此失彼了。

孟勇敢把电话打过去。

"哎，是我。刚才我在下边打羽毛球，忘了拿手机了。"

"有件事，我想麻烦你一下。"

"什么事，尽管说吧！"

"嗯，是这么回事。我们律所老板的儿子从英国回来了，我让他给缠得实在没办法了，就告诉他我有男朋友了。他不信，非说我骗他，非让我把男朋友带给他看看。"

孟勇敢紧张了："你答应他了？"

唱东方说："不答应怎么办？要不还要被他缠着不放。哎呀！烦死我了！"

"那你怎么办？"孟勇敢的心都提到嗓子眼里了。

"什么怎么办？这不是找你帮忙吗？"唱东方好像有点儿不高兴了。

"我能帮上什么忙呢？"孟勇敢小心翼翼地问。

"你今天晚上能陪我去一下吗？他非要请吃饭，醉翁之意不在酒。"唱东方说。

"我行吗？人家能相信吗？"孟勇敢好像没信心。

"你怎么不行？你哪儿不行？"唱东方给他打气。

"那……那好吧，那我就去试试吧。"

"这可不行！你不能抱着试一试的心态去！"

“那我该抱着什么样的心态去呢?”

“你应该抱着跟真的一样的心态去。这样才像是真的,才不会露破绽!”

孟勇敢心想:“奶奶的!我巴不得是真的呢,我要是真的就好了!”

唱东方又告诉他,几点钟在哪里碰头,到哪里去吃饭,好像是个大饭店的名字,都没听说过。最后,唱东方好像有点儿不好意思地说:“那家伙请的是西餐,咱们最好穿得讲究点。”

孟勇敢问:“怎么个讲究法?”

唱东方说:“最好穿得正式一点儿。”

孟勇敢不说话了。

唱东方问:“你怎么不说话了?不高兴了?”

孟勇敢说:“我怎么会不高兴呢?”

唱东方说:“我听你不说话了,我就以为你不高兴了。你没有不高兴吧?”

孟勇敢笑了起来:“没有,我没有不高兴。”

唱东方试探地说:“要不,要不下午你早出来一会儿,我来帮你买套衣服?”

孟勇敢这才不高兴了:“为什么要你给我买衣服?”

唱东方嘻嘻哈哈地说:“因为你是替我出公差嘛,这种工作服应该由我来买。”

孟勇敢不高兴地说:“你不用费这个事,我能不能完成任务还不一定呢!到时候给你演砸了,你别埋怨我就行了!”

孟勇敢先合上了电话,正要走,就听见厕所里一声水箱响,吓了他一跳。他站在那儿不动了,想看看是谁这么大胆,敢不吭不哈地蹲在厕所里,偷听他讲电话。高副连长提着裤子出来了。

“怎么是你呀?”

“怎么不能是我?”

“你怎么跑到我们上边来上厕所?”

“在哪儿憋了，就在哪儿上呗！难道我还能再跑下去上？真是的！哎，刚才是你女朋友吗?”

孟勇敢说：“唉！要是我女朋友就好了。你没听见人家让我去冒充男朋友吗？我这个男朋友是假的，是个冒牌货!”

高副连长洗着手说：“哎，人家能找上你，就说明人家信任你，也就说明你还有门。你干吗不争取弄他个假戏真唱呢？说不定就弄假成真了呢!”

孟勇敢说：“说说谁不会？我得有那个本事呀!”

孟勇敢决定豁上了，买套西服去。

他跑到商场，直奔高档西装区。仔细一看，凡是像样一点儿的西服，最少也是四五千一套。他一眼看上一套西服，再一看价签，老天爷呀，二万八！孟勇敢暗暗地夸奖自己：“奶奶的，还真他妈有眼光呢!”孟勇敢正在试一套黑色的西服，这套好像非常适合自己，连售货员都由衷地直夸好。孟勇敢很满意地望着穿衣镜中的自己，突然镜子里多了一个人，是王惠王技师。

王技师从后边拍了他一下，大惊小怪地说：“哎呀，我说这人怎么这么眼熟呢，原来是我们的孟勇敢呀!”

孟勇敢说：“你来得正好，快帮我参谋参谋这套西服，你看怎么样?”

王技师从头看到脚，也不得不点头：“嗯，挺好！真的挺好！你就是衣服架子，穿什么都好看!”

孟勇敢让她夸害臊了，赶紧钻进试衣间，脱下了西服。

孟勇敢出来说：“就这一套了，开票吧!”

王技师问：“多少钱?”售货员说：“原价九千八，打完折七千一，挺合算的。”

王技师吃惊地望着孟勇敢：“孟勇敢，你要干什么？你要发疯吗?”

孟勇敢只好胡编乱造：“我一个朋友结婚，让我当伴郎。”

王技师更不能理解了：“人家结婚，你这么热闹干什么？不就当个伴郎吗？又不是新郎。你是不是从小被傻子抱过呀？怎么也这么傻呀！”

王技师实在看不下去了，一扭一扭地气走了。

孟勇敢望着王技师面板一样的后背，也有点儿心疼了。也是，是有点儿缺心眼。当个冒牌货，还得这么破费。

本来孟勇敢想打枪的不要，悄悄地换上西服，神不知鬼不觉地就走人了。王技师在商场的出现提醒了他，让他意识到，穿着这么高级的西服，从连里不被一个人看见地潜伏出去，那是相当困难的事情，也是相当不可能的事情。因此，孟勇敢只好提着新衣服，钻进了借来的车里。

把军服脱下，换上西服，这都进行得很顺利。除了不太方便，伸胳膊伸腿有点儿碍事，也没有什么大不了的。唯有扎领带的时候，出问题了，而且还是大问题：他不会扎！从来就没扎过！

让谁帮着扎上呢？总不能让唱东方帮忙吧？他还在这儿担心让她知道自己这是头一回穿西服呢，哪可能送货上门，去让她笑话呢？连里谁会扎呢？除了徐晓斌，别人谁会他还真不清楚。唉！看来这个徐晓斌真是自己的克星，什么都离不开他，什么都瞒不了他。

孟勇敢掏出手机，给徐晓斌打电话，让他下来一下，到楼下停的一辆“讴歌”车里来。徐晓斌问他干什么，他说你来就知道了。

徐晓斌跑来了，一看他手里的领带和支棱着的衬衣领子，就知道要他干什么来了。徐晓斌这时候哪可能党叫干啥就干啥呢？他抱起了胳膊，一副你不说实话我就不帮你的臭德行。

孟勇敢说：“你别这样，算我求你了！”

徐晓斌说：“求也没用，不说实话就不管！”

孟勇敢说：“好好好，我告诉你。你那个小姨子‘东方红’，让我去帮她一个忙。他们老板的儿子在追求她，她不愿意，就让我去冒充他的男朋友，帮她挡挡驾。就这么回事，骗你我都不是人！快动手吧，晚了就来不及了!”

徐晓斌动手帮他打领带，心里头嘀咕：“这会不会又是一个骗局呢?”

徐晓斌下了车，目送着银灰色的汽车飞驰而去，不禁替他捏了一把汗。许兵都走到他身边了，他愣是没发现。

许兵拍了他一下，问他：“哎，车里是谁呀，你这么深情?”

徐晓斌一把拽住了她，生怕她跑掉一样：“你来得正好，我正要找你呢！我问你，你们又在搞什么鬼?”

许兵奇怪地瞪圆了眼睛：“你在说什么鬼话？我们指的是谁呀？你说谁在捣鬼呀?”

徐晓斌看她不像是装的，更奇怪了：“那就怪了！难道是你那表妹单独在行动?”

徐晓斌把孟勇敢穿的什么衣服，要执行什么任务，都给许兵讲了。许兵一听，赶紧掏出了手机，赶紧给唱东方打电话。

许兵上来就问：“哎，你要干什么?”

不知唱东方在里边说了些什么，许兵一个劲地点头，最后还担心地问：“他行吗？别给你穿帮演砸了!”又说：“唱东方，我可告诉你，穿帮了你也不许埋怨人家！人家非常重视，西装革履地去帮你演戏了！就是演砸了，你也得感谢人家！知道吗?”

讲完电话，许兵见徐晓斌还在担心，就说他：“看你这个样子，像孟勇敢他爹似的！你用得着这么担心吗?”

徐晓斌说：“我看他俩最近联系挺密切的，不会有什么事吧?”

许兵问：“你担心会有什么事?”

徐晓斌说：“我担心你那个表妹会害死他。还有你，都是你！想出这么个馊主意来，让你那表妹去糟蹋人家孟勇敢。我告诉你许兵，人家要是真有个三长两短了，我可饶不了你!”

许兵笑了起来，啧着嘴说：“哎呀，你可吓死俺了！请问，你想怎么收拾俺?”

徐晓斌恨恨地说：“离婚！我可不能跟害人的人一起过!”

许兵说：“离就离！谁怕谁?”

正吵着，王技师出来了，一见他俩在拌嘴，就笑着说：“吵架回家吵去，别在连队门口吵，影响多不好!”

许兵说：“都要离婚了，谁还顾得上影响不影响?”

王技师才不信他俩会离婚呢，都不在这个话题上啰唆，直接说到孟勇敢买西服的事上了。

王技师说：“我看他是想结婚了，想当新郎想疯了！看这样子，这小子不可能是个同性恋了。哎，对了，你表妹那儿怎么样了？有什么进展没有?”

许兵看了徐晓斌一眼，故意说：“有，正在进行中!”

徐晓斌瞪了她一眼，哼了一声，气呼呼地走了。

王技师问：“他哼什么?”

许兵说：“他鼻子不通气，他难受!”

汽车滑到唱东方的身边，停了下来。

唱东方急于看到孟勇敢穿西服的样子，就弯下腰来往里边看。孟勇敢本来就紧张，让她这样一看，更紧张了，觉得徐晓斌把他的领带扎得太紧了，他都有点儿喘不上气了。

孟勇敢摇下车窗，非常有风度地说：“请上车吧!”

唱东方捂着嘴，一句话不说，跑到车那边，打开车门，坐到了孟勇敢的身边。

孟勇敢敏感地问她：“你捂着嘴干什么?”

唱东方捂着嘴看着他：“我想笑。”

孟勇敢好像满不在乎地说：“你想笑就笑呗，又没人不让你笑。不过……”

“不过什么?”唱东方放开了手。

“我很可笑吗?”孟勇敢认真地问。

唱东方赶紧摇头：“不是。我不是因为你可笑想笑，我是因为高兴想笑。”

孟勇敢似乎不太相信：“你为什么高兴呢?”

唱东方说：“因为你的重视，所以我很高兴。哎，让我好好看看你，我还是头一次见你穿西服呢!”

孟勇敢竟然脸红了。他不好意思地说：“不瞒你说，我这是头一次穿西服。你还是头一个见我穿西服、打领带穿得这么正式的人呢！噢，不是，你不是头一个，你是第二个，你姐夫是头一个。这领带还是他帮我打的，我连领带都不会打呢!”

唱东方咯咯咯地笑了起来，连孟勇敢也笑了，他笑着说她：“别笑了，快系上安全带吧!”

唱东方不笑了，吃惊地望着他。

孟勇敢问她：“你这么看着我干吗?”

唱东方说：“我都快不认识你了。你这一穿上西服，打上领带，不但变得风度翩翩了，还变得这么文明了，还知道主动系安全带了!”

孟勇敢说：“哪是我主动系呀！是不系不行，你不系，车子老吱吱地乱叫!”

到了东方君悦，孟勇敢环顾着豪华气派的一层大厅，笑了两声，说：“看样子，你这个追求者是想给我来个下马威呀!”

唱东方上下打量着他，满意地说：“你怕他干什么？你这样西装笔挺、气宇轩昂的，他能奈何你什么?”

孟勇敢说：“你别夸我了，再夸我就更紧张了。”

唱东方问：“你紧张吗?”

孟勇敢说：“嗯，有一点儿。”

唱东方说：“你不用紧张，你只管吃你的西餐，剩下的都交给我。”

孟勇敢问：“这样行吗?”

唱东方说：“当然行了！Thanks a lot!”

孟勇敢又问：“你说什么?”

唱东方大声地说：“我说十分感谢!”

孟勇敢笑了，唱东方也笑了。

西餐厅里，东东早就到了，一看见他俩，就扬起手臂打招呼，让他俩过去。

东东也穿了一套西服，竟然是一套白西服。这也太庄重太正式了，怪不得要跑到东方君悦来呢！在别的地方，就他这一套白西服，那还不得万众瞩目哇!

唱东方给一黑一白两个西装革履的男人做了介绍。介绍是中西结合的，介绍孟勇敢时，称他为同志；介绍魏东时，称他为先生。

孟同志和魏先生同时伸出手来，礼貌地握了握。魏先生说：“幸会，幸会。”孟同志微微一笑，不卑不亢。

大家落座，一身黑的服务生毕恭毕敬地立在一旁。

魏先生用英语对唱小姐说：“想吃点什么?”

唱小姐用英语回答他：“客随主便。”

魏先生客气地说：“那我就不客气了。”

唱小姐微笑着说：“您请便吧。”

两人都说英语，好像这是在国外。这里也的确不像国内，因为食客大部分是住店的外国人。

魏先生翻着菜单问唱小姐：“你没有什么忌口的吧?”

唱小姐摇摇头说：“没有。”

魏先生又问：“你的这位最可爱的人呢?”

唱小姐看了孟同志一眼，用英语放心大胆地说：“我男友也没有!”

魏先生酸溜溜地问：“你这么了解他?”

唱小姐愈发什么都敢说了：“我们都要结婚了，怎么可能不了解呢?”

“已经决定了吗?”魏先生又问了一句。

“当然决定了！我是非他不嫁的!”唱小姐信誓旦旦地回答。

魏先生没有脾气了，只好低下脑袋老老实实地点餐了。点到牛排的时候，他抬起头来，对服务生也用英语：“我要五成熟。”又问唱小姐：“你呢?”唱小姐也用英语告诉服务生：“我要七成熟。”

魏先生又扭过头去，用英语去问一直像个哑巴一样、一声不吭的孟同志：“孟先生，您呢?”

唱东方刚要给他翻译，谁知孟同志用非常不错的英语回答：“我跟这位小姐一样，也要七成熟。”

唱东方小姐简直吃惊得都快不行了！她觉得自己的脸发烫了，知道自己的脸红了。

魏先生要买单的时候，服务生告诉他：“这位先生已经把单买了。”魏先生和唱小姐都吃惊地望着孟同志，孟同志微微一笑，用汉语说：“你从国外回来，理应我们尽地主之谊。”

上了车，唱东方好半天都不说话。她不说，孟勇敢只好说了。

孟勇敢问她：“你为什么不说话？是不是不满意我的表现?”

唱东方大声地说：“你的表现很好，太好了！好得都出乎我的意料了！我问你，你为什么要去买单？明明是他要请客嘛!”

孟勇敢说：“人家喜欢你，追求你，说明对你有几分情谊。人家没追上，已经够不幸了，哪能再让人家破费呢!”

唱东方转过头来，很认真地看了他一眼，又不说话了。

孟勇敢启动了车，车子吱吱地叫了起来。孟勇敢说：“看，提醒你系安全带了吧!”

车子开出好远了，唱东方突然质问他：“哎！你明明会说英语，为什么装不会说呢?”

孟勇敢笑了，说：“我看你说英语的时候，感觉那么良好，我就逗你玩玩呗！”

唱东方扬起拳头捶了他一下，撒起娇来：“你讨不讨厌哪！”

孟勇敢的脸红了，心也慌了，一不留神，咣当一下，汽车追尾了。前边是辆贴着“磨合”字条的新车，车上跳下来一个气急败坏的小伙子。

孟勇敢也赶紧下了车，点头哈腰地一个劲地说：“sorry，sorry.”

小伙子更来气了，急赤白脸地说：“少跟我放洋屁！说说怎么办吧！”

第十八章

团里派下来一个闲差，让去一个干部到综合治理办公室出三个月的公差。本来也不是什么大事，也用不着开支委会决定，三个连领导碰碰头也就定了。

指导员说："让五分队的夏技师去吧，她刚怀孕，正好到那里就不用值夜班了。"

副连长也同意，说："那地方我知道，光治理别人不治理自己，松得很，她到那儿正好可以保保胎。"夏技师流过两次产，这是地球人都知道的事。

按理说，这两个人都同意了，连长就用不着再说什么废话了。许兵以前也不愿管这种闲事，谁爱说了算，谁就说了算，她都懒得过问。但这次她不知哪根筋又扭了，就是不同意夏技师去，理由还挺堂皇："人家要一个能跑能颠的人，你们却偏给人家派一个需要保胎的孕妇去，你们安的是什么心?"

指导员有些不悦，脸上都有点儿露了："那你说派谁去吧?"

连长对他的不悦视而不见，玩着手里的原子笔说："派谁都行，就她不行!"

副连长一看这架势，赶紧出来和稀泥："那让王惠去吧，她正好愿意跑跑颠颠，她去可能正适合。"

连长说："行，就王技师吧！通知她，让她明天就去报到。"

指导员一言不发，起身离开了。

高金义见从容进自己房间了，就批评许兵："你看看你这个人，最近怎么老跟指导员过不去呢？他让夏技师去，你偏要让王技师去！老跟人家别扭着，连我都看出来了，人家能没感觉吗？人家怎么得罪你了？你干吗要这样？"

许兵也知道这样不好，这样不对，她有些懊恼地说："就是，我也知道这样不对，可我就是管不住自己，这可怎么好哇！高金义，你说我会不会是更年期提前了？"

高金义笑了，说："你更年期提得也太前了，你还不到三十呢，离更年期还早着呢，十万八千里呢！你应该好好反省自己，多从主观上找找原因，别净替自己找这些八百竿子也打不着的理由！"

高金义也走了，剩下许兵在反思自己。

自从听信了那幺娥子的胡言乱语，对指导员隐瞒了她的奸情之后，许兵这心里就不对劲了，再见到从容，就再也从容不了了。不能单独跟他待在一起了，甚至都不能跟他面对面了，更不要说看着他的眼睛说话了，好像是她做了什么对不起他的事似的。这感觉让她很不舒服，很不爽，很恼火！

许兵一方面生自己的气，觉得自己太不够意思太不像话了，还搭档呢，还战友呢，自己这叫什么狗屁搭档？还配做战友吗？哎呀，这叫什么事呀！真是亲者痛、仇者快、自己不痛快呀！

另一方面，她又很生从容的气。气他那么一个正派的男人，怎么就娶了那么个不正派的女人呢？一个堂堂的上尉军官，竟然会去网上淘老婆，还以为自己淘了个宝呢，哪知道淘了这么个破玩意儿？害了自己不说，还害得别人这样不得安宁！

在这种情形下，许兵同志有可能让从容同志好过吗？自己都难受到这种程度了，他还在那没事人似的什么事也没有，这像话吗？公平吗？

许兵怎么可能不跟他别扭，不跟他对着干呢?

从容接到通知，要到南京通信学院学一个月的高科技。

徐晓斌在家里指着楼上对许兵开玩笑地说："这下楼上那个幺蛾子可解放了。"

许兵正在切西瓜，她握着菜刀恶狠狠地说："她敢！我谅她也没那个胆了!"

徐晓斌闲得没事，正好跟她磨磨牙："她的胆哪儿去了，难道让你给摘了?"

许兵哼了一声说："我岂止是摘她的胆！她要是再犯到我手上，我就要她的命!"为了配合自己的说法，她还咣地一下剁了一下菜刀，以示自己的决心和狠心。

徐晓斌笑了，调侃她："看你像黑社会大姐大似的！你以为人家就那么倒霉，还能再让你们碰上，再栽到你们手上?"

许兵咬了口西瓜，笑了起来，说："你不知道，人和人之间，有的投缘，有的就相克。我跟楼上那幺蛾子就是相克！算她倒霉，碰上了我，还住在我眼皮子底下，我能不替从容看着她吗?!"

徐晓斌说："人家还能那么傻，还敢把人带回家来?"

许兵说："那可说不准。这种没有廉耻的人，什么事干不出来呀?所以我们要睁大眼睛，严阵以待!"

徐晓斌就烦她这种管天管地、什么都管不够的劲头，忍不住就要刺刺她："看把你能的！你这么能，怎么还让人家三言两语地就给说服了呢?"

许兵叹了口气说："唉！都怨我心肠太软。怪不得毛主席他老人家说，对敌人的宽恕，就是对人民的犯罪!"

徐晓斌怀疑地问："毛主席这样说过？不是你自己瞎编的吧?"

许兵肯定地说："毛主席当然这样说过了。我哪有这个水平呀，还能说出这种至理名言来？我告诉你，以后凡是我引用的毛主席的话，你都不要有任何的怀疑。因为我从小就生活在圣洁的环境中。我爸和我妈，他们一直都是按照毛主席的教导去做的，他们都把毛主席的话奉为圣旨，所以会经常引用毛主席他老人家的教导，做批评和自我批评。我从小就耳濡目染，你说我还能引用错了吗？”

徐晓斌摇着头说：“也就是你们家吧，能几十年如一日，真是难能可贵，不简单哪！”

许兵似乎又在引用：“坚持数年，必有好处。你懂什么？”

徐晓斌不服地说：“有什么好处呀，看把你得意的！”

许兵扬起了菜刀：“没有好处吗？没有好处，你能找到我这样又纯洁又正派、又有能力又有水平的老婆吗？”

徐晓斌举起了双手，做投降状：“好好好，我说错了，我承认，我改正。你别光自己吃呀！让我也吃一块呀！”

中午在饭堂吃饭，从容对饭桌上的许兵和高金义说：“我不在家这一个月，拜托两位多关照关照我老婆。她要是有什么事，还请你们多帮忙。”

许兵眼皮子都不抬，用筷子扒拉着自己盘子里的菜，显然不愿接受这种拜托。高金义只好用百倍的热情，满口答应下来。他大包大揽地说：“没事没事，你放心地去吧！有我和连长呢，我俩还有什么可说的。”

许兵在桌子底下狠狠地踩了高金义一脚，没等他叫出声来，她又急忙道歉：“哎哟哎哟，踩着你了吧？踩痛了吧？对不起，对不起，真是对不起！”在一声声的“对不起”中，许兵收拾好自己的碗筷，起身离开了。

晚上从容下班回到家，莫小娥已经做好一桌子好菜在等他了，并请功似的报告说：“我下午就回来了，我是请假回来的。”

从容不解风情地批评她："你干吗要请假呀，这多不好。"

莫小娥噘着嘴说："人家想为你送行嘛！一想到你要走一个月呢，人家心里好受吗？舍得吗？真是的！"

从容笑了，又感动，又幸福。他拥抱了莫小娥，连声说："谢谢！谢谢！我不该乱讲话，对不起！对不起！"

开了一瓶红酒，两口子很有情调地你敬我一杯、我敬你一杯地吃喝起来。从容的酒量哪能跟莫小娥比，几杯酒下肚，脸也红了，话也多了，疑虑也出来了。

从容问："哎，你什么时候得罪许连长了吗？"

莫小娥一惊，手里的杯子都抖了，酒都洒了一手。

从容更疑惑了："你紧张什么？难道你们之间真的有什么事？"

莫小娥笑了起来，不过笑得有些夸张，都笑出声来了："看你说的，你想可能吗？我能跟她有什么事呀！平时她上班都跟你在一起，周末你们回来，我又跟你在一起，我们之间要是有什么事，还能瞒得过你吗？"

从容一想也对，她俩也没有单独见面的机会呀，偶尔在路上或是在楼道里见上一面，还能一言不合，就起了是非？莫小娥他不敢保证，他敢保证许兵绝对不是那种人。许兵是那种大事讲原则、小事不在乎的大气之人，都不像是一般的女人了，怎么可能在路上，为一点儿小事就与人起了摩擦呢？她跟自己的老婆之间，也不可能有什么大是大非的原则问题呀，那她那股劲儿，是打哪儿来的？真是怪事！

从容把许兵最近对他态度的转变，一五一十地告诉了莫小娥。莫小娥心里明镜似的一清二楚，但她又不得不装出一副莫名其妙的样子。她还帮着分析呢："是不是你工作上有什么事得罪了她呢？"从容想了想，摇头说没有。

莫小娥也摇头，她摇着头说："你们男人呢，就是心太粗，跟女人共事，肯定吃亏！再不像女人的女人，毕竟还是女人哪，而且这种女人更可怕，表面上大大咧咧，心里头，还不知怎么小心眼呢！跟这种女人共事，哪有不吃亏的?”

从容仗着酒喝多了，也不把莫小娥的话当真了，他一摆手说：“许兵不是你说的这种人，我了解她!”

莫小娥不敢跟他硬来了，只好又敬他酒。从容把杯中的红酒一口喝干，自言自语地嘟囔：“那会是什么事呢?”

莫小娥吓得心怦怦直跳，什么话也不敢说了，只好频频举杯，猛让他喝酒。莫小娥想的是：“早一点儿把他灌醉，早一点儿让他上床去睡。反正他明天一早就要走了，一走就是一个月。过一个月是一个月吧！一个月以后，有什么事再说吧!”

从容前脚走，情敌后脚就上门了。

本来莫小娥是一百个不愿意的，但是经不住情人死皮赖脸地软磨硬泡，不得不勉强答应了。女人是最架不住男人苦苦哀求的，他们像孩子一样磨着你，就是没当过母亲的女人，也能让他们生生地把母性给磨出来，不忍心看着他们这样，不得不答应他们。

情人打来电话，上来就问：“走了吗?”

莫小娥简明扼要地回答：“走了。”

情人说：“那我们今天见个面吧?”

莫小娥迟疑了一下，还是说：“好吧。”

情人问：“在哪里见?”

莫小娥说：“你说，听你的。”

情人试探地：“到你家吧？他不是走了吗?”

莫小娥吓了一跳，嗓门都大了起来：“你疯了！你想什么呢?”

情人嬉皮笑脸地说：“我想你呗！我还能想什么?”

莫小娥不高兴地说：“我让你害得还不够吗？你还想再害我吗?!”

情人说：“我爱你还爱不够呢，我怎么可能害你呢?”

莫小娥说："你还想上我们家，万一碰上人怎么办?"

情人说："哪有这么巧的事，咱们怎么那么倒霉，怎么可能老让她们给碰上呢? 不要紧，我晚一点儿去，偷偷溜进你们家，难道你丈夫的战友还会去砸你家的门不成?"

莫小娥说："你不了解那些当兵的。如果可能，他们真敢来砸门的!"

情人安慰她："那是不可能的事。咱们神不知、鬼不觉的，他们又不是神仙，他们怎么可能知道呢? 你就别在这儿自己吓自己了! 再说，你不是说，他们周末才能回家吗? 你楼下的邻居又不在家，你怕什么呢?"

莫小娥说："不行! 我就是害怕! 他们不回来，不在家，我也一样害怕! 你不知道，我的四周好像都是他们的眼睛。那是一种什么滋味，你知道吗?!"

情人体贴地说："知道，知道，我怎么可能不知道呢? 我还知道你这是在自己吓自己! 你不用害怕，不是还有我吗? 再说也不会出事的，我保证，出不了任何事!"

情人开始苦苦哀求，软磨硬泡，莫小娥不答应，他就要赖不放电话。手机都被他打烫了，莫小娥的心也软了，母性也崭露头角了。莫小娥让他晚上十点钟以后再来，在她确认了楼下那两口子确实没回来以后，再过来。

莫小娥知道，情人其实是不愿花钱在外边开房间。北京稍微像样点的旅馆都那么贵，随便开一间，怎么也得一二百块钱。情人在老家县城里算个有钱人，但到了北京，那点钱，就实在算不上有钱了。莫小娥了解他，也能体贴他。因此，也只好硬着头皮答应了他。

莫小娥虽然也害怕，而且还怕得要死，但她还是存有一份侥幸的。正如情人所说，即便这些当兵的爱管闲事，难道还能无缘无故地跑到她家里来查铺查哨不成? 莫小娥成了部队家属以后，掌握了不少军中术语，像查铺查哨这样很专业的用语，她也能派上用场了。只不过，她用得很不严肃，也很不恰当！人家连队里那是什么铺哇？人家那是干干净净的上下铺！你这叫什么铺哇？还好意思跟人家相提并论！嘁！

这个情人，的确如莫小娥在新东方所说的那样，的确是他们老家的人。只不过不是什么过去的同事，而是给她动过手术的外科医生。那年莫小娥阑尾炎开刀动手术，情人在手术台上提前见识了莫小娥美丽的裸体。住院期间，外科医生简直比白求恩医生还要负责任，对莫小娥那叫一个精益求精！莫小娥不可能不被感动，也不可能不被打动。发展成今天这种关系，那是顺理成章的事情。

情人是个有家室的人，莫小娥只好委屈自己，做了一名地下工作者。实事求是地说，莫小娥的这段地下情，是没有多少功利色彩的，男欢女爱的成分还是相当大的。情人除了头顶上秃得稍微早了点，真还算是个标准的美男子呢！在北京这样的大都市，情人找这样的男人，也还是拿得出手的中。

莫小娥是个很聪明也很理性的女子，她不会为了一个情人，心甘情愿地当什么无名英雄。即便他长得再好，那也不行！上天是眷顾她的，让她在网上逮住了一个不错的男人，幸运地结婚进了北京。

情人心里有一百个不愿意，嘴上也说不出一个不字来，只好眼睁睁地看着她远走高飞。他又不能离婚，他有什么理由不让她结婚呢？

情人得到一个到北京进修的机会，两个曾经的恋人，没有理由不见个面。而见了面以后，两人同样没有理由不拥抱在一起。那么剩下的一切，不都又是顺理成章的事了吗？

从这点看，莫小娥对过去的这个情人，还是有感情的。也是从这点上看，莫小娥对现在这个丈夫，是没有感情的，或者说是没有多少感情的。要不然，她也不会冒着这么大的风险，置自己丈夫的脸面于不顾，甚至置自己的安危于不顾，同意情人到自己家里来寻欢作乐。

那天晚上，莫小娥做了大量的准备工作。她最后一次跑到楼下，去观察许兵家亮没亮灯的时候，是晚上十点整。许兵家漆黑一团，两口子显然没回来。她还不放心，又跑回家去，抄起电话，拨了许兵家的电话号码，肯定是没人接的。就是这样，她还不放心，又往许兵在连里的宿舍打了个电话。许兵果然在连里，她没事找事地问了问交水电费的事，其实她也知道，水电费都在从容的工资里扣掉了。最后，她还假惺惺地劝许兵："离家这么近，回家来睡多好呀，那儿比家里舒服呀？"许兵不冷不热地说："我要有那个自由，就好了！"话刚说完，电话就挂了。

万事俱备，只欠情人了。莫小娥拨通了情人的手机，只说了四个字："行了，来吧。"早已等在附近的情人，猫一样悄无声息地上门了。

第一个晚上，惊险而刺激。两个人因为惊险而如火如荼，又因为刺激而神魂颠倒。从来没有的舒服，从来没有的好，令两人在分别的时候，都恋恋不舍，难舍难分了。

有第一个晚上的欲仙欲死，哪可能没有第二个晚上的乘胜追击呢？第二个晚上甚至比第一个晚上更好，因为这个晚上比前一个晚上放得更开，因而收获也就更大。最后莫小娥都搂着情人的脖子，久久不愿松开了。

中国有许多神奇、睿智的老话，都是不能不听、不得不信的。比如事不过三这句老话，再平常不过的一句话，却饱含了多少血的教训，令多少人后悔终生、往事不堪回首啊！

但你也不得不承认，中国这些几乎是包罗万象的老话，有时候也会犯一些顾此失彼的错误。比如见利忘义这句老话，虽然正确，但却不免偏颇，不够全面。如果先哲们能将性也纳入其中，对后人即有见利忘义的提醒，也有见性忘义的警示。那样的话，聪明的女子莫小娥，可能就会有所警觉，有所收敛了，不至于后悔终生，弄到不堪回首的地步了。

那天晚上，徐晓斌他们值夜班。他刚上机房就开始肚子痛，然后一趟一趟地往厕所跑。开始的时候，孟勇敢还跟他开玩笑，说你小子不会是不想值夜班，想下去睡大觉吧？哪想到，徐晓斌是愈拉愈勇，以至于最后蹲在厕所里都起不来了。孟勇敢跑到厕所一看，他脸都拉黄了，赶紧再叫上一个人，把他护送到了卫生队。

值班医生一看，就说他是急性肠炎，又问他晚上吃什么了。徐晓斌都拉得没力气说话了，孟勇敢只好代他回答："也没吃什么呀，就是在食堂吃的饭。"徐晓斌有气无力地提醒他："烧鸡。"孟勇敢这才想起来，老乡下午给了他一只德州扒鸡，他俩一人一罐青岛啤酒，把那只德州鸡一分为二了。

医生说："没错，就是它了！肯定是那只烧鸡的问题。"

孟勇敢说："不会吧？我也吃了呀，而且也不比他吃得少，怎么我没事呢?"

医生说："人和人不一样。有的人肠胃好，吃石头都能消化；有的人肠胃就不好，喝口凉水都能拉肚子。这就是人和人的差别，要不怎么叫因人而异呢!"

徐晓斌捂着肚子，抬起头来，特意白了他一眼。

孟勇敢笑了，说："现在你用白眼挖我了，你忘了你跟我抢着吃的时候了？你都拉成这样了，还这么不善良!"

医生说："要不输点液吧，补充点液体，补补水，这样好得快点。"

徐晓斌不想输液，说回去多喝点水，自己补就行了。孟勇敢却坚持让他输，说："你还是输上吧，早点好吧，免得我让你们两口子赖上!"

医生在一旁笑了，帮忙说："对，许连长要是找起你麻烦来，有你受的!"

徐晓斌为了保护孟勇敢，只好输上了液。孟勇敢掏出手机来，徐晓斌问他给谁打电话，孟勇敢说："当然是给你那操蛋的老婆打了。让她来伺候你，考验她的时候到了!"

不一会儿，许兵就跑来了，本来还挺着急的，一听徐晓斌就是拉肚子拉得有点儿厉害，她悬着的心放下来了，开口就训："拉个肚子，至于输液嘛!"

徐晓斌气得不吭声，孟勇敢只好替他解释："是医生让输的，这是医嘱，我们也得听医生的。"

许兵扭头又训他："你不是值班吗？怎么还不走？"

孟勇敢有点儿不高兴，说："我这不是在等你吗？我好给你交班呀！"

许兵说："拉肚子死不了人，你不必这么大惊小怪！还交班，有什么可交的？你快走吧，快值你的班去吧！"

孟勇敢从椅子上站了起来，故作悲壮地跟徐晓斌告别："你多保重吧，我走了！"

孟勇敢出了输液室，见医生正在门外偷着乐。孟勇敢小声地说："你看看，这是老婆吗？这简直就是老虎！母老虎！"

徐晓斌输完液，已经十一点儿多了。两口子出了卫生队的门，徐晓斌站在那儿不动了。

左边是家里，右边是连里，徐晓斌站在那儿有点儿犹豫了。他当然想往左边走，回到自己温暖的家里。但他又不好直说，怕连长再批评他小病大养。

没想到连长这次倒挺通情达理的，在他身后说："这么晚了，回家去吧！"于是，两口子一起向左转，回家去了。

这下莫小娥倒霉了，即将遭受灭顶之灾了！

两口子轻手轻脚地进了单元门，因为大部分人家都睡了，这楼隔音效果又差，很容易吵醒别人。两口子都是讲究公德之人，于是，几乎是悄无声息地回到了家。

徐晓斌简单地洗了洗，就上床躺下了。许兵一回到家里，又有点儿老婆的样了，她说要给徐晓斌熬点粥喝，说他都拉成那样了，肚子早拉空了。徐晓斌其实并不饿，但他因为很享受这种无微不至的关照，也就由她去了。

徐晓斌刚打开电视机，房顶上突然起了风云。

自从从容结婚搬了进来，也不知他买的是什么伪劣的破床，上边一搞活动，下边就闹动静。两口子开始还捂着嘴笑，但笑了几次，许兵就笑烦了，不愿再笑了。她要给人家从容去提个醒，让他注意点，要不干脆就换张床，徐晓斌不让她找人家，说你一个女的，找人家一个男的说这种事，不合适嘛！许兵让他去说，他嘴上答应了，可行动一直不落实。人家楼上新婚蜜月一过，也就没那个劲头了，也不那么积极了，频率少了，动静也小了，楼下这两口子好像也有点儿习惯了。

头顶上的动静又出现了，而且好像又恢复到从前的蜜月期。徐晓斌笑了笑，心想，喝酒了吧？吃药了吧？还挺能干！

徐晓斌继续调他的台，调着调着，他突然停下不调了。他抬起头来，盯着天花板发呆。因为他想起来了，指导员从容不在家，上南京学高科技去了。

许兵恰巧这时甩着湿手进来了，见徐晓斌这个样子，有点儿莫名其妙。继而，她也听见了那熟悉的动静，一下愣住了。

许兵可不像徐晓斌，反应那么迟钝。她又没拉肚子，她又没输液，她马上就明白是怎么回事了，而且一点儿也没耽搁，马上就火冒三丈了。

“奶奶的！太不要脸了！太明目张胆了！太欺负人了！”许兵一迭声地骂着，转身就要往外冲。

徐晓斌一下子从床上蹦了下来，一个箭步冲上前去，一把抱住火冒三丈的老婆，完全不像是刚输完液的病人。

徐晓斌也是一迭声地劝着：“老婆老婆，你冷静点！冷静点！冷静点！你不是经常教育别人吗？遇事千万要冷静，要三思而行，不要莽撞硬干！你坐下来，你坐下。冷静下来，咱再想办法。”

徐晓斌将许兵按在床上，搂着她，不让她乱动。两口子就那么坐到了床上，一边想冷静下来，一边不得不听着头顶上越来越猛烈的动静。

许兵又听不下去了，又开始挣扎，又要行动了。徐晓斌使出吃奶的劲来，才又把她制住。

头顶上的动静突然一下子停止了，楼下这两口子像刚刚做完剧烈的运动，累得一下子没了力气。再加上徐晓斌大概是用力过猛，两口子一起倒在床上，大口大口地喘起气来。

好半天，许兵才挣扎地坐了起来。她拢了拢自己凌乱的头发，咬牙切齿地说："不行！不给她点厉害的，她还真把我们当病猫了！"

徐晓斌也坐了起来，问她："你打算怎么办？"

许兵扭头看了他一眼，说："什么怎么办？我要跟她拼了！"

徐晓斌笑了，说："你干吗要跟她拼了呢？你值当这么凶猛吗？你要知道，你是正义的，她是非正义的；你是在明处，她是在暗处；你是天时地利人和，她是势单力薄不得人心！你怎么收拾她不行？怎么偏要跟她拼命呢？她巴不得你跟她拼呢，她是伤你轻了够本，伤你重了还赚了呢！"

许兵问他："你这个乌鸦嘴！你怎么就知道我打不过她呢！"

徐晓斌笑着说："我不是这个意思。我的意思是说，你一个上尉连长，跟人家一个还没随军的家属动起手来，你说你俩谁的损失大？谁更吃亏些？"

许兵说："那依着你，该怎么办呢？"

徐晓斌说："你要是听我的，你今晚先老老实实地给我睡觉，不要轻举妄动。"

"然后呢？"

"然后的办法多了！主动权都掌握在你手上，你愿怎么办，就怎么办。你也可以把她约出去嘛，再约到'红格子'去！你们的谈判是在那里开始的，再到那里去结束嘛！你可以严正地告诉她，你掌握了她所有的罪证，她想赖是赖不掉的。你给她两条路，要么自动离开从容滚蛋，要么我们大家一起把她赶走。让她自己选一条，是想体面地离开，还是想狼狈地滚蛋。你不是说她是个聪明人吗？她会选择对她有利的路走的。”

许兵半天不说话，徐晓斌知道自己的建议生效了。他推了她一把，说：“让你这么一折腾，我的肚子还真饿了！快去，看看稀饭好了没有。”

许兵咕咚一声又倒下了，有气无力地说：“我没劲了，你自己去吧！”

徐晓斌不干，说：“我是病号，你不能这样对待生病的人！”

许兵白了他一眼，说：“你哪像病号呀，你刚才的劲比我的都大！”

许兵醒了，一看表，六点十九分。她赶紧爬起来穿衣服。徐晓斌也醒了，知道她要回连里出早操。许兵体贴地说：“你睡吧，我上午要是没什么事，就回来给你做早饭。”

徐晓斌说了声“谢谢”，翻了个身又睡了。许兵麻利地穿好衣服，拿上武装带打开家门，差八分钟六点半。这时候出门，正好赶回连里出早操。

许兵出了楼门，突然想起了昨天晚上的事。她抬头朝四楼上望了一眼，心中有恨，像小时候那样，朝地上重重地吐了口吐沫：“呸！”这样还不解气，她又把手里宽宽的武装带，在空中狠狠地抽了一下，想象着那对狗男女在自己的皮带下鬼哭狼嚎的样子，这才有点儿解气。

许兵迈开大步，朝连队走去。没走几步，她又停了下来。许兵心想：不对呀！俗话说，捉奸捉双，我又没捉到他们，我凭什么给那幺蛾子下最后通牒呢？她那种死皮赖脸的人，都在新东方逮到她了，还能让她找到理由，硬是给逃脱了。自己现在这口说无凭的，她给你个死不认账，你除了自己气个半死，还能拿她怎么办呢？不行，我不能就这么走掉了，让她再从我眼皮子底下逃脱了。

徐晓斌这个王八蛋！这是出的什么烂主意？幸亏自己想到了，要不还真麻烦了呢！亡羊补牢，未为迟也。我得回去，回去堵他们，不能把那对狗男女堵到床上，起码也要把他们给堵在家门口！

许兵三步并做两步地上了四楼，楼上的人家大都还没起床。许兵在四楼和五楼之间的台阶上坐下，握着宽大的武装带，虎视眈眈地盯着那月白色的防盗门。不知为什么，那天在“红格子”咖啡屋的情形，就自己跑了出来。

那天许兵一进“红格子”，就被幺蛾子带进一个很小的单间里。许兵刚坐下来，幺蛾子就咕咚一下，跪在了她的脚下。

从小到大，许兵哪里见过这种阵势？哪里受过这种大礼？许兵一下子跳了起来，嘴上急得都有些语无伦次了：“你干什么？你这是干什么？你起来，你快起来呀！”

幺蛾子并不起来，她低着头跪在那里，看不见她的表情，但能感到她的难堪。她染成黄毛的头发披散下来，遮住了她光鲜漂亮的脸。

许兵深深地吐出一口气，有点儿镇定了，她冷冷地说：“你不用这样，用不着这样，你有话坐起来说，否则的话，我马上就走！”

幺蛾子抬起头来，竟然泪流满面了。她哽咽地叫了声：“许连长！”就说不出话来了。

过了一会儿，她似乎好了点，但还是哽咽的：“许连长，我求求你！求你原谅我一次，给我一次改正的机会，给我一条生路。”

许连长都有些震撼了，因为从来没有人这样请求过她，竟然让她给一条生路！这是怎样的请求啊？这是人命关天的请求呀！许兵马上感到一种无法承受的压力，愣在那里不知说什么好了。

好半天好半天，幺蛾子就跪在那里，泪流满面地注视着许兵。许兵在她的注视下，一点儿点地委顿下来，像是被霜打了的茄子，有点儿发蔫地呆坐在那里。

好半天，许兵才说：“你起来，有什么话起来说吧。”

幺蛾子还是不起来，眼泪依然汹涌，声音依然哽咽：“我不起来。你不答应，我就不起来。”

许兵是一点儿辙也没有了，只好先答应她，又站起身来，把她给拉了起来。

幺蛾子坐在许兵的对面，流着眼泪，给许兵讲了一个凄婉的爱情故事，她跟那个男人的故事。

故事的框架，是她跟那个外科医生的。他们是怎么认识的，怎么好上的，也都是真的。但那些有血有肉、感人至深的情节，则是她精心编造的。比如外科医生的妻子，被编成出了车祸高位截瘫的人，而外科医生，则成了一个有责任心、对形同植物人的妻子不离不弃的好丈夫。他们俩虽然真心相爱，却没有办法结合，两人在感情和道德之间徘徊着，痛苦着。她之所以闪电般跟从容结婚，就是想快刀斩乱麻地结束这种痛苦，远离自己深爱的男人，远走他乡。

幺蛾子向许兵坦承，说其实自己对从容确实也没有什么感情，完全是为了逃避那段无望的感情，才选择了这个婚姻的。她说她也知道这样做不对，对从容不公平，她内心其实也很内疚。

幺蛾子说，前一段时间，外科医生到北京进修，两人见了面，难免有些难舍难分。但既然都走到这一步了，两人就更没有理由不分手了。人毕竟是有感情的，感情又不能像线一样，说断就能一下子断了。她也知道这样做不对，既对不起自己的丈夫，也对不起别人的妻子。甚至，连自己都对不起，对不起自己那么痛苦的抉择和努力。

幺蛾子请许兵原谅她，给她一次改正的机会。她说外科医生马上就要回去了，她两人也不会再见面了。她会慢慢地忘掉他，好好地跟从容过日子，弥补自己对从容的亏欠。还说，她会慢慢地培养自己对从容的感情，如果能培养出来，那是最好不过了。从容是个好人，值得她去爱。但人是讲究缘分的，如果他俩实在没有这份缘分，自己会选择离开的。既不拖累从容，也不委屈自己。请许兵放心，她是个说到做到的人。

许兵呢？许兵真的就相信了她，答应原谅她，也答应替她保密。许兵是个心软的人，在这么凄婉的爱情故事前，在那么汹涌的泪水下，她不可能无动于衷，更不可能将软肠子变成硬肠子。

出了那间压抑无比的小屋子，出了那个有些怪味道的咖啡屋，一见到外边明媚的阳光，一闻到外边清新的空气，许兵好像一下子清醒了。就好像刚才被幺蛾子使了什么魔法，自己变得好像没长脑子了。她说什么，自己就信什么；她要求什么，自己竟然就答应什么。真是莫名其妙，真是不知自己中了什么邪了！

她在撒谎！她在骗我！许兵恨恨地想。因为她想起来了，倪双影说，这个秃顶的男人，不是她跟孟勇敢在体育馆里见过的那个男人。也就是说，幺蛾子不止这一个野男人，还有别的野男人！

许兵很生自己的气："怎么就把这么重要的问题给忘了呢？怎么不当面质问她，看她怎么回答呢？她还能编出什么样的动人故事呢？"许兵回头望了一眼"红格子"，心里想："难道还能再折回去吗？万一一进到那个小屋子里，再让她使了魔法怎么办？她可真能说呀！声泪俱下的，还会下跪，自己哪是她的对手呀？

再说万一，万一她说的要是真的怎么办？如果要是真的话，自己再多嘴多舌地告诉了从容，那泼出的水，可就收不回来了！

唉，暂且信了吧！以后对她多个心眼，多留点心，以观后效吧！"

连续搞了三个晚上，就是铁打的人也要散架了，更何况是肉身的人！本来情人都是半夜三更走的，那才真是人不知、鬼不觉呢。但今天一是太累了，二也是的确放松了警惕。前两晚上都是两三点钟走的，因为平安无事，便让他们觉得一是不方便，二是有点儿吃亏，走得太早了，太不合算了。

莫小娥一睁眼，天哪，快六点半了！再不赶紧走，就太危险了！莫小娥推醒情人，一迭声地让他赶紧、赶快。情人让她催的，差点忘了穿自己的内裤！

情人有些不高兴，说她："你这是干什么？好像我要赖着不走似的！”

莫小娥赔着笑脸哄他：“不是，我没这个意思。我是怕你碰上熟人。”

情人说：“我在这里又不认识人，哪来的熟人。”

莫小娥说：“你一大早从我家里出去，让别人看见，我怎么交代？”

情人不说话了，跑出去洗脸刷牙去了。

收拾停当，情人从门镜里往外看了看，外边一个人也没有。情人放心地开了门，一只脚踏出了门外。

许兵从拐角的楼梯上站了起来。

许兵手里握着军用武装带，眼睛里喷着愤怒的火焰。莫小娥的情人一见这架势，心里叫了一声不好！吓得站在那儿不敢动了。眼前这个怒容满面的女军人，好像在哪儿见过，噢，天哪！在新东方碰上的就是这个人！莫小娥的情人吓得缩了回去，砰的一声关上了门。

还在床上的莫小娥听到外边门响，而且不是一般的响，是这么大的响声，她本能地感到出什么事了。她从床上一跃而起，情人已经惊慌失措地冲了进来。

“不好了，有人堵在门口了！好像是那个女连长，手里还提着皮带！”

莫小娥大惊失色，吓得脸都白了，话也说不出来了，直勾勾地盯着情人，像被钉住了一样。

情人着急地说：“你快去看看，到底是不是她？我也认不太准，你再看一看去，从门镜上看。”

莫小娥连拖鞋也没穿，光着脚就跑了出去。从门镜往外一看，莫小娥的腿都软了，不是她，又能是谁呢？她站在自己的家门口，正一下一下地用皮带抽打着自己的手心呢！

门被敲响了，先是咚咚两下，然后就咚咚咚地敲个不停了。

莫小娥吓得要昏过去了。她无力地靠在墙上，绝望地望着情人，知道大祸临头了，自己在劫难逃了！

情人摇了摇手，示意她不要出声，也不要开门。这种示意简直他妈的多此一举！这种情况下，你就是借给莫小娥一百个胆，她也不敢出声啊！更不要说开门了。

许兵几乎不是在敲门，而是在砸门了。里边就是不开门，而且一点儿动静也没有。许兵气急了，高声叫了起来："你！开门！快开门！"

许兵想喊她的名字，但一下又忘了她叫什么了，最近老是叫她幺蛾子，倒把她的名字给忘了。许兵索性就喊她的外号了："幺蛾子！你开门！我知道你在家，你给我开门！"

里边就是不开门，倒是对门的邻居开门了。睡眼惺忪的女邻居吃惊地望着许兵，问她："许连长，怎么了？出什么事了？"

许兵头也不回，没好气地说："没你的事，你不用问！"

许兵抬起脚来，又踢了一下门，又喊："你到底开不开门？再不开门，我就叫人来砸了！"

徐晓斌正睡得迷迷糊糊，听到外边有人吵闹，他烦得要命，嘟囔了一句："谁呀，大清早的，神经病！"翻个身还想继续睡，听到外边的人好像在喊"幺蛾子"，徐晓斌一个激灵坐了起来，再竖着耳朵仔细一听，不是自己的老婆又是谁？

徐晓斌跳下床就往外跑，跑了一半又跑回来，他穿上拖鞋，噼噼啪啪地跑了出去。

这时楼上楼下已经聚集了不少的邻居了，大家都不知发生了什么事，又见许兵疯了似的，也没人敢过去劝她。她丈夫出来得正好，这种时候，恐怕也就她男人能管得了她了。

许兵堵在人家门口，手里拎着武装带，像个要打架的泼妇。徐晓斌一步三个台阶地冲了上去，拖鞋都掉了一只，他也顾不上了，光着一只脚，一把扯住了许兵的胳膊。

徐晓斌生气地说："你这是干什么？你疯了吗？"

许兵的声音比他还大："我没疯！你别管我，你走开！"

徐晓斌一见她这不管不顾的劲头，知道她是真被气疯了，来硬的是不行了。徐晓斌压低了声音，几乎是在跟她耳语了："冷静，冷静！你冷静一点儿，千万要冷静！"

许兵一点儿也不冷静，她偏不冷静，她大声嚷嚷："我为什么要冷静？我才不冷静呢！你给我走开，别管我！"

许兵又踢了一下门，又高声喊："莫小娥，你给我出来！看你这次还有什么话说，还能再编什么故事？"许兵突然就想起了"莫小娥"这个名字，好像是徐晓斌特意跑上来，咬着她的耳朵告诉她的似的。

徐晓斌一见软的不行，只好再来硬的。他这次几乎要动武了，手像钳子似的，死死地夹着许兵的胳膊不放，也不跟她啰唆了，拼命往下拖她。他要真动起手来，许兵哪是他的对手？许兵被他拖着踉踉跄跄地下了楼，边下边叫，还边用皮带抽他："徐晓斌！你放手！你这个混蛋！你给我放手！"

第十九章

现在是信息时代。在这个伟大的时代里，芝麻都能变成西瓜。要是西瓜呢？会变成什么呢？

在综合治理办公室出公差的王技师，一上班就给许兵打电话，上来就问她："哎，外边传的都是真的吗？"

许兵有这个心理准备，她很冷静地问："外边都是怎么传的？"

王技师说："有好几个版本呢，我觉得都不太靠谱。最靠谱的是，指导员老婆，那个什么小娥，趁着指导员不在家，想勾引你们家的徐技师，被你发现了。你跑到楼上去，堵着人家的门口，警告人家。听说你还拿皮带抽你家徐技师，徐晓斌让你抽得叽哇乱叫！"

许兵大吃一惊，她再有心理准备，也不可能准备到这种程度。这还是最靠谱的呢，那不靠谱的呢？会把她说成什么样子？许兵气得一句话不说，扣了电话。

许兵真后悔了，被徐晓斌一拖进家门，她就后悔了。她抚摸着被徐晓斌拽痛了的胳膊，一句话不说，老老实实地坐到了餐桌旁。

徐晓斌一见许兵老实了，自己又不老实了，又来劲了。他站在许兵面前，几乎是指着她的鼻子，开始教训她了："许兵，我怎么想也想不明白，你发这么大的火干什么？动这么大的怒干什么？从容是你什么人呢？你为什么这么维护他呢？也就是我吧，了解你的为人，也了解你的脾气，换了别的丈夫，会怎么想呢？人家老婆给老公戴绿帽子，该你什么事呀？用得着你这么义愤填膺，跟个泼妇似的，堵在人家门口，又是踹门，又是叫骂吗？你不觉得你不正常吗？不觉得你很失态吗？”

让徐晓斌这么指着鼻子一骂，许兵彻底冷静下来了。冷静下来的许兵后悔了，非常后悔。她脸上都有难受的表情了，徐晓斌也就不忍心再痛打落水狗了。他又很体贴地劝她，开导她，给她宽心：“算了，你也别难受了，接受教训就行了。不过还好，别人都不知道你上门去吵什么。这要是让别人知道了事情的真相，那指导员还活不活了？”

让他这么一宽心，许兵的心反而揪了起来，都有些后怕了，坐在那儿更不吭声了。

孟勇敢知道了事情的真相，拍着桌子对徐晓斌说：“你老婆做得对！做得好！我支持她！要是换了我，我也会这么干的！我一脚就能把门给他踹开，进去先把那奸夫和淫妇打他个半死再说！”

徐晓斌笑着说：“你又不嫌我老婆操蛋了？”

孟勇敢说：“我历来是实事求是的，有什么就说什么。你那老婆是挺操蛋的，但有时候操蛋得让人烦，有时候操蛋得也挺讨人喜欢的。噢，不对，我说错了，不是喜欢，而是敬佩！佩服！服气！你还别说，你那操蛋的老婆是挺有男人的血气的，还真是个干军事的料！”

徐晓斌更高兴了，说：“你不还说她是政工干部的料吗？”

孟勇敢点着头，服气地说：“还是你说得对，是金子在哪儿都闪光。你那操蛋的老婆，还真是块闪闪发光的金子呢！我们都要向她学习，尤其是你。你不但不帮她，还拖她的后腿，把那对奸夫淫妇放跑了吧！”

徐晓斌说：“你就是把他们捉奸捉住了，又能怎么样呢？除了让指导员颜面扫地，没法在团里再待了，那两个狗男女能有什么损失呢？大不了就是个离婚，这年头，谁还怕离婚吗？别说离一次了，离几次也没人会说没人会管的！”

孟勇敢说：“看你说的，好像现在大家都好坏不分了似的。现在这世界，就是因为你这种人太多了，而你老婆那种人又太少了，所以那些奸夫淫妇们才这么猖狂！大家都各扫门前雪，别人家就是血流成河也没人管。越是这样，越让人觉得你老婆难能可贵呀！”

徐晓斌撇嘴，孟勇敢问他撇什么嘴，徐晓斌没搭理他，心里却说：“哼！等你知道她是怎么捉弄你的，你再表扬她也不晚哪！”

唱东方和孟勇敢俩人，演起了京剧《三岔口》。

俩人都没看过这出戏，也不知自己演的这叫哪一出。是在谈恋爱吗？好像不是，俩人谁也没说，谁也没提，那层窗户纸，还好好的一点儿都没破。没在谈恋爱吗？好像也不完全是，因为俩人心里都像吃了糖喝了蜜似的，彼此交往都有甜蜜蜜的感觉，这不是恋爱又是什么？他俩就像京剧里的《三岔口》，彼此伸胳膊撩腿的，你试探我一下，我考验你一次。你向前进一步，我往后倒一下。都想向对方靠拢，但又都各怀心事，谁也不先伸出手来，率先捅破那层窗户纸。

唱东方都有点儿生孟勇敢的气了。

唱东方心想：“你是个男的，难道不应该主动追求女的吗？我已经够意思了，开始不都是我主动的吗？虽然刚开始的时候，我的动机不纯，想跟你开个玩笑，逗你玩一玩。可后来，不是逗着逗着就当真了吗？等我真逗你的时候，简直就是在勾引你了！又是让你到我这里来安墙板，又是让你到东方君悦去冒充我男朋友。我还公然宣称，非你不嫁，虽然是用英语说的，你不也能听得懂吗？这要是换了别的男人，早就扑过来把我给撕巴了！哪像你呀，还跟个傻子似的，想上又不敢上的死样子，亏了你还叫孟勇敢呢！我看你干脆改名叫孟小胆得了！难道，难道还真的要我投怀送抱，你才接着我吗？奶奶的！你以为你是谁呀？你以为天老大，你老二呀？”

孟勇敢这里，哪还敢称老二呀？他觉得自己在唱东方那里，简直就不知道应该算老几了。

他也不傻，他也不迟钝，他也能感到唱东方对他的好感和好意，但他却不敢相信这一切会是真的。

孟勇敢没有那先知先觉的本事，他自然不会知道唱东方刚开始接近他跟他交往是个阴谋。他只不过是有自知之明，觉得自己配不上人家唱东方。唱东方在他的心目中，那简直就是天上的仙女！而他呢，不过是人间的凡夫俗子。不用王母娘娘拔下头上的簪子划出条银河来，他就在自己设的鸿沟面前望而却步了。面对着唱东方的步步紧逼，他还是不敢相信这会是真的。他总在自己身上找原因，觉得会不会是自己剃头挑子一头热？大概是热过头了，热糊涂了，出现错觉或是幻觉了。虽然她那天用英语说过非他不嫁的话，他也没有敢当真。虽然当时听了心头一热，但也没敢多热，更没敢多想。有什么可想的呢？人家不都提前跟你说得清清楚楚了吗？你在那儿冒充人家男朋友，人家在那儿糊弄那个英国留学生！如果自己把这话当成真话听，岂不让人家笑掉大牙吗？

孟勇敢也不知自己现在过的这叫什么日子，一会儿火里，一会儿水里；一会儿痛苦，一会儿幸福。他每天都甜甜蜜蜜地提着心、吊着胆地过，生怕唱东方一眨眼又不见了。他不知道，没有唱东方的日子里，他还能不能活下去。

孟勇敢主动给唱东方打电话，令她又惊又喜。唱东方上来就问他：“天哪！您是不是打错电话了？”

孟勇敢心领神会，马上说：“哎哟，还真是按错电话了呢，对不起，对不起。”

唱东方问：“你本来想打给谁？”

孟勇敢说：“我本来想打给你表姐，怎么就打到你这儿来了呢？”孟勇敢说得很认真，而且好像也真的很纳闷，搞得唱东方反而以为他真的是打错电话了，不禁扫兴地说：“我说嘛，太阳怎么可能从西边出来，你孟勇敢怎么会主动给我打电话?”

孟勇敢笑了，笑得很甜蜜，很幸福。孟勇敢说：“打错就打错吧，反正我也要通知你。”

“通知我什么?”

“通知你晚上吃饭。”

“谁请客?”

“当然是我请了！别人请，还用我通知吗?”

“你为什么要请客呢?”

“为了你表姐。”

“我表姐怎么了？你为什么要请她呢?”

“你表姐最近心情不好，很郁闷。请她吃饭让她散散心。”

唱东方很吃惊：“她怎么了？出什么事了吗？我昨晚上还跟她通电话，她怎么什么也没说呢?”

孟勇敢说：“她倒没出什么事，是别人出事了。”

唱东方更吃惊了：“别人出事，她郁闷什么?”

孟勇敢笑着说：“事情是她惹出来的，是她管闲事管出来的。她狐狸没打着，还惹了一身臊。”

唱东方问：“什么事呀，这么严重?”

孟勇敢说：“严重倒是不严重，就是挺麻烦的，也挺让人讨厌的。具体什么事，你可以问你表姐。晚上六点半，在宣武门的皇城老妈，吃你表姐爱吃的四川火锅。你不是也喜欢吃吗?”

唱东方说：“你又不是请我，我喜不喜欢吃，有什么重要的?”

孟勇敢想说：“你喜欢，我就高兴!”可这么肉麻的话，他暂时还说不出口。

唱东方给表姐打电话，问她到底出了什么事。表姐长叹了一声，说：“唉，一言难尽哪!”

唉！真是一言难尽呢！这种结果，是许兵想都想不到的。正如孟勇敢所说，她这个爱管闲事的猎人，以为这次那只狐狸怎么也跑不掉了吧，哪里想得到，这还真是一只无比狡猾的狐狸呢！不但又让她给逃脱了，还让许兵里外不是人，惹了一身的臊！

许兵都有点儿佩服这个幺蛾子了，觉得她不但有才，还胆识过人。许兵跟徐晓斌说："她就是没用对地方，没把聪明才智用到正道上。否则的话，她还了得！"

徐晓斌说："大千世界，无奇不有哇！现在这世界上，数你们女人蹦得欢！好的坏的一起上，一个比一个蹦得精彩。唉，还真让人眼花缭乱呢。"

许兵恨恨地说："这还不都赖你们这些笨蛋男人？没有你们这些笨蛋，哪会有她那种坏女人的舞台呀！哼！你别看她今天蹦得欢，总有一天会拉清单！"

徐晓斌点着她的鼻子教训说："许兵，我可警告你，可别再管闲事了！她拉不拉清单，什么时候拉，都不该你的事。你要是愿意，顶多是睁大眼睛等着她拉清单那一天。你可千万别再给我惹事了，我求求你了，姑奶奶！"

许兵一笑，说："该管还是要管的，求我也没用！"

出事的当天，许兵正在伤脑筋，不知道怎么在电话里跟从容说这件事，说到什么程度。还没等她的电话打出去呢，从容的电话就先打来了。

电话里，从容似乎很不高兴，口气很不好，说出的话来，也很不客气。

从容说："许连长，我拜托你，请你以后别再管我家的闲事了！你不愿帮忙照顾我爱人，但也请你不要找她的麻烦！"

许兵拿电话的手都气抖了，声音自然也变差了："指导员，从容，你把话给我说清楚，我管你们家什么闲事了？我找你老婆什么麻烦了？"

从容冷冷地说："这难道还用问我吗？你自己做过的事，还用我再告诉你一遍吗？"

许兵大声地问："从容，你那个狗老婆都跟你说什么了？你说给我听听!”

从容的声音更难听了：“许兵！请你放尊重点！你得学会尊重别人，这样别人才会尊重你!”

电话断了，很显然是从容摔了电话。许兵都要气疯了，马上把电话打过去，可是他却关机了。许兵又不知道他在南京的电话，不知怎么能找到他。许兵气得也摔了电话。可惜没用，对方又没听见，听不见，心不烦！许兵坐在那里，气得呼呼直喘粗气。

恰好这个时候，徐晓斌推门进来了。他是来给她送冰棍吃的，她最爱吃的那种大白冰冰棍。他来的正是时候，一来可以给她降温，二来可以给她出气。徐晓斌压根就没发现许兵有什么不对头，他还举着冰棍拍马屁呢：“连长，我请客！请你吃你最爱吃的老冰棍!”

连长抬起头来望着他，脸都有点儿歪了，徐晓斌这才发现不对头了。

徐晓斌急忙问：“怎么了？出什么事了?”

连长没有马上回答，她似乎是在冷静自己。哪想到她冷静的结果，却是拍着桌子，开始大骂从容。骂完了从容，又骂从容那个不要脸的狗老婆。说想不明白她的狗嘴里吐出的是什么牙，让从容那个王八蛋对自己如此无理。

“真是不知好歹，活该他戴绿帽子!”最后这句话，都有点儿恶毒了。

徐晓斌听明白了，原来这个正义而勇敢的猎手，让自己手下的猎物给反咬了一口，而且看样子还咬得不轻。

徐晓斌马上说：“该！活该！再让你多管闲事！这就是管闲事的下场！看你以后还管不管了?”

许兵又拍了一下桌子，很响，也很重，手心也一定很痛。徐晓斌都心痛地皱了一下眉头，她却一点儿感觉也没有。她的感觉，都在那只狡猾的狐狸身上了。她恨恨地说：“管！当然要管了！这事我还管定了呢。我就不信，这世界是她的，让她玩得团团转？她说白就是白，她说黑就是黑，黑白都让她搞颠倒了，这还了得吗?”

徐晓斌把快要化了的冰棍塞进她的手里，没好气地说：“快吃口冰棍压压火吧，我说你这人是不是有毛病啊？为什么总是为别人的事着急上火?”

许兵打开冰棍，一口咬下去，半块大白冰就进口里了。徐晓斌在一旁看得龇牙咧嘴，替她凉得慌。徐晓斌说她：“你慢点吃，你不嫌凉吗?”

许兵拍着胸口说：“我这烧着呢！我这堵得难受!”

冰棍很快就吃完了，许兵也没想出那幺蛾子都给丛容说了些什么。她会编出怎样的谎言来，让一个正在学习高科技的人，糊涂到了这种程度？

天要开眼的时候，可不管你是个什么样的人。天开眼的时候，就是拨开乌云见太阳的时候。

正在莫小娥急得都要发疯、怕得恨不能要去死的时候，家里的电话响了。正是这个电话，救了莫小娥一命。

电话是对门的邻居打来的，她是在单位打来的。这个女邻居，也不知是怎么住进部队大院的。好像部队的院子里，住了不少这种不知哪来的、也不知是干什么的住户。这就是铁打的营盘流水的兵的最典型的后遗症。转业的人早搬走了，部队的房子却死也腾不出来。也不知都让什么人住了进来，跟军队一点儿关系也没有，却堂而皇之地住在营房里。谁也奈何不了他们，拿他们也没有什么好办法。

莫小娥家的对门，就住了这么个人，三十多岁了，也不知是没结婚，还是离了婚，反正就是独身一人。但好像也不缺男人，活得还挺滋润。中国人讲究物以类聚，人以群分，那是一点儿也不假。许兵跟这个女人在一个门洞里住了快两年了，还跟她像陌生人一样，见了面，彼此连头都不用点。而莫小娥住进来才几个月，两人就熟得不得了，打得火热了，经常是你给我送盘饺子，我给你端碗面的，践行着远亲不如近邻的真理。

女邻居打来电话，好像是来安慰莫小娥的，实际也可能是想来打探消息的。莫小娥能跟她说实话吗？但莫小娥又一下子不知跟她编什么好。因为莫小娥以为，让许兵这么一闹腾，她的丑事像纸里的火一样，那是想瞒也瞒不住的。在这种情况下，她还能说什么呢？正在她难受得不知说什么好的时候，谁知这女邻居的一席话，却像是汪洋中的一棵草，一棵救命的稻草，一下子就让她给抓住了，并且神奇地救了她一命。

女邻居告诉莫小娥的，也正是王技师告诉许兵的。两人听了一种版本，反应却大相径庭。许兵是气得摔了电话，莫小娥却如同看见了一根稻草，一线生机。

女邻居问莫小娥："是真的吗？是这么回事吗？"

莫小娥在电话里不说话，好像是默认了一般。女邻居就善解人意地叹了口气，推心置腹地批评她："你呀，你呀，真是糊涂呀！你去惹谁不行？偏要去惹那个女人。那女人是一般人吗？不厉害还能当连长吗？一连之长啊！你呀你呀，真是拿着鸡蛋往石头上碰啊！"

女邻居放了电话，莫小娥长出了一口气。她觉得自己有救了，也知道自己该怎么办了。

莫小娥有一个姑家的表哥，在天津大港打工。她马上给这个二表哥打了个电话，让他带上自己的身份证，马上往北京赶。到了北京，再打个车到飞机场，她在机场等着他，有非常重要的事需要他帮忙。什么事，见面再说。

莫小娥在首都机场告诉二表哥，她要带上他飞一趟南京。又教他这样说、那样说的，还千叮咛、万嘱咐的，生怕他多一句或是少一句。

二表哥快让她啰唆烦了，就说："我知道了，我会说了，你不用再教我了。"

莫小娥塞给二表哥两千块钱，说是给他的误工费。二表哥心里很高兴，觉得出来这一趟挺值的。一来坐了从来没坐过的飞机，二来挣了从来没这么容易挣过的两千块钱，三来还帮了表妹一个大忙，你说划算不划算嘛！

到了南京，莫小娥拨通了从容的手机。一听到他的声音，莫小娥就知道许兵的电话还没有打。莫小娥心里暗暗高兴，觉得自己此行更有把握了。她声音沉重地告诉从容：“我已经到南京了，我有事要跟你说。”

从容吃了一惊，很是意外，马上担心地问她怎么了，出什么事了。莫小娥不肯在电话里说，一定要见面再说。刚要挂电话，莫小娥又急忙喊住从容，告诉他暂时不要接许兵的电话。从容在电话里直问为什么，莫小娥说：“见面再说吧，等见了面，你就什么都知道了。”

在出租车里，莫小娥心里一个劲地纳闷，她实在想不明白，许兵为什么到现在还没有给她的丈夫打电话说。难道是她改了主意，不打算跟丈夫说了吗？还是另有打算，另有阴谋？

改变主意，不跟丈夫说，大概是没有这个可能的。看她早晨在门外那疯狂的样子，那简直就是一不做、二不休地要置她莫小娥于死地呀！闹了那么大的动静，用他们当兵的话说，是影响都出去了，她不可能再有一百八十度的大转弯了。再说，她许兵是那可能轻易转弯的人吗？所以，不要指望她能改变主意，再对丈夫保什么密了。那么，她还会有什么打算、有什么阴谋呢？以莫小娥对她的认识和了解，许兵似乎也不是那种善于搞阴谋诡计的人呀，那她这葫芦里到底卖的是什么药？

不管许兵卖的是什么药，她莫小娥都已经走到这一步了，都走到南京来了，开弓没有回头箭了！她只能以她的不变，去对付许兵的万变了。

好就好在，今天早晨闹得那么厉害，围观看热闹的人，并不知道许兵在闹什么。更不会想到，她家里被许兵堵住了一个男人。所以才会有那样的传言。这样的传言，对她莫小娥有利，对许兵却不利，许兵反倒成了一个爱吃醋的泼妇了。这样一来，她的脚下就出现了一条路，虽然泥泞不好走，但她也要硬着头皮往下走了，因为她已经无路可走了。就这一条泥泞的小路，能不能走得通，还不一定呢。

见了从容的面，莫小娥未语泪先流。眼泪如雨水，流得又急又快，眨眼的工夫，她已经哭得上气不接下气了。一个女人，若不是受了万般的委屈，怎么可能哭成这样呢？

从容听到的版本是：表哥最近胃疼得厉害，饭都吃不下去了，他担心自己胃里长东西了，就给我打电话说了，我就让他来北京看病。他来北京后，我也没想那么多，觉得是自己的亲表哥，跟亲哥也差不多，就让他在家里住下了。可谁知，表哥今天一大早出门，就让许兵给碰上了。许兵当时手里拿了条皮带，很凶的样子，上来就问表哥是什么人。表哥哪里见过这样的女人，吓得一句话也不敢说，赶紧跑回家。谁知许兵更怀疑了，追到家门口来，又是砸门又是踢门的，非让把门打开。吓得表哥在屋里浑身发抖，更不敢开门了。当时我出门买早点去了，回来听表哥说了，我还不相信，后来对门的邻居证实，许兵确实在门外发过疯，我这才信了。我也知道，我是从小县城出来的人，又是这样跟你结的婚，她一直对我有看法，看不起我。你临走的时候，还问过我，是不是得罪过她，我哪里敢得罪人家啊！巴结她还来不及呢！怕你担心，也怕你跟她搞不好关系，所以才一直没敢告诉你。可谁知，她竟然这么欺负人！把我想成什么人了？我本来想去找她说理，可一想，我跟她说得着吗？别人怎么想我，我不管，可我不能让你误会我，冤枉我。如果这事传到你耳朵里，我就是跳进黄河也洗不清了。所以，我就带着表哥来了，给你说清楚，免得你听信传言，误会我，冤枉我。

别看她表哥是个老实巴交的农民，越是这样的农民，说出来的谎话越不容易让人怀疑。

从容又听表哥从头到尾说了一遍，更不能不信了，气得脸都青了，连胃也给气痛了。再加上莫小娥又在一旁提醒他：许兵为什么到现在还不给你打电话呢？还不是觉得自己过分，觉得自己理亏吗？如果她真的认为我有什么不轨的事情，她能不在第一时间就打电话告诉你吗?!

从容拿起手机，就要给许兵打电话质问她。莫小娥吓得扑上去抢他的手机，不让他打这个电话。莫小娥连声说：“算了！咱知道她是什么人就行了，别跟她一般见识了！以后咱离她远一点儿，别听她胡说八道就行了！”

从容怎么可能就这样算了呢？自己的老婆，好好的，却受了这样的侮辱，受了这样的气。自己作为一个男人、一个丈夫，如果再没有一点儿姿态，怎么说得过去呢？不行，不能就这样算了！从容少见地向莫小娥瞪起了眼睛，吓得莫小娥也不敢再跟他抢手机了，只在一旁胆战心惊地盯着他，看他说什么，怎么说，以防再节外生枝，自己控制不了局面。

谢天谢地，事情竟然就这样过去了。莫小娥再一次流下泪水来。这次的眼泪是真的，莫小娥百感交集，心里什么滋味都有了。

从容心痛地在一旁望着自己流泪的妻子，为自己没有保护好她，没有尽到一个丈夫的责任，而深深地自责和内疚。

皇城老妈的鸳鸯锅端上来了，许兵和唱东方爱吃的东西也点了一桌子，许兵似乎还有点儿不满意。

孟勇敢以少有的殷勤问她：“连长，您还想要点什么？请随便点！”

许兵说：“孟分队长，不给俺点酒喝吗？”

徐晓斌说她：“自己人吃饭，还喝什么酒！”

许兵说：“这顿饭不是特意为俺解闷的吗？古代的人都知道，何以解忧，唯有喝酒！难道你们这些现代人会不知道？”

孟勇敢急忙点头，用家乡话做检讨：“连长，俺错了！都是俺的错，想得不周到！俺这就给您要酒来！您是想喝点白的，还是想喝点啤的？”

许兵说：“您请俺喝啤酒是何用心？是不是想让俺喝一肚子啤酒，少吃点肉？”

孟勇敢边说“不敢不敢”，边招来了服务员。孟勇敢对女服务员说：“拿瓶白酒来，要你们这儿最好的白酒！”

服务员说：“我们这儿最好的酒是茅台酒。”

孟勇敢一挥手说："那就拿茅台酒！"

许兵忙摆着手说："不用那么好的酒。你是个人掏腰包，用不着这么瞎大方。小姐，就拿你们的'老妈红'就行！"

服务员问："是要大瓶的，还是小瓶的？"

许兵很认真地望着她说："如果是小瓶的，就来两瓶；如果是大瓶的，就来一瓶。"

徐晓斌又说她："你干吗？喝几口意思一下就行了，你还真喝呀！"

许兵说："你少管！又不是你请客，你还是沾我的光才吃上这顿饭呢！要喝就真喝，谁还假喝呀！"

孟勇敢歉意地说："我开车，我不能陪你喝。"

唱东方赶紧说："姐，我不是不陪你喝，我是不能喝，我酒精过敏，这你是知道的。"

徐晓斌也说："你不用看我，我是不会陪你喝的，要喝你就自己喝吧！"

许兵说："自己喝就自己喝，你以为我不敢自己喝吗？告诉你们，自斟自饮是一种境界！今天我就让你们开开眼界，看看我的崇高境界！"

"老妈红"上来了，许兵给自己倒了一满杯，笑着说："奶奶的！我还真的成了孤家寡人了，连个陪我喝酒的人都没有了！"

孟勇敢对唱东方说："要不你开车吧？我陪你姐喝酒。"

唱东方说："谁让你开手动挡的车来呢？我可开不了，我只能开自动挡的车。"

孟勇敢说："那怎么办？要不，要不就把车放这，咱们干脆打车回去。"

徐晓斌说："算了算了，我就陪她喝一杯吧！"

许兵说："不行！要陪就多陪几杯，只陪一杯，你就不用陪了。"

徐晓斌没好气地夺过酒瓶，给自己倒酒。

许兵在一旁监督他："不行！倒满！满上！"

徐晓斌只好给自己倒得满满的，问她：“这样行了吧?”

许兵点头认可：“行了，可以了，大家举杯吧！哎，咱们为什么呀?”唱东方说：“不是为了给你解忧吗?”

孟勇敢说：“也不完全是为了解忧，主要是为了向您致敬，为了向您表达敬意，崇高的敬意！”

许兵点着头说：“嗯，那这杯酒得喝干了它！要不，怎么对得起这崇高的敬意。”

许兵一口将酒喝干，又优雅地控了控杯子，以示一滴不剩。徐晓斌只喝了一口，就放了杯子。

唱东方在一旁不干了：“姐夫，你这是陪酒吗？一点儿诚意也没有！”

徐晓斌哼了一声说：“我陪她喝点就不错了，还用什么诚意！”

许兵说：“他不用喝完，又不是对他表达敬意，而且是崇高的敬意！”

徐晓斌说：“人家也就是这么说说罢了，你还当真了，你可真够幼稚的！”

孟勇敢急忙说：“哎，你可不要乱说，我是真的！而且是非常真诚的真！我的敬意也是真的，是真正的崇高的敬意！”

许兵笑了，得意地说：“怎么样？咱俩到底是谁幼稚？是你还是我？难道不是一目了然的吗？你沾着我的光，吃着这么好吃的东西，非但不感谢我，还对我冷语相加。你这都不是幼稚了，你这都是不懂事了！”

唱东方在一旁举起一杯可乐来，说：“姐，姐夫不懂事，我懂！我来敬你一杯，为你给我带来这么一顿丰盛的火锅，而且是北京最好的火锅！”

许兵又补充：“也是最贵的火锅！”

唱东方赶紧说：“对！你看人家对你多真诚！多有诚意！”

许兵也点头说："对！路遥知马力，喝酒见人心！"许兵又是一口，将"老妈红"喝干净，又优雅地控了控酒杯。

唱东方由衷地说："哎呀，看我姐喝酒真是一种享受哇！又豪迈又优雅，看得我的心都要醉了！"

许兵高兴地笑出声来，徐晓斌直撇嘴，连孟勇敢都特意地看了她一眼。

唱东方问他："你看我干吗？难道我说得不对吗？"

孟勇敢说："我看你，是因为你说得太对了，简直说到我心坎上了！"

徐晓斌的嘴撇得更厉害了，许兵看见了训他："不准撇嘴！像个女人似的，像什么样子！"

徐晓斌不服："难道只有女人可以撇嘴吗？难道男人就不能撇吗？"

唱东方插嘴说："姐夫，一般情况下是这样的。女人撇嘴可爱，男人撇嘴可……"唱东方不好往下说了。

许兵鼓励她："你大胆地说！你怕什么？"

唱东方笑着说："我担心姐夫的自尊心受不了！"

孟勇敢看不下去了，挺身而出声援姐夫："其实，你姐夫撇嘴，那也是受你姐的影响。这叫近朱者赤，她姐夫，是不是呀？"

徐晓斌并不领他的情，而是不满地盯着他看。

孟勇敢虚心地问："你看我干吗？"

徐晓斌索性又故意啧起嘴来："啧啧，孟分队长，你今天行啊！马屁拍得不错呀！而且还是专拍女马屁，作风可不怎么正派啊！"

许兵说他："你作风才不正派呢！这么下流的话也说得出口！来，罚酒一杯，干了它！"

徐晓斌喝干了杯中酒，故意抹着嘴巴说："真是少见哪！你俩什么时候变得这么和谐了？"

许兵说："我俩和谐难道不好吗？有什么问题吗？"

孟勇敢随口附和："就是就是！"

徐晓斌望着他，简直都有点儿不认识他了：“你就是什么呀！你背后少骂她几句，你再就是也不晚！”

唱东方望着孟勇敢：“你在背后骂我姐了？”

徐晓斌揭发他：“这是经常的事！”

孟勇敢有些不好意思，但嘴不硬：“我历来是明人不做暗事，我怎么可能背后骂人呢？”

“你骂我姐什么了？”唱东方追着问。

不等孟勇敢坦白，许兵就替他说了：“他骂我是操蛋的娘儿们！是不是，孟勇敢？”

孟勇敢在对面，点头不是，摇头也不是，恨恨地望着徐晓斌。徐晓斌高兴地笑了，还自斟自饮了一杯。

唱东方握起拳头，轻轻地打了孟勇敢一下，都有点儿撒娇了：“你讨不讨厌！竟敢骂我姐这么难听的话！”

挨了打的孟勇敢，无比幸福地咧开大嘴笑了起来。他那有些难为情的样子，令唱东方情不自禁又打了他一下。

坐在对面的两口子，互相扭头对视了一眼，许兵还洋派地耸了耸肩。徐晓斌心想：你还在这搞洋务运动呢，有你暴跳如雷的时候！

孟勇敢端起可乐，举到许兵面前，不知是真的还是假的，反正是很诚惶诚恐：“连长，我敬您一杯，向您道个歉，以后再也不敢了！我忘了我身边有个卧底的了。”

许兵和徐晓斌又互相看了一眼，眼神里都有些奇怪，好像是互相在问：他是怎么知道的？

许兵端起酒杯，大度地说：“你不用道歉，你说得对，我有时候的确是挺操蛋的！我自罚两杯！”

唱东方叫了起来：“哎呀，姐！你真是的，这么粗的话你也说得出口！”

许兵奇怪地望着她说：“这话怎么粗了？我说的是咸淡的淡，这也是粗话吗？孟勇敢，难道你骂我不是骂的这个咸淡的淡吗？”

孟勇敢急忙点头说：“对对对！我骂的正是这个淡！”

唱东方一口可乐喷了出来，引得大家都笑了起来。

许兵举杯提议：“来，大家共同举杯，为我这个操淡娘儿们喝一杯！”

唱东方补充道：“括号，咸淡的淡！”

许兵又是一口喝完，辣得都有些龇牙咧嘴了。

说是“老妈红”，其实不是红酒，而是白酒，是店家不知用什么草药泡成了红酒，起名叫“老妈红”，度数不低，许兵一会儿脸就红了，话也多了起来，而且还动不动就咯咯咯地笑，笑得趴在桌子上老半天不起来，像个可爱的疯丫头。连徐晓斌都忘了管她，让她少喝了，以至于她又把自己给灌醉了，稀里糊涂地又闯了一次大祸。

徐晓斌发现情况不对的时候，已经无能为力了。老婆清醒的时候，他就管不了她；老婆喝多了，喝糊涂了，他就更管不了她了！

徐晓斌去夺许兵的酒杯，哄她说：“没酒了，别喝了！”

许兵死命地护着自己的杯子，口齿不清地说：“你胡说！还……还有呢！”

徐晓斌说：“就剩一点儿了，别喝了！”

许兵说：“毛……毛主席，说……说，浪……浪费……是……是极大的犯……犯罪！”

唱东方笑了，说：“你看我们家的人，喝醉了酒，也在讲政治呢！”

许兵突然用手指着她，似乎有话要对她说，可好半天也没说出话来，就那么用手指着她。

唱东方笑着逗她：“姐，你有什么话要嘱咐教育我吗？”

许兵点了点头，好像想起来了：“对……对对！我是有话，要……要对你说。”

唱东方还笑：“说吧，我听着呢！”

许兵的手好像在指点江山："东方，你……你撤……撤出阵……阵地！咱……咱们不……不玩了！"

唱东方不笑了，她大惊失色了，她马上扭头去看身边的孟勇敢。孟勇敢也正奇怪地扭过头来看她。唱东方惊慌失措起来，她大声地说："姐！你喝多了吧？你胡说什么呀！"

许兵好像又清醒一点儿了，说话也清楚一些了："我……没喝多！我心里……清楚着呢！你……你的任务，到……到此为止！你可以……离……离开他了！"

许兵的手又明确地指向了孟勇敢，人点到了，意思也明白无误了，孟勇敢的脸色也开始起变化了。

唱东方急得声音都变了，都不敢再看孟勇敢了。她只好冲徐晓斌嚷："姐夫！你也不管管你老婆！让她胡说八道些什么呀！"

姐夫看了对面的哥们儿一眼，见那哥们儿的脸色正在冷却，姐夫似乎也不知怎么办好了，急忙去拉扯自己的醉妻，冲着醉妻没好气："好了！你喝多了！瞎说什么呀！走吧！回家吧！"

许兵不走，挣脱了他的手，扬起红彤彤的醉脸，无比诚恳地望着孟勇敢，给他道歉："孟……孟勇敢，对……对不起！我……为了试……试试你，是不是同……同性恋，是……真不近女色，还……还是假……假的，就……让我表妹，让她……去……接近你，考……考验你！对……对不起啊！这个玩……玩笑，开……开得太大了些，是……是不是呀？"

孟勇敢的脸色大变，呼吸都急促了。

第二十章

许兵醒了，头痛欲裂。

许兵开始哼哼，把正在卫生间里洗漱的徐晓斌吸引了过来。

徐晓斌拿着牙刷，嘴上还见着白，他问许兵："头痛了吧?"

许兵难受地点了点头："嗯。"

徐晓斌口气一转，表情也变了："该！活该！再让你喝!"

许兵有气无力地说："你怎么这样啊？人家这么难受，你不说安慰安慰我，给我按摩按摩，还说这种无情无义的话!"

徐晓斌说她："你还好意思提'情义'两个字？你讲情义了吗？你讲情义还那么伤害人家!"

许兵纳闷地望着他："我伤害谁了?"

徐晓斌说："你伤害谁了，你不知道?"

许兵摇头："我不知道，我真的不知道。你快告诉我，我又伤害谁了?"

徐晓斌的声音都大了："孟勇敢！你又伤害人家孟勇敢了，而且伤得还不轻呢！许兵，我看你这次怎么收这个场!"

许兵更纳闷了，她皱着眉头问："我伤害孟勇敢？我为什么要伤害他呢？我没有理由伤害他呀？再说，我记得他昨天没喝酒哇，不可能跟我吵起来呀?"徐晓斌望着她说："你这不是还记事吗？还记得人家昨天没喝酒，那你怎么就不记得你昨天是怎么得罪人家的呢？你是真不记得，还是装的？”

许兵都有些急了，她捂着脑袋坐了起来：“我为什么要装呢？你快告诉我！我又怎么了？怎么好好地吃顿火锅，就把人给得罪了呢？而且还是请我客的人。”

徐晓斌坐到床上，同她面对面，说她：“许兵，不是我说你，你是应该好好反省反省自己了！通过这件事，好好改改自己的毛病！”

许兵更急了，冲他嚷：“你不用先教育我！你先告诉我，告诉我又发生什么事了？”

徐晓斌只好放弃教育，只好陈述事实了。他把昨天饭桌上的事原原本本地叙述了一遍。

许兵有些糊涂了，她问徐晓斌：“我给他道歉，有什么不对的吗？本来就是闹着玩的事，我压根就用不着道什么歉。但我却主动道歉了，他生什么气呢？这不是他的做派呀，这还是孟勇敢吗？”

徐晓斌有些烦了：“哎呀！你这个人难道酒还没有醒吗？还听不出来吗？人家孟勇敢可是当真的了！人家可不认为你是在开玩笑，而是认为你在捉弄人家，侮辱人家！你说这事还不严重吗？人家能不受伤害，能不生气吗？”

许兵一想也是，孟勇敢不可能不生气。而且，许兵也知道，孟勇敢是个自尊心极强的山东男人，这种事对他的伤害肯定不轻。许兵坐在床上，捂着头又哼哼上了：“哎哟！这可怎么办哪？这下祸可闯大了！”

徐晓斌冷笑了一声，说：“你以为你只得罪了孟勇敢一个人？还有哪！”

许兵抱着头奇怪地问：“还有谁呢？我还惹谁了？”

徐晓斌说：“你表妹！你还惹你表妹了！”

许兵更不明白了，更要问了：“为什么？就因为我坦白了事情的真相吗？”

徐晓斌又冷笑了一声，说：“你以为你知道事情的真相？你以为所有的事情都在你的掌控中？你快醒醒吧！你以为你表妹只是服从你的指令，去逗人家孟勇敢玩玩？那样倒好了！她也不至于那么气急败坏了！问题是，她自己也喜欢上孟勇敢了！爱上人家了！让你这样一坦白自首，她的爱情能不能保住，那还两说呢！”

许兵的头好像不痛了，她把手拿下来，眼睛瞪得老大：“你说什么？你再说一遍。”徐晓斌没好气地说：“我再说一百遍，这也是事实！你表妹唱东方小姐假戏真做，演过头了，爱上人家孟勇敢了！人家两个人互相喜欢上了，看你怎么办吧！”

许兵还是不能相信，自言自语地说：“这怎么可能呢？这是不可能的事呀！”

徐晓斌问她：“为什么不可能呢？怎么就不可能呢？人家年龄相当，郎才女貌，又都是单身没有对象，人家怎么就不能相爱，怎么就不能谈恋爱呢？”

许兵问：“你说孟勇敢和唱东方是郎才女貌？”

徐晓斌没好气地说：“对！他俩就是郎才女貌！”

许兵说：“女貌这不假，但要说郎才，是不是未免有些牵强啊？”

徐晓斌说：“许兵我问你，才是什么？是学历吗？是职务吗？如果你认为是这两点，那他孟勇敢的确谈不上有才。”

许兵问：“那你认为男人的才是什么呢？”

徐晓斌说：“我认为是能力，是水平，是个人的综合素质。若论这些，人家孟勇敢是可以称得上有才了。”

许兵的头可能又开始痛上了，她又把头抱住，又开始叫唤了：“哎哟！这算怎么回事呀！这是哪跟哪呀！孟勇敢喜欢唱东方还好理解，你说唱东方怎么会喜欢上孟勇敢呢？”

徐晓斌不爱听了，他站起身来，往地上呸了一口，准备走人。

许兵叫住他：“哎！你呸谁呀？”

徐晓斌说：“我呸牙膏，怎么，不行吗？”

许兵挥手让他走：“行！你呸吧，呸吧，尽情地呸吧！”

徐晓斌哼了一声走了，许兵拖过电话来，按起号码来。

电话响的时候，唱东方正在屋里急得团团转。

一大早，唱东方就给孟勇敢打电话了，宿舍电话没人接，手机又没开。唱东方一遍一遍地拨，一遍一遍地打，可电话就是打不通，唱东方急得都要哭了。

急得想哭的感觉，这在唱东方是生平第一次体验到的。以前她听到都快急哭了这种说法时，是从来都不信的。在她看来，这不是瞎说嘛！这怎么可能呢？人可以痛苦地哭、难过地哭、委屈地哭、伤心地哭，甚至，高兴地哭哭也就罢了，但就是不可能急哭了。着急的时候，会坐卧不安，会百爪挠心，会团团转，就是不可能哭。现在，等她急得都想哭的时候，她才相信这原来都是真的，并不是瞎说的。

昨天一晚上她都在担心，担心孟勇敢对自己的误会。误会肯定是有的，谁遇上这种事，会不误会呢？但令她担心的是，孟勇敢会误会到什么程度，这种误会能不能解释清楚。昨晚回来的时候，孟勇敢开着车，一路上一句话也没说。她也不敢多嘴再说什么了，她甚至都不敢多看他一眼。因为她也觉察到了，这件事对孟勇敢的伤害还是挺大的。

先到了她住的地方，她先下了车。下去的时候，她怯生生地说了句：“谢谢，晚安。”车上没有一个人搭她的茬儿。表姐醉着，姐夫装着没听见，大概是想把话留着让孟勇敢来说。可孟勇敢呢？连头也没扭一下，更不要说有什么话了。那一刻，唱东方的心里就有些难过了。

昨天一晚上几乎就没睡好，辗转反侧地想着这事该怎么办好。也就是在辗转反侧中，唱东方才意识到，自己原来是这么喜欢他！爱他！在乎他！以前也知道自己喜欢他，但还是不太确定自己是不是真爱他。现在，经过一晚上的煎熬，她明白了，自己是多么多么爱他！多么多么不能失去他！

一直熬到七点，唱东方才开始打电话，但总也打不通他的电话。现在都快十点钟了，唱东方除了焦急，又开始有些担心，有些不放心了。唱东方心想：他会不会一时生气，一时想不开，去寻短见了呢？这个念头很荒唐，但愈是荒唐的念头，一旦出现，愈是令人抓狂，令人发疯。此时此刻，唱东方就有点儿急得要发疯了。

电话响了，唱东方几乎是扑过去的。她抓起了电话，声音都有点儿变了："哎，你在哪儿呀？你为什么不开手机，不接电话呀！"

电话里是表姐的声音："你说的是谁呀？不是说的我吧？"

唱东方非常非常失望，以至于一下子都不想说话了。

表姐又问："你为什么不说话？"

唱东方的不满情绪又出来了，她就是不吭声。

表姐说："你来一趟，马上。"

唱东方生硬地说："我有事，我没空！"

表姐更生硬："有事也不行！你必须马上过来，我等着你！"说完，电话就挂了。

唱东方表面上不怕许兵，但实际上，她还是有点儿怕她的。她俩从小虽然是在一起长大的，她唱东方应该算是客居在姨家的，但她却抢走了表姐很大一部分母爱，让表姐从小受了不少冷落和委屈。这一切，她都是铭记在心的。因此，她不可能不听表姐的话，更不可能跟表姐对着干。

唱东方走在路上，心里的焦虑和不安仍然很强烈："这家伙一大早干吗去了呢？为什么不接电话不开手机呢？"她不相信他会在睡懒觉，连她都睡不着觉了，他还能睡得着吗？

对面过来一辆车，开得很快，很野，很惹眼，也很不正常。因为大院里限速，所有的车辆都在 25 迈以内。所以这辆车就很扎眼，令人生畏。唱东方本能地往边上靠了靠，又忍不住看了车里一眼。没想到，开车的竟然是孟勇敢！

车子呼啸而去，气浪冲击着唱东方的身子，也冲击着她的内心。唱东方站在那儿，望着绝尘而去的汽车，惊诧地想：“他难道没有看到我吗？他怎么能这样就过去了呢？他到哪儿去了？他干什么去了？”

那一刻，唱东方竟然热泪盈眶。

唱东方敲开门，开门的是抱着脑袋的表姐许兵。

许兵虽然头痛得很厉害，但她还是一眼就看出了表妹的痛苦。这令她十分惊讶，她没有想到，表妹竟然会弄假成真地把自己弄到这种地步！

许兵关上房门，跟在唱东方身后，好言好语地问她：“你吃饭了吗？”

唱东方不说话，直接进了客厅，坐到沙发上，扬着头望着站在跟前的表姐，一副有话请快讲的样子。

许兵也坐了下来，还用手抱着头，又哼开了：“哎呀，我的头痛死了，从来没这么痛过！你说，我是不是喝到假酒了？”

表妹一语不发，冷眼相望。

表姐马上意识到，自己的话题开错头了。说什么不好哇，非说自己喝到假酒了。眼前这个小丫头，正喜欢那个请喝酒的人呢，怎么可能喜欢听这种话呢？唉！怎么搞的？看来以后这酒，是不能再这样喝了！再这么喝几回，会不会把自己给喝傻了？连个好赖话都不会说了？唉！也别绕什么圈子了，开门见山吧，直接敲山震虎得了。

许兵放下手，坐正了身子，脸也耷下来了，一切准备就绪后，她冷不防地问：“怎么，听说你在跟孟勇敢谈恋爱？”

唱东方也正了正身子，脸色更不好看了，一点儿也没有畏惧的样子：“怎么，不行吗？犯法吗？”

许兵一愣，心想：“奶奶的！我俩谁是虎呀？到底是谁在震谁呀？”

徐晓斌端着两杯咖啡进来了，香味马上弥漫开来，缓和了客厅里的气氛。

徐晓斌对唱东方说："来，先喝杯咖啡提提神，饭一会儿就好。"

唱东方欠了欠身子，客气道："谢谢姐夫。"

姐夫笑着说："怎么突然变客气了？"

表姐不客气地下了逐客令："这里没你什么事，你出去吧！"

姐夫不高兴了，转身就走，却在心里给别人打气："加油！一定要顶住！不要败在她手下！"

徐晓斌出去了，坐在门边上的许兵飞起一脚，将房门撞上。

许兵说："不是说好了，是开玩笑的吗？"

唱东方说："我不是早就跟你说过了吗？搞不好就开成真的了！"

许兵问："难道会是真的吗？"

唱东方说："对！没错，是真的！"

许兵不说话了，老半天都不讲话。唱东方还是年轻，还是比许兵沉不住气。她等了她半天，见她还是不说话，就忍不住要问了："你为什么又不说话了？你不是有话要跟我说吗？"

许兵还是不说话，低着脑袋在那里想着什么。唱东方心想：难道能就这么算了吗？没这么便宜的事吧？正想着，猛不丁地听许兵问道："东方，你能告诉我，你喜欢他什么吗？他什么地方值得你喜欢呢？"

唱东方虽然比许兵沉不住气，但在思维和口才上，却一点儿也不输给许兵。她是学法律的，将来是要当律师的。

唱东方和颜悦色地问："姐，这也正是我想问你的。我为什么就不能喜欢他呢？他什么地方不值得我喜欢呢？"

许兵有些生气了，瞪着她说："小丫头，你别在这儿跟我耍嘴皮子玩！这是你的终身大事，不是我的！是你要想清楚，而不是我要想清楚！"

唱东方说："对呀，我知道这是我的终身大事，马虎不得，所以我想得很清楚！我就是喜欢他！爱他！就是非他不嫁！怎么？不行吗？不可以吗？"

许兵盯着她看了半天，才叹了口气，说："东方，你不要跟我置气，这不是置气的事儿！咱俩都冷静冷静，好好谈谈这件事。你说行吗？"

唱东方依然戒备着："行啊，谁说不行了？"

许兵又叹了口气，显得心事重重。唱东方站了起来，居高临下地说她："你老这么苦大仇深地叹着气，那就别说了！"

许兵倒要仰望着她了，心里这个气呀！可又不敢发火，怕把她惹急了，拍屁股走人了。当务之急，是要把她先给稳住，让她坐下来听她说。她要听进去了，那当然好了，可她万一要是听不进去呢？哎呀，头痛啊！怎么会这么痛呀？那该死的"老妈红"，难道是放了毒药不成？还有那该死的孟勇敢，好好的，请吃的哪门子饭哪！看吃出这么多事来！

许兵示意她坐下，慢声细气地说："你别这么大的火气。我今天头痛，没力气跟你吵。"

唱东方说："既然你头痛，那咱们改日再谈吧！"

许兵说："你先坐下来，既然已经谈了，那就接着谈吧！反正是让我头痛的事，什么时候谈，我什么时候头痛。今天索性就让它痛去吧，痛死我算了！"

唱东方扑哧一声笑了，坐了下去，笑着说："你用这种哀兵战术也不行！"

许兵说："我头都痛成这样了，我哪还有什么战术呀！咱接着谈吧！刚才咱谈到哪儿了？"

唱东方想了想，说："你问我他到底哪儿好，有什么值得我爱的。"

许兵点着头说："对，是说到这儿了。是呀，我也承认，孟勇敢的确是个很不错的男人，要不然你姐夫也不会跟他好成那样。他是很优秀，也有很多吸引人的地方，很招女孩子喜欢，要不然倪双影也不会喜欢他成那样。但可惜的是，东方啊，你们俩不是一类人。你们俩的差距实在是太大了！不大可能成为一家人的。"

唱东方很认真地问："我俩怎么就不可能成为一家人呢？"

许兵说："这个嘛，只能意会，不好言谈，说出来就没意思了，显得我们很庸俗，跟小市民似的。按道理说，你俩年龄相当，又都没有对象，我是不应该开这种玩笑的。这种玩笑对你俩来说，本来就很危险，如同玩火一样。但就是因为你俩的差距太大了，让谁都觉得这是不可能的事，所以才敢开这种玩笑的。你当初接受这种玩笑，何尝不是抱着这种心态的呢？"

唱东方点头承认："对！是！我承认，我当初的确是这样的。但我也没有想到，事情会发展到这一步。"

许兵说："还是呀！你也承认你俩有差距吧？而且这种差距还不是一星半点。"

唱东方说："我原来觉得不可能，并不是因为什么差距问题。而且，我也不认为我俩有什么差距。"

许兵问："不是差距问题，那会是什么问题呢？"

唱东方说："我原来渴望的爱情，是那种浪漫的、轰轰烈烈的爱情，最起码也要一见钟情吧？但我跟孟勇敢相识就很平淡，如果你不那么安排我去接近他，我俩无论如何也不会走到一起的。这点，你也得承认吧？"

许兵有气无力地点着头，无比沉痛地说："我承认，我承认。我这不正后悔吗？后悔得我头都痛。"

唱东方说："你头痛是因为你酒喝多了，跟这事没有关系。"

许兵瞪圆了眼睛说："怎么没有关系？酒的因素是一小部分，你们的因素是一大部分。"

唱东方说："那对不起了，我深表同情，但无能为力。"

许兵说："东方，你俩真不合适，将来真不会幸福！"

唱东方盯着她问："我俩怎么就不合适了？你怎么就这么肯定我俩会不幸福呢？"

许兵说：“本来这是只能意会不能言谈的，说开了，会显得我们特别庸俗，特别世故，特别小市民。但为了你将来的幸福，我也豁上了，庸俗就庸俗，世故就世故吧，小市民就小市民吧！首先，你们俩是出身不同吧？你先别撇嘴，等我说完了再撇也不晚。我们是军人家庭，从小生活在城市；而他呢，生在农村，长在农村，你俩的生活环境不同，从小养成的生活习惯也大不相同，这没错吧？第二，你是本科学历，而且以后还要继续深造，读研究生，读博士生，甚至还可能读到博士后，是不是？而他呢？高中只上了一年半，连个高中文凭都没有哎！到了部队，费了九牛二虎之力，好不容易才考上了个大专。而且，以后很可能就要大专到死了，他不可能再有什么正儿八经的深造机会了。当然了，他为了弥补自己，向你靠齐，还可以再去自学深造，但那种自学出来的第二第三文凭有用吗？第三，他现在只是个分队长，是军队里级别最低的军官，他的起点实在是太低了！以他现在的程度，很难有什么后劲了，想青云直上，那基本上就是做梦了！当然了，也不是完全没有可能，但这可能性也太小了，概率太小了！而你呢，今后显然是阳关大道由你走，你会走得更远，飞得更高的。将来你是名律师了，他呢？弄不好就要转业了。以他的学历和资历，将来年龄大了，再到地方去，会是个什么局面，难道还用我说吗？那样的话，你俩的差距就更大了。孟勇敢是个山东男人，他们那种孔孟之乡的男人，讲究的是男人为天，女人为地。你们俩天地是颠倒的，你说他心里能舒服吗？他跟你姐夫不一样，他不能容忍女人的职务比男人的高，所以他才看不惯我，骂我是操蛋的娘儿们，这你是知道的吧？他内心不舒服，他能快乐能幸福吗？他不快乐不幸福，你的快乐和幸福何在？东方啊，爱情是什么呀？外国的科学家研究发现，爱情不过是人在某一个时期的精神错乱而已，这个错乱期也不会很长，顶多就是七八个月而已。你为了这几个月的精神错乱，却要毁掉自己漫长的一生，你认为值得吗？”

唱东方笑了，笑得很轻松，也很随意。

唱东方的笑容令许兵很生气，也很失望。还用再听她反驳什么吗？这丫头的笑脸说明，表姐的良苦用心、苦口婆心，她压根儿就视而不见，听了也白听。

仿佛为了证实许兵心里的失望，唱东方用讥讽的口吻说：“姐，你不用说这些来吓唬我。还科学家呢，还外国科学家呢，他们才精神错乱呢！他们那是胡说八道，是胡言乱语！外国人研究点高科技还行，他们研究人行吗？尤其是中国人。他们知道什么是天长地久吗？知道什么是海枯石烂吗？”

唱东方盯着表姐，等待她的回答。

许兵又不是外国科学家的代言人，凭什么代人家回答呢？而且还是这么小儿科、这么幼稚的问题。

唱东方追着问：“你怎么不说话了？”

许兵瞪着她答道：“你还想听我说什么？”

唱东方又笑了，笑得都有点儿嬉皮笑脸了：“只要不是反对我跟孟勇敢恋爱的话，你说什么都行。”

许兵抱着脑袋站了起来，走到门边，拉开房门，有气无力地下达逐客令：“请你离开，马上给我滚蛋！”

许兵从窗户上看见了无精打采的徐晓斌。现在是下午四点，是体育活动时间，楼前空地上热热闹闹的，孤孤单单的徐晓斌显得格外可怜。

许兵推开窗户，冲外边大喊：“哎，徐晓斌技师，请您过来一下！”

运动着的人们都笑了起来，正在踢毽子的王技师笑着说：“徐技师，还不赶快过去。你看连长对你多客气！”

人们更笑了，笑声中，无精打采的徐技师踢踢踏踏地过去了。

徐晓斌进门就问：“干什么？有什么事？”

许兵笑着说：“哟，你现在了不起呀，没事就不能找你了？”

徐晓斌说：“没事叫我干吗？还当着全连人的面！”

许兵说："你是我老公！是我丈夫！就是当着全国人的面，我也可以叫你呀！"

徐晓斌说："你叫我干吗？"

许兵说："我想陪你聊聊天。我看你在外边也没人玩，怪可怜的。"

徐晓斌一屁股坐到椅子上，说："唉，没劲！干什么都没劲！"

许兵说他："你至于这样吗？是人家失恋，又不是你失恋！人家孟勇敢还一天到晚雄赳赳气昂昂的呢，你怎么倒像个失魂落魄的人了呢？"

徐晓斌说："他雄赳赳气昂昂的？你没看见他一夜一夜睡不着觉的时候。唉，可怜哪！我跟他认识这么多年了，还从没见他这样过呢！看来这次是伤筋动骨了。"

许兵说："你就不能好好劝劝他，开导开导他？晓之以理、动之以情地好好做做工作？"

徐晓斌白了她一眼，说："看你说的这个轻巧劲，一点儿阶级感情也没有！这种事是劝劝就能行的吗？你这么能，你去晓之以理、动之以情啊！"

许兵笑着说："咱俩不是有分工吗？你唱红脸，我唱黑脸，你忘了？"

徐晓斌说："我算倒了八辈子血霉了！搅在你们中间，猪八戒照镜子，我他妈里外都不是人！"

许兵更笑了，说他："徐技师，毛主席说过，骂人不是好同志。其实你这个位置才好呢，才可以大有作为呢！你想啊，你跟个中立国似的，两边都能说上话，两边都不好轻易得罪你。事情尘埃落定以后，你起码还是一方的功臣。你说你这个位置好不好？关键就看你怎么做了！徐技师，好好动动脑子吧！"

徐晓斌说："许连长，你也听我一句劝，这事不要介入得太深了！你毕竟只是个当姐姐的，还不是人家的亲姐姐，还只是个表姐。现在连明智的父母都不去干涉儿女的婚事了，你干吗还这么起劲呢？你就不怕将来落埋怨吗？将来弄不好他俩都会恨你的！你才真是猪八戒照镜子呢，里外都不是人！到时候，有你后悔那一天！”

许兵说：“什么时候都是大公才能无私，大爱才能无私。我就是大公无私、大爱无私的好人！我相信，他们将来不但不会恨我，还会感激我的。他俩的的确确不合适，这点连你也不得不同意，是不是？与其让他们结了婚，有了孩子再离婚，还不如现在就不让他们结婚呢！长痛不如短痛，这个道理你总该懂吧？”

徐晓斌说：“道理大家谁都懂，可感情有时候是不讲道理的！我看还是让他们随缘吧，有缘分他俩就结婚，哪怕过上个三年五载的再离婚呢，那也是人家俩三年五载的缘分呢！你这样像王母娘娘一样，硬要插在他们中间，搞得人家像牛郎织女一样可怜，这恐怕也不好吧？再说了，我们跟孟勇敢是这么好的朋友，你硬要反对自己的表妹嫁给他，这好像于情于理都说不过去吧？所以，综上所述，连长同志，请你三思啊！”

许兵笑了，说：“徐晓斌同志，我主意已定，你说什么也没用了！你还是回去多安抚安抚你那同性恋的好朋友吧！你告诉他，天涯何处无芳草，好姑娘多得是，唱东方不适合他！”

徐晓斌站起身来就走，许兵在他身后喊：“拜托了，徐技师！”

徐晓斌决定同孟勇敢好好谈一谈，很认真地、很严肃地、很郑重其事地谈谈心，敞开心扉、将心比心地谈谈心。他要这样做，倒不是因为老婆的拜托，而是作为朋友，作为战友，他实在看不下去孟勇敢的痛苦了。他认为自己有责任，也有义务，帮助他尽快走出感情的沼泽地。

最近，孟勇敢一直都在躲着他，不愿单独面对他。每天很晚很晚，他才像一只流浪猫一样，悄无声息地回到宿舍。连队执行严格的作息时间，到点所有的灯都被熄灭，电视也不能开，他能去的地方，只有楼顶的平台。秋天的夜晚有多凉，徐晓斌是知道的。听着他在床上压抑的咳嗽声，徐晓斌知道他受凉了，感冒了。

看完《新闻联播》，孟勇敢又没影了。徐晓斌直奔楼上平台，平台上空空荡荡，一个人也没有。在孟勇敢经常待的一个角落里，徐晓斌看到了满地的烟头，这无疑是孟勇敢抽的。徐晓斌这才恍然大悟。他从来都没怀疑过孟勇敢，因为他父亲在他很小的时候死于肺癌，这让他对尼古丁深恶痛绝。现在，看着这一地的烟头，想着孟勇敢曾经的豪言壮语，徐晓斌都有点儿心痛了。他站在那儿也发了个誓："今晚就是不睡觉，也要把他等回来!"

熄灯了，徐晓斌在床上上网，等着孟勇敢回来。门被推开了，他以为是孟勇敢回来了，正纳闷今天怎么这么早，抬头一看，却是查铺的老婆大人。

许兵用手电照着徐晓斌的脸，训他："谁让你上网的？怎么还不睡!"

徐晓斌用手遮住眼睛，气急败坏地小声喊："关上关上！快关上!"许兵走了过去，坐到了徐晓斌的床边。

徐晓斌说她："跟你说了多少次了，查铺的时候不要进男宿舍！你怎么就是不听呢?"

许兵学着小沈阳的声音问："这是为什么呢?"

徐晓斌说："这是因为男女授受不亲！人家指导员和副连长查铺的时候，怎么不进女宿舍?"

许兵笑着说："那是因为他们心怀鬼胎，不光明磊落！行啦行啦，别说废话了，我没进别的男宿舍。我这不是看你屋里有光亮，又知道你同屋的人不在，我才进来的嘛!"

徐晓斌说："我不是在等他吗？我要好好跟他谈一谈，要不我早睡了。"

许兵的手电光照着孟勇敢的空床，问："他能到哪儿呢?"

徐晓斌摇头："连里都找遍了，也没找到。"

许兵说："你没到平台上去找找吗?"

徐晓斌说：“你怎么知道我没找？除了找到一地的烟头，连个人影也没有。”

许兵吃了一惊：“什么？他抽烟了？”

徐晓斌说：“想不到吧？可见他痛苦到什么程度了！也难怪呀，原来那么个对女人不感兴趣的男人，一旦对女人动起感情来，那可是真感情啊！”

手电光又刺到了徐晓斌的脸上，许兵不高兴地问：“难道你对我不是真感情吗？”

徐晓斌用手遮着眼睛说：“说着别人的事，怎么又扯到我身上来了？”

许兵关了手电说：“这点你就应该向人家孟勇敢学习！你看人家对待女人的态度，要么就不动声色，一旦动起来了，就这样不能自拔，还怪感动人的呢！”

徐晓斌说：“说不定你表妹命中注定就是人家孟勇敢的女人呢！孟勇敢大概前世就在等她了，没有等到，今世又在等。好不容易等到了，又被你们给涮了，你说他会是什么心情啊！”

许兵站了起来，说：“别说了，说得我心里还挺难受的。你等他吧，好好跟他谈一谈，别让他再钻牛角尖了。”

徐晓斌说：“我以为你会心软呢，会让步呢，闹了半天还是这德行！”

许兵走到门口又站住了，用手电照着自己的脸说：“这大概也是命啊！我命中注定就是他们之间的王母娘娘。我这道天河，他们注定是过不去的！”

徐晓斌说：“你知道你现在这个样子，像什么吗？”

许兵问：“像什么？”

徐晓斌说：“像个坏女人！恶毒的坏女人！”

许兵又用手电去照他：“我是坏女人，你是什么？你不就是坏女人的丈夫了吗？鱼找鱼，虾找虾，你能好到哪儿去？真是的！”

许兵查完铺，准备下楼的时候，突然又站住了。她用手电照了照楼顶平台的铁门，想了想，就噔噔噔地上去了。

推开平台的门，一地的月光，平台上的一切都清清楚楚的。东北角晒鞋的铁架子上，有个人坐在那儿抽烟。红红的烟头一闪一闪的，在夜色中格外触目。

许兵心中一惊，不禁暗暗叫苦：“好好的，我跑上来干吗？本来是想上来看那一地烟头的，这下好了，连抽烟的人也一起看到了。现在该怎么办呢？是转身离开，还是硬着头皮过去？”许兵犹豫了一下，还是硬着头皮走过去了。

孟勇敢的身子动了动，算是对一连之长的礼遇了。许兵用手电照了照地下，果然是一地的烟头。许兵心中有些不忍，也有些心痛。正不知说什么好呢，孟勇敢好像被呛着了，突然剧烈地咳嗽起来。月光下，孟勇敢像个老人，头勾在胸前，看不见他的脸，只听见他一声接一声的咳嗽声。

孟勇敢突然站了起来，扔掉手中抽了一半的香烟，捂着咳嗽不止的嘴，大步流星地离开了。

月光下，许兵望着他有些佝偻的后背，突然发现，他身上定做的、原来很合体的军装，一下子显得晃荡起来了。许兵心中一紧，眼眶一热，眼泪差点流出来。

门开了，徐晓斌以为又是自己那操蛋的老婆，刚要说她几句，抬头一看，原来是他熬夜不睡苦苦等候的人。

孟勇敢脸上湿淋淋的，一看就是在水房里洗了把脸。徐晓斌心想，他这就算洗漱过了吗？

孟勇敢面对着床上坐着的徐晓斌，像屋里根本就没这个人一样。他脱下军装外套，扯开被子，准备睡觉了。

徐晓斌说："孟勇敢，我们谈谈。"口气很平和，但听起来却没有商量的余地。

孟勇敢一屁股坐到床边上，弯下腰来，身子前倾，双手交叉在一起，一副悉听尊便的样子。

徐晓斌开始晓之以理："我知道你很痛苦……"

孟勇敢打断了他，摆了摆手说："你不用说这些没用的，有什么事，你就直接说事吧。"

徐晓斌像被釜底抽薪了一般，熊熊燃烧的火，一下子熄灭了不少。奶奶的！这种事，能就事论事地直接说吗？不晓之以理地开导你，你能从那牛角尖里爬出来吗？可惜，这场谈话的主动权现在掌握在这个小子手中，他不愿听你这些没用的废话，他让你有事直接说事，其潜台词就是：没事拉倒，大家睡觉！都等了大半夜了，哪能就这么只说一句没用的废话就睡了呢？这肯定不行！还得硬着头皮往下说呀，明知山有虎，偏向虎山行吧！

徐晓斌说："事情是明摆着的，现在说谁对谁错都没什么意义了。我这么说，绝不是为了袒护我老婆。说实在的，这件事她做得的确很过分。坦白地说，我的确事先就知道，我也阻止过，但你也知道她那个人，上来一股劲头，我的话管用吗？她能听吗？其实，说实话我也是提醒过你的，而且不止一次地提醒过。我也试图把这事告诉你。你记不记得我多次问过你和东方的事？也暗示过你，可你跟我说过一句实话吗？每次说到你们的事，你都给我打哈哈，打马虎眼，是不是？当然了，现在说这些都是废话了，说了也没什么意思了。勇敢，我就直截了当地说说我对这件事的看法吧！本来，我是打算劝劝你的，劝你算了吧，说点天涯何处无芳草的废话。但现在我改主意了，我有新的看法了。我看这唱东方大概就是你孟勇敢一直在等待的那个女人，她大概就是你命中的爱人。既然是这样，你就服从命运的安排，去追求吧！追求你自己命中的爱人，追求你自己一生的幸福去吧！其实，追求的本身，也是一种幸福，是一种很幸福的体验，这是我自己的体会。谁说过程不重要？谈恋爱谈恋爱嘛，谈的就是一个过程嘛！依我看，在感情问题上，过程有时候比结果更重要！体味过程的过程，本身就是一种幸福。连追求过程中的痛苦，也值得将来去回忆，你说对不对？至于说那个玩笑，你就不要往心里去了。她俩的确没有任何恶意，这点，我以我的人格和我们之间的友谊做保证！许兵那个人，你也了解，你说她是那种别有用心、不怀好意的人吗？东方那个人，相信你也了解，否则你也不会喜欢她。你说她可能是故意伤害你的人吗？她俩就是那种没心没肺的人，觉得好玩，觉得有意思，就那么干了。而且，她俩也的确没把你当外人，才开那种玩笑的。许兵她如果不是跟你熟成这样，她是不会随便开这种玩笑的！这点你是应该清楚的。勇敢，我们是好朋友，好战友，我不愿失去你这个朋友，也不愿看到你如此痛苦。我支持你！支持你去追求自己的幸福！我很愿意看到你美梦成真，那样的话，咱俩不但是战友和朋友，还成了亲戚呢！成了你们老家说的那种一担挑了呢！”

孟勇敢坐正了身子，在月色中望着对面床上的徐晓斌，嗓子嘶哑地说：“事情都过去了，一切都结束了。我没有命中注定的爱人！我这种人，压根就不应该异想天开地追求什么爱情！爱情那玩意儿，哪是为我们这种人准备的呢？”

徐晓斌一下子不知说什么好了，或者干脆就是说不出任何话来了。月光下，他定定地望着对面有些模糊的孟勇敢，不相信这么没自尊这么没自信的话，竟然会出自如此自尊如此自信的孟勇敢之口。这一刻徐晓斌明白了，这次打击，对孟勇敢不仅仅是伤筋动骨了，简直就是毁灭性的了！要不然，他也不会是这种万念俱灰的样子。

徐晓斌小心试探着问：“你是去东方那儿了吗？”

孟勇敢说：“是，我是去了她那一趟，我们把话都说开了。”

徐晓斌又小心地问：“怎么叫说开了？怎么说开的？”

孟勇敢说：“说开了就是说开了呗，怎么说开的有什么重要的？她明天就要回上海了，不会再来这里了。”

徐晓斌大吃一惊，声音都高了：“明天就走？这怎么可能呢？”

孟勇敢说：“这怎么不可能呢？她票都买好了，明天早晨头班的飞机。而且，她人已经走了，住到外边的旅馆去了。”

徐晓斌说：“真是胡闹！她怎么能连个招呼也不跟我们打呢？”

孟勇敢还在护着她：“她大概给你们留了封信，你们会看到的。”

徐晓斌还是很不高兴：“这个人，怎么能这么办事呢？真是不懂道理！”

孟勇敢还是替她说话：“你别责怪她，她也很难过，她是哭着走的。”

徐晓斌说他：“你为什么不拦着她呢？为什么不给我们打个电话呢？”

孟勇敢不说话了，身子又探了出去，头又低了下来，双手又交叉了起来，半天没有动静。

月光下，孟勇敢像一幅剪影，孤单而单薄。他突然又咳嗽起来，而且越咳越厉害，止都止不止。突然，他呕呕地吐了起来，胃里什么也没有，吐的全是水。水从他嘴里喷涌而出，像关不住的水龙头。

徐晓斌被吓住了，他愣了片刻，光着脚从床上蹦下来，踩着孟勇敢吐出来的水，声音都有点儿变了：“你怎么了？你哪不舒服吗？我们上医院吧？去看看吧？”

孟勇敢抬起头来，徐晓斌看见他脸上有两行眼泪。徐晓斌知道，这两行泪水，绝不是呕吐带出来的，是它们自己流出来的，它们来自孟勇敢敏感而自尊的内心深处。因而，这两行热泪，在惨白的月光下，显得格外清澈，格外触目惊心。

出租车上，坐在后排座上的唱东方热泪长流。

外边是车水马龙的繁华，里边是泪流满面的痛苦。司机从后视镜中同情地看了后边一眼，体贴地关上了收音机，让她在后边安静地哭泣。

唱东方的脑子是麻木的，她似乎并没有想什么，眼睛里这止不住的泪水，是从哪儿来的呢？而且她的心明明也是麻木的，好像也没有什么痛苦和难过的感觉，可这长流不息的泪水，又是为谁而流的呢？

唱东方觉得自己的尊严扫地了，被孟勇敢像垃圾一样，不知踢到哪里去了。唱东方还在心里笑话自己：你哭什么呢？你一个没有自尊心的人，有什么可哭的呢？自从那次分手，她再也没有见到过孟勇敢。不，还是见到过的，而且不止一次，是五次，她记得清清楚楚，她趴在窗台上，整整见了他五次。

每天清晨出早操的时候，她都会趴在窗台上朝下边看，连队出操的队伍会从她的窗前经过。她就是这样，见到过他五次。虽然都没有看清楚，因为跑步的队伍总是一晃而过。即便是这样，她也感到很满足。因为她从来都没有认错过他，总是一眼就能把他从队伍中认出来，这令她有幸福的感觉。

唱东方算是领教了孟勇敢的自尊和倔强了。他再不接她的电话，也不回她的短信。再后来，他的手机干脆就不开了。宿舍电话好像永远都在线，因为永远都是忙音。唱东方猜想，宿舍电话没有放好，不想让别人打进来。唱东方还试图在门前堵他，她知道这里是他去食堂吃饭的必经之路。但奇怪的是，她却一次也没有堵到过他。她心里好生奇怪：难道他成神仙了，还能不吃饭了不成？

今天晚饭前，唱东方又站在楼门口等他，手里还拿了一封信，写给他的信。结果还是没堵上他的人，好在信是派上了用场。她让他们连的文书，务必把这封信交给孟分队长，而且一定要在看《新闻联播》前交到他手上。

信是这样写的：孟分队长，我明天一早的飞机，我要走了。我找你有事，请务必来一趟。否则，八点以后我去连里找你。

门被轻轻地敲响了，唱东方的心跳加快了，她从沙发上跳了起来，又照了一下镜子，见镜中的人儿除了有些消瘦，依然美丽动人。她又抿了抿嘴唇，让口红更均匀些，这才放心地跑去开门了。

门外站着军容严整的孟勇敢。

唱东方一见到他，心脏马上收缩起来，竟然隐隐作痛起来。唱东方原来从不相信心会痛，这一刻，她不得不信了。唱东方多想扑上去，拥抱他瘦成这样的身子，好好问问他："你这是怎么了？怎么瘦成这样了?!"

唱东方克制着自己，后退了一步，客气地说："请进吧。"

孟勇敢进来了，站在门后，也不看唱东方，一双眼睛是游移的，像一只迷途的羔羊，这又令唱东方心痛不已。

唱东方轻声地说："进来坐吧。"

孟勇敢生硬地说："不必了，有什么事快说吧。"

唱东方诧异地望着他，半天说不出话来。好半天好半天，唱东方才不相信地问他："你难道真不进来坐吗?"

孟勇敢坚决地摇了摇头，坚决地说："不进去！有什么话，你就快说吧!"

眼泪马上盈满了唱东方清澈的眼睛，她不想让他看见自己流眼泪，想把泪水忍回去，可是不行，眼里的泪水像决了堤的洪水，怎么可能忍回去呢?

最近，她的眼睛好像进入了雨季，泪水特别多。有一次，竟然在睡梦中哭醒了。她抹着脸上的泪水，回忆着梦中的情形，好像也没做什么让她难过的梦呀，可这眼泪又是从哪儿来的呢?

现在，此刻，眼泪又一次不请自到。泪眼模糊中，孟勇敢像是在波涛汹涌的大海上，她想看清楚一点儿，看一看他是不是真的这样冷漠。她的眼睛一动，泪水更是滚滚而下，孟勇敢愈发模糊了，越来越看不清楚了。

两个相爱的年轻人，就这样面对面地站在门后，一个泪流不止，一个痛彻心扉。

真是心痛啊！活了这么大，孟勇敢才知道心痛是怎么回事。心上像被什么人拴了根很细很细的绳子，那人不知躲在什么地方，一下一下地拉扯那根绳子，孟勇敢的心，被扯得生痛生痛！孟勇敢觉得自己的手都开始抖了，继而身子也开始发抖。甚至，他都听见了自己牙齿碰撞的声音。他开始发冷，而且越来越冷，因为他牙齿碰撞得越来越厉害了。他觉得自己不能再待下去了，再待下去，还不知会出什么洋相呢。于是，他嘴里嘟囔了一句什么，转身就要走。

唱东方从后边一下子抱住了他，拦腰抱住。唱东方把泪脸紧紧地贴在他宽宽的后背上，哽咽地说："你别走！我不让你走！"

孟勇敢像被雷击了一般，心脏都要停止跳动了。他感到天旋地转，头晕眼花，站立不稳。他伸出手去，扶在门上，稳定了一下情绪，他又不相信地低下头去，清清楚楚地看到了唱东方藕一样白皙细嫩的手！

这双手，柔若无骨地环绕在他身上，身后是唱东方柔软丰满的身体，她的脸就贴在他的后背上，泪水透过军装，打湿了他依然疼痛的心。从来没有女人这样亲近地贴近他，而且是他梦中都在焦虑地寻觅的女人。孟勇敢的心都抖了，身子抖得更厉害了。

唱东方感到孟勇敢在发抖，她吃惊地问他："你怎么了？你冷吗？你是不是发烧哇？"

孟勇敢的上下牙齿磕碰得更厉害了，以至于他都无法开口说话了。他摇了摇头，表示他没有发烧。

唱东方还是不放心，她又伸出藕一样的手来，轻轻地放到孟勇敢的额头上。她摸到的是冰凉的额头，还有一头的冷汗！

当唱东方的手抚摸着孟勇敢的额头时，孟勇敢觉得自己像个被充满了气的气球，马上就要飘到半空上去了！他觉得自己的双脚正在腾空，离地面越来越远。他有点儿紧张，也有些慌乱，不知怎么了，竟然很粗暴地扒拉开唱东方的手，口气很不好地说："你别这样！你不要这样！"

唱东方的两只手遭到惊吓一般，一下子缩了回来。她的脸还贴在人家后背上，身子还紧紧地靠在人家身上，这让她非常难堪。她一下子跳了起来，离开了他，眼泪在这一刻，像突然干枯的泉水，全都不知跑到哪儿去了。她竟然能非常理智地说："对不起，打扰你了，你走吧。"

孟勇敢的身子震了一下，立在那儿没动。

唱东方在他身后说："孟分队长，对不起！如果我在什么地方冒犯了你，伤害了你，请你原谅我。我明天七点一刻的飞机，我回上海了，我不在这儿打扰你了，你恢复正常的生活吧，请你按时吃饭。我给我姐他们留了一封信，请你转告他们一声。这是房门钥匙，请转交给他们。我一会儿就走了，我到机场附近找个宾馆住。谢谢你对我在北京期间的关照，也请你以后多多保重身体，再见吧。"

孟勇敢不想走，想留下来，他想转过身来，抱着她，告诉她自己爱她！多么多么爱她！可是不行，他不能说这种话，这种话都是废话，是有害而无用的废话。既然是废话，还说它干什么？再说，他现在已经不能回头了，因为他已经热泪盈眶了！他不能让她看见他流眼泪。这像什么样子？走吧！快走吧！打开房门马上就走！

孟勇敢去开门，却怎么也开不开。是因为手抖得厉害，还是这门锁有问题？唱东方走过来，伸手将门打开。孟勇敢仓促地说了声"谢谢"，头也不回地冲了出去。

唱东方把那只手举到眼前，仔细地看着手背上那一滴水珠，水珠是热的，不可能是他头上的冷汗。那么会是什么呢？眼泪再一次涌了出来，急促地流进嘴里。唱东方品了品，依然是咸的。她又伸出舌尖，仔细地将手背上的水珠舔净，果然都是咸的。

这是眼泪呀！是孟勇敢的眼泪！

第二十一章

指导员要回来了。

高副连长跟团里要了车，准备随车到火车站接他。许兵考虑再三，对高副连长说："还是我去吧，我去接他。"

高副连长半开玩笑半认真地说："不用吧？不用这么高的规格吧？"

许兵说："我正好没什么事，想出去散散心。"

许兵给徐晓斌打电话，让他陪自己一起去接站。徐晓斌一听，就知道她的用心了，马上满口答应，并表扬她做得对，做得好。

许兵并不领情，还把责任都推到了他身上："这还不是你教育得好嘛！教育我要跟指导员搞好关系，教育得我都要跑到火车站去拍他的马屁了。这叫什么事呀！"

徐晓斌笑了，说："谁让你给人家捅了那么大的娄子呢？你去车站接他是对的，一是你的姿态要高一点儿，礼贤下士嘛！二是怎么也要赶在那个幺蛾子之前见到他吧？你要知道，先下手为强，后下手遭殃！"

许兵问："你的意思是，让我赶在幺蛾子之前，告诉指导员事实真相？"

徐晓斌说："一切都要见机行事。我相信你有这种智慧和能力，切不可再莽撞行事了。你最近惹的乱子还少吗？不要再添乱了，把好事再变成了坏事！"

许兵想说什么，张了张嘴，终于没说出来。她扫兴地放下电话，叹了口气，心想：最近怎么搞的？冒犯了哪尊神了？怎么老是麻烦不断呢？是要小心点了，免得再大大咧咧地惹是生非得罪人了。

猎豹越野车里，坐在前排的许兵回过头来问徐晓斌："哎，如果有机会，我能跟指导员说吗？"

徐晓斌在后头指了指前边司机的脑袋："你看能说吗？"

许兵笑了，说："奶奶的，我都有点儿傻了！"

徐晓斌点头说："是，你是有点儿傻了。傻子，见了人家的面，不要再犯傻了！"

许兵虚心地点头说："放心吧！不是还有你吗？"

徐晓斌马上就飘飘然了："对！你也放心吧，一切有我给把关呢，你用不着紧张！"

许兵笑了，扭头去问司机："现在是往南走吧？"

司机认真地告诉她："许连长，现在是往东走。"

许兵咯咯地笑了起来，说："噢，闹了半天是往东啊，我都不知东南西北了！"

徐晓斌在后边说她："你又活过来了？对你这种人，真是该痛打落水狗哇！"

许兵笑着说："我是只会游泳的狗，我会狗刨。哎，你说，那个幺蛾子会不会也跑来接站呢？"

徐晓斌急得又指司机的头，许兵看了他一眼，说："他哪知道说的是谁呀！"

徐晓斌心想："完了完了，看来这家伙真有点儿变傻了！人家虽然是团里的司机，不知道幺蛾子是谁，人家还不知道你去接谁吗？"

许兵又说："她好像还没回来。你说，她到底去哪里了呢？那事以后，她好像就不见了，她是回老家去了吧？"

"这谁知道哇！"徐晓斌说。

“哎!”许兵大叫了一声，不但吓了徐晓斌一跳，也把司机吓了一跳，司机扭过头来看她。许兵也不管，只管说她自己的：“你说，她会不会跑到南京去，恶人先告恶状呢?”

徐晓斌说：“这怎么可能呢?院校管得都很严，这种短期班，是不准家属去的。”

许兵说：“人家不住学校呗!人家住到外边呗!难道也不行吗?学校还管那么多吗?”

徐晓斌不耐烦了，没好气地说她：“好好坐你的车吧，哪来这么多废话!”

司机笑了，扭头又看了许兵一眼。

许兵问他：“上等兵，你看我干吗?”

司机笑而不答，许兵又替他回答：“你是敢怒不敢言吧?觉得一个技师训一个连长，特别不合适?”

司机更笑了，说：“许连长，您可真逗!”

许连长坐正了身子，目视着前方，自言自语：“快到了，但愿一会儿我还能这么逗!”

火车快进站了，莫小娥愈发紧张不安，连从容都察觉出了她的不安。

从容问她：“你好像很紧张?你害怕什么呢?”

莫小娥心中一惊，掩饰地理了理头发，笑了笑说：“我紧张什么呀?我有什么怕的呀?”过了一会儿，见从容不接她的话，又补充道：“我只是有点儿心烦。一想到回去又要见那厉害的女人，我就心烦!”

从容说：“你有什么可心烦的?以后不要理她就是了，井水不犯河水，她能怎么着你?”

莫小娥叹了口气说：“唉，要是不住在一起就好了。楼上楼下地住着，很难井水不犯河水。就算我不去惹她，谁能保证她不来惹我呀!”

从容说：“你别心烦了，我回去找她谈谈吧。”

莫小娥吓得急忙摆手："算了算了！你还是别去找她的好，省得添麻烦！"

从容盯着她问："你为什么这么害怕我去找她呢？"

莫小娥说："我哪是害怕呀，我是担心你会跟她谈崩的！她那么强词夺理，又那么能说，你哪是她的对手呀，哪说得过她呀！你俩要是闹翻了，以后就没法在一起共事了，我该多内疚呀！我又帮不上你什么忙，还给你添麻烦，拖后腿，你说我能心安吗？"

从容看了她一眼，什么也没说，扭头看起了窗外。

从容是个心智都很正常的成年人，哪可能糊涂到犯傻的地步？其实，当天他就有点儿怀疑了。只是他把这怀疑掩饰得很好，没有让莫小娥看出来而已。

以他对许兵的了解，许兵抡着武装带，堵着他们家门口，那是完全可能的。但他相信许兵是不会胡来的，不可能像莫小娥说的那样，见了她乡下的表哥，就会发疯似的堵上门的。她把许兵说成什么人了？是个二百五吧？她也太不了解许兵了，也太不了解他了！他同许兵搭档了两年多，许兵是什么样的人，他还能不清楚？那天早晨，许兵到底在他家门口堵住了什么人？从容心里头，不只是画上问号了，简直就是堵上了一块石头，一块巨大无比的石头！

凭理性，凭直觉，他相信自己的老婆肯定有问题。但凭感性，凭感情，他又不希望这是真的，甚至希望许兵真是个二百五，在他家门口犯浑，胡闹。

这些日子，从容一直在反省自己的婚姻，反省自己的感情。通过反省，他不得不承认，自己这个婚姻是有问题的。首先，他这种闪电式的结婚，就说明了他的冲动和不理智。其次，他又一遍一遍地问自己，到底爱莫小娥什么？对她的了解又有多少？结果，他也不得不承认，他对莫小娥其实并不了解。她的一切，其实都是她自己说的。他只是耳听，并没有眼见。俗话说，耳听为虚，眼见为实，他当时怎么就晕到了连这么简单的道理都给忘了呢？说来说去，自己到底爱这个女人什么呀？不就是长相吗？不就是着迷她的妩媚、她的美貌吗？作为一个政工干部，还成天教育别人要树立正确的恋爱观、婚姻观呢，怎么一到自己身上，那正确的这观那观，全跑得无影无踪了呢？唉！想不到哇，自己也会犯这么低级的错误！而且，还能不问青红皂白地就把人家许兵给损了一顿！她肯定生气了，而且还气得不轻，否则的话，她也不会这么长时间连一个电话也不打！

莫小娥望着从容的后脑勺，心里更是七上八下了。她知道纸包不住火的道理，也知道跑了和尚跑不了庙、躲过初一躲不过十五说的是什么意思。

火车可不管莫小娥心里想的是什么，照样呼呼隆隆地跑得飞快。随着北京的临近，莫小娥的心狂跳不止。呼呼隆隆的车轮，像碾着她的心在跑，把她的心脏碾成了一张纸片，轻得在胸腔里都快待不住了，一个劲地往喉咙里飘，她都有点儿喘不上气来了。莫小娥绝望地想：早知今日，何必当初呢！早知现在这么难受，还不如当初不往南京跑呢！在电话里告诉他实情，或者干脆就让许兵那个王八蛋告诉他得了！大家隔得千山万水的，怎么也有个缓冲的余地。现在可好了，定时炸弹已经嘀嘀嗒嗒地响起来了，到家肯定就会爆炸的。到那时，自己该躲到哪里藏到哪儿去好呢？

其实，莫小娥早就看出从容的怀疑了，莫小娥是谁呀？从容那点小老练还能瞒得了她？他就是嘴上不说，晚上上了床，他在床上的表现，莫小娥还能看不出来？他们这些当兵的，就是这个样子！正如他们自己所标榜的那样，是表里如一的人！这大概是莫小娥当军属这么长时间感触最深的一点儿。

果然，第二天一大早，从容就醒了，醒了再也没碰她，爬起来穿衣服，说是要回去出早操。躺在床上的莫小娥，心又提起来了。她知道他这是借口，继而又猜想，他今晚上肯定不会出来过夜了。谁知他却跟她商量，让她到周边几个城市玩一玩，转一转，还说他没有时间，陪不了她了。莫小娥坐了起来，裸着身子在那儿想了想。她想也行，反正自己也是有今天没明天了，还不如趁这个机会，把江南各地都游个遍呢！反正又不是花自己的钱，在离婚让别人打发走之前，把能花的钱都花了得了！莫小娥带着表哥在南京玩了两天，就把表哥打发走了，然后，一个人把上海、苏州、无锡、杭州玩了个遍，也算是不虚此行了。

出站一见面，四个人同时愣住了。

从容先是一愣，愣过之后又是一喜。他长出了一口气，认为自己的担心是多余的了。许兵到底还是许兵哪，自己这是以小人之心度人家那君子之腹了。

莫小娥一愣之后，犹如五雷轰顶，轰得她头重脚轻，腿上一软，差点摔倒。她一把拽住从容的胳膊，从容都被她扯了一个趔趄。从容看了她一眼，她冲从容假笑，假装高兴地说："你看，人家还来接我们。"

那边的徐晓斌也是一愣，愣过之后又有些担心。他急忙扭头去看身边的老婆大人，只见她眼睛瞪得老大，还真有点儿"仇人相见、分外眼红"的架势，徐晓斌更担心了。

许兵一愣的时间比较长，好半天都没愣过神来。等她终于缓过神来，第一个动作就是伸出手去狠狠地掐徐晓斌的胳膊。

徐晓斌哎哟叫了一声，甩着胳膊问她："干什么你？"

许兵气呼呼地反问他："是谁让我来接站的？"

徐晓斌说："神经病！不是你自己吗？"

许兵说："不是你教育的吗？"停了一下，又点头说："嗯，我是有神经病，而且还病得不轻！"

徐晓斌担心地望着她，劝她："既来之，则安之吧，麻烦你笑一笑吧。哪有你这样跌着脸来接人的？"

许兵说："我就这样跌着脸接他们，看他们能把我怎么样？哼！想不到这个幺蛾子还真跑到南京去了，她还真有点儿胆量呢！”

徐晓斌说：“我求你别这样！不看僧面看佛面，看在指导员的面子上，你千万别这样！”

正说着，从容两口子走过来了。徐晓斌抢着打招呼：“辛苦了！想不到这趟车还挺准点。”

从容说：“是呀，一分钟都不差。谢谢，谢谢你们还来接我们。”

徐晓斌说他：“谢什么呀！看你学了一个月高科技，怎么还学会虚伪了？”从容笑着说：“是吗？我连这么高的科技都学会了吗？连长，你怎么不说话呢？你是来接我们的吗？”

许兵面无表情地说：“我是来玩的，来逛火车站的！快走吧，有话留着回去说吧！”说完，头也不回地一个人在前边走了。

徐晓斌抢过莫小娥手里的拉杆箱，陪着从容走在中间，剩下莫小娥一个人孤零零地走在后边。

许兵刚才那句“有话留着回去说”的话，无疑是一把利刃，直接插入莫小娥的心脏。虽然她早就有了心理准备，但只要那定时炸弹一刻不炸，她莫小娥的心里就存着一丝侥幸。莫小娥那颗担惊受怕的心哪，现在恐怕早就千疮百孔了吧？

走到车旁，许兵拉开前边车门，直接坐了上去。剩下那仨人，只有坐后边的份了。从容坐中间，徐晓斌和莫小娥坐两边。

汽车上路了，车上鸦雀无声。连司机都纳闷：这是接的两个什么人呀？是俩哑巴吗？而且把接人的人也带得不会说话了。来的时候，俩人说了一路。回去的时候，怎么就一声不吭了呢？难道他们见面就吵过一架了吗？嗯，看这阵势，像！

一路这么无语下去，好像也太不像话了。这是来接人的，还是来得罪人的？徐晓斌清了清嗓子，准备打破沉默了。

徐晓斌问：“指导员，我们南京不错吧？”

指导员点头说：“嗯，是不错，很大气，有六朝古都的气派。”

徐晓斌听了是真高兴，而且也真上来了说话的情绪。他高兴地说："那当然了！想当年，秦淮河上，那也是歌舞升平，一派盛世呢！"

许兵在前边不耐烦地说："盛世什么呀！'商女不知亡国恨，隔江犹唱后庭花'，骂的不就是你们这些没心没肺的南京人吗？"

许兵的话是有所指的，而且暗藏杀机，把徐晓斌的情绪一下子就给打击没了。徐晓斌哼了一声，不再说话了。

莫小娥又一次领教了许兵的厉害。这两口子简直像在演戏，表演许兵的厉害和绝对权威。莫小娥心中非常反感，她不禁微微一笑，嘴角情不自禁地挑了上去。这显然是在冷笑，是在蔑视许连长的绝对权威。

不幸的是，许连长在前边的后视镜中，恰巧看到了这蔑视的一笑。本来就一肚子气的许连长，怎么可能看到了就这么轻易地算了呢？

许兵转过身来，面朝后排，徐晓斌以为她终于想明白了，要跟人家指导员客气几句了，不然的话，你来这一趟干吗呀！谁知，许兵却要跟莫小娥说话，而且脸上的表情似笑非笑，明显是来者不善的。

许兵问："莫小娥，你怎么好好地跑到南京去了呢？"

莫小娥的确心中非常慌乱，她没有料到这该死的女人会来这么一手。真是太阴险，太可恶了！莫小娥就是莫小娥，她心中虽然翻江倒海，脸上也有些许的慌乱，但说出的话来，依然不寻常。

莫小娥不卑不亢地说："我没去过六朝古都，正好趁这个机会，跑去长长见识开开眼。"

许兵心中恨道："你倒挺沉着镇定的，看来果真是个老手。哼！我就不信扒不下你身上这层画皮来！"

许兵笑了笑，笑得有些夸张。她又问丛容："这倒挺不错的。你不是一直都遗憾没有出去旅游结婚吗？这下可补上了吧？你满意了吧？"

丛容能满意吗？可这个时候，这种场合，他能说他不满意吗？丛容也看出了许兵的别有用心，他非常地不满意，觉得她太过分了，也太过嚣张了。莫小娥现在毕竟还是他的妻子，给她难看，难道他这做丈夫的会好看吗?!

徐晓斌看出了从容的不悦，马上制止许兵，训她说：“你快转过身去吧！这么扭着身子不累吗?”许兵龇牙一笑，笑得有些得意，说：“这有什么累的？聊聊天嘛！要不一车人都不说话，人家还以为咱们是聋哑学校的呢！是不是，上等兵?”

司机笑笑，不好回答。许兵又问，还是问的莫小娥：“你是自己去的吗？没找个人做伴吗?”

这话太险恶了，问得莫小娥一时都语塞了！

能回答是自己去的吗？显然不能，因为她的确不是自己去的。当着对自己已经起了疑心的丈夫，她更不敢睁着眼睛说瞎话了。但是，能说是同表哥一起去的吗？虽然是事实，说了会是什么结果呢？许兵肯定会阴阳怪气地问：哪儿的表哥呀？我见过吗？莫小娥能说许兵没见过吗？这不是当着从容的面打自己的嘴巴吗？说见过吗？许兵肯定要追着问：在哪儿见过？她该怎么说呢？说在自己家门口见过，就是被你堵在家里不敢出来的那个人？当着从容的面，她应该这样说，因为这是她告诉从容的版本。但面对着咄咄逼人的许兵，她敢这样说吗？她如果敢这样硬着头皮胡说，许兵就敢当场把那颗定时炸弹给引爆了！

莫小娥干脆不说话了，什么都不说，就那么仇恨地望着许兵，一声不吭。

从容扭头看了她一眼，看见了她眼中的仇恨。这仇恨的目光，基本上就是莫小娥的口供了，这是不打自招哇！从容气得呼吸都重了。

事已至此，徐晓斌也懒得再管自己那操蛋的老婆了。管也没用，管她也不听，弄不好，还会搞得自己里外不是人。再让这个团里的司机传出去，传得全团都知道他怕老婆，何必呢？徐晓斌索性装聋作哑起来。

许兵依然在笑，笑着面对莫小娥仇恨的目光。

莫小娥看来是乱了方寸了，她竟然忘了许兵的软肋了，忘了她是个吃软不吃硬的人。如果此时此刻，莫小娥不这样仇恨地看着许兵，而是可怜巴巴地望着她，许兵很可能就会转过身去鸣金收兵了。

可惜，莫小娥被气昏了头，全然不顾了，新仇旧恨一齐涌上心头，就那样仇恨地盯着许兵，眼睛里竟有了凶光！

莫小娥真的被气昏了，她忘记了许兵是干什么的了。许兵是个当兵的，是一连之长啊！一个不正经的女人眼中的凶光，岂能吓得了她？

许兵收起笑容，表情严肃地质问莫小娥："你为什么这样看我?!"

莫小娥在许兵凛厉的目光下，败下阵来。她扭过头来，不再看她，而是看起了车外。望着外边明媚的阳光和在阳光下自由自在的人们，莫小娥不禁悲从中来，一下子哭了起来，而且一哭就不可收拾，呜呜地一直停不下来。

许兵望着哭泣的莫小娥，眼中的凛厉不见了，眼神柔和了下来。她又看了一眼从容，从容正好也在看她，他们对视了片刻，都读懂了对方眼中的意思。

许兵转过身去，目视前方，一语不发。莫小娥的哭声，呜呜的，竟然不绝于耳。也没人劝她，连她的丈夫都不管，就让她呜呜地哭了一路……

汽车进了院，许兵两口子先下了车，剩下那倒霉的两口子，留在车里各怀心思。许兵望着远去的汽车，半天不动，也不说话。

徐晓斌在一旁说她："看什么看，有什么好看的？这下你舒服了吧？惹得人家哭了一路。"

许兵看了他一眼，说："她应该哭！她应该好好反省反省！"

徐晓斌说："既然是这样，你还难过什么？"

许兵马上咧开嘴笑了起来，说："我干吗要难过？我高兴还来不及呢！终于让这个幺蛾子知道了，这世界上还是有白有黑、有是有非的，也终于让她知道什么是难堪，什么是无地自容了！"

徐晓斌说她："你就别在这嘴硬了。听了她一路的哭声，我都有些不忍心了，何况你呢？"

许兵盯着他的眼睛，问他："你不忍心了？你为什么要不忍心？"

徐晓斌说："听她哭成那样，铁石心肠也会让她给哭软的。"

许兵冷笑一下说："这就是你们这些六朝古都男人们的毛病！没有你们这些没出息的男人，哪来那些没有廉耻的商女？"

徐晓斌真的不高兴了，说："我说许兵，你打击面也太广了吧？我们南京怎么得罪你了？让你说成这样！看你这没完没了劲头，不把世界上的人都得罪光，你不会舒坦吧？"

许兵笑了，又上来挽他的胳膊。徐晓斌自然不干，极力挣脱她，怎么可能挣脱得开呢？许兵说："你就别装腔作势了。你要是觉得幸福，你就跺跺你的脚吧！咱们走吧，回连去吧！"

徐晓斌无可奈何地问她："你又不怕影响了？"

许兵说："唉！面对着世上这么多面和心不和的夫妻，我也想通了，什么影响不影响的？难道咱们夫妻恩爱，手挽手地走在一起，会有什么不好的影响吗？你说是吧？"

徐晓斌让她说得心服口服，马上就很幸福、很心安理得地让她挽着胳膊，昂首挺胸地走在大院里。

正幸福地走着，对面来了个人，还是个熟人，两口子像有人在喊一二三那样，马上就分开了。等那人走过之后，两人相视一笑。徐晓斌说："不用再挽了吗？"

许兵说："算了，怪麻烦的，只要心里有就行了，不在于这种拉拉扯扯的形式。你看那幺蛾子，天天像蛇一样缠在从容身上，好像亲热得不得了，背后怎么样？还不是背叛加无耻嘛！"

徐晓斌说："你说，指导员该怎么办呢？"

许兵站住了，瞪起了眼睛："这还用问吗？除了离婚，让那个女人滚蛋，还有别的可能吗？"

徐晓斌说："她要是不离呢？她偏不离婚，指导员能拿她怎么办呢？"

许兵不解地问："怎么会呢？她难道没有自尊心吗？她出生时难道忘了带自尊心到世上来吗？"

徐晓斌说："你不是说她无耻吗？无耻之徒哪还有那玩意儿呀！有自尊心，谁还会无耻？"

许兵直点头："说的也是。哎呀，别说她了行不行？再说我就要恶心了！反正车到山前必有路，我就不信好人的路比坏人的路难走。哼！走着瞧吧！"

对面又过来一个人，竟然是低着脑袋走路的孟勇敢。许兵赶紧捅徐晓斌，徐晓斌不耐烦地说："我看见了，我又不是没长眼！"

许兵问："哎，你说，他在想什么？"

徐晓斌用眼斜她，说："这还用问吗？难道你不知道？"

许兵点了点头，又叹了口气："唉，真可怜！我都想成全他们算了！"

徐晓斌的眼斜得更厉害了："你想成全人家？你以为你想成全就成全得了？你还真把自己当成无所不能的王母娘娘了？现在已经不是你们愿意不愿意的事了，现在成了人家孟勇敢干不干的事了！否则的话，你那个漂亮的表妹，还能不打一声招呼就跑了吗？你知道她那叫什么吗？"

许兵沉下脸来问："叫什么？"

徐晓斌幸灾乐祸地说："叫落荒而逃！你说还能叫什么？"

许兵站住不走了，徐晓斌去拉她，对她说："你快点走吧。现在是非常时期，你的任何一点儿反常，他都会多心的！"

许兵不得不跟着他往前走，一直走到孟勇敢跟前，徐晓斌哎了一声，吓了他一跳。

孟勇敢抬起头来，眼睛里竟然空空荡荡的。他不认识他俩一般，望着他们半天没反应。

徐晓斌不得不问他："你这是要到哪儿去？"

孟勇敢看了他一眼，不知是没听见，还是不想回答，反正是一声不吭，抬腿又要往前走。

许兵挡住了他的去路：“哎！孟分队长，连个招呼也不打吗？”

孟勇敢看了她一眼，又看了徐晓斌一眼，点了点头，算是打过招呼了。

许兵不满意地问：“怎么，这就算打招呼吗？”

徐晓斌拉她：“你干什么？别没事找事！”

许兵盯着孟勇敢说：“怎么会没事呢？没事他会是这个样子吗？我说孟勇敢，你还是男子汉吗？你至于这个熊样子吗？不就是儿女情长那点事吗？你看看你现在这失魂落魄的鬼样子！还像个当兵的样吗？”

孟勇敢空荡的眼里有了神，竟然是火神。他冷冷地望着许兵，冷冷地说：“许连长，你好歹也是一连之长，跟自己的部下说这些不咸不淡、没有用的话，你觉得有意思吗？”

孟勇敢说完，绕开她，扬长而去，把许兵晾在那儿，半天也没动一下。

徐晓斌在一旁解气地说：“该！活该！再让你自以为是！这下你知道孟大爷几斤几两了吧？”

许兵回过神来，竟然笑了起来。她笑着骂：“奶奶的！想不到都这德行了，嘴还这么硬！”

徐晓斌也笑了，他摇着头说：“许兵，你说你是个什么人哪！怎么遇硬就软、遇软就硬呢？你这不是欺软怕硬吗？这哪像你呀！”

许兵笑眯眯地说：“你懂什么呀，这是两类不同性质的矛盾。我同那幺蛾子之间，是敌我矛盾。对敌人，我怎么可能软呢？但是跟孟勇敢同志，我们是人民内部矛盾。对自己人，我怎么可能硬呢？真是的，连这个都不懂，什么水平啊！”

从容一进家，就神经质地到处转，到处看，好像在找什么似的。他也不知道自己为什么会这样，完全是下意识的，犹如狮王检查自己的领地。

莫小娥跟在他身后，从这个屋跟到那个屋。她也一句话不说，像个陪同人员，陪同他检查工作。

从容进了客厅，坐到了沙发上。莫小娥跟了进来，倚在门框边。

从容没有想到，莫小娥竟然会主动出击。

莫小娥倚在门口，抱着双臂，冷冷地问他：“你在找什么？”

从容抬起头来望着她，不相信这话是她问出来的，更不相信她竟然会是这种态度。从容怔怔地看了她好半天，简直不认识她了。

莫小娥笑了一下，问他：“你这么看着我干吗？不认识了吗？”

从容的火一下子蹿了上来，气愤地说：“你给我说实话，到底是怎么回事？”

莫小娥又干笑了两声，问道：“这有什么可说的呢？你真想听吗？”

从容气得都不知说什么好了，想了半天，才想出一个字来：“说！”

莫小娥放下一直抱着的胳膊，低下头来，想了想，又抬起头来，望着从容说：“我看还是不用我说的好，你最好去找你的那个女搭档。她会告诉你的。她就像一只狗，我的事她全知道。你最好去问她吧！”说完，她转身离开，直接进了卫生间，哗啦一声插上了门，而且一待就是一个多小时，里边一点儿动静也没有。

倒是受害者从容先沉不住气了。他都气得要命，又开始担心莫小娥别在里边出什么问题。他跑到卫生间门口，咚咚咚地敲了起来，边敲边喊：“哎！你在里边干什么？开门！快开门！”

里头轰隆一声水箱响，继而是莫小娥不耐烦的声音：“我愿干什么干什么！你管得着吗？你管天管地，还能管我上厕所吗？”

从容站在外边，气得呼呼直喘粗气。他抬起脚来，死命地踹了一脚。卫生间的门是铁门，他的脚是肉脚，结果可想而知。

气急败坏的从容不顾脚痛，又踢了铁门一脚。无奈那铁门岿然不动，铁门内的女人硬是不出来。从容在屋里像困兽一样转了几圈，实在转不下去了，拉开家门，摔门而去。

从容刚出了单元门，就碰上了住在另一个单元的干部股的周干事。他俩是安徽老乡，平时关系又比较好，周干事见了他，还真有些惊喜的样子。

周干事先给他透露了一个消息，他们连的高副连长要调到机关营房股，任正连职助理员。然后又看了看四周，似乎有更重要的信息要透露给他。

从容哪有心情听别人的消息呀？但碍于老乡情面，他又不得不听。看着老乡吞吞吐吐、想说又不好说的样子，更不耐烦了，就说他：“你有什么话就说吧，干吗这个样子！”

周干事还是有些不利索，吭吭哧哧地告诉了他一个传闻，关于他老婆的传闻。说是他老婆不知跟许兵的老公有什么事，让许兵给抓住了把柄，许兵跑到他家门口大闹了一场，他老婆连面都没敢露，好像真有点儿理亏了。

从容大吃一惊，想不到团里竟然会有这样离谱的流言蜚语在传播。许兵两口子也不是吃干饭的，在团里的人际关系很好，这种流言不可能传不到他们的耳朵里。他们之所以不辟谣，由着这种对他们很不利的谣言在团里传播，目的只有一个，那就是保护他从容，保护他的脸面，保护他的尊严。他的脸面和尊严倒是保住了，但人家两口子呢？一个成了跟同事老婆胡搞的不正派的男人，一个成了醋意大发、大闹别人家门口的泼妇！这叫什么事呀！

从容本来想到连里问问许兵到底是怎么回事的，听了谣言，他也没脸再去找人家了，一个人灰溜溜地躲到房间，又是气愤又是感动，百感交集，说不出心里是什么滋味。

有人在外边敲门，敲得礼貌而有节制。从容希望是许兵敲的，打开门来一看，果然如他所愿。

许兵进来，有些小心地说：“我从窗上看见你来了。”

从容点了点头，又叹了口气：“唉！那个家没法待了，待不下去了！”

许兵很反感他这种唉声叹气的样子，在心里埋怨他：“又不是你在外边胡搞，你怎么会在家里待不下去呢？待不下去的人应该是她！而不是你！”若在平时，许兵早就嘁里咔嚓地说出来了，但今天不同，从容不正心情糟糕着吗？她不能再给他雪上加霜了。

许兵拖出椅子坐下，又反客为主地对从容说：“你也坐下吧，咱们好好谈谈。”

从容在自己的床铺上坐下，跟许兵面对面。

许兵问：“你都知道了？”

从容说：“我还什么都不知道呢！她让我来问你，说她的事你都知道，问你就行了。”

许兵不相信自己耳朵一般，又问了一遍：“她真是这么说的吗？”

从容点头说：“是，她的确是这么说的。”

许兵哈哈地干笑了两声，简直都不知说什么好了。停了片刻，许兵不得不由衷地说：“从容，你这老婆可真是万里挑一呀！不简单哪！”

从容说：“都什么时候了，你还跟我开这种玩笑！”

许兵认真地说：“我没跟你开玩笑，我是认真的！”

于是，许兵把莫小娥的事，从体育馆开始，到新东方地下一层，又到“红格子”咖啡屋，再到那天一大早被她堵到家门口，一五一十地都说了，就听得从容眼睛都直了，半天不说一句话。

许兵是个急性子，见不得这种半天不讲话的磨蹭人，她只好先问他：“你准备怎么办？”

从容又叹了口气，有气无力地说：“还能怎么办？离婚呗。”

许兵一听他又叹气，实在不能容忍，忍不住一定要说他两句：“我说从容，你老叹什么气呀！出了这种事，又不是你的错，你顶多自认倒霉就是了，用得着这么老是唉声叹气吗？赶紧把婚离了，不就得了！有什么大不了的？你叹的哪门子气呀！”

从容不听她的，还是忍不住要叹气：“唉！你说得轻巧，哪是这么简单的事呀！我这刚结婚还不到一年，就要离婚，影响多不好哇！”

许兵站了起来，一副听不下去的样子，她几乎就是在训从容了："你这个人哪！都什么时候了，你还担心什么影响？真是莫名其妙！气死我了，我走了，不跟你废话了！"

从容一把拽住她的胳膊："你别走，给我出出主意。你说我该怎么办？"

许兵重新坐下来，没好气地说："这还用问我吗？还用我教你吗？明天就开始办离婚！一天也不要等！我陪着你！我全程陪同！"

从容说："她要是不离呢？"

许兵伸手拍了下桌子，好像拍打着莫小娥。她冷笑了一声，也像面对着莫小娥："她'要是'？现在哪还有她说话的份？不找她麻烦就算便宜她了，她还敢'要是'？"

从容还是摇头，还是信心不足："我看不会这么容易。"

许兵又拍了下桌子说："多不容易，也要把婚先给离了！这是原则问题。我们部队的家属，不能有这种无耻之人！你放心吧，不会有多大影响的。都什么年代了，谁还在乎你结婚不久就离婚呀！你就对外说你们性格不合，过不下去了。这么说别人也能相信，你不是闪电式结的婚吗？正好歪打正着，神不知鬼不觉地把婚离了得了！"

从容歉意地说："我听说，还把你们两口子给搅和进来了，外边传得那么难听，真是抱歉，不好意思。"

许兵说："有什么可抱歉的？也用不着不好意思，就算咱们有难同当吧！好了，要看《新闻联播》了，我得集合去了。"

从容站起来送客，送到门口想起来了，说："哎，你听说了吗？高副连长要调到团营房股去了。"

许兵站住了，马上回过头来问："你听谁说的？"

从容说："我刚才在路上听干部股的周干事说的。"

许兵高兴地说："那就不会是空穴来风了，肯定是真的了。哎，他没说让谁接副连长吗？"

从容摇头说："没说，我正心情不好，我也没问。"

许兵望着他说："你现在心情好点了没有？咱俩能不能谈谈工作？议议谁接副连长的事？"

从容点头说："行啊，议吧。"

许兵又往屋里走，边走边表扬他说："指导员，说真的，你这种精神真值得我好好学习！"

从容终于笑了："你是逗我高兴吧？"

许兵半开玩笑半认真地说："一半是逗你的，一半是真的。"

第二十二章

指导员楼上楼下到处喊连长的时候，连长正在徐技师那儿关着门吃西瓜呢。

他俩打赌，徐晓斌输了，许兵说放他一马，买个西瓜吃就算了。西瓜买来了，徐晓斌刚打电话把她叫上来，指导员的喊声就不绝于耳了。

许兵第一口西瓜还在嘴里，听到指导员这样没命地喊她，吓得差点没呛着。她赶紧腾出嘴来，有些紧张地说："坏了！别是那幺蛾子又惹什么事了吧?"

徐晓斌点头说是，还说要不指导员不会这样大呼小叫的。

许兵不得不放下勺子，抹了一把嘴说："你可别偷吃我这一半，有我的口水了。"

徐晓斌说："我跟你成天接吻，我还怕你的口水?"

许兵一听，又拿起勺子来，一通狂吃。她这一半西瓜，差不多光剩下瓜皮了。她扔下勺子，站了起来，不留遗憾地说："你爱偷吃就偷吃吧，随你的便吧!"

从容把许兵拉到她的房间，说的不是幺蛾子的事，而是副连长人选的事。

消息还是来自周干事，他透露说，总站作训科的邓参谋要到连里当副连长。

许兵说："不会吧？他在总站机关待得好好的，再说人家已经是副连职参谋了，还到连队来干什么？"

从容说："这你就不懂了吧？现在上边时兴到下边基层来镀层金。这种干部叫'空降兵'，没有一定的背景，还空降不下来呢！"

许兵一听，急得打了一个饱嗝，一股清甜的西瓜味马上弥漫出来。

从容吸了吸鼻子，问她："你刚才躲到楼上去吃西瓜了吧。"

许兵不高兴地说他："现在你还有心情说西瓜？快说说这事怎么办吧！"

从容一摊双手，做了一个无可奈何的手势，说："我能有什么办法？这是上边定了的事，不是你我能改变得了的！"

许兵问他："指导员，你说这事合适吗？"

指导员摇头说："嗯，不太合适。"

许兵又问："合理吗？"

指导员又摇头："不合理。可是，不合理你又有什么办法呢？难道你还能去找上边不成？"

许兵说："我怎么不能呢？作为一个共产党员，对不合适、不合理的事情，怎么就不能跟上级反映，提出自己的不同意见呢？"

从容说："从理论上讲，你当然可以反映、提意见，可实际上呢？"

许兵又打了一个饱嗝，又溢出一阵清甜的西瓜味。她拍打着自己的胸口，坚定地说："实际上我也要去反映。我要找团长、政委去！现在就去，马上就去！"

从容以为她在过嘴瘾，就跟着瞎说："行，你去吧，我支持你！"

许兵从方方正正的军被上拿起自己的军帽，端端正正地戴在头上，准备出门了。

从容问她："你这是要上哪儿去？"

许兵白了他一眼："不是跟你说了吗？我要到团里找团长、政委！"

从容大叫："天哪！你还真去呀？"

许兵不屑："地呀！你还以为我骗你？你就等着瞧吧！"说完，一溜烟地跑了。

许兵一口气跑到团办公楼，上了二楼，发现所有办公室的门都是紧闭的，不像有人在办公。她正有些纳闷，一个小公务员听到声音跑了出来。

这个眉清目秀的列兵，上下打量着眼前这个漂亮的女上尉，张口就问："你找谁？"

许兵学着他的样子，也上下打量他，学着他的口气反问他："你是谁？"

列兵发现来者不善，马上软了下来，赔着笑脸说："我是公务员，请问您找哪位领导？"

许兵口气很大地说："团长、政委我都要找，他俩干什么去了？"

列兵更不敢怠慢她了，更毕恭毕敬了："今天开常委会，不过快开完了。要不，首长您先到小会议室里等一会儿？"

许兵像首长那样点了点头，像首长那样说："也行，你把门打开吧。"

许兵进了小会议室，刚刚坐稳，手机就响了。她拿出来一看，是徐技师打来的。

徐技师上来就着急地喊："哎！你在哪儿？"

许兵像首长那样皱起了眉头，口气也是首长的："我在哪儿，还用向你汇报吗？"

徐技师依然很着急："我知道，你到团里去了，你去找团长、政委去了，对不对？"

许兵一笑："你耳朵还挺灵，不愧是个顺风耳，怎么了？不行吗？"

"当然不行了！"徐晓斌都叫了起来，"你回来！马上给我回来！"

许兵故意笑出声来，问他："请问，你是哪位呀？你有什么资格命令我呀？"

徐晓斌理直气壮地喊："我是你丈夫！我是你老公！我完全有这个

资格！许兵，你听话，你听我的！你先回来，咱们先好好商量商量，商量好了，你再去找领导也不晚！”

许兵更要笑了，她笑着说：“等跟你商量好了，我就不会来找领导了！”

徐晓斌显然生气了：“许兵，你压根就不该去找领导！干部调配，是最敏感的事情，哪有你这个小连长说话的份？你太不知道轻重了！太不讲政治了！你别犯傻了，趁你还没惹出麻烦来，我劝你最好赶紧回来！”

“我要是不回来，能有什么麻烦呢？”许兵问。

“这个你不用问我，你自己心里很清楚！”徐晓斌说。

“大不了不就是让我转业吗？不就是让我脱军装吗？告诉你，我悉听尊便！”

“为了别人的事，让你脱下你心爱的军装也没有关系吗？”

“这不是别人的事，这是连队的事，事关连队建设的事。我作为连长，我有权也有义务来发表意见！如果因为这件事让我转业，那我也无怨无悔！”

“你快别唱高调了，你给我回来！”

“你不是说我唱高调吗？那我今天就唱给你听听！”

正说着，门被推开了，政委站在门口，他身后站着团长。

政委说：“我说谁找我们呢，原来是你呀！”

许兵跳了起来，敬了个礼说：“我想占用首长们一点儿时间，不知行不行？”

政委看了团长一眼：“你有时间吗？”

团长说：“没有时间也要挤出时间哪！”

军政一把手进了小会议室，非常给许连长面子。

政委坐在许兵对面，冲她摆手：“你也坐下吧，有什么事坐下说吧！”

许兵坐下来，反而一下子不知从哪儿说起了。正如徐晓斌所说，她只是个基层的小连长，跑到团里来，对干部工作指手画脚，似乎是非常不妥当。刚才她脑子一热，没想这么多就跑来了，这一见到领导，发热的大脑马上自动降温了，也想讲政治了，可惜，晚了！

许兵不得不说了，她吭吭哧哧地说："我听说……听说总站的邓参谋要到……到我们连当副连长？"

政委望着她，问她："你是听谁说的呢？"这话把许兵给问住了，她能把人家周干事给卖了吗？当然不能了！但她总得回答政委的问话吧？这时候她能把谁给推出来呀？除了自己的丈夫，好像说谁都不合适。她只好硬着头皮说："我听徐晓斌说的。"

政委又追着问："他又是听谁说的？"

许兵有了缓冲："这我就不知道了，我没问。"

团长插嘴说："这要好好问他。现在的干部工作难做，很重要的原因是干部部门的口风不严。"

许兵抓住团长这句话，开始进攻了："团长，这么说，这是真的了？"政委替团长挡箭，说许兵："是不是真的都不是你考虑的事！你就说说你来的目的吧！"

许兵也豁上了，干脆畅所欲言了："那好吧，我就实话实说了！我觉得，这事如果是真的，是很不合适的。首先，对连队建设不利。据我所知，邓参谋是地方入伍的大学生，一天连队生活也没过过，直接就当负责连队行管的副连长，恐怕很难胜任。其次，这对我们连队干部也不公平。我们连干部多，流动的机会又少，年龄普遍偏大，好不容易腾出个位置，又被上边的'空降兵'给占了，大家的积极性能不受影响吗？干部队伍长期得不到流动，如同一潭死水，能不影响工作吗？请二位领导明鉴。"

政委笑了，说："还'明鉴'呢！你还挺能咬文嚼字的！告诉你，副连长的人选我们还没讨论呢！顺便征求一下你的意见，你认为你们连谁能接副连长?”

许兵笑了，高兴地说：“这还用问吗？我们连的人都知道，应该是孟勇敢!”

说完，许兵站了起来，敬了个礼说：“报告首长，该说的我都说完了，我可以走了吗?”

政委又摆手，示意她坐下：“你说完了就完了？我们还有话要说呢!”

许兵只好又坐下，不知政委要说什么。

政委说：“我听说，你前一段时间大闹过你们指导员家？有这事吗?”

许兵的头马上就大了一倍，她心里暗暗叫苦：奶奶的！我刚才干吗不听老公的话，跑来干什么？找难堪吧!

团长又问：“对呀，你跟我们说说，到底是为什么？我想凭你许兵的素质，你还不至于为了争风吃醋，就不顾影响，堵着人家家门口大吵大闹吧?”

许兵笑了，还假装笑得很难为情：“不瞒二位领导，我的确是因为吃醋。那个女人没事老给我们家徐晓斌打电话，我一生气，脑子一热，就跑上去警告了她几句而已，哪有传的那么邪乎!”

政委说：“你看你说的这个轻巧劲！还‘而已’呢！你古文学的倒不错，又是‘明鉴’，又是‘而已’的。你这么有文化的人，怎么还能抡着腰带，打上门去呢？这仅仅是‘而已’的事吗?”

许兵的头上出汗了，她抹了一把额头上的汗，开始坐立不安了。

还是团长有怜悯之心，看她可怜，先给她放水了：“你先回去吧！回去好好反省自己，加强点个人修养，不要把自己混成一般的女同志!”

许兵站了起来，又敬了一个礼，灰溜溜地离开了。

团长也起身准备离开，政委叫住了他。

政委说：“伙计，我们现在把她打发走了，如果这个副连长的人选不重新考虑，她还会再找上门来的！那时我们就更被动了。”

团长又坐了下来，生气地说：“真他娘的讨厌！老有这些混账的‘空降兵’下来捣乱，把我们搞得很被动，也很狼狈！这是碰上许兵这胆大的了，敢找上门来给我们提意见，你以为下边没人骂我们的娘吗？”

政委笑着说：“我怎么会那么没数？我的耳朵经常发烫呢！我说，你看人家一个女干部，对这种不合理的人事安排，都敢出来挡一下，我们作为一级党委，怎么就不能挡一挡呢？其实这种空降的干部，有几个是正儿八经地下来的？不都是自己跑下来的吗？我们真要坚持原则挡一下，还能挡不住吗？”

团长说：“谁说挡不住了？这次我们就挡挡看！许兵说得对，孟勇敢这样的干部再不用，就要把人家给耽误了！”

许兵灰头土脸地回来了。远远地，她就看见徐晓斌和从容俩人坐在连队门口的台阶上等她。她心里想，等会要对徐技师热情点，因为还有事要求他。

走到他俩跟前，从容站了起来，急不可待地问：“怎么样？怎么样？说得怎么样？”

许兵微微一笑，装得很谦虚：“团长、政委答应考虑。”

从容马上扭头看坐着不动的徐晓斌，有些激动地说：“怎么样？我说没事吧！你老婆是谁呀？谁敢对她不客气呀！”又扭过头来对许兵说：“还是你行呀！要是换了我去，早被训得灰头土脸了！”

许兵下意识地摸了自己的脸一下，心里说：奶奶的！难道我的脸上没有土吗？

徐晓斌坐在那儿，上上下下地打量了她一番，好像在检查她身上有没有伤口。检查完毕，他放心了，哼了一声，站起身来准备走，许兵急忙上前拉住了他。

许兵笑容满面地说：“徐技师，你先别走，我还有话要说呢！”

徐技师看了她一眼，又看了从容一眼，权当给指导员面子了，留下来听她说什么。

许兵假装有些说不出口的样子，装得特别像："哎呀，怎么说呢？我今天差点犯了一个错误，一个天大的错误。"她停下不说了，观察这俩人的反应。

俩人都有些着急，从容更沉不住气些，马上追着问："什么错误？你犯了什么错误？"

许兵装得更像了："政委问我，是听谁说的'空降兵'的事。"

从容一下子急了："你说了吗？"

许兵一摆手说："哪能呢！我许兵能干那出卖同志的事吗？"

从容明显地舒了一口气，舒完气又问："那你是怎么回答的？你说是听谁说的？"

许兵可怜巴巴地望着徐晓斌，可怜巴巴地说："我能说谁呢？谁跟我最近，我说谁呗！谁跟我最亲，我就只好说谁呗！"

徐晓斌马上跳了出来，指着自己的鼻子大声地问："你是不是说是听我说的？"

许兵点了点头，假装无可奈何的样子："是，亲爱的。"

徐晓斌气得一蹦老高，从台阶上蹦下来，在下边气得团团转："你别叫我亲爱的！谁是你亲爱的？好事你想不到我头上，陷害起我来，你一个顶俩！我问你，如果上边追问下来，你说我该怎么办吧？"

许兵装得更可怜了："就是呀，团长就是说要追查这事呢！你要有心理准备，想好了到时候怎么说。"

徐晓斌连想也没想地说："我才不想呢，我才不管呢，到时候我就实话实说！决不隐瞒！"

许兵冲从容使了一个眼色，从容心领神会，马上跳下台阶去安抚徐技师："徐技师，徐技师，你先冷静，你先听我说。"

从容把徐晓斌拉到一边，不知说什么去了。许兵看见徐晓斌在那儿不得不点头的样子，在这边偷着乐了。

文书跑出来说："指导员，你的手机响了。"从容答应了一声，赶紧跑进去接手机去了。

徐晓斌走了过来，望着台阶上的许兵，气愤地说："都是你干的好事!"

许兵不用再对他低三下四了，说话的口气也变了："徐晓斌，你别没有良心！你应该感谢我才对。我为了你的哥们儿，为了你那同性恋的朋友，我孤胆英雄一样，跑去说服了团长和政委，你难道不应该对我说声谢谢吗?"

徐晓斌哼了一声说："八字还没一撇呢，现在说谢谢，岂不太早了点？我说呢，你哪来这么大的干劲？闹了半天是为了孟勇敢哪！你是不是良心觉得不安了，才这样将功补过的?"

许兵哈哈大笑了两声，点着徐晓斌说："徐技师，你也太小看本人了！我是因为自己的良心才去上边请命的吗？再说了，我又不欠他孟勇敢什么，谈什么良心不良心?"

徐晓斌说："你欠不欠人家，你自己知道!"

许兵斩钉截铁地说："我当然知道了！我不欠他的。他配不上东方，这是实情。但这个副连长的位置非他莫属，这也是实情。公是公，私是私，一码归一码。你呀，就会以小人之心，度君子之腹!"

正说着，孟勇敢和倪双影双双走了过来。许兵看了徐晓斌一眼，问他："哎，他俩怎么又搞到一块去了?"

徐晓斌回答说："你是铁路警察吗？你管得着吗?"

从容跑了出来，举着手机对徐晓斌说："你快接电话，是周干事的!"

徐晓斌接听着周干事的电话，一口一个"没关系""小意思"，把许兵都给惹笑了。许兵问从容："是周干事的感谢电话吧?"

从容小声地说："可不是！刚才他们股长问他们是谁透的风，可把他给吓坏了。我告诉他你让徐技师当替罪羊了，把他感动得不得了，今天晚上一定要请你们两口子吃饭呢，我作陪!”

孟勇敢和倪双影走到跟前，许兵奇怪地上下打量着他俩，把倪双影都给看羞了。她冲许兵羞涩地一笑，红着脸先跑进去了，这下许兵更纳闷了。

倪双影脸红心跳地跑进楼里，她上楼的时候，抬起双手摸了摸自己的脸颊，脸发烫，但烫得很舒服。她独自笑了起来，心里好像有一朵鲜花在盛开，又鲜艳，又芬芳。

倪双影对孟勇敢不抱任何希望的时候，王技师突然塞给她了一根幸福的红绳子。

那天下午，王技师神神秘秘地给了她一张国家大剧院的票，说是法国人演的歌剧《茶花女》。她推辞说她不喜欢歌剧，不想去。王技师却不由分说地把票塞进她手里，说："这个歌剧你一定要去看，不去你会后悔的！晚上六点半，东门口，有人在那儿等你，跟你一起去!”

倪双影一听就知道是怎么回事了，脸马上就红了。王技师高兴地说："我就喜欢看你脸红，这比什么演出都好看!”

晚上六点半，孟勇敢果真开了辆车，在东门口等她。倪双影高兴得心都要跳出来了，真想坐到前边去，离他近一点儿。可不知怎么搞的，她却拉开了后门，小心翼翼地上了车。

孟勇敢像个黑车司机，说了句"走吧"，就把车子开进了车海之中。他开车的技术，比那次去看篮球赛时好多了。他总想开快车，无奈车太多了，车子一直都没有跑起来，他很郁闷的样子。

俩人像陌生人一样，一路上几乎没说话，像哑巴一样到了国家大剧院。

票价很高，位子自然很好，俩人像模像样地坐在歌剧院最好的位子上，彼此很客气，也很生分。有经验的人，一眼就能看出来，这是一对刚刚被介绍到一起的"对象。"

据说这是世界一流的演出，法国演员们卖力地在世界一流的舞台上歌唱着。男女主角都很胖，是那种脖子很粗、块头很大的胖，据说只有这种胖子，才能唱歌剧。

可惜的是，倪双影一会儿就被这些法国的胖子们给嗷嗷困了，而且还困得很厉害，上下眼皮一直在打架，老往一块凑，拉都拉不开！倪双影很生自己的气，觉得自己一个将军的女儿，怎么还不如人家农民的儿子呢？你看看人家对待高雅艺术的态度，人家看得多专注，多入神！再看看你自己，哎呀，简直急死人了！

中间休息的时候，倪双影想买杯咖啡喝，好提提神，可买咖啡的人太多了，大概跟她一样想提神的人太多了，根本挤不上去。孟勇敢给她买了一瓶农夫山泉矿泉水，一喝还真有点儿甜。这点甜就让她很感动，一直甜到了心里头。

第二天一上班，王技师就追着倪双影问情况。她不好意思地说："也没什么特别的，他就是给我买了瓶矿泉水，农夫山泉的。"

王技师听了，拍了拍她的头，像个慈祥的长辈，笑眯眯地说："慢慢来，慢慢来，哪能一口水就能喝成胖子呢？"

倪双影问王技师，究竟是怎么回事？他怎么又同意了呢？

王技师教导她说："你不要管这些没用的。你要把所有的注意力都集中到他身上，抓紧他，把他抓得死死的！不要让这小子跑掉就是了！"王技师最后总结说："双影啊，我是师傅领进门，你是修行在个人，你懂吗？"倪双影点了点头，脸都羞红了。

夜已经深了，楼上平台，孟勇敢还在一根接一根地抽烟，他现在特别依恋他以前特别厌恶的尼古丁。徐晓斌骂他："你就这样抽吧，你早晚会把自己抽死的！"

如果说大量吸入尼古丁是死路一条，那么万箭钻心的痛苦，又何尝不是死路一条呢？因此，在孟勇敢看来，与其那样痛苦地死，还不如这样麻痹地死呢！反正都是死路一条，何不让自己内心放松一点儿，好受一点儿呢？

以前孟勇敢是不信命的，现在也不得不信了。而且在他看来，信命还能让他更好受一些。把一切都归于命，似乎更容易让人接受一些。虽然接受得很无奈，也很痛苦，但这毕竟是命运安排的，谁还能有什么办法吗？正如他母亲经常唠叨的那样：人还能争得过老天爷吗？这样想，心里会释然一些，好受一些。

孟勇敢还会经常情不自禁地想念唱东方，想念她的音容笑貌，想念她的举手投足。而想得最多的，还是他们最后见面那一次。她环腰拥抱着他，紧贴着他，眼泪打湿了他的后背，哽咽地说："我不让你走！"每每想起这些，他眼睛里都会发潮，心会很疼，撕扯着疼。

此刻，夜深人静的时候，正在寒冷的平台上吞云吐雾的孟勇敢，又从烟盒里抽出一支烟来，用上支烟的屁股，直接点这支烟。两只香烟像火炬接力手那样，在夜色中一闪一闪地交接着。孟勇敢深深地吸了一口，又重重地吐了出来。此时此刻，孟勇敢也顾不上想念远在上海的唱东方了，他现在头痛的是，正香甜地睡在他脚下二楼的倪双影。

现在全团的人都知道，孟分队长和倪分队长正在谈恋爱。更要命的是，大家对此都拍手称快，好像他们谈恋爱大快人心一样。孟勇敢悔青了肠子地想：奶奶的！早知道会变成这样，当初真不该接受王技师那张歌剧票。现在想起来了，这世上哪有免费的午餐呀！

那天，王技师好像是在连队门口无意中碰上了孟勇敢。她问他去没去过国家大剧院？他说没去过，她就掏出一张票来，说别人正好给了她两张大剧院的票，她和她爱人晚上正好都有事去不了。一张票给了倪双影，这张票正好碰上他，他又正好没去过，那就正好给他得了！见他有些迟疑，王技师还说他："孟勇敢，你千万别多心，也千万别自作多情。你想去就去，不想去我再找别人。我们分队又没有别的干部，战士又不准晚上外出，这不正好碰上你了吗？你又会开车，又能借到车，你跟她去看场演出又能怎么了？人家还能赖上你吗？你以为你是谁呀？你是白马王子吗？真是没数！”

王技师这句“白马王子”，算是捅到孟勇敢的软肋上了。他脑袋一热，就把票收下了，跟倪双影一起去了国家大剧院。

奇怪的是，那一句也听不懂的意大利歌剧，他竟然还给看进去了，并没有像那次看芭蕾舞剧《天鹅湖》那样睡过去。当时他还在心里想，这要是唱东方在就好了。这样想着，他不由扭过头去看了一眼身边的倪双影。哪儿想得到，这位小姐竟然睡过去了！

如果到这里，他俩就此打住，恐怕就不会有现在这麻烦的局面了。但谁会想到这事竟然就打不住了呢？

孟勇敢的母亲腰椎间盘突出了，都影响到走路了。孟勇敢是个孝顺的儿子，一听这消息就急了，让家人马上把母亲送到北京来，因为团卫生队的郭军医治这种病很有一手。

母亲一瘸一拐地来了，谁知竟然给倪双影提供了用武之地。她没事就往孟勇敢母亲那儿跑，像亲闺女一样伺候着腿脚不便的老太太。一个农村朴实厚道的老太太，哪里经得起这样的伺候？后来又听人说，人家这闺女还是个大干部的女儿，老太太就更受不了了。王技师就趁机做老太太的工作，说大妈您用不着这么不安，这丫头跟你们家有缘分！人家看上您儿子了，可您儿子却没看上人家，搞得人家孩子可难受了！老太太一听，比人家孩子还难受，像欠了人家孩子账似的。等孟勇敢值完班来了，老太太关上门把儿子痛骂了一顿。骂够了，老太太又宣布：这事我做主了，这个儿媳妇我要了！

孟勇敢的头大了。

许兵给唱东方打电话时，顺便把孟勇敢和倪双影谈恋爱的事告诉了她。

唱东方一听，声音都变了：“这怎么可能呢？”

许兵心想，看来这丫头还没忘了孟勇敢呢，这样也好，索性就让她彻底死了这条心。

许兵认真地说："这怎么不可能呢？你也知道，倪双影早就喜欢孟勇敢了，至于孟勇敢是怎么想的，我就不知道了。反正人家俩在谈恋爱，这是全团人都知道的事。孟勇敢他妈现在还在北京，据说对这个儿媳妇非常满意。不信，你可以自己来看看。"

唱东方放下表姐的电话，一刻也没耽误，马上拨通了孟勇敢的手机。她用的是她上海的手机号，孟勇敢并不知道这个号码。

电话通了，等了一会儿，孟勇敢的声音出现了："喂，哪位？"

唱东方突然不知道自己是哪位了，自己究竟是人家的哪一位呀？她突然觉得万分委屈，一句话也说不出来，像个受了欺负的孩子，大声地抽泣起来。

孟勇敢听到手机里传来的哭泣声，心马上就缩成了一团。他身子抖了一下，又开始全身发冷了。

这号码虽然是陌生的，但这哭声他却是熟悉的。那天晚上，唱东方就是这样抱着他大声地哭泣。

孟勇敢想说："是你吗？亲爱的？"但他不敢说，他也不能说。

唱东方在上海绝望地哭泣着。孟勇敢越是一声不吭，她越是相信表姐说的都是真的。哭着哭着，她突然不哭了，因为她突然又变得很生气。非常生气的唱东方，突然就把电话挂断了。因为她突然觉得自己这样很丢人，也很不值得。那一刻，她从心里痛恨孟勇敢。

孟勇敢举着被挂断了的手机，依然不舍得从耳边拿开。他还没有听够，哪怕是她的哭声！哪怕这哭声令他心如刀绞！

手机叫了一下，他知道有短信来了。他盼望这唱是东方来的短信，他冰凉的手都有点儿抖了。

果然是唱东方发来的，她骂他：孟勇敢，大坏蛋！孟勇敢，我恨你！孟勇敢凝视着骂他的短信，幸福地笑了。

第二十三章

指导员的婚离得很不顺，连长很不满意。

莫小娥同意离婚，但不同意现在离婚。她的理由很充分，再加上她很能说，也很会说，在她晓之以理、动之以情的阐述下，专门做别人思想工作的指导员从容，被她做通了工作，不得不同意了她的要求。

莫小娥真是太有才了，她是那种具备了令黑白颠倒或是让黑白齐头并进的特殊才华的人。她在阐述暂时不离婚的理由时，用的就是黑白两道的方法。

她说得声情并茂，真切感人。她说：从容，都说一日夫妻百日恩，咱俩毕竟做了十个月零七天的夫妻，难道还比不上那一日的夫妻吗？我就是有千错万错，我对你的感情没有错吧？如果你还念咱们夫妻过一场的情分，你就先不要急着跟我离婚，咱们先分居，等我随了军，户口进了北京，有了安身之地，咱们再离这个婚，行不行？当初我风风光光地嫁到了北京，这还不到一年，又被赶了回去，你说我还有脸回去、有法活吗？再说，我虽然不会再去找那个人了，但你能保证他不来纠缠我吗？他这次到北京来，我都被他纠缠得没有办法，你说我回到了他的地盘上，我还能躲得掉吗？你不是说希望我重新开始吗？我回到我们那个小县城，哪可能重新开始呀！不还得再去走回头路，回到过去的老路上吗？那种偷偷摸摸的事，早晚会被人发现的，就像你说的那样，要想人不知，除非己莫为。那人的老婆很厉害，脾气也很暴躁，一旦被她发现，会出什么事，我也不好说了。我倒是没有什么大不了的，顶多不就是个死吗？我早有不活的准备了。关键是那人还有个上初中的女儿，孩子是无辜的。这事一旦闹开了，闹大了，那孩子会受到什么样的伤害呀！我知道你是个善良的人，你不会看着这么多悲剧发生的。因此，我求求你，先不要和我离婚，就让我留在北京，离你近一点儿，不能跟你生活在一起了，哪怕能远远地看上你一眼，我也知足了呀！”

莫小娥都被自己打动了，流下了滚滚的热泪。从容似乎也开始动心了，一直紧绷着的脸，也有些松动了。

莫小娥抽出一张纸巾，仔细地擦着脸上的泪水，像唱戏的演员在卸妆。她扔掉纸巾，又开始说她的黑道了。

莫小娥的思维清晰缜密，她把黑道说得很理性，也很具操作性。她木着脸说：“当然了，你要是硬要现在就离，我也不会赖着不离的。我莫小娥不是那种死皮赖脸的人。但是，离婚总要有理由吧？你总不能随便找个理由就能把婚离了吧？我是好汉做事好汉当，到时候我会说出实情的。反正我在这里谁也不认识，我也就豁上我这张脸了！别人再对我指指点点、议论我什么，也没用了，我已经走人了，什么也听不见了！我这穿草鞋的，哪比得上你们这些穿皮鞋的体面，所以我也就无所谓了！你想离就离吧，什么时候都行，我随叫随到，随时奉陪！”

从容那张松动了的脸，又绷紧了起来。不过，同他的脸一起紧绷起来的，还有他那怦怦直跳的心。

说实在的，莫小娥的黑道比她的白道更管用。从容是个特别爱面子的人，这种人有时候为了自己的脸面，是可以放弃一些东西的。

莫小娥说得没错。她到时候拍拍屁股走人了，把个烂摊子扔下来让从容一个人收拾。从容还想在部队好好干呢，他可不想让人在背后指指点点地瞎议论。他可丢不起那个人。唉！那就听她的吧，等一等就等一等吧，反正这婚是一定要离的，早一天离和晚一天离也没什么两样。再说，她说的也都是实情，何必把人往绝路上逼呢？还不如做个顺水人情呢，等她随了军，把户口落到北京了，再离这个婚吧！

谁知许兵知道了却不干。“你这是什么混账逻辑呀？简直就是是非不分、黑白颠倒！”许兵拍着桌子训从容。

许兵拍着桌子，一二三地说了一大堆，说得从容在对面一个劲地点头。她还以为自己把从容给说动了呢，其实人家从容的决心已定，任谁说下天来，他也不会再改主意了。“两害相权取其轻”的道理谁不知道呀？从容还能不知哪头重、哪头轻吗？许兵虽然是好心，说得也都理直气壮的没有错，但她的那好心，是硬邦邦的不会转弯的僵化之心。如果听了她的，其结果只会是既炸了别人，也伤了自己。她那套“宁为玉碎、不为瓦全”的理论太老套了，现在是与时俱进的时代，思想应该再解放一点儿才是呀！不过，眼下从容不点头也不行，否则许兵会跟他没完没了的。

从容的婚迟迟不离，许兵就没完没了地催他。许兵逮着空就说从容：“你什么时候离呀？你怎么还不离呀？别人离个婚那么容易，怎么到了你这儿就这么难呢？”这样的话成了家常便饭，人家从容还没烦呢，徐晓斌却先烦了。

徐晓斌说许兵：“哎，我说，是你离婚哪，还是人家离婚？看你这样子，怎么像个第三者逼着情人赶紧离婚呢？”

许兵正喝水，一口水喷了出来，都喷到了徐晓斌的身上。她笑够了才说：“你别说，还真像这么回事呢！”

徐晓斌擦着身上的水说：“你严肃点，我是在跟你说正经的！你不要再管别人的事了，不要再插手人家的私事了！你怎么总是不吸取教训呢？你看看你管的那些闲事，哪件管利落了？不都是些出力不讨好的窝囊事吗？人家都能从哪儿跌倒了，再从哪儿爬起来，你说你怎么就不能呢？你为什么总是在一个地方摔跤呢？”

许兵的嘴还那么硬：“你怎么知道我在这件事上，就一定要摔跤呢?”

徐晓斌说:“莫小娥是那种省油的灯吗?我听说,她迟迟不离婚,是想随军留在北京以后再离。你要是把她这种美梦打破了,她能跟你善罢甘休吗?我知道你不怕这种人,但被这种人缠上,却是件很讨厌很麻烦的事。你以后还有法过安生日子吗?所以许兵,就算我求你了,行不行?”

许兵把杯子里的水泼到地上,非常坚决地说:“不行!这种烂人怎么能留在我们伟大的首都呢?而且还是以我们部队家属的身份留下,这更令人不能容忍!”

徐晓斌说:“别人都能忍,连当事人都忍下了,你为什么就不能忍呢?再说北京是你家的吗?人家留在北京,该你什么事呀!”

许兵认真地说:“她以别的任何一种方式留在北京,都不该我的事,但她以军人家属的身份留在北京,就该我的事了!我不会让她以这种身份留在北京的,这会玷污我们的荣誉,损害我们的感情!”

徐晓斌见说不动她,只好叹了口气说:“许兵,你知道你最大的毛病是什么吗?”

许兵虚心地问:“是什么?”

“是认真!瞎认真!”徐晓斌没有气了。

许兵倒笑了,高兴地说:“我这哪是缺点呢,我这分明就是优点嘛!毛主席教导我们说,世界上怕就怕‘认真’二字,我们共产党就最讲认真。我这是在遵照毛主席的教导办事,我做得没错!再说了,现在不是提倡治理环境污染吗?像莫小娥这样的人,就是社会的污染源。为了北京的天更蓝,水更绿,也不该让这种人留在北京!”

徐晓斌讽刺她:“你这么能,干脆把她弄到国外去算了,免得让她在国内污染中国的空气!”

许兵笑着说:“你这个提议不错,可惜我没那个能力。我这个人哪,有多大的本事,就干多大的事,向来不好高骛远,不切合实际!”

徐晓斌摇摇头说："你呀，真是不跳黄河心不死呀！我再给你提个建议，这点你能做到。你最好套上个救生圈，小心淹死！"

许兵笑得更欢了，说："淹死了，我也算个烈士。哎！你说，我应该算哪方面的烈士呢？应该算环保方面的烈士吧？"

徐晓斌气得说："你应该算管闲事方面的烈士！"

高副连长走马上任了，许连长要开枪为他送行。

高金义说："咱别到外边去吃了，这几天都把我吃伤了。我看咱就到你们家吃顿便饭吧？你最好能给我包顿饺子吃，我好久都没吃过家里包的饺子了，馋得要命呢！"

许兵笑着说："奶奶的！还吃顿便饭呢！你让我包饺子，不是要我的命嘛！"

高金义说："要不就算了，随你的便吧。"

许兵说："既然你都提出来了，哪能就算了呢？看在你我同事一场的分上，我就是拼上老命，我也要给你包上顿饺子吃呀！"

高金义笑了，高兴地说："就是呀，作为一个女人，连个饺子都不会包，还好意思往外说！"

许兵也笑着说："不能光吃饺子，还得喝点酒！免得将来你说我连口酒都不给你喝！"

高金义更高兴了，笑着说："有酒当然更好了。饺子就酒，咱们越吃越有！"

许兵骑上自行车就上了院外的大超市，买了一大堆现成的下酒菜，又买了包饺子的肉馅和韭菜。要交钱的时候，她又想起来还要买面，又折了回去，拿了两小纸包面粉出来。

还得让倪双影来帮忙，上次她包的饺子，给许兵留下了深刻的记忆。这次还得把她叫来，让她再露一手。

倪双影早早地来了，她扎上围裙，进了厨房，就如同鱼儿入了水里，手脚麻利地干上了。

许兵倚在厨房门口，由衷地夸奖她："双影啊，我要是生个儿子就好了，能娶上你这样的儿媳妇，我就烧高香了！"

倪双影笑了，说："你是不是该要小孩了？"

许兵笑着说："要！马上就要！哎，双影，你给我汇报汇报，你跟孟勇敢进行到哪一步了？"

倪双影有些不好意思，声音也小了："什么哪一步呀，我哪知道这事还分步哇！"

许兵说："看你这傻丫头，没吃过猪肉，还没见过猪跑吗？自己没谈过恋爱，没在电影电视上看别人演过吗？问你到哪一步了，就是问你们进展到什么程度了。比如，拉手了吗？拥抱了吗？接吻了吗？干别的违法乱纪的事了吗？"

倪双影的脸都红了，叫了起来："哎呀！连长！你在这儿说什么呀！我们连手都没碰过呢，怎么可能干别的事？"

许兵不太相信，问："真的吗？这怎么可能呢？你们俩进展得也太慢了点吧？就是让乌龟们谈恋爱，这么长时间了，也该拥抱在一起了！"

倪双影笑了，说："我们是人，又不是乌龟！"

许兵认真地说："就是因为你们是人，所以这样才不正常！哎，你告诉我，孟勇敢是怎么跟你说的？"

倪双影傻了吧唧地问："他跟我说什么？"

许兵耐着性子问："他难道没跟你说过'喜欢你''爱你'之类的话吗？"

倪双影望着许兵直摇头。

"真没说过？"

"真没说过。"

许兵叫了起来："你们这叫谈恋爱吗？你们这叫谈的哪门子恋爱？"

倪双影小声地说："慢慢来吧，我不急。不过，他妈妈倒是挺着急的，老跟我提结婚的事，还直催他。”

许兵疼爱地说：“傻丫头！你是在跟他谈恋爱，又不是跟他妈谈恋爱！他是什么态度呢？”

倪双影想了想，诚实地说：“他好像还是不太愿意，但他又怕惹他妈生气，所以没说不行，但也没有说行。”

许兵明白了，倪双影现在还是烧火棍子一头热呢！只不过，现在又多了一个帮她拉风箱的老太太罢了。许兵望着善良又痴情的倪双影，都不知该跟她再说什么好了。

该和面了，倪双影叫了起来：“连长，你买的是包包子的面，不是包饺子的面！”

许兵跑了过来，大惊小怪地问：“什么？面还分包包子的和包饺子的吗？”

倪双影笑了，说：“当然分了。你没看见这上边写着吗？多大的字呀！你怎么会没看见？”

许兵说：“我不是没看见，我是压根儿就没看。我哪知道面粉还分得这么细呀！反正都是白面，咱也别那么讲究了，就用这面包得了！”

倪双影大声地说：“这怎么行啊？包包子的面是发酵的面，哪能包饺子呀！”

许兵突然有了主意：“双影呀，我看咱们干脆包包子得了！”

倪双影望着她家那口小锅，为难地说：“这么小的锅，这得蒸到什么时候？”

许兵说：“不要紧，反正要先喝酒，咱们有的是时间！”

倪双影无可奈何地说：“好吧，也只能这样了。”

高金义先到了，他看到饺子改包子了，喜出望外地说：“连长，许兵，你咋这了解我呢？你咋就知道我最爱吃包子呢？”

许兵乐了，信口胡说：“我刚给你老婆打过电话，是国春梅让我给你包包子吃的。”

高金义疑惑地望着她，不敢相信这是真的。倪双影笑了，说：“副连长，连长骗你呢！她买错面了，买成包子粉了，所以才改成包包子。”

高金义笑了，笑得眼睛都眯成一条缝了：“奶奶的！我就知道她在蒙我！”

许兵也笑了：“奶奶的！你还长本事了，我还蒙不了你了！”

不一会儿人都到齐了。人不多，就六个人，四个连首长，加一个技师、一个分队长。

孟副连长的任职命令和高副连长的任职命令是一起下来的，一个提升，一个高就，满连欢喜。

在这大喜的日子里，又是许兵请客，怎么可能不开怀畅饮呢？用的是喝红酒的大杯子，许兵咕咚咕咚地连眼都没眨，就倒满了四杯酒。从容说：“哎，怎么就倒四杯呢？你俩不喝吗？”

许兵说：“倪双影从来都不喝酒，这你是知道的。我呢，是不能再喝酒了，这你还不知道吧？”

从容认真地点头，纳闷地问：“你为什么突然就不喝酒了呢？前两天你不还喝了吗？”

许兵说：“我那是喝的封杯酒，要不是为了高金义，我早就该封杯了！”

从容更不明白了：“好好的，你为什么要封杯呢？”

高金义是过来人，他明白是怎么回事了，他笑了起来，连声说：“噢，知道了，知道了，我理解！我支持！”

从容还是不明白，又去问高金义：“你理解什么呀？支持什么呀？”

许兵看他不耻下问的样子，冲徐晓斌微微一笑，说：“老公，你来解释，也顺便把咱们的计划公布一下！”

徐晓斌高兴地举起酒杯，大声地说：“来，诸位！我现在正式宣布，我们准备要孩子了！我老婆从今天起戒酒了！以后，谁要是再让我老婆喝酒，我就跟谁拼了！来，这第一口酒，我代表你们未来的侄子或是侄女，先谢谢你们！谢谢你们的理解和支持！”

孟勇敢端着酒杯笑着说：“这八字还没一撇呢，你谢得也太早了吧！”

徐晓斌说：“你快老实给我喝吧！好不容易轮到我主持工作了，你还不配合我！我都带头喝了这么一大口了，你们看着办吧！”

高金义说：“你当然要带头了，谁让你是孩子他爹呢？不过你以后也要少喝了，最好不喝。”

徐晓斌高兴地说：“这不是为你送行吗？今天算我的封杯酒。”

高金义高举着酒杯说：“你们两口子太让我感动了！我今天不喝醉了，咋对得起你们两口子的深情厚谊呢？”

许兵笑着说：“你可千万别喝多了，别忘了还有包子等着你呢。”

高金义本来已经放下杯子了，一听许兵提到包子，他又主动端杯补了一口，说：“奶奶的！你不提我还差点忘了呢！为了这包子，我也得再喝上一口呀！”

许兵退出酒场，主动让贤，把主持人的位置让给了徐晓斌。徐晓斌毕竟是个技术干部，当主持人显然有些吃力，也没有什么章法。十分钟不到，酒场的秩序就乱了，四个人乱喝一气，也没有主题了，也不分主人客人。主人不像主人，客人不像客人了，吵吵嚷嚷地乱成了一锅粥。四个争先恐后抢着喝酒的男人，除了从容，人人都有喜事。不过人家从容也绝不含糊，没有喜事，他强颜欢笑地也要往上冲。不一会儿，他的脸就喝得通红，更显得血气方刚的，像条汉子了。又过了一会儿，这条暂时离不了婚的汉子就倒下了，趴在桌子上怎么也叫不醒了。

许兵和倪双影组成了战地救护队，她俩把从指导员扶下了战场，扶到卧室的床上躺下。望着人事不省的指导员，倪双影奇怪地说：“怎么没见指导员吐，他就突然醉了呢？”

许兵怜惜地望着床上的从容说：“你以为喝醉了酒都要吐呀？他要

是能吐出来就好了，就怕他这样，酒都在胃里吐不出来，酒精一点儿也没浪费地全在他身体内挥发了，这样最不好了，最伤身体了。”

倪双影同情地说：“哎呀，真可怜！他的身体说不定有多难受呢！”

许兵心想：“傻丫头，你知道什么呀！他何止是身体难受呀，他的心里可比他的身体难受多了。”

两人回到战场上，见剩下的勇士们仍然在坚守阵地。高副连长属于那种越喝脸越白的人，他的脸已经喝得很白很白了，白得血都不知跑到哪里去了。他看见倪双影像猫一样坐到孟勇敢身边，像亲人那样担心地看着孟勇敢，想起来他俩正在谈恋爱，又找到敬酒的理由了。

高副连长举起了酒杯，真诚地说：“孟副连长，你们什么时候办喜事呀？”

孟副连长的脸本来就喝红了，这时候也看不出他脸上有什么变化。倒是一旁的倪双影脸红了，她不好意思地替孟副连长回答说：“高副连长，你瞎说什么呀！”

高副连长笑了，也忘了让孟副连长先喝了，自己一口把酒喝干，还让倪双影检查他的空杯子，好像他是在跟倪双影喝酒似的。放下杯子，他又主动表态：“小倪，没关系！我到营房股了，你俩结婚的新房不用愁了，包在我身上了！”

倪双影扭头去看孟勇敢，见他正缠着徐晓斌喝酒，好像根本就没听见一样。倪双影只好冲高副连长笑了笑，算是领情了。

一旁的许兵看在眼里，心里更清楚了。她恨得牙根痒痒，觉得孟勇敢这小子也太不知好歹了！

高金义又给自己倒了满满一杯酒，把酒举到许兵跟前，充满感情地说：“连长，许兵！许兵，连长！我高金义是个心中有数的人，你对我的好，我都在心里装着呢！俗话说，路遥知马力，日久见人心，咱们来日方长。这杯酒，是我跟我老婆两人的，我代表她，敬你一杯酒！没有你，就没有我俩的今天！”

许兵笑着说他："高金义，高助理！你胡说什么呀，你言重了。我可担当不起！"

高金义认真地说："不严重，不严重，你一定要担当！"

徐晓斌探过头来凑热闹："伙计，你让我老婆担当什么呀？"

高金义醉眼地也忘了让人家担当什么了，他端着酒杯想了想，死活也想不起来了，自言自语地说："奶奶的！明明有什么事嘛，咋就想不起来了呢？"

徐晓斌起哄："那就别想了，先把酒喝了再说！你把这杯酒一口喝下去，我老婆才答应！"

高金义认真了："真的？你说这话是真的？"

徐晓斌嬉皮笑脸地点头："真的！你一口喝干就算真的了！"

高金义马上把杯子端到嘴边，咕咚咕咚地真喝了起来。许兵一声惊叫，扑过去抢他的酒杯，抢下来的只是个空杯子。

高金义的脸更白了，他却反常地一点儿也不糊涂，简直就是超常发挥了。他又要给自己倒酒，被许兵夺走了酒瓶子。

高金义说她："咦！奶奶的！到你家喝个酒，咋还不管够呢？"

许兵抱着酒瓶子说："咦！奶奶的！你咋就喝不够呢？你今天咋这么能喝呢？"

高金义自己也奇怪了："咦！奶奶的！还真是的！到你家喝酒，我咋就喝不醉呢？"

孟勇敢趁火打劫："你可是表了态的，你说今晚要喝醉的！"

许兵没好气地说："人家表的态多了！人家还表态保证你们结婚的新房呢，你怎么也不谢人家？"

孟勇敢不说话了，把头扭到一边去了。

高金义还在奇怪："咦！还真他娘的奇了怪了！我在你家咋这么能喝呢？莫不是我跟你们家有啥缘分？"

许兵笑着说："奶奶的！你跟我家能有什么缘分？你生的是女儿，

我即便生个儿子，也不可能娶你的女儿呀！”

高金义叫了起来：“咦！有啥不能的？我闺女现在两岁，等你生了儿子，她正好就三岁了。老话说，女大三，搬金砖！到时候，你们就等着我闺女往你们家搬金砖吧！”

徐晓斌急忙摆手说：“不行不行不行，我不同意！我儿子不能娶大媳妇！我儿子要等孟勇敢的女儿，我要跟他结亲家！”

高金义像个江湖算命的，很认真地说：“徐技师，你想跟谁结亲家那没用，一切都是命中注定。我们谁也抗不过命，不信你就等着瞧！”

要散场了，孟勇敢却没影了。许兵找了一通，在卧室从容的身边找到了他。

孟勇敢跟从容并肩躺在床上，好像真睡着了。连真喝多了的徐晓斌都有些怀疑他了：“奶奶的！他不可能喝成这样啊！”许兵凑到他脸前，看见他的贼眼珠子正在眼皮子底下乱动呢！许兵心中有数了，直起腰来说：“那就让他先睡一会儿吧！”

高金义转过头来，对倪双影说：“小倪，看来得咱俩先走了。没关系，我护送你，保证把你安全送回去。”

许兵笑着说：“你拉倒吧！你还护送别人呢，别人护送你还差不多！双影，你搀着高助理点，千万别让机关干部磕了碰了！”

送走他俩，许兵径直回到卧室，上前就去拖孟勇敢：“你给我起来！奶奶的！你还挺能装！”

孟勇敢被拖起来，他还在装：“怎么了？出什么事了？”

连徐晓斌都笑起来了，说他：“你好歹也是个连首长了，怎么还能干这么不光彩的事呢？”

正说笑着，从容醒了。他迷迷糊糊地坐起来，揉着眼睛问：“哎，我这是在哪儿呀？”三人大笑起来。

许兵说：“看，人家这才是真的呢！”

从容挣扎着下了床，还是有点儿站不稳。徐晓斌急忙上前扶住他，说：“你再躺一会儿吧？”

从容摇头不干，执意要上楼去。没办法，徐晓斌和孟勇敢只好一边一个，护送他上楼了。

徐晓斌自己回来了，说孟勇敢回去了。许兵正想跟他说说孟勇敢和倪双影的事，徐晓斌突然就不行了，冲进卫生间，哇哇地吐了个痛快。许兵递给他一杯温水，让他漱口，又温存地轻轻地拍打着他的后背。徐晓斌回过头来，眼里含着眼泪说：“老婆，你对我太好了！我真幸福！不像指导员，回去连口水也没人给倒！那幺蛾子给我们开了门，连问也没问一声，扭头就自己进屋去了。”

许兵问：“指导员睡在哪儿？”

徐晓斌说：“睡在客厅沙发上。”

许兵又问：“你们给他盖东西了吗？”

徐晓斌说：“哎呀，忘了！我俩当时很生气，气得一刻也不想在上边多待，把什么都忘了。不过没事，他冷了，自己会找东西盖的。”

许兵没好气地说：“他站都站不稳了，还能自己爬起来找东西盖？”

把徐晓斌安顿好，许兵越想越不放心从容，也顾不上那么多了，出了家门直接上楼去了。

门外有人咚咚地敲门，莫小娥以为又是那两个人，就不耐烦地爬起来，跌着一张脸开了门。

没想到门外站的竟然是许兵！莫小娥吃了一惊，又吓了一跳，站在门口都不会说话了。

许兵上下打量着她，眼睛里的厌恶一点儿也不掩饰。尤其看她还煞有介事地披了件睡袍，许兵不由得扯起嘴角冷笑了一下。

莫小娥看到了许兵眼中的厌恶，更看到了她嘴边的冷笑，气马上就不打一处来。莫小娥转身就走，也不管什么客人不客人、礼貌不礼貌了。她算哪门子客人呢？她简直就是个丧门星！丧门星上门，还用得着什么礼貌不礼貌?

许兵望着莫小娥的后背，气得要命。这么不懂礼貌，还假装文明地披着件睡袍，你以为你披着睡袍就是淑女了？哼！想得美！许兵气呼呼地进了人家的客厅。

进了客厅，许兵见丛容果然什么也没盖，就那么缩在沙发上呼呼大睡，茶几上连杯水也没有。许兵的火呼呼就往上蹿，她环顾了一下客厅，也没找到能盖的东西。她连想也没想，直接去了人家的卧室。

正在卧室里看电视的莫小娥着实吃了一惊，又着实有点儿害怕。她不知道眼前这个脸拉得老长的丧门星要干什么，她的身子不由自主地往后靠了靠。

许兵直接走到床边，抱起一床叠着的被子，扭头就走。

莫小娥松了口气，真有点儿搞不懂这些当兵的了，管闲事都管到这种程度了，真是吃饱了撑的!

许兵给丛容盖好被子，又跑厨房去给他倒了一大杯开水，又去卫生间给他拿来一个脸盆，放到他的头下边。干完这一切，她关了大灯，只留了一盏壁灯。她站在那儿又想了想，觉得没什么了，准备撤退。

临出门的时候，许兵不由自主又瞥了一眼卧室，见卧室的门又被关上了，从里边隐隐约约传出唱戏的声音。许兵也搞不明白自己这是为什么，怎么就那么生气，一股火呼呼地就着了起来。

许兵几步走到卧室门口，一脚就把门给踢开了。

莫小娥再一次吃了一惊，再一次吓了一跳。这次她心跳得更厉害了，因为她看出门口这个丧门星是来找茬儿的。

许兵一开口就厉声问莫小娥："我问你，你为什么赖着不离婚?"

莫小娥一愣，没想到许兵会直截了当地问这个问题，而且口气还如此恶劣，说出的话又如此难听。莫小娥火冒三丈，声音比她还高，口气比她还差："我离不离婚该你什么事？这是我家的私事！你是什么人？你算老几呀？你有什么资格管别人家的私事?!"

许兵一点儿也没被她的气势吓着，口气依然严厉，内容依然强硬：“我当然有资格了！我是从容的同事，是他的战友，他的事就是我的事，我们之间没有私事！我问你，你打算什么时候离？”

莫小娥气愤地掀开身上的被子，从床上跳了下来，光脚站在屋子中央，简直就是歇斯底里了：“我什么时候离婚该你屁事呀！用得着你跑到我家来指手画脚吗？我告诉你许兵，别以为你是个破连长，我会怕你！我又不是当兵的，我又不穿军装，我才不怕你呢！我今天跟你说实话吧，你不是盼着我们离婚吗？我还偏就不离了呢！我要天天踩在你头顶上过日子，我倒要看看你能把我怎么样！”

许兵笑了，她竟然还会笑！许兵一下子变得心平气和起来，口气也不那么严厉了，她几乎是和颜悦色地说：“好哇，莫小娥，那你就等着瞧吧。等你和你那位外科主任收到法院的传票时，你们就知道什么叫破坏军婚罪了！你不要以为我们会因为害怕影响就忍气吞声，到时候还不知道谁会害怕影响呢！我就不信，你们县的人会黑白不分！我也不信，你父母亲会不爱脸面！你要是愿意的话，咱们就法庭上见！”

说完，许兵扬长而去，临出门，她还不忘又看了一眼正呼呼大睡的醉汉从容。

许兵干劲冲天地收拾完房间，已经夜里十一点儿多了。她又冲了个澡，浑身轻松、满心喜欢地上了床。

刚躺下来，就听到什么在叫，好像是手机收到短信的叫声。但不是许兵和徐晓斌的手机，他俩的手机都不是这种叫法。那一定是孟勇敢或从容的手机了，只有他俩在这张床上躺过，肯定是他俩谁落下的。许兵心想，都快十二点了，谁还会半夜三更地发短信呢？除了谈恋爱的人发神经，别人恐怕不会有这种精神头的。那么这手机肯定是孟勇敢的，只有他还有资格谈恋爱，而且他也正好在跟倪双影谈恋爱。那这短信就是倪双影发的喽？她会给他发什么样的短信，说什么样的悄悄话呢？一个烧火棍子，会说怎样的情话给一个榆木疙瘩听呢？想到这里，许兵来了情绪，她一跃而起，到处找那遗落的手机。终于，在团在一起的床罩里，许兵找到了孟勇敢的手机。

许兵坐在床上，心情愉快地打开了孟勇敢的手机短信。这一看不要紧，谁知却看到了一个天大的秘密。许兵惊呆了，简直不相信这会是真的。但她又不得不信，手机短信里都写得清清楚楚、明明白白的，不由得她不信。许兵刚才与人斗其乐无穷的好心情荡然无存！她攥着孟勇敢的手机，愣了半天，终于缓过神来。她想了想，又用手里的这部手机，给发短信的人回了一条短信：可恶的第三者，请你三思！也请你自重！

第二十四章

唱东方看到骂她是可恶的第三者的短信时，简直惊呆了。她自然不会相信这短信是孟勇敢给她发来的，但她无论如何也不会想到这短信是她表姐发来的。她当时就认定，这一定是那个叫倪双影的分队长发来的。一定是她偷拿了孟勇敢的手机，偷看了她发的短信，才醋意大发，发这种短信骂她的。这样一想，唱东方就很生气，心想：咱俩还不知谁是第三者呢！我没骂你是可恶的第三者就不错了，你倒反咬一口，骂我是第三者，而且还是可恶的，这叫什么事呀，真是气死人了！

好不容易等到天亮，等到了孟勇敢打来的电话。孟勇敢是用座机打来的，上来就道歉，说昨晚上喝多了，回去倒头就睡了，也忘了跟她道晚安了，让她千万别生气。

唱东方冷笑一声：“我都让人骂成是可恶的第三者了，我怎么可能不生气呢?”

孟勇敢大吃一惊：“什么？谁骂你是第三者?”

唱东方就把短信念给他听，孟勇敢一听就明白了，说他的手机昨晚落在她表姐家了，这短信肯定是她表姐发的，准没错！短信的语气都是许兵的，风格也是她的。

唱东方倒吸了一口冷气，有点儿紧张了：“哎呀！这可怎么办呀？这下可麻烦了！”

孟勇敢可不愿听她这样说，就说她："你干吗这么紧张呢？丑媳妇早晚要见公婆！咱俩还能老这么藏着掖着吗？难道永远不能见天日吗？"

唱东方也不乐意听他这样说自己，就不高兴地反说他："你没有资格这样说我！我还没说你呢！我问你，你到底什么时候跟人家倪双影说清楚呀？老让她往你妈那里跑，让你妈越来越喜欢她，越来越离不开她，你再说吗？你怕伤害她，不忍心说，难道你就不怕伤害我吗？你不知道，我一想到你们团里的人都认为你俩在谈恋爱，我就嫉妒得要命！就妒火中烧！现在搞得我倒成了可恶的第三者了，你说怎么办吧！"

孟勇敢被训，满心欢喜。尤其是听她说嫉妒得要命，还妒火中烧，他像中了头彩一样高兴。这说明唱东方是真的喜欢他，真的爱他。他俩虽然已经卿卿我我地谈恋爱了，但孟勇敢的内心深处，还是老不踏实，一是他的自信心还不够，二是那件事的阴影还在他那里没散干净。

孟勇敢高兴得都不知道说什么好了，唱东方在那边又叫了起来："哎，你怎么不说话了？你听见我刚才说的话没有？你准备什么时候给人家说？你还要拖到什么时候呀！"

孟勇敢连连点头，好像唱东方能看见似的："我这就说，我今天就说，我马上就去找她谈！"

唱东方笑了，满意了，但她毕竟是个善良的姑娘，她还知道替另外一个不幸的姑娘着想："你现在别去找人家谈，你等人家吃过早饭再找人家。"

孟勇敢又连连点头，连声说："好！行！听你的！那就等她吃过早饭再谈。"

唱东方解决了倪双影，又想起她表姐了。她跟孟勇敢撒娇说："谁让你那么不小心，把手机落人家家里了？我表姐那里该怎么办哪？"

孟勇敢豪情万丈，大包大揽："你就别管了，也交给我了。我来处理。"

唱东方问："你怎么处理？"

孟勇敢说：“我还能怎么处理？难道我还能打她一顿，质问她为什么骂你是第三者吗？”

唱东方笑了，说：“你当然没有这个胆量了！”

孟勇敢说：“我不是没这个胆量，我是投鼠忌器！她毕竟是你的表姐，我能得罪她吗？”

唱东方笑得更厉害了，说：“你行了吧！别在这儿说大话了。她就是不是我表姐，你也不敢怎么着她！我还不知道你吗？不光是你，我看你们连没有不怕我表姐的，包括我姐夫！”

孟勇敢补充说：“对！数他怕得厉害，我们倒还好一些。”

没等孟勇敢找人家谈，人家就来找他谈了。他的哥们儿徐晓斌一回到连里，就急三火四地找他来了。

徐晓斌一进到孟副连长的房间，就先小心地关上了房门。现在孟勇敢搬到一楼了，跟连长是邻居。隔墙有耳，现在许兵正在隔壁跟人谈话呢。

徐晓斌上来就不满地说：“好哇，孟勇敢，这么大的事你也瞒着我，你也太不够哥们儿了！你是信不过我，还是不相信我？”

孟勇敢笑了，说：“这还不是一回事吗，信不过你和不相信你，还不是一个熊意思嘛！”

徐晓斌说：“你别跟我嬉皮笑脸！这次你可没那么容易过关了。我老婆那一关，就够你闯的了！”

孟勇敢说：“你怕你老婆，你以为别人都跟你一样怕她吗？我才不怕她呢！我正准备跟她摊牌呢！她现在正跟人谈话，等她完事了，我就找她谈。看她能把我怎么着，还能把我吃了不成？”

徐晓斌坐了下来，叹了口气说：“唉！她倒是吃不了你，但我怕她伤了你！老孟，我跟你说，你跟她摊牌可以，跟她拍桌子也可以，你怎么着都行，但就是不能往心里去。我老婆是刀子嘴豆腐心，她虽然心是好的，但她的嘴却是坏的！如果她说了什么伤害你的话，你可千万别往心里去呀!”

孟勇敢有些感动地望着他，半天才说：“老徐，谢谢你！这个一担挑，我是跟你当定了！既然是这样，我怎么可能跟你那个操蛋的老婆较真呢？她毕竟是东方的表姐，而且比亲姐姐都亲，我怎么敢得罪她呢？我巴结她还怕来不及呢！你放心，我就是咬碎了牙齿，让牙齿在肚子里稀里哗啦地咣当，我也不会跟她吵架的!”

徐晓斌听他这么说，又有些不落忍了，就说：“吵架是可以的，但吵过就算了，千万不要往心里去。”

孟勇敢见他这样不放心，就笑着说：“我这儿你放心，你不用担心。我看你最好也去给你老婆打打预防针，免得她大动肝火。你们不是准备要小孩了吗？酒不能喝，气也是不能生的。”

徐晓斌说谎：“这不用你说，你以为我没给她打过吗？今天一睁开眼，她把你们谈恋爱的短信给我看了，我就开始给她打预防针了，打得她叽哇乱叫，跟我都急了!”

孟勇敢都有点儿脸红了，他不好意思地埋怨说：“你们两口子真够可以了，怎么好意思偷看别人的隐私呢?”

徐晓斌笑着说：“你以为我们愿看吗？酸得我们牙都倒了，早饭都没吃好呢!”

孟勇敢更不好意思了，说：“我的手机呢？快还我!”

徐晓斌说：“你的手机不在我这儿，在我老婆那儿。”

孟勇敢埋怨他：“你可真不够意思，你为什么不拿来给我?”

徐晓斌说：“我倒想这么做呢，但她让吗？她说手机是她捡到的，让失主找她去领。”

孟勇敢有点儿紧张了：“难道还要我去找她要吗?”

徐晓斌调侃他：“你不正好要找她摊牌吗？摊牌的时候，你顺便跟她要嘛!”

孟勇敢叹了口气说：“唉！我怎么摊上你们这门亲戚呢?”

徐晓斌高兴地笑了，站起身来愉快地说：“兄弟，这是命呀！你不服也不行啊！”

许兵那边的门响了，孟勇敢知道被谈话的人离开了。孟勇敢走到门口，把门开了一半，又停在那儿。他心里有点儿打怵，还真不知该怎么跟许兵张这个口呢。

许兵正在接电话，见孟勇敢进来，就示意他先在椅子上坐下，她继续讲她的电话。

好像是作战值班室的电话，好像是机房里出了什么问题，好像是值班参谋在小题大做。许兵一边做检讨，一边做解释，好像那边满意了，事情解决了。

许兵放下电话，扭过头来，明知故问：“孟副连长，有什么事吗？”

孟副连长的脸又有点儿红了，他真不好意思了，也真难为情了。

见他这个样子，许兵很满意。她认为孟勇敢不好意思是正常的，难为情也是应该的。如果他不这个样子，那才不正常不应该呢！

孟勇敢终于开口了：“连长，我的手机是不是在你这儿呀？”

许兵故作惊讶：“天哪！原来那手机是你的呀！”

孟勇敢不得不点头说：“是，是我的。”

许兵说：“哎呀，孟副连长，那太对不起你了，我还以为是别人的呢！因为我看了里边的短信，怎么看怎么不像是人家倪双影写的。不是倪双影，那会是谁呢？难道你孟勇敢还有这本事，能脚踏两只船？”

孟勇敢心里这个气呀！他能不气吗？对面这个未来的表姐，皮笑肉不笑的，阴阳怪气的，显然就是不满意他嘛！看不上他嘛！认为他不配她如花似玉的表妹嘛！可即便这样，他还能怎么着她呢？别说她是东方的表姐了，就是看在她是徐晓斌的老婆的分上，看在她是自己连长的分上，看在她平时为人处事的分上，他也拿她没办法呀！唉！忍了吧！自己不都跟她丈夫表过态了吗？哪怕让咬碎的牙齿在肚子里咣当，也不会怎么着她。唉！让她说吧！看她还能说出什么难听的话来，看狗嘴里还能吐出什么象牙来。唉！表面上不能怎么着她，难道心里头还不能骂她两句解解气吗？

许兵见孟勇敢不说话，更来劲了，更咄咄逼人："孟副连长，你怎么不说话呢？难道你失聪了吗？你没听到我在问你话吗？"

孟副连长忍气吞声地说："我听见了。"

许兵乘胜追击地问："听见为什么不回答呢？"

孟副连长叹了口气说："连长，你让我怎么跟你说呢？说什么好呢？"

许兵的身子靠在了椅子背上，一副占了上风的样子。占了上风的许兵更有恃无恐了，说出的话也更过分了："副连长，好汉做事好汉当！你好歹也是个男人吧？好男人怎么能做这种事呢？"

孟勇敢实在忍无可忍了，他嗓门也高起来了："许连长，请你说话客气点！我孟勇敢做什么事了？让你这么说我，这么数落我？"

许连长冷笑了一声，说："你做了什么事，你自己不知道吗？难道还用我告诉你吗？"

孟副连长更火了，嗓门也更大了："我不知道，请你告诉我！"

许连长一拍桌子，像古代的县令一拍惊堂木，有些威严，也有些虚张声势："好！好！我可以提醒提醒你。你说，给你发短信的人是谁？"

孟勇敢望着她，毫不畏惧地告诉她："是你表妹，是唱东方！"

许兵故作惊讶："怎么会是她呢？你不是正在跟人家倪双影谈恋爱吗？"

孟勇敢说："谁告诉你我正在跟她谈恋爱的？"

许兵说："全团的人都知道！还用别人告诉我吗？"

孟勇敢冷冷一笑，说："那是全团的人都误会了，根本就没有这回事！我现在就郑重其事地告诉你，我没有跟倪双影谈恋爱，我是在跟你表妹唱东方谈恋爱！怎么，不行吗？不可以吗？连长，你是不是认为我配不上你的表妹？是不是觉得我孟勇敢是癞蛤蟆想吃天鹅肉呢？"

局面就是在这里峰回路转的。许兵才是投鼠忌器呢！她虽然就是这样认为的，就是认为他孟勇敢配不上她的表妹唱东方，他就是癞蛤蟆想吃天鹅肉，但她能说吗？能说得出口吗？唱东方虽然是她比亲妹妹还要亲的表妹，人家孟勇敢也不是外人哪！他是她情同手足的战友哇！就像他们经常唱的那首歌说的那样——战友战友亲如兄弟。他们的确是亲如兄弟的战友。如果说唱东方是她的手心，那孟勇敢也相当于她的手背了，手心手背都是肉，她怎么可能为了手心的肉，去伤害手背的肉呢？她心里纵然有一千个不满意、一万个不愿意，她也张不开这个口呀！即使她如徐晓斌说的那样，是个刀子嘴豆腐心的人，但长着一颗豆腐一样柔软的心的人，怎么可以说出伤害自己亲人的恶语来呢？

许兵当时就无话可说了。她望着变得咄咄逼人的孟勇敢，一句话也说不出口。该她叹气了，叹完气还要跟人家解释："孟勇敢，你误会了，我不是这个意思。"

该孟勇敢同志乘胜追击了："你不是这个意思，那你是什么意思呢？"

许兵有些着急，也有些生气。她一着急、一生气，说出的话就更加不妥当了："我就是有点儿奇怪，你俩怎么又搞到一起去了呢？"

孟勇敢一听她这样说，气更不打一处来了。他站了起来，居高临下地望着许兵，口气强硬地说："我俩是怎么搞到一起的并不重要，重要的是我俩能不能搞到一起？"

仰望着孟勇敢的严肃和认真，许兵不得不息事宁人地点头说："能，能，怎么不能呢？谁说不能了！"

孟勇敢的脸继续紧绷着，说："既然是这样，那我就谢谢你了！本来我就要感谢你的，是你让唱东方接近我的，不管你当初是什么目的，你毕竟促成了我们，给了我们机会，也给了我们幸福，尤其是给了我连想也不敢想的幸福。所以，我会一辈子都感谢你的，这是我的心里话。我知道我配不上你表妹，但我会用我的一生去爱护她，保护她。尽我最大的能力，不让她受到任何伤害，让她幸福。这点，请你相信我，也请你对我有信心。好了，我要说的话都说完了。连长，你还有什么话要说吗?”

连长坐在那儿，不得不摇着头，有气无力地说：“没有了，我没什么要说的了。”

孟勇敢得寸进尺地伸出了熊掌：“那请把手机还给我吧!”

许兵乖乖地从口袋里掏出手机，一声不吭地还给了人家。

孟勇敢刚离开，从容就一脸喜气地进来了。从容虽然是一脸喜气，但好像喜得不正大光明，喜得有点儿贼头贼脑。他一进门，首先做的第一件事，就是转过身去认真地关上门，待把门关严以后，才转过身来，一脸喜气地向许兵报喜。

从容一脸喜气地、神神秘秘地说：“连长，你猜怎么着了?”

许兵虽然心里知道是怎么回事，但由于刚刚遭到那么沉重的打击，所以还是有些有气无力。正是由于她这种有气无力，使从容更加想不到，这好人好事竟然会是她许兵做的!

许兵无精打采地说：“怎么了?”

从容高兴地说：“你猜，你猜猜看!”

许兵摇着头说：“我不猜，你快点说吧!”

从容也不好计较她的态度，这本来就不是人家的事情，凭什么让人家也要像你一样兴高采烈呢？从容依然很高兴，他兴奋地说：“莫小娥同意离婚了！而且说越快越好，最好这几天就能办好！想不到吧？别说你想不到了，连我也做梦都没想到呢！昨晚上在你家里喝醉了酒，今天早晨一睁开眼，头还晕晕乎乎地难受呢，谁知竟喜从天降，有这么大的喜讯在等着我。哎呀！‘真是踏破铁鞋无觅处，得来全不费工夫呀’!”

许兵望着喜出望外的从容，心里说：“就你这样还踏破铁鞋呢！要不是我跑到你家去当恶人，别说是铁鞋了，你连布鞋也踏不破呀!”

从容一屁股坐到刚才孟勇敢坐过的椅子上，准备跟许兵好好探讨探讨这到底是怎么回事，莫小娥怎么会突然同意离婚了呢？这好事来得太突然，也太猛烈了，从容都不大相信这会是真的，总是有点儿怀疑，这会不会是莫小娥又在耍什么鬼花招呢？

许兵现在哪还有心思跟他探讨莫小娥的事呀，她表妹的事还顾不过来呢，哪还有心情去操心别人的事？她敷衍了事地说："那好哇，恭喜你了！你还不快去准备准备，抓紧时间把事办了，免得夜长梦多。"

从容说："没什么可准备的，现在离婚比结婚可容易多了，单位开个介绍信就行了。周干事已经把介绍信给我开好了，万事俱备，只等我俩到街道办事处跑一趟就行了。"

许兵看了从容一眼，不知为什么，屁股又坐到了莫小娥那边去了。她在心里有些不高兴地说："看把他高兴的，至于这么猴急猴急的吗？机关刚刚上班，他的介绍信都开好了。男人都是这样吗？都是这样不是东西吗？他们真是把女人视为衣衫，想脱就恨不能马上脱呀！这大概就是男人的本色吧！十分钟前孟勇敢刚刚在这山盟海誓过，十分钟后从容又在这兴高采烈、急不可待地说着离婚的事。如果说女人是水做的，那男人又是什么做的呢？大概是万金油做的吧？他们像川剧中的变脸一样，人人都有好几张嘴脸吧？"想想从容前些日子像霜打的茄子一样的嘴脸，再看看今天这副向阳花一样的嘴脸，许兵不禁有些不痛快，她忍不住就要打击打击他了。

许兵拖着长腔说："指导员，你也别光顾着高兴了，你也该总结总结经验教训才是呀！否则的话，你保不准还会再吃亏上当的！"

从容有些不好意思，挠了挠头，讪讪地说："那是那是，你说得对，我是应该好好总结一下经验教训的。"

许兵还不解气，她像个妇联主任似的，又开始维护妇女的权益了，连莫小娥的权益，她也要替她争取了。许兵开导从容说："作为一个男同志，你要有肚量一些，尤其在钱财问题上，不要斤斤计较。莫小娥跟你结婚一场，夫妻一场，她毕竟是因为你才成为已婚妇女的；又是因为你，又要变成一个离婚女人了，这让她以后再找对象结婚，条件上大大打了折扣。所以，你能在经济上弥补她一下，就尽量弥补吧，只要她不是狮子大开口，她有什么要求，你还是尽量满足她为好。”

从容连连点头，很认同地说：“对对对，连长你说得对！我们毕竟夫妻了一场。说实在的，她对我还是不错的。比如我昨天喝醉了酒，她还知道给我盖上被子，还给我倒了一杯水放在茶几上。开始我还以为是徐技师和孟副连长干的呢，我一问，他们都说不是他俩干的。那会是谁干的呢？除了莫小娥，不会再有其他人了。所以，就凭这一点儿，离婚的时候，我也不会亏待她的。”

听他这么一说，许兵又有点儿后悔刚才自己说过的话了。因为她想起了昨天晚上莫小娥的表现，又想起莫小娥恶狠狠说的那些话。可想起来又能怎么样呢？难道她能马上反悔自己刚刚说过的话吗？那像什么话呀！那不是自己打自己的嘴巴吗？唉，算了算了，得饶人处且饶人吧！女人何苦为难女人呢？连电视剧都起这个名字了，可见女人是不该为难女人的！

孟勇敢从许兵屋里出来，信心大增，勇气大增。他没回自己现在的房间，而是直接上了三楼，熟门熟路地回到了自己过去的房间。

徐晓斌正在床上躺着，身上还盖着大衣，看样子是想睡会儿觉。孟副连长进门就训他：“你是怎么搞的，怎么这么不自觉？正课时间怎么上床睡大觉了？起来，快给我起来！”

徐晓斌躺在床上问他：“孟副连长，请问，你这是新官上任烧的头一把火吗？”

孟勇敢笑了，上前去拖他起来，边拖边说：“告诉你吧，我这是第二把火了！第一把火烧的是你老婆，把你老婆烧得哑口无言，当场就烧蔫了、草鸡了、得了禽流感了！可惜你们的孩子还没出世，我的第三把火就准备烧烧你家孩子。怎么样，我够意思吧？我可把我的三把火，都毫无保留地奉献给你们家了！”

徐晓斌一听，来了精神，马上爬了起来，一迭声地问：“怎么回事？怎么回事？说说，给我仔细地说一说。”

孟勇敢当然乐意仔细地说了，他也不用夸大其词地说，也不用拔高加水分地说，就那么一五一十地实话实说了一遍，把徐晓斌听得精神振奋、兴高采烈了。

徐晓斌以迅雷不及掩耳之势，迅速出拳，直捣孟勇敢的胸口，捣得孟勇敢向后一个趔趄，马上就龇牙咧嘴了。孟勇敢捂着胸口，悲壮地说：“奶奶的！你怎么真打呀！”

徐晓斌赶紧抱拳求饶：“奶奶的！我哪知道我有这么大的劲呀！我这是太高兴了，力量倍增啊！兄弟，祝贺你，闯关成功！”

孟勇敢捂着胸口，不太敢相信地问：“难道能这么容易就闯关成功了？”

徐晓斌又捅了他一下，这次捅得很轻，简直就是在爱抚他：“你不要对自己这么没有信心！只要你们俩以后不出什么问题，我老婆那就不会有什么大麻烦了。她就是这种人，只要当着你的面没什么话说了，她肯定不会背后搞什么小动作的。她不是那种背后使坏的人，这点你应该了解。”

孟勇敢还是不敢掉以轻心，他还是有些担心：“这可不是一般的事，这可是她表妹的终身大事呀！”

徐晓斌很权威地说：“我了解她们家！唱东方在她们家说话是很有分量的，只要唱东方拿定了主意，我丈母娘就会坚定地站在她一边，坚定地支持她。只要我丈母娘表态了，那基本上就是一锤定音了，别人再说什么，也是浪费吐沫星子。因此，所以，你明白了吧？你就把心放进肚子里吧！现在你已经是‘轻舟已过万重山’了，我老婆是只聪明的猴子，她是不会对着过去的帆船乱喊乱叫的！”

孟勇敢这下高兴了，他伸出拳头来，又回了徐晓斌一下，笑着说：“看把你得意的，一口一个丈母娘地叫着，好像天底下就你有丈母娘似的！”

徐晓斌一听也笑了，又急忙抱拳说：“哎呀哎呀，对不起！对不起！我忘了你也有丈母娘了，而且咱们俩还是一个丈母娘！兄弟，以后你就是咱丈母娘的红人了，你可要替我多多美言几句呀！”

孟勇敢乐得满脸开花，一个劲地点头，一个劲地说大话：“好说，好说，都包在兄弟我身上了！”

孟勇敢从徐晓斌那儿离开，又给远在上海的唱东方打电话，很谦虚地报告了他已经把她表姐许兵拿下了。他以为唱东方也会像她姐夫那样，很兴奋地让他仔细地说一说事情的经过，谁知唱东方在意的不是她的表姐许兵，而是她的情敌倪双影。

唱东方已经把倪双影视为假想敌了，对她的存在如鲠在喉，尤其是对她已经占领了自己未来婆婆的那块阵地，深感不安。她倒不是担心自己不是倪双影的对手，而是对一切想染指孟勇敢的女性，都心里不舒服。这大概就是女性的嫉妒吧！对一个力量悬殊的同性也能妒火中烧的。

唱东方在上海很不满意地说孟勇敢：“你这人真是的！怎么就分不清主次呢，真是拎不清。我表姐那儿什么时候说不行啊？关键是倪双影那儿！你到底什么时候说呀？现在她已经吃饱了喝足了吧？你不用再担心她吃不下喝不下了吧？”

孟勇敢都有点儿糊涂了，明明是她担心别人吃不下饭去，现在怎么又成了他担心了呢？孟勇敢没有跟女人打过这种交道，对女人的胡搅蛮缠没有经验，他一时都不知说什么好了。

唱东方又问他：“你怎么不说话了？怎么一提到倪双影，你就这么暧昧、这么可疑呢？你俩是不是真有什么事呀？如果真有，那我成全你们，我退出，你跟她好吧！”

孟勇敢更糊涂了，简直不知她这说的是哪儿跟哪儿！孟勇敢急忙说：“看你说的，你把我当成什么人了！难道你也认为我是脚踩两只船吗？”

唱东方马上追问：“还有谁说你脚踩两只船了？”

孟勇敢说：“还有你表姐！她也诬陷我脚踩两只船！”

唱东方咯咯地笑了，一点儿也没有刚才的不高兴，笑够了，她又说：“你要是不想让别人诬陷你，那就快点找倪双影摊牌！”

孟勇敢说：“我这就准备去找她，放下你的电话我就去！”

唱东方说：“不准在她那儿待的时间太长，顶多半个小时！”

孟勇敢说：“不用半个小时，十分钟就够了。”

唱东方又开始不忍了，劝他说：“你别那么着急，你要和颜悦色点，尽量委婉点，知道吗？”

孟勇敢少有地听话，更少有地这么听女人的话，孟勇敢听话地说：“好好好，听你的，都听你的！”

孟勇敢敲开倪双影的房门，开门的不是倪双影，而是他最怕见到的王技师，王技师可愿意见到他，一看是他，马上高兴得眉开眼笑。

王技师说：“哎哟！原来是孟副连长啊？是来找双影的吧？可惜她不在。”

孟勇敢问：“你知道她到哪儿去了吗？”

王技师说：“我当然知道了！不光我知道，咱们全团的官兵都知道，要找倪分队长，她如果不在连队，就一定是在孟副连长母亲那儿；她如果不在孟副连长母亲那儿，就一定是在去孟副连长母亲那儿的路上！”

王技师说完，嘎嘎地笑了，把孟勇敢的头都笑大了。孟勇敢扭头就走，生怕自己会让她笑得脑缺氧。

本来以为许兵那一关难过，谁知那一关就这么稀里糊涂地闯过来了。本来以为倪双影这一关好过，因为自己的确跟她没什么，虽然外边的口径很统一，但毕竟他俩心知肚明。本来都不用跟她解释什么的，但因为自己母亲在那儿自作主张地乱讲话，搞得倪双影像吃了兴奋剂一样，天天百米赛跑一样往母亲那儿跑，让外人信以为真，说的一套一套的。

在找倪双影的过程中，孟勇敢突然感受到了倪双影对自己的深情厚谊。孟勇敢理所当然地被感动了。孟勇敢一下子觉得自己脚下的步子沉重起来，他越走越慢，最后都不想到母亲那儿去了。

唉！不去也得去呀！为了唱东方，他排除万难也得去呀！为了唱东方，他无论如何也要去争取胜利呀！

孟勇敢到了母亲那儿，见母亲正手把手地教倪双影擀面条，一个教得认真，一个学得投入。在这样一种不是母女胜似母女的温暖画面下，孟勇敢觉得自己的舌头又变得无比沉重起来。

孟勇敢有些想不明白，像倪双影这样一个将军的女儿，怎么也应该算是高干子女了吧？一个高干子女，怎么这么热爱劳动、热爱厨艺呢？包饺子、包包子，样样拿手，现在又开始学习擀面条了，她到底想干什么？她到底是个什么人呢？难道她天生就是个家庭主妇的料？据说她母亲是从农村随军到城市的，他们家大概是那种在城市里关起门来过乡下日子的家庭。她从小耳濡目染的，不像个城市女孩，更不像个高干子女，倒像个农家子女。用句现在时髦的话说，她就像个邻家女孩，孟勇敢在乡下老家的邻家女孩。

孟勇敢望着满头大汗、奋力擀面的倪双影，不禁深深地叹了口气。

倪双影停下手来，抬起头来问他："你叹什么气？"

孟勇敢哪能告诉她自己叹什么气呢，只好骗她说："昨晚酒喝多了，头有点儿痛。"

倪双影马上体贴地说："你没吃早饭吧？要不先给你下碗面条吃吧？"

孟勇敢站了起来，说："我吃过了，我不饿，我走了。"

母亲一把拽住他，不让他走："走干什么？在这陪俺娘俩说说话！"

孟勇敢不耐烦地说："妈，你放手，我还有事！"

母亲一听他有正事，马上松了手。农村老太太好骗，说什么都信。

孟勇敢从母亲那儿出来，马上掏出手机，他要及时向上海总部汇报工作。他走到楼尽头，见头顶上的太阳正好，就索性蹲下来，像乡下靠在墙头上晒太阳的懒汉，接通了唱东方的电话。

这个懒汉很诚实，他一五一十地汇报了工作进展情况。

唱东方一听就不干了，声音都变了："你这叫什么进展情况呀？你这哪有什么进展呀！一见人家跟你妈学习擀面条了，你就被深深地打动了吧？不忍心说了吧？要是这样的话，那我也要去北京，也要跟你妈学习擀面条去！"

孟勇敢忙说："你可千万别学这些。我不希望你将来天天围着锅台转。"

唱东方问："那你希望我围着什么转？"

孟勇敢看了四周一眼，见没什么人，就捂着手机幸福地说："我希望你围着我转！"

唱东方说："好哇，你现在学会油腔滑调耍贫嘴了！是不是在倪双影那儿练的？"

孟勇敢说："你看看你，又来了不是？我这是不忍心骗你。我要是骗你说，都跟人家说清楚了，你能知道吗？"

唱东方又叫了起来："好哇！你现在不但学会耍贫嘴，还学会骗人了！不行，我得上趟北京！"

孟勇敢笑着说："好哇！我巴不得呢！你什么时候来，我去接你。"

唱东方说："哼！你等着吧！等着哪一天我去突击检查你！"

孟勇敢说："欢迎检查！本人是经得起各种检查的！东方，你别逼我，我一定会找机会说的，这点请你无论如何要相信我！"

唱东方问："我凭什么相信你呢？"

孟勇敢认真地说："凭我对你的感情！凭我对你的爱！"

唱东方说："得了吧！你这边爱着我，那边又不忍心伤害别的女人，你这不是脚踩两只船，又是什么？”

连队熄灯了，孟副连长拿着手电筒，带着行政值班员，第一次履行副连长的职责，检查连队的就寝情况。

刚转了一个分队，他的手机就响了。他掏出来一看，是唱东方打来的。他接通手机小声地说：“我现在在查铺，等一会儿给你打过去。”

唱东方在电话里大叫：“你先别挂电话，听我把话说完。我现在正在机场呢，两小时以后到北京的首都机场！”

孟勇敢大吃一惊：“什么？你不是开玩笑吧？”

唱东方说：“我怎么会开玩笑呢？你听，正在广播找人呢！”

孟勇敢仔细一听，电话里果然有些嘈杂，似乎真有广播声，不由得他不信了。孟勇敢的心脏一下子就提速了。由于提得太急，也提得太厉害了，孟勇敢的脚步都有点儿不稳了，有点儿踉跄了。跟在他身后的值班员关切地问：“副连长，你是不是哪儿不舒服？”

副连长感觉到自己有些失态，但态已经失出去了，已经无法挽回了，除了承认自己身体不舒服，已经没有别的什么好办法了。他只好点头说：“嗯，我好像有点儿头晕。”

值班员马上说：“要不你回去休息吧，我自己查就行了。”

这怎么行呢？这是自己第一次查铺，哪能刚查了个开头，就装病不查了呢？这算哪门子的工作态度？这不是他孟勇敢一贯的作风嘛！

说实在的，孟副连长真想查好他这人生的第一铺哇！无奈时间紧、任务重啊！孟副连长脚下的步子越来越快，每个房间检查的时间越来越短。到了三楼，等查到他的老分队时，他像是无比信任自己的老单位，连房间也不进了，就用手电照了照每个房门，算是把铺查完了。

往楼下走时，孟副连长深感内疚，心里很不是滋味。

回到宿舍，孟勇敢又拨通了唱东方的手机，最后核实一下真假。

没想到却把唱东方给搞烦了，质问他：“你慌什么？你不是经得起各种检查吗?”

孟勇敢赶紧解释：“我这哪是怕你来检查呀，我这是怕你不来检查呀！怕你是逗我玩，让我空欢喜一场啊!”

唱东方笑了，说：“我保证你不会空欢喜的！两小时以后，咱们就能见面了。哎，咱俩见了面，是先拥抱啊还是先握手?”

孟勇敢的心跳又加速了，他心在跳，嘴在硬：“我看咱们还是先易后难，循序渐进，一步一步地来吧?”

唱东方咯咯地笑出声来，说：“你可真是叶公好龙呀！天天在电话里说想拥抱我，想吻我，怎么真见了面了，你又不敢了呢?”

孟勇敢不好意思地说：“不是不敢，实在是场合不对。在大庭广众之下，谁好意思干那种事？你好意思吗?”

唱东方很干脆地说：“这有什么不好意思的？我好意思!”

孟勇敢赶紧说：“你可别！千万别当着你姐和你姐夫的面出我的洋相!”

唱东方说：“什么？你告诉他们了?”

孟勇敢说：“我还没说呢，等放了你的电话，我就通知他们。”

唱东方又叫了起来：“你别告诉他们！别让他们知道!”

孟勇敢问：“不让他们知道，你来了住哪儿?”

唱东方说：“我就住你妈那里。怎么？不行吗？有什么不方便吗？人家能去，我怎么就不能去呢?”

孟勇敢只好说：“能能！谁说不能了？我先代表我妈欢迎你!”

唱东方说：“这还差不多！那就一会儿见吧!”

孟勇敢先代表自己的母亲欢迎了自己的恋人，但他在往母亲住的地方飞奔时，心里却七上八下的。他不知道母亲听了唱东方的事后，会有什么反应。母亲那么喜欢倪双影，一门心思要认她是自己的儿媳妇，现在这半夜三更的，又从上海飞来个程咬金，不知母亲能不能接受她?

果不其然，母亲一听这事就火了，大骂孟勇敢不是个好东西，说他进了城市就跟城里人学坏了，学成陈世美了！骂着骂着，母亲就一把鼻涕一把泪地哭开了，这些鼻涕和眼泪，都是为那可怜的好闺女倪双影流下的。母亲流着眼泪说："你这挨千刀的小王八羔子呀！你让我怎么有脸再见人家闺女呀！人家对我那么好，你却狼心狗肺地这样待人家，你不是人哪！你是畜生啊！"

孟勇敢耐着性子坐在那儿抽烟，想等母亲骂够了，消消气。谁知母亲却没完没了了，看样子不制止她，她会这样哭一夜的。孟勇敢是个孝顺儿子，他本来应该由着母亲的性子让她哭个够的，可飞机不等人，现在是女朋友比母亲重要，别人家的儿子都是这样，他也不能例外呀！

孟勇敢按灭烟头，站起身来，开导母亲说："妈，你别哭了，哭也没用了！我早就告诉过你，倪双影不是我对象，你偏不听，偏要把人家当儿媳妇。现在你真儿媳妇要来了，你却在这儿哭哭啼啼地哭假儿媳妇，你怎么就算不过来这个账呢？你以后要跟真儿媳一起过，而不是跟假儿媳一起过！你何必为假儿媳得罪了真儿媳呢？妈，你好好想一想，看看是不是这个理？我先到飞机场去接你真儿媳去，你赶紧收拾收拾屋子，搞干净点。这个真儿媳不像那个假儿媳，她是个城市人，又是个大学生，是个讲究人！"

母亲停止了哭泣，擤了把鼻涕，生气地说："人家小倪也是城市人，也是大学生，人家她爹还是个大干部呢，人家咋就能不讲究，她凭啥穷讲究呢？她这么讲究，来我这儿干什么？"

孟勇敢想逗母亲高兴："妈，丑媳妇早晚不都要见你这厉害婆婆嘛！"

母亲一听，更不高兴了："你是不是缺心眼呀？小时候脑袋是不是让驴给踢过了？放着小倪那样不丑的闺女你不要，偏要去找那长得丑的！"

孟勇敢一听母亲说这话，就信心十足地笑了。他笑着对母亲说："妈，人丑点不要紧，只要她人好就行！"

母亲一听这话，又想哭了，撇着哭腔说：“人家小倪那闺女，人不就挺好的嘛！”

孟勇敢走过去，拍了拍母亲的后背，安慰她：“妈，你这儿媳妇，比小倪还好，不信你就等着瞧吧！”

孟勇敢站在首都机场出港口，等着唱东方出来。他脑子里像放电影一样，一遍遍重放着第一次在这里见到唱东方的情景。大概是放得次数太多了，记忆的胶片都被放模糊了，唱东方的影像反而越放越模糊，越放越不清晰了。到了最后，他竟然想不起唱东方长什么样了。

唱东方背着双肩挎，穿了件白色的羽绒服，神采飞扬地出现了。

虽然已经是夜里十一点钟了，但她却像早晨八九点钟的太阳，一下子照亮了首都机场出港大厅。孟勇敢眼前像出现了万道光芒，他都有些睁不开眼睛了！

远远地，唱东方在向他招手，他身边有人扭过头来看他，大概是想看看美女在向什么人招手。孟勇敢被人看得有些心虚，像那个独占了花魁的卖油郎一样，心里头又激动又胆怯，还有那么一点儿不踏实。

唱东方走到他面前，望着他的眼睛，一脸的坏笑。

孟勇敢知道她为什么这样笑，心里一慌，赶紧伸出手来，准备循序渐进，一步步来。

唱东方并没有伸出手来同他握手，而是像雄鹰展翅那样，张开了双臂。

孟勇敢吓得赶紧往两边看，见身边的陌生人纷纷看着他俩。

孟勇敢不由自主地后退了一步，小声说：“别这样，你别这样！”

唱东方咯咯笑了起来，不管三七二十一地扑了上去，将孟勇敢搂得紧紧的，抱得死死的。

孟勇敢的脚下不稳，向后踉跄了几步，好不容易站稳了，却又喘不上气来，大概是唱东方搂着他脖子搂得太紧了。他脸红脖子粗地小声说：“放手！你松开手！快放开我！”

唱东方在他耳边悄悄地说："说你爱我，我就松手!"

孟勇敢又看了眼四周，见没什么人再看他们了，才小声地说："那行吧，我说，我爱你。"

唱东方不干："这哪行啊！好像是我逼你说的似的！是我逼的你吗?"

孟勇敢急忙说："不是，不是，是我自愿的。"

唱东方问："你自愿什么的?"

孟勇敢说："我自愿说的。"

"只是自愿说说吗?"

"不不，不只是说说，还有实际行动。"

"那行，那你现在就拿出点实际行动来吧!"

"什么实际行动?"

"你吻我一下，一下也行!"

孟勇敢是一下也不行。在这大庭广众之下，跟个女人这样抱在一起，已经超出他的极限了，再让他当众吻她，还不如先杀了他呢！孟勇敢求饶了，小声地求唱东方："东方东方，我求求你，别闹了，松开手吧！你看我都出汗了!"

唱东方抬头一看，可不是嘛，孟勇敢的脑门上果真有汗。唱东方这才松开了手，笑着说他："至于吗？看把你吓成这个样!"

孟勇敢长出了一口气，抹了把脑门上的汗，摇着头说："哎呀妈呀，我快让你折腾出心脏病来了!"

两人上了车，是辆自动挡的"本田"车。唱东方笑了，说："不敢借好车来接我了吧？怕再挂错挡位，撞了别人的车吧?"

孟勇敢笑着说："你怎么哪壶不开提哪壶呢?"

孟勇敢发动起车，伸出手去挂挡。唱东方把自己的纤纤玉手放在了他的手背上。孟勇敢看了她一眼，见她正含情脉脉地望着自己。

唱东方的眼神像九十七号汽油一样，倾泻到孟勇敢的身上。呼地一下，他被点燃了。孟勇敢又成了雄鹰，他张开有力的双臂，一下子将唱东方紧紧地拥抱在怀里。车上的变速杆硌到了他，他也顾不上那么多了，毅然决然地将自己的初吻献给了怀里的唱东方！

唱东方从来没有被人这样吻过，这个男人的吻是如此坚定有力，如此激情四射！唱东方的身子马上就成了一团棉花，在孟勇敢的怀中柔软无比。

两个激情澎湃的身体，大概是拉动了变速杆，将变速杆推到了前进挡上，车子自己启动了，慢慢地往前溜。两个正吻得如火如荼的恋人，谁也没有觉察到，直到咚的一声响，车子又震了一下，两人才吓了一跳，赶紧分开，但已经晚了，“本田”和“奥迪”吻在一起了。

唱东方突然笑了起来，而且越笑越厉害，笑得眼泪都出来了。

孟勇敢问她：“你笑什么？”

唱东方擦着眼泪说：“我笑怎么我一上你的车，你的车就要出车祸呢？”

汽车上了高速公路，孟勇敢开始给唱东方打预防针。

“东方，如果我妈对你暂时还不够热情，请你千万不要介意。我妈是个不太会拐弯的人，你要原谅她。”

“我知道，你妈被倪双影迷惑得太久了，中毒太深了。不过没关系，我会拨乱反正的，你妈会喜欢我的。”

“那是一定的。你这天仙一样的儿媳妇往那一站，还不得把我妈高兴坏了？”

唱东方突然有些纳闷，就歪着头问他：“哎，你们那儿也叫妈吗？”

孟勇敢奇怪地说：“我们不叫妈叫什么？”

唱东方说：“你们不是都应该叫娘吗？”

孟勇敢笑了，说：“你以为农村人都管妈叫娘吗？对不起，让你扫兴了！我们那儿不叫娘，也叫妈。哎，对了，你能一见我妈，就喊她妈吗？”

唱东方笑着说："我试试吧！我尽量吧！"

敲开孟勇敢母亲的门，已经快一点儿了。老太太大概没有熬过夜，这时候已经困得有些睁不开眼睛了。但是，老太太一看见如花似玉的唱东方，眼睛马上就睁得老大，愣在那里了。

孟勇敢在一旁很是得意，他早就料到他母亲会是这个样子。这叫什么样子呢？怎么形容呢？用目瞪口呆不过分吧？孟勇敢咧开大嘴笑了，最后边的那颗智齿都要露出来了。

孟勇敢当起了介绍人："妈，这是你的儿媳妇，名叫唱东方。她这名有点儿怪，你就记住东方红、太阳升就行了！"

母亲笑了，不那么紧张了，竟然还开起了玩笑："我还记得中国出了个毛泽东呢！"

仨人都笑了，气氛很好。母亲伸出手来，抓住了仙女的手，感叹地说："闺女呀，你怎么连手也长得这么俊呢？"

唱东方看了孟勇敢一眼，见他得意得不得了。唱东方知道不用自己再费什么事了，她的模样已经为她拨乱反正了。

孟勇敢在一旁以山东男人的威严训她："你别光傻笑，还不赶紧叫人？"

唱东方一愣，嘴上动了动，却没发出声来。

孟勇敢以为她不好意思，就替她开道铺路："这有什么不好意思的？不就是叫声妈吗？快叫妈！"

唱东方嘴巴动了几下，终于叫了声妈，谁会想到，叫完一声妈，她竟然泪如雨下、泪流满面了。她用双手捂住了脸，谁也看不见她脸上是什么样的表情。

孟勇敢的母亲不高兴了，心里想：还真是个城市里的讲究人呢！叫乡下的婆婆一声妈，也能委屈成这样！这样的儿媳妇，得什么样的婆婆跟她处哇！唉！真是中看不中用啊！还不如人家小倪那丫头呢，又勤快，又能干，还没城里人的架子。

孟勇敢先是莫名其妙，后来就恍然大悟了。恍然大悟的孟勇敢心痛地上去抱住了唱东方，让她索性在自己怀里哭个痛快。

母亲不满地瞪着眼前没出息的儿子，真想上前把他扒拉到一边去。

孟勇敢看出了母亲的不满，解释说：“妈，她从小没有母亲，她妈生她的时候难产不在了。她是跟她大姨长大的。她长到这么大，还没叫过一声妈呢！她这是难过的，也是高兴的。”

孟勇敢的母亲马上就心疼起来，她走过去，把唱东方拉到自己的怀里，抱着她，拍着她，像哄孩子那样哄着她：“闺女呀！可怜的孩子，想不到你还是个苦命的人。不要紧，孩子，进了咱孟家的门，我会像亲妈一样疼你的。你放心，我会把你当成亲闺女的！”

唱东方紧紧地抱住未来的婆婆，哽咽地又叫了一声妈，把妈的眼泪也叫下来了。

第二天，婆媳俩聊天，聊着聊着就聊到倪双影身上了。婆婆开始还藏着掖着的，生怕媳妇不高兴。谁知媳妇却一点儿也不在意，还说自己认识她，还直说她好。这下婆婆放心了，着着实实地把倪双影好一顿夸，夸得媳妇心里酸溜溜的，很不是滋味。

对面的婆婆哪知道媳妇心里正不是滋味呢，还说，而且还叹着气说：“这不，还不知咋给人家那闺女说呢！”

唱东方假装吃惊地问：“怎么，她还不知道吗？”

婆婆又叹了一口气，说：“可不是嘛！昨晚上她还来过呢，搞不好一会儿又得来了！”

唱东方故意说：“要不，一会儿我出去躲一躲？”

婆婆还是叹气：“唉，躲什么呀，躲得了初一，躲得了十五吗？”

唱东方装着生气地说：“都赖您儿子！脚踩两只船！”

婆婆马上为儿子开脱：“闺女呀，这可不赖我儿子呀，要赖就赖我，是我多嘴多舌，说得人家当真了。”

唱东方逗婆婆："俗话说，解铃还得系铃人。既然是您给人家说的，最好您去给人家解释！"

婆婆一听，吓得一个劲摇头："我不去！我不去！我可不去！我哪还有脸见人家呀！"

唱东方笑了，半真半假地说："妈，要不我替您去说吧？"

婆婆望着她，半天才说："这行吗？"

唱东方学她刚才叹气的样子，叹着气说："不行又能怎么样呢？让您儿子去说，您儿子又不去说；让您去说，您也不去说，那不就只好我去说了吗？"

婆婆内疚地望着媳妇，简直不知说什么好了。

媳妇忍着笑，装作愁得不行的样子，说："您有倪双影的电话吗？我给她打个电话，约她出去谈一谈，看看行不行。"

操场上，连队正在队列训练，以班为单位，各训各的。倪双影和许兵正在操场边上聊天，她的手机响了。她拿出来一看，是个不认识的手机号。她一接，是个陌生的女人。

"请问，您是倪双影分队长吗？"

"是，我是。请问您是哪一位？"

"我是唱东方。"倪双影一时想不起这个名字来，不禁重复了一遍："唱东方？"

一旁的许兵吃了一惊，马上瞪大眼睛望着她。一见连长这个样子，倪双影想起来了："噢，我想起来了，您是我们连长的表妹。"

唱东方说："对！我不但是你们连长的表妹，我还是你们副连长的女朋友！"

倪双影吃了一惊，急忙问："哪个副连长？"

唱东方一字一句地说："孟勇敢副连长。"

倪双影脸色大变，吃惊地看着对面盯着她的许兵，顺手把手机递给了她。

唱东方在手机里说："倪分队长，我想跟您见个面，您有时间吗？"

许兵简短地说："在哪儿？"

唱东方说："您知道你们小西门那儿有个'红格子'咖啡屋吗？咱们就在那儿见面吧？二十分钟以后，您说行吗？"

许兵说了句"行"，就把手机合上了。许兵望着满脸通红的倪双影，想了半天，才想出一句话来："双影，对不起。"

倪双影勉强笑了笑，叫了声"连长"，眼泪就下来了。

许兵望着泪流不止的倪双影，更不知说什么好了。她定定地看了她一会儿，一句话没说，扭头就走。她要替倪双影去"红格子"咖啡屋，赴唱东方之约。

唱东方要了杯"卡布奇诺"，慢慢地品尝着，她觉得倪双影该到了，就抬起头来往外边看，没想到，看到的却是扎着武装带、雄赳赳、气昂昂、大步流星往这里走的表姐许兵！唱东方心里一慌，手上一抖，"卡布奇诺"撒了一半。

许兵推门进来，直接走到唱东方这儿，拉开椅子坐了下来。

服务员走了过来，问："请问，您要喝点什么？"

许兵一挥手说："我什么也不喝！你先走开，我们有事！"

服务员走开了，唱东方等着许兵先开口，许兵偏不先开口，而是盯着她不错眼珠地看。唱东方让她看得受不了了，只好先开口。

唱东方说："姐，你怎么来了？"

许兵说："这是你家开的店吗？你能来，我不能来？"

唱东方说："我不是这个意思。"

许兵说："你是什么意思？"

唱东方说："我是说，你来干什么？"

许兵说："那你来干什么？"

唱东方说："我在等人。"

许兵说："你在等谁？"

唱东方说：“我在等一个朋友。”

许兵说：“你是在等倪双影吧？人家倪双影是你的朋友吗？你配做人家的朋友吗？世界上有你这样的朋友吗？当可耻的第三者，抢女朋友的男朋友！”

一直处在下风的唱东方开始奋起反击了。她是真生气了，也是真火了，她的脸都气红了，红得一点儿也不比倪双影的红脸差。许兵看她真生气了，心里又有点儿心痛了。

唱东方的动作一大，把手边的咖啡杯碰到地上摔了个粉碎。她也不去管它，而是盯着表姐的眼睛，急赤白脸地说：“姐，你最好把话给我说清楚！谁是可耻的第三者？是我还是她？是我先跟孟勇敢好的，还是她先跟孟勇敢好的？再说了，人家孟勇敢跟她好过了吗？一厢情愿也叫谈恋爱吗？她是孟勇敢的女朋友吗？你凭什么骂我是第三者？你这人还讲不讲道理了？”

许兵的磁场明显不足了：“我怎么不讲道理了？”

唱东方愈战愈勇，开始扩大战场:“当初，不是你让我去接近孟勇敢的吗？难道你忘了吗？”

许兵节节败退，声音也掉下来了:“我当初让你去试探他，又没让你动真格的。”

唱东方说:“我不是年轻没有经验吗？不是不小心陷进去了吗？既然已经动了真格的，你说该怎么办吧?!”

许兵不说话了，在唱东方布下的雷阵中，她说什么话都能把自己炸个半死，她索性什么也不说了。

唱东方却不依不饶，非逼她表达:“姐，你怎么不说话了？解铃还得系铃人，既然这事是你惹出来的，你就给我出个主意吧！”

许兵不得不说话了，再不说话，唱东方就更要把她当成病猫了，还不知会说出什么更气人的话呢！许兵只好说：“我给你出主意？我给你出主意你听吗？”

唱东方说:“只要不是拆散别人的坏主意，我就听!”

许兵的主意恰恰是要拆散别人，既然已经被定性为坏主意了，她还能再往外说吗?

许兵招手叫来服务员，又要了两杯“卡布奇诺”。唱东方知道表姐准备撤退了，她开始收拾残局了。

许兵先喝了几口咖啡，提了提神，才开口虚心向唱东方请教:“你俩不都分手了吗? 怎么又好了呢? 这次可不该我的事了吧? 我可没让你再去试探他吧?”

唱东方笑了，笑得一脸幸福:“这次你还跑不掉! 要不是你告诉我孟勇敢和倪双影谈恋爱了，我也不会醋意大发。我不醋意大发，就不会发短信骂孟勇敢。孟勇敢让我给骂急了，终于回我的短信了，我俩就这样好上了!”

第二十五章

新年新情况，一喜一忧。喜的是连长怀孕了，忧的是指导员离婚了。

其实，指导员离婚也是件喜事，终于把莫小娥那尊瘟神给送走了，而且还送得利利索索，一点儿后遗症也没留。

从容自然很高兴，他没想到事情会办得这么顺利。他也知道了这事是许兵立下的汗马功劳，没有许兵那一通吓唬，莫小娥不会连北京也不留恋了，婚一离完，马上就走人。

办完手续，俩人旧事新办地吃了顿散伙饭。本着无酒不成席的原则，两人还喝了两瓶干红。那两瓶“解百纳”干红，大部分都让莫小娥给抢着喝了。特别能喝酒的莫小娥这次终于顶不住了，不但当场喝吐了，还当场流下了后悔的眼泪。

开始她还一个劲地骂许兵，好像这个家是许兵给他们拆散的似的。从容当然听不下去，就制止她，又告诉她，要不是许兵劝他，他才不会把存折上的钱都给她呢。莫小娥开始不信，她不信许兵会帮她说话。从容就把许兵做他工作的原话，原原本本地学了一遍。当莫小娥听到许兵说她，因为从容成了已婚妇女，又因为从容成了离婚女人时，眼泪唰唰地流下来了。她流着眼泪说，如果她身边有许兵这样的朋友，她大概就不会是今天这个样子了。

莫小娥喝多了，话也特别多。那顿散伙饭，基本上都是她在说，从容在听。她告诉从容自己突然决定离婚，是因为那天晚上听了许兵吓唬她的话。开始她还半信半疑，可到公司找人一打听，原来还真是那么回事。她这才担心了，也害怕了，所以才决定早点离婚，离他们这些当兵的远远的，免得惹上破坏军婚罪的官司。

从容喜不自禁地对许兵说："连长啊，看来你是我的福星啊！我不能离开你，咱俩以后要搭档到底！"

许兵笑着说："看把你高兴的！我可提醒你，你这是离婚，不是结婚！装你也要装得不高兴的样子！"

从容笑了，马上就装成不高兴的样子，请示许兵："你看我这样行吗？"

许兵也笑了，说："就这样吧！怎么你也要这样装上十天半个月的！"

从容讨价还价说："这也太长了吧？现在离婚也不是什么大事了。你不知街道办事处那儿离婚那些人，没有几个愁眉苦脸的，大部分都兴高采烈的。不知道的，还以为那是领结婚证的地方呢！"

许兵教育他："那是地方上的人，都是些不讲传统美德的人。你是个军人，你是个有核心价值观的人，你哪能把自己混同于普通老百姓呢？哎，给你说个正事，你看倪双影怎么样？"

从容一愣，愣过之后又笑了。他想了想，还真点头了。不过点头之后又有点儿自卑："我是没意见呀，就是不知道人家同不同意呀！"

许兵笑着说："事在人为嘛！人心齐，泰山移嘛！"

从容还是不太乐观："这哪是人心齐不齐的事呀！当初你们那么齐心协力地给她和孟副连长撮合，不也没撮合成吗？"

许兵一拍巴掌说："没撮合成说明他俩没缘分！没撮合成，说不定倪双影就是留给你的呢！"

怀了孕的许兵特别能吃，而且没有任何反应，除了变得特别馋，一点儿也不像个孕妇。她真的变得特别馋了，馋到了见不得别人嘴动的地步。别人的嘴一动，她就追着人家问:“你吃什么呀?”别人就笑，替她说出下一句来:“给我点吃，饿死我了!”

孟勇敢私下里对徐晓斌说:“你老婆没准怀了个举重的，要不怎么这么能吃呢?”

这种话徐晓斌可不爱听，他反问他:“能吃就是举重的?”

孟勇敢笑着说:“大力士嘛，一般都能吃。”

徐晓斌认真地说:“你怎么就没想到，弄不好是一对双胞胎呢？两个人不比一个人能吃吗?”

孟勇敢连连点头:“对对！你真敢想，真能想好事!”

高金义跑到连里来，找到许兵，郑重其事地表达了两层意思：一是来道喜，二是来告别。他要回家探亲了，到唐山去跟老婆孩子一起过春节。

许兵说他：“你怎么到了机关，变得这么婆婆妈妈了呢？回家探个亲，至于这样兴师动众吗？打个电话说一声不就行了？至于亲自跑一趟吗?”

高金义说：“礼多人不怪嘛！我打个电话，和亲自跑一趟，那能一样吗?”

许兵笑着说：“得了吧你！好像你多么想念我们似的!”

高金义认真地说：“你还别说，我到机关后，还真是特别怀念连队生活，尤其是怀念咱们连!”

许兵更笑了，说他：“行啦行啦！别酸了，再酸就倒牙了！回去代我问春梅和小阳好!”

高金义点头说：“行，我给你带到，保证不贪污。”

高金义都走到门口了，又停下脚，回过头来问：“哎，你怀的是男孩还是女孩呀?”

许兵说：“我哪知道呀！你问这个干吗？难道你还惦记着让你家小

阳到我家做儿媳妇?”

高金义笑着说：“那当然好了，如果真能那样，那是她的福气!”

许兵也笑着说：“是你女儿的福气，却不是我儿子的福气。那样的话，我儿子就该娶个大媳妇了!”

高金义说:“那怕什么？女大三，黄金日日搬!”

许兵说：“你越说越像真的了，真是神经病！你还有事吗？没事快走吧，我要开会了!”

大年初二早晨，许兵还在睡着，家里的电话响了，吵醒了她。正在厨房做饭的徐晓斌跑了进来，见已经把许兵吵醒了，就一边道歉，一边拿起了电话。

“什么?!”徐晓斌叫了起来，声音都变了。许兵躺在那里，吃惊地看着他。

徐晓斌“嗯嗯嗯”地听着，表情凝重，一看就是出什么大事了。许兵有些紧张了，心也怦怦地跳了起来。

徐晓斌放下电话，一屁股坐到床上，一边缓和着自己的情绪，一边考虑着怎么跟许兵说。

许兵小心地问：“出什么事了?”

徐晓斌望着她，小心地说：“许兵呀，现在你正怀着孩子，千万不要激动啊!”

许兵有点儿急了：“你别哆嗦了！快说什么事吧!”

徐晓斌沉痛地说：“昨天晚上，高金义两口子煤气中毒，都没抢救过来。”

“什么?”许兵一声惊叫，一骨碌爬起来，站在床上，低着头望着徐晓斌，一动不动。

徐晓斌说：“你快躺下，别冻感冒了。”

许兵听话地躺下，钻进被子里，呜呜地哭开了。

徐晓斌难过地望着她，也流下了伤心的泪水。

孟勇敢和机关两个人去唐山处理后事，一个星期后回来了。令人想不到的是，孟勇敢把成了孤儿的高小阳给抱了回来。

原来高金义的两个哥哥和一个姐姐也去了唐山，别的事情都处理得很顺利，唯独到了孩子的抚养问题上，高家兄妹当场就吵了起来，而且越吵越凶，两个哥哥竟然厮打起来。孟勇敢很生气，心想，把孩子交给这些人抚养，怎么能让人放心得下？于是，他当场提出孩子由他来抚养。高家兄妹先是不相信，后来看孟勇敢态度坚定，也就半推半就地同意了。他们还草签了一份协议，大概是怕孟勇敢反悔。就这样，孟勇敢把孩子给抱回来了。

"你做得对！干得好！"许兵接过孩子，亲了孩子胖嘟嘟的小脸一下，流下了滚滚热泪。当天晚上，

孩子就住到了许兵家里。真的很奇怪，也许这孩子天生就该成为许兵家里的人，一路上都在哭闹着找妈妈的孩子，见了许兵也不哭了，也不闹了，好像真的找到妈妈了一样。这孩子大概是累极了，也困极了，吃了一半的饭，人就睡着了。许兵把她抱到床上，守着她，看着她睡觉。

客厅里，徐晓斌问孟勇敢："你准备怎么抚养这孩子？"

孟勇敢说："我先送她回我们家去，让我妈先带着，等我们结了婚，再把她接回来。"

徐晓斌问："那唱东方同意吗？"

孟勇敢非常满意地说："同意！当然同意了！要不然，这么大的事，我能自作主张吗？"

徐晓斌点着头称赞说："真不错！想不到她竟然这样深明大义，通情达理。"

孟勇敢也很欣慰地说："是啊，看样子我没选错人！"

孟勇敢回去休息了，徐晓斌进了卧室，见许兵正盯着孩子一动也不动，像在想什么心事。

徐晓斌坐到她身边，揽着她的肩膀轻声问："你在想什么?"

许兵叹了口气，说："我在想这孩子的命真苦，怎么跟她妈的命一样呢?"

徐晓斌吓了一跳，赶紧示意她不要再说下去了，拉着她去了客厅。

徐晓斌说："以后这样的话你少说，千万不能让孩子听见!"

许兵说："你以为我傻吗? 我会当着孩子的面说吗?"

徐晓斌说："你刚才不就当着孩子的面说了?"

许兵："她不是睡着了吗?"

徐晓斌说："睡着了也不行。人有的时候是浅睡眠，这时候别人说话她可能就会听到，她也许以为是自己在做梦，但还是会留下记忆的。"

许兵不说话了，徐晓斌也不说话了，两口子坐在沙发上，各想各的心事。许兵突然问徐晓斌："哎，你还记得高金义最后一次在咱们家喝酒，说的那些奇怪的话吗?"

徐晓斌想了想，摇着头说："那天我也喝多了，不记得了。"

许兵说："现在想想，那天他的举动真的很反常。你记不记得他那天特别能喝，比你们谁喝得都多。你们都不行了，他还一点儿事也没有，最后又单独敬了我一大杯，说了好多很奇怪的话。"

徐晓斌问："他说什么奇怪的话了?"

许兵说："那天连他自己也很纳闷，说自己怎么这么能喝，好像千杯不倒、万杯不醉似的。当时他还要拜托我一件事，可怎么也想不起来是什么事了。"

徐晓斌有点儿想起来了，他连连点头，连连说："对对对，我想起来，我想起来了。"

许兵说："他还一而再再而三地提出让小阳给咱们做儿媳妇，这次探亲走的时候，他又特意跑到连里来，问我怀的是男孩还是女孩，又提起了这件事，还说女大三，黄金日日搬!"

徐晓斌望着许兵，都不知说什么好了。

许兵也望着徐晓斌，若有所思地说：“现在看来，那是高金义早有预感，冥冥之中，他在交代后事。他想把孩子托付给我们，让我们来抚养，你说是不是？”

徐晓斌的眼睛都直了，他既不点头，也不摇头，人整个木在那儿了。

许兵继续说：“看来，这孩子得我们来抚养了。这是她爸爸的心愿和嘱托，也是我们的责任和义务。你说是吗？”

徐晓斌清醒过来了，他连连点头，连连称是。但“是”过之后，他又担心地问许兵：“你现在这个样子，我们能带得了她吗？”

许兵抬起头来，望着徐晓斌，郑重其事地说：“老公，这就需要我们做出点牺牲了。我们先把孩子做掉，等小阳大一些了，跟我们熟了，我们再要孩子也不晚。”

徐晓斌不说话了，许兵知道他不是不同意抚养别人的孩子，而是舍不得自己的孩子，一下子割舍不了。

许兵站了起来，说：“我累了，咱们睡觉吧。”

躺在床上了，黑暗中，徐晓斌心里很难过。他悄悄伸出手来，想最后摸摸自己的孩子，自己的第一个孩子。这孩子不管是男孩还是女孩，都是他们家的老大。好像老大总是最倒霉的，家里一有什么事，最先受到冲击的，总是老大。

徐晓斌的手轻轻地放到了许兵的肚子上，他以为她睡着了，谁知她却没睡。许兵把自己的手放在丈夫的手上，两口子的手紧紧贴在一起，一起抚摸着肚子里的孩子，一家三口，难舍难分。

第二天一大早，徐晓斌一睁开眼，见身边已经空了，许兵已经起床了。徐晓斌望着睡在最里边的高小阳，知道许兵的决心已下，很难再改变她了。徐晓斌不知不觉地叹了一口气，心里像被什么东西捂住了，又闷又难受。

徐晓斌陪许兵去医院做了人工流产，回到家里，他像个模范丈夫，又炖鸡、又宰鱼的，大冬天里，竟然热得满头大汗。

躺在床上的许兵，看着忙里忙外的徐晓斌，心里非常感动。她把他招到床前，拉着他的手，非常正式地说：“徐晓斌，谢谢你！”

受到上级领导表扬的徐晓斌，反倒有些不好意思了。他挣脱出自己的手，擦了把头上的汗，笑着说：“奶奶的！一年到头被你训惯了，这猛地一受到表扬，我还真有点儿不适应呢！”

孟勇敢一听说许兵肚子里的孩子不小心流产了，他马上就知道是怎么回事了。他飞快地跑到他们家，敲开房门，进了门就嚷嚷，被徐晓斌制止住了。

徐晓斌把孟勇敢拽进厨房里，关上房门，这才开口说话：“你小心点，连长正在睡觉，吵醒了她，你负责？”

要是平时，孟勇敢早就跟他贫上了，但今天孟勇敢没有。孟勇敢很严肃，也很真诚，他埋怨他们不该这样做。孟勇敢越说越激动，说着说着眼圈都红了。又开始埋怨自己，说这事都赖他，他要是直接把孩子送回老家去，就不会发生这种事了。

徐晓斌拍着他的肩膀说：“伙计，你又不是不了解我那操蛋的老婆！你就是把孩子送到月球上去，她也能变成嫦娥，飞到月球上去把孩子接回来的。所以，一、你不要内疚，这事跟你一点儿关系也没有；二、你不要嘴快，不要到外边去乱说。咱们统一好口径，就说我们的孩子是不小心自己掉的，你听见了吗？”

孟勇敢叹了口气，很认真地说：“老徐，我敬佩你们！只是，可惜了那么好的双胞胎了。”

老徐认真地更正说：“不是双胞胎，是一胞胎。唉！可惜了那么能吃的大力士了！”徐晓斌本来是想调侃一下的，谁知这话一说出口，他内心却异常伤感。

两人谁都不说话了，在窄小的厨房里，在鸡汤的香味中，他们在默默地想着那个还没成形就被打掉的孩子。不知那是个男孩还是个女孩，也不知他或她长的是什么样子。但愿高金义两口子能在天堂里找到那孩子，替孩子的父母好生疼爱他，好生照顾他……

还有一个人，也跟孟勇敢一样，是瞒不了的，那就是王惠王技师。

王技师一听许兵的孩子掉了，开口就骂她：“这个该死的许兵，什么事都能干出来！”说着说着，她的眼泪就下来了。

一旁的倪双影很奇怪，问她为什么流眼泪。王技师就把自己的猜测告诉了她。倪双影一听，恍然大悟，也流下了滚滚的热泪。她哽咽地说：“想不到连长夫妻俩这么好！这么高尚！”

指导员从容知道了真相，很受震动，也很受感动。他也跟孟副连长一样，马不停蹄地直奔许兵家里，将许兵和徐晓斌按到沙发上并排坐下，自己后退几步，立正站好，异常庄重地给他俩敬了一个标准的军礼，搞得俩人受宠若惊，非常不好意思。

从容非常动感情地说：“许连长，徐技师，我这个军礼，是代表全连广大官兵敬的。如果允许的话，我也真想代表高副连长，再向你们敬个军礼！向你们致敬，表达我们崇高的敬意！”

好事也能传千里。许兵打掉自己的孩子，抚养战友的孩子的事情，很快就在军营里传开了，引起了巨大的反响。人们一方面称赞他们两口子，一方面同情那小姑娘。于是，认识或不认识的人们，自发地、潮水般地涌入了许兵家里，去探望刚做了手术的病人，去慰问刚失去亲人的孤儿。

许兵烦得都要疯掉了。她给徐晓斌下了死命令：“以后不论谁来，一律不许开门！”

徐晓斌虽然也烦得要命，但他还比较理智：“这样恐怕不太好吧？”

许兵坚决地说：“管他好不好，就是不准开！”

于是，徐技师坚决执行许连长的指示，任谁在门外敲门，就是硬着心肠不给开。慢慢的，人们以为他们不在家了，来的人少了，敲门的次数明显减少了，两口子都松了口气。

家门再一次被敲响的时候，两口子正在厨房里研究高小阳的儿童餐，谁也不去理会门外敲门的人。连高小阳都习以为常了，在客厅里玩自己的玩具，并没有为此而分神。

门外的人锲而不舍，大有你不开门、他不罢休的架势。许兵烦了，命令道："你去看看，这是谁呀？这么讨厌！"

徐晓斌跑到门口，从门镜上往外一看，我的天哪！原来是团长和政委大驾光临！

徐晓斌赶紧开了门，歉意地说："对不起二位首长，请原谅！请原谅！"

团长说："原谅什么？不用原谅！我们还要感谢你们哪，感谢你们给我们开门，让我们进来！"

政委笑着说："就是，我们听说你们家现在都不对外开放了。不过这样做得对！我老婆说，刚做完手术的人，最好少去人探望，所以我们等到这时候才来。"

许兵戴着围裙跑了出来，团长一看，就批评徐晓斌："你是怎么搞的！怎么能让病人做饭呢？"

许兵笑着说："我是哪门子病人哪！二位首长光临寒舍，我们不胜荣幸！"

团长对政委说："看见了吧？多会说，一点儿都不实在！"

团长和政委进了客厅，客厅马上就显得拥挤了。许兵让高小阳问伯伯好，高小阳奶声奶气地问了好。政委伸出手来要抱她，她不干，却非让许兵抱她。徐晓斌马上抱起她来，团长马上表扬他："这次表现得还不错！"大家都笑了。

政委说："许兵徐晓斌，我和团长来，一是来看望你们，看望孩子；二是来表达我们的敬意，代表全团官兵，也代表我们的家人；三是来征求你们的意见，看看需要组织上干点什么，帮点什么忙。你们要知道，不只是你们在抚养这孩子，你们的身后，有组织、有全团的干部和战士！我们全力支持你们，协助你们！所以，有什么困难，你们尽管提出来，能解决的，我们马上解决，全力以赴！”

徐晓斌说：“谢谢组织关心，我们没什么困难，一点儿困难也没有！”许兵笑嘻嘻地说：“你先别说大话，等以后有了困难怎么办？二位首长，现在暂时还没有困难，等以后有了，我们一定会找组织帮忙的！”团长笑着说：“还是你许兵会说话，但还是人家徐晓斌实在！给，这是一万块钱，是团里的一点儿心意！”

许兵忙推辞：“团长，千万别这样！我们不能收！”

团长不客气地说：“你客气什么？这又不是给你的，这是给孩子的！你替孩子收下就行了，哪里用得着你来推三挡四的！”

政委又掏出一把钥匙来，说这是一套团职房，是团里奖励你们的。

团长补充说，这是政委的房子，政委发扬风格，让给你们住的。

政委说：“我的风格，比起他们的风格来，实在算不了什么！再说我平时也不住，只是中午去休息一会儿，太浪费了，还不如让高小阳小朋友住进去呢，你们这儿太挤了点。”

徐晓斌又出来客气：“政委，这不合适吧？”

政委也学团长的口气：“这又不是分给你们的，这是分给孩子的！你们带着孩子搬进去就行了，用不着瞎客气！”

团长说：“听说领养孩子的手续很麻烦，要不要团里派人替你们跑一下？”

许兵说：“不用，已经有朋友替我们在办了。”

徐晓斌一听说到这种话题，马上抱着孩子出去了。许兵笑着给团长和政委做了解释。

政委感慨地说：“看来你们做的比我们想象的还要好！我们都应该向你们学习呀！”

团长和政委刚离开，家里的电话就响了。许兵接的电话，不知是谁打来的，也不知讲了些什么，反正许兵的脸色不好看，口气也很冷淡：

“那好吧，你让人来取吧。”

放下电话，徐晓斌忙问她电话是谁打来的，出什么事了。

许兵没好气地说：“是政委夫人打来的！要那套房子的钥匙！说他们家来人了，要用那房子几天。还不是又后悔了，找个借口呗！”

徐晓斌劝她：“算了，那团职房，本来也不应该我们连职干部住。你就别生气了。”

许兵说：“我不是想住那套团职房，我是生气他们出尔反尔！把我们当成什么人了？想给就给，想收就收！”

过了几天，王技师告诉许兵：“哎，你们家在搞豪华装修呢！”

许兵奇怪地说：“你在说什么梦话，我们家好好的，哪搞装修了？还豪华装修！”

王技师说：“政委的房子不是给你们了吗？政委家属正在那里亲自坐镇指挥装修呢！她自己开公司，有的是钱！”

许兵知道政委家属有钱，但不知道她为什么要这样做。还是王技师神通广大，什么都知道。她告诉许兵，政委家属是个烈士子弟，而且还是个遗腹子。她父亲在国防施工中遭遇坑道塌方，被砸到了大山里，连尸骨都没找到。所以，政委家属特别感动许兵两口子的壮举，说要以实际行动向他俩学习。

许兵感动得半天说不出话来，想起自己对别人的误会，心里特别内疚。

孟勇敢建议给孩子改姓，最好让她跟徐晓斌姓徐，说这样对孩子的成长有利。

许兵断然拒绝了这个建议，说高小阳是高金义的孩子，她们只是代高金义抚养，怎么可能让她改姓呢？

过了几天，许兵去幼儿园为高小阳办入园手续，园长把她叫到自己办公室，以幼儿专家的身份，建议她最好借这个机会，给孩子改姓。园长从幼儿的心理角度，分析了给孩子改姓的好处，又以许多真实的事例，说明了孩子不改姓的坏处。这样一来，许兵动心了。园长最后说：“你最好先回去跟你爱人商量一下，商量好了再来。我们幼儿园请你们放心，保证会善待这个孩子的，让她在我们这儿度过一个健康愉快的幼儿期！”

许兵回来跟徐晓斌商量，徐晓斌不好意思地说：“这样好吗？我倒是合适了，我当然高兴了，但别人会不会说什么呀？”

许兵说：“只要是对孩子有利，你管别人说什么干什么？我们又不是替别人带孩子，管别人干什么？”

徐晓斌说：“那光改姓不改名吗？她还叫小阳吗？那不就跟我的名字犯冲了吗？这样不好吧？”

许兵训他：“你这人怎么这么多的毛病？什么时代了还迷信，还知道犯冲了！人家外国人，有的是孩子跟父亲叫一样的名字，前边就加了个小字，也没见人家犯了什么冲！要不然，我再把我的名字改回去，还叫许小兵，这样的话，咱们一家三口都是小字辈，大家平起平坐，建立一个民主平等的家庭！”

徐晓斌说：“算了，你别在这空口乌托邦了！我们还能跟你平起平坐？我从来就没这个打算！”

许兵又哄他：“老公，谢谢你的通情达理。你不知道，国春梅特别喜欢小阳这个名字，还特意给我打过电话，感谢我给孩子起的这个名字，说这个名字叫得特别上口，也特别有韵味！”

徐晓斌不相信地望着她，许兵向他发誓：“这是真的！我要是骗你，我就是小狗！春梅真给我打过电话，真的这样说过，所以，小阳这名字无论如何要留着，不能改！”

徐晓斌叹了口气说：“不改就不改吧，咱家你老大，你说了算！”

晚上，快熄灯就的时候，突然紧急集合的哨声响了，连队的行政值班员楼上楼下地大喊：“全体集合！连队点名！”

俱乐部里，全连集合完毕，值班员整理完队伍，向指导员报告：“指导员同志，连队集合完毕，请指示！”

从容走到队伍前，下口令：“全体都有！稍息，立正！半面——向右转！”

全连步调一致地，啪的一声，半面向右转了，面向了站在右前方的连长许兵。许兵先是很吃惊，不知从容要干什么，片刻之后，她就明白他要干什么了。她的脸马上涨得通红，刚要制止他，从容已经声音洪亮地下达了第二道口令：“敬礼！”

唰的一声，全连一百多号官兵，齐刷刷地举起了右手，向自己的连长敬起了庄严的军礼，表达他们最崇高的敬意。

许兵红着脸，马上一个立正，还了一个标准的军礼。

从容又下达口令：“礼毕！半面——向左转！稍息！好，同志们，今晚的紧急集合，一是为了向许兵同志和徐晓斌同志表达我们全连同志的敬意，二是我要宣布一件事情。全体立正！”

全连官兵再一次挺胸抬头，以最庄重的立正姿态，听指导员宣布——同志们，为了高小阳小朋友今后的健康成长，在幼儿专家的建议下，经过慎重考虑，许兵和徐晓斌同志决定，给高小阳小朋友改姓。从今天起，高小阳小朋友改姓徐，双人徐，她父亲徐晓斌同志的徐。从今天起，她就叫徐小阳了，大家听清楚了没有？

全连官兵齐声高喊：“听清楚了！”

从容又大声地问：“记住了吗？”

全连再一次以排山倒海之势、气壮山河地齐声呐喊：“记住了！”

许兵心中滚滚热浪翻腾着，她再一次立正站好，再一次抬起手臂，再一次向全连官兵致以庄严的军礼！

礼毕，许兵想展开她美丽的笑容，谁知，眼睛里却流出了清澈的泪水……

刘　静

1961年生，女，山东烟台人。毕业于解放军艺术学院文学系。中国作家协会会员。

1979年应征入伍，历任总参第三通信团班长、分队长、副教导员，解放军文艺出版社编辑。

中篇小说《父母爱情》获1996年全军新作品一等奖及1998年《中华文学选刊》奖。

代表作品

中篇小说

《父母爱情》

《飘荡》

《你在哪里等我》

长篇小说

《戎装女人》

《尉官正年轻》

有度文化

北岳好书

尉官正年轻

出 品 人 | 续小强　　选题策划 | 刘文飞　　责任编辑 | 刘文飞　李向丽

复　　审 | 陈学清　　终　　审 | 贾晋仁　　印装监制 | 巩　璠

项目运营 | 有度文化·刘文飞工作室

投稿邮箱 | liuwenfei0223@163.com　　微信公众号 | bywycbs1984

微　　博 | http://weibo.com/liuwenfei0223